国家出版基金项目
NATIONAL PUBLICATION FOUNDATION

莫言和新时期文学的中外视野

樊 星 主编

作家出版社

丛书总序

张志忠

一

　　呈现在读者面前的这部九卷本丛书，是笔者主持的国家社科基金重大招标项目"世界性与本土性交汇：莫言文学道路与中国文学的变革研究"的最终结项成果。从2013年11月立项，其间在青岛和高密几次召开审稿会，对项目组成员提交的书稿几经筛选，优中选优，反复打磨，历时数载，终于将其付梓问世，个中艰辛，焦虑纠结，真是不足为外人道也。

　　"世界性与本土性交汇：莫言文学道路与中国文学的变革研究"课题内含的总体问题是：作为从乡村大地走来、喜欢讲故事的乡下孩子，到今日名满天下的文学大家莫言；作为拨乱反正、改革开放的伟大时代之情感脉动的新时期文学；作为在被西方列强的坚船利炮打开国门，被动地卷入现代性和全球化，继而变被动适应为主动求索，走上中华民族独立和复兴之路的三千年未有之大变局的描述者和参与者的百年中国新文学这三个层面上，在其发生和发展的过程中，做出哪些尝试和探索，结出哪些苦果和甜果，建构了什么样的文学中国形象？百余年的现代进程所凝结的"中国特色中国经验"，如何体现在同时代的文学之中？在讲述中国故事的同时，百年中国新文学塑造了怎样的自身形象？它做出了哪些有别于地球上其他国家、其他民族文学的独特贡献而令世界瞩目？

　　针对上述的总体问题，建构本项目的总体框架，是莫言的个案研究与中国新时期文学、百年中国新文学的创新变革经验和成就总结相结合，多层面地总结其中所蕴涵的"中国特色中国经验"，通过个案研究与宏观研究相结合的方式展开，研究重点突出，问题意识鲜明。我们认为，莫言的文学创新之路，是与个人的不懈探索和执着的求新求变并重的，是与新时期文学和百年中国乡土文学的宏大背景和积极助推分不开的，而世界文化的激荡和本土文化的复兴，则是其变革创新的重要精神资源。反之，莫言的文学成就，也是新时期文学和百年中国乡土文学的重大成果，并且以此融入中外文化涌动不已的创新变革浪潮。

本项目的整体框架，是全面考察在世界性和本土性的文化资源激荡下，莫言和中国文学的变革创新，总结新时期文学和百年中国乡土文学所创造的"中国特色中国经验"。这一命题包括两条线索，四个子课题。

两条线索，是指百年中国新文学面临的两大变革。百年中国新文学，其精神蕴涵，是向世界讲述现代中国的历史沧桑和时代风云，倾诉积贫积弱面临灭亡危机的中华民族如何置之死地而后生，踏上悲壮而艰辛的独立和复兴之路，以及与之相伴随的民族情感、社会形态的跌宕起伏的变化的。百年中国新文学自身也是从沉重传统中蜕变出来，在急骤变化的时代精神和艺术追求中，建构具有现代性和民族性特征的审美风范。前者是"讲什么"，后者是"怎么讲"。这两个层面，对于从《诗经》《左传》《楚辞》起始传承甚久的中国文学，都是"数千年未有之大变局"，表现内容变了，表现方式也变了，都需要从古典转向现代，表述现代转型中的时代风云和心灵历程。

所谓"中国特色中国经验"，并非泛泛而言，是强调地指出莫言和新时期文学对中国形象尤其是农民形象的塑造和理解、关爱和赞美之情的。将目光扩展到百年中国新文学，自鲁迅起，就是把中国乡土和广大农民作为自己的重要表现对象的。个中积淀下来的，是以艺术的方式向世界传递来自古老而又年轻的东方国度的信息，显示了正在经历巨大的历史转型期的"中国特色和中国经验"，其

莫言与当代中国文学创新经验研究

中有厚重的历史底蕴，就是中国农民在现代转型中一次又一次地迸发出强悍蓬勃的生命力，在历史的危急关头展现回天之力，如抗日战争，就是农民组成的武装，战胜了装备精良的外来强敌。改革开放的新时期，农民自发地包产到户，乡镇企业的勃兴，和农民工进城，都具有历史的标志性，根本地改变社会生活的面貌，改变中国的命运，也改变了农民自身——这些改变，恐怕是近代以来中国最为重要最为普遍的改变。

文学自身的变革，也是颇具"中国特色"的。古人云，若无新变，不能代雄。今人说，创新是文学的生命。这是就常规意义而言。对新时期文学而言，它有着更为独特的蕴涵。新时期文学，是在"文革"造成的文化断裂和精神荒芜的困境中奋起突围。这样的变革创新，不是顺理成章的继往开来，而是在很大程度上另起炉灶，起点甚低，任重道远。由此，世界文化和本土文化资源的发现和汲取，就成为新时期文学能够狂飙突进、飞速发展的重要推力。百年中国新文学的起点，五四新文学运动，同样地不是有数千年厚重传统的古代文学自然而然的延伸，而是一次巨大的断裂和跳跃，它是在伴随着现代资本主义的政治经济扩张汹涌而来的世界文化、世界文学的启迪下，在对传统文学、传统文化的彻底审视和全面清算的前提下，在与传统文化的紧张对立之中产生，又从中获得本土资源，破土而出，顽强生长，创建自己的现代语言方式和现代表达方式的（有人用"全盘性反传统"描述五四新文学，只见其对传统文化鸣鼓而攻之的一面，却严重地忽略了五四那一代作家渗入血脉中的与传统文化的联系）。

我们的研究，就是以莫言的创新之路为中心，在世界性与本土性的中外文化因素的交汇激荡中，充分展现其重大的艺术成就，揭示其与新时期文学和百年中国乡土文学的内在联系和变革创新，为推进二十一世纪中国的文化创新和走向世界提出新的思考，作出积极的贡献。

为了使本项目既有深入的个案研究，又有开阔的学术视野，在个案考察和宏观研究的不同层面都作出新的开拓，本项目设计由点到面、点面结合，计有"莫言文学创新之路研究""以莫言为中心的新时期文学变革研究""莫言及新时期文学变革与中外文化影响研究""从鲁迅到莫言：百年中国乡土文学叙事经验研究"四个子课题。

二

本项目相关的阶段性成果计有报刊论文 400 余篇，学术论著 10 部，分别在多所大学开设"莫言小说专题研究"课程，并且在"中国大学慕课"开设"走进莫言的文学世界"和"莫言长篇小说研究"课程，在"五分钟课程网"开设"张志忠讲莫言"30 讲，多位老师的研究论著分获省市级优秀学术成果奖，可以说是成果丰厚。作为结项成果的是专著 10 部，论文选集 1 部，共计 280 万字。一并简介如下（丛新强教授的《莫言长篇小说研究》已经由山东大学出版社出版，论文集《百年乡土文学与中国经验》因为体例问题未收入本丛书）：

（一）子课题一"莫言文学创新之路研究"包括 3 部专著。

张志忠著《莫言文学世界研究》。要点之一是对莫言创作的若干重要命题加以重点阐释：张扬质朴无华的农民身上生命的英雄主义与生命的理想主义；一以贯之地对鲁迅精神的继承与拓展，对"药""疗救"和"看与被看"命题的自觉传承；大悲悯、拷问灵魂与对"斗士"心态的批判；劳动美学及其对现代异化劳动的悲壮对抗等。要点之二是总结莫言研究的进程，提出莫言研究的新的创新点突破点。

李晓燕著《神奇的蝶变——莫言小说人物从生活原型到艺术典型》，对莫言作品人物的现实生活原型索引钩沉，进而探索莫言塑造人物的艺术特性，怎样从生活中的人物片断到赋予其鲜活的灵魂与秉性，完成从蛹到蝶的神奇变化，既超越生活原型，又超越时代、超越故乡，成为世界文学殿堂中熠熠生辉的典型形象，点亮了神奇丰饶的高密东北乡，也成就了世界的莫言。

丛新强《莫言长篇小说研究》指出，莫言具有自觉的超越意识，超越有限的地域、国家、民族视野，寻求人类的精神高度。莫言创作中的自由精神、狂欢精神、民间精神等等无不与其超越意识有关。它是对中心意识形态话语所惯有的向心力量的对抗和制衡，是对个体生存价值和人类生命意识的全面解放。

（二）子课题二"以莫言为中心的新时期文学变革研究"的2部书稿，城市生活之兴起和长篇小说的创新，一在题材，一在文体，着眼点都在创新变革。

二十世纪七十年代末期开始的社会—历史的巨大转型，是从农业文明形态向现代文明和城市化的急剧演进，成为我们总结莫言创作和中国文学核心经验的新视角。江涛《从"平面市井"到"折叠都市"——新时期文学中的城市伦理研究》将伦理学引入文学叙事研究，考察新时期以来城市书写中的伦理现象、伦理问题、伦理吁求，揭示文本背后作者的伦理立场，具有青年学人的新锐与才情。

新世纪以来，长篇小说占据文坛中心，风云激荡的百年历史，大时代中形形色色的人物命运与心灵悸动，构成当下长篇小说创作的主要表现对象。王春林《新世纪长篇小说叙事经验研究》就是因应这一现象，总结长篇小说艺术创新成就的。作者视野开阔，笔力厚重，对动辄年产量逾数千部的长篇作品做出全景扫描，重点筛选和论述的长篇作品近百部，不乏名家，也发掘新作，涵盖力广博，尤以先锋叙事、亡灵叙事、精神分析叙事、边地叙事等专题研究见长。

（三）子课题三"莫言及新时期文学变革与中外文化影响研究"的成果最为丰富，有4部书稿。

樊星教授主编《莫言和新时期文学的中外视野》立足于全面、深入地梳理莫言在兼容并包世界文学与中国本土文学方面表现出的个性特色与成功经验，莫言创作与后期印象派画家凡·高、高更色彩、意象和画面感之关联，莫言与影视改编、市场营销、网络等大众文化，莫言的文学批评，莫言的身体叙事等新话题，对作家和文本的阐释具有了新的高度。

张相宽《莫言小说创作与中国口头文学传统》指出，从口头文学传统入手，才能更好地理解莫言小说。大量的民间故事融入莫言文本，俚谚俗语、民间歌谣和民间戏曲选段的引用及"拟剧本"的新创，对说书体和"类书场"的采用、建构与异变，说书人的滔滔不绝汪洋恣肆，对莫言与赵树理对乡村口头文学的借重进行比较分析，深化了本著作的命题。

莫言与福克纳的师承关系，研究者已经做了许多探讨。陈晓燕《文学故乡的多维空间建构——福克纳与莫言的故乡书写比较研究》独辟蹊径，全力聚焦于福克纳的约克纳帕塔法文学领地和莫言的高密东北乡文学王国的建构与扩展，采用空间叙事学、空间政治学等空间理论方法，从空间建构的角度切入，刷新了莫言与福克纳之比较研究的课题。

李楠《海外翻译家怎样塑造莫言——〈丰乳肥臀〉英、俄译本对比研究》，将莫言《丰乳肥臀》的英俄文两种译本与原作逐行逐页地梳理细读，研究不同语种的文字转换及其中蕴涵的跨文化传播问题，中文、英文、俄文三种文本的对读，文学比较、语言比较和文化比较，界面更为开阔，论据更为丰富，所做出的结论也更有公信力说服力。

（四）子课题四"从鲁迅到莫言：百年中国乡土文学叙事经验研究"是本项目中界面最为开阔的，也是难度最大的。百年中国的现代进程，就是乡土中国向现代中国、农业化向城市化嬗变的进程。百年乡土文学，具有最为深厚的底蕴，也具有最为深刻的中国特色中国经验。从研究难度来说，它的时间跨度长，涉及的作家作品众多，要梳理其内在脉络谈何容易。现在完成并且提交结项的是1部专著，1部论文集，略显薄弱。

张细珍《大地的招魂：莫言与中国百年乡土文学叙事新变》从乡土小说发展史的动态视域出发，发掘莫言乡土叙事的新质与贡献，探索新世纪乡土叙事的新命题与新空间，凸显其为世界乡土文学所提供的独特丰富的中国经验与审美新质，建构本土性与世界性同构的乡土中国形象。

张志忠编选的项目组成员论文集《百年乡土文学与中国经验》，基于2018年秋项目组主办"从鲁迅到莫言：百年乡土文学与中国经验"国际学术研讨会的会议成果，也增补了部分此前已经发表的多篇论文。它的要点有三：其一，勾勒百年乡土文学的轮廓，对部分具有代表性的重要作家和作家群落予以深度考察。其二，对百年乡土文学中若干重要命题，作出积极的探索。其三，在方法论上有所探索和创新。这部论文集选取了沈从文、萧红、汪曾祺、赵树理、浩然、陈忠实、贾平凹、路遥、张炜、莫言、刘震云、刘醒龙、李锐、迟子建、格非、葛水平等乡土文学重要作家，以及相关的山西、陕西、河南、湖南、四川、东北等乡土文学作家群落，从不同角度对他们提供的文学经验予以深度剖析，并且朝着我们预设的建立乡土文学研究理论与叙事模型的方向做积极的推进。

三

在提出若干学术创新的新命题新论点的同时，我们也在研究方法上有所探索和创新。务实求真，文本细读，大处着眼，文化研究、精神分析学、城市空间与地域空间理论、城市伦理学、比较文学研究、民间文学研究理论、文化领导权理论、生态批评、叙事学、文学发生学、文学场域等理论与方法，都引入我们的研究过程，产生良好的效果，助推学术创新。

本项目成果几经淘洗，炼得真金，在莫言创作和中国现当代文学的创新经验研究上，都有可喜的原创性成果。它们对于增强文化自信、以文学的方式向世界讲述中国故事和促进中国文学走出去，都有极好的推动作用。对于当下文坛，也有相当的启迪，鼓励作家在世界性与本土性交汇中创造文学的高原和高峰。

我要感谢本项目团队的各位老师，在七八年的共同探索和学术交流中，我们进行了愉快的合作，沉浸在思想探索与学术合作的快乐之中。我要感谢吴义勤先生和作家出版社对出版本丛书的鼎力支持，感谢李继凯教授和陕西师范大学人文社科高等研究院对丛书出版的经费资助，感谢本项目从立项、开题以来关注和支持过我们的多位文学、出版、传媒界人士。深秋时节，银杏耀金，黄栌红枫竞彩，但愿我们这套丛书能够为中国文学的繁荣增添些许枝叶，就像那并不醒目的金银木的果实，殷红点点，是我们数年凝结的心血。

2020 年 11 月 5 日

莫言与当代中国文学创新经验研究

目　录

导论　杂糅百家，天马行空，独树一帜

进入现代以来，几乎所有作家都是在兼容并包世界文学与本土文学传统的基础上写作的。因此形成了现代中国文学的一大特色：在兼容并包中寻找中国文学的特色。这里，兼容并包不仅是对世界文学的取精用宏，也是对本土传统文学的重新发现、广泛吸收。而当作家们在兼容并包世界文学与本土传统文学的基础上创造出各有千秋的文学作品时，也就显示了世界文学与本土传统文学在彼此激荡与交融中呈现出的神奇亲和性，以及作家们在各具特色的发现与阐释中不断闪烁出的千变万化的可能性。

现在的问题是：莫言的兼容并包世界文学与本土文学传统具有怎样的个性色彩和独特经验？

第一节　在本土传统与外国文学之间驰骋

一、从本土传统出发

莫言出身农家，又成长于政治运动频繁、思想遭受禁锢的动荡岁月。而偏偏他又有一颗渴望阅读的心灵。于是，他像许多同龄人一样，在文化贫乏的年代里到处找书读。这一代人不同于"五四"那一代人的阅读背景：没有经过背诵古代经典的系统训练，也没有年轻时就出国、"别求新声于异邦"的经历，因此，也就不可能像那一代人那样学贯中西。另外，在自己的摸索中读杂书，上下求索，其实也是古往今来许多作家的共同成长经验。在驳杂的广泛阅读中探索文学与人生的奥秘，找寻属于自己的灵感与智慧，也往往显示了某种冥冥中的曲径通幽。

莫言常常在回忆往事时谈到他读杂书的经历："我童年时的确迷恋读书。……看'闲书'便成为我的最大乐趣。"①值得注意的是，他"大约七八岁的时候，就开始读鲁迅了"。那是缘于莫言正在上中学的大哥的一本鲁迅作品选集。虽然"不认识的字很多"，也不明白"那些故事里包含的意思"，只是被书中的绝望感所感染。②那绝望感本来就弥漫在贫困的生活中，读鲁迅的书进一步强化了那绝望感。在莫言后来的创作中，绝望感常常浮现，根子应该就在这里。

另外，他还读了一批古典文学书：《封神演义》《三国演义》《水浒传》《儒林外史》。这是许多出身农家的孩子共同的经历。（孙犁就曾经谈到了《红楼梦》在中国农村流行的普遍性："……就是《红楼梦》这部比较'高级'的文学读物，稍微大些的村庄，就会有几种不同的版本。"③）由此可见即使是在革命文化无所不在的年代里，古典文学的影响也随处可见。古典文学在民间的影响根深蒂固，充分显示了传统文化的强大生命力。即使经过革命运动的几度荡涤，也依然诱惑着、影响着一代又一代的读书人和老百姓。《封神演义》的魔幻色彩、《三国演义》和《水浒传》的传奇色彩，还有《儒林外史》的讥讽风格，都是千百年来老百姓打发光阴、驱除绝望的文学慰藉，也在冥冥中开启了莫言的想象力。魔幻色彩、传奇韵味、讥讽风格，都在莫言的创作中不时闪烁，滋养了他文学世界的丰富多彩。

接着，是读那个年代里产生的革命文学作品："在那将近两年

---

① 莫言：《童年读书》，《什么气味最美好》，南海出版公司 2002 年版，第 22 页。

② 莫言：《读鲁杂感》，《小说的气味》，当代世界出版社 2003 年版，第 37 页。

③ 孙犁：《"五四"运动与中国文学遗产》，《孙犁文集》（四），百花文艺出版社 1982 年版，第 234 页。

莫言与当代中国文学创新经验研究

的时间里，'文革'前出版的那几十本有名的长篇小说，都让我看了。"有趣的是，革命文学留给少年莫言最深的印象是"有关男女情爱的情节"："譬如《吕梁英雄传》中地主家的儿媳妇勾引那个小伙子的描写，地主和儿媳妇爬灰的情节；《林海雪原》中解放军小分队的卫生员白茹给英俊的参谋长少剑波送松子、少剑波在威虎山的雪地里说胡话的情节；《烈火金钢》中大麻子丁尚武与卫生员林丽在月下亲吻，丁尚武的'脑袋胀得如柳斗一般大'；《红旗谱》里的运涛和老驴头的闺女在看瓜棚子里掰手指头儿；《三家巷》里区桃和周炳在小阁楼里画像；《青春之歌》里林道静雪夜留江华住宿；《野火春风斗古城》里杨晓冬和银环逃脱了危难拥抱在一起亲热之后，银环摸着杨晓冬的胡茬子的感叹；《山乡巨变》里盛淑君和一个小伙子在月下做了一个'吕'字；《踏平东海万顷浪》中的雷震林和那个女扮男装的高山伤感的恋爱；《苦菜花》中杏莉和德强为了逃避鬼子假扮夫妻、王长锁和杏莉妈的艰涩的偷情、特务宫少尼对杏莉妈的凌辱、花子和老起的'野花开放'、八路军的英雄排长王东海拒绝了卫生队长白芸的求爱而爱上了抱着一棵大白菜和一个孩子的寡妇花子……""这些小说，都是在将近二十年前读过的，之后也没有重读，但这些有关性爱的描写至今记忆犹新，这除了说明爱情的力量巨大之外，还说明了在'文革'前的十七年里，在长篇小说取得的辉煌成就里，关于男女情爱的描写，的确是这辉煌成就的一个组成部分。"①这样的阅读记忆显然与革命文学的"主旋律"相去甚远，却也显示了那个年代里许多青少年在阅读革命文学时的相通趣味：因为青春期的萌动情怀而对爱情故事特别好奇，因此得到爱的启蒙。与莫言有着相通体验的，是学者刘小枫。他是在"文革"中因为阅读苏联革命文学名著《钢铁是怎样炼成的》而爱上小说中的冬妮娅的："奥斯特洛夫斯基把革命描写得引人入胜，我读得入迷。回想起来，所以吸引人，是因为他描写伴随着恋爱经

---

① 莫言：《漫谈当代文学的成就及其经验教训》，《小说的气味》，当代世界出版社 2003 年版，第 149—150 页。

历的革命磨炼之路"，读着读着，"我意识到自己爱上了冬妮娅缭绕着蔚蓝色雾霭的贵族式气质，爱上了她构筑在古典小说呵护的惺惺相惜的温存情愫之上的个体生活理想，爱上了她在纯属自己的爱欲中尽管脆弱但无可掂量的奉献"。"'史无前例'的事件之后，我没有再读《钢铁是怎样炼成的》。保尔的形象已经黯淡了，冬妮娅的形象却变得春雨般芬芳、细润，亮丽而又温柔地驻留心中，像翻耕过的准备受孕结果的泥土。我开始去找寻也许她读过的那'一大堆小说'：《悲惨世界》《被侮辱与被损害的》《白夜》《带阁楼的房子》《嘉尔曼》……"[1] 由此可见，革命文学中的革命主题终究淹没不了禁欲年代里成长起来的少年对于爱的天然向往。革命文学对于那一代人在禁欲年代里竟然起到了爱情的启蒙作用，实在是"不以人的意志为转移"的文学奇迹、人心奇迹。而那些革命文学后来在极左的风暴中被打入禁区，也常常因为其中那些描写爱情的"小资情调"的情节。而当这样的革命文学也被打入禁区时，"无产阶级文化"就成了一片荒原。

由此可见，少年莫言的文学阅读是驳杂的。这种驳杂其实是那个年代里许多青少年求知胃口的缩影。虽然一直接受正统的革命教育，却仍然对光怪陆离的世界保持着难以抑制的强烈好奇。一边是革命理想、英雄故事、纯洁趣味的正面教育，另一边是绝望感、历史遗产、青春情绪的五味杂陈。甚至，对于莫言这样家庭出身不好、在饥饿与早早失学的绝望环境中成长起来的少年，绝望感、历史遗产、青春情绪五味杂陈的影响比起革命理想、英雄故事、纯洁趣味的正面教育来，无疑具有更强大的亲和力。他的文学道路就是这样从本土文学开始的。本土的古典文学与革命文学，还有鲁迅的书，给了少年莫言以慰藉。他也从本土的古典文学与革命文学，还有鲁迅的书中发现了属于自己的文学心得。这一切，对他后来的创作影响深远。而接触外国文学，则要等到改革开放的年代到来以后了。

---

① 刘小枫：《记恋冬妮娅》，《读书》，1996 年第 4 期。

二、走向外国文学

在谈到自己创作之初受到的外国文学影响，莫言难忘波兰作家显克微支的小说《灯塔看守人》："本篇中关于大海的描写我熟读到能够背诵的程度，而且在我的早期的几篇'军旅小说'中大段地摹写过。""后来我读了显克微支的长篇《十字军骑士》，感觉到就像遇到多年前的密友一样亲切，因为他的近乎顽固的宗教感情和他的爱国激情是一以贯之……充满了浪漫精神……浪漫主义总是偏爱戏剧性的情节。"还有阿根廷作家胡里奥·科塔萨尔，莫言自道"胡里奥·科塔萨尔的《南方高速公路》与我的早期小说《售棉大路》有着亲密的血缘关系"，"在此之前，我阅读的大多是古典作家，这个拉美大陆颇有代表性的作家的充溢着现代精神的力作，使我受到了巨大的冲击……第一次感觉到叙述的激情和语言的惯性"。还有福克纳的《公道》中"富有喜剧性而又深刻无比"的情节，还有屠格涅夫的《白净草原》中"那群讲鬼故事的孩子、那些令人毛骨悚然的鬼故事"，还有卡夫卡的《乡村医生》那样的"仿梦小说"，以及日本作家水上勉的《桑孩儿》中的"大宗教的超然精神"与"乡村风俗"①，都体现出莫言看外国文学的兴趣广泛、口味驳杂。莫言小说的多变风格，时而写实，时而浪漫，时而魔幻，时而诡异，显然也导源于此。

根据莫言的回忆，他 1984 年开始接触福克纳的《喧哗与骚动》，而且"读得十分轻松"。"读了福克纳之后，我感到如梦初醒，原来小说可以这样地胡说八道，原来农村里发生的那些鸡毛蒜皮的小事也可以堂而皇之地写成小说。他的约克纳帕塔法县尤其让我明白了，一个作家，不但可以虚构人物，虚构故事，而且可以虚构地理。于是我就把他的书扔到了一边，拿起笔来写自己的小说了。受

---

① 莫言：《独特的声音》，《小说的气味》，当代世界出版社 2003 年版，第 295—297 页。

莫言和新时期文学的中外视野

他的约克纳帕塔法县的启示，我大着胆子把我的'高密东北乡'写到了稿纸上。"①1986 年，莫言还发表了《两座灼热的高炉》一文，谈加西亚·马尔克斯和福克纳对他的巨大影响。这两位作家是当代中国作家谈论最多的文学大师，是当代"寻根文学"的精神导师。他们的小说都有"地区主义"的特色，也"都生动地体现了人类灵魂家园的草创和毁弃的历史"②。莫言的"高密东北乡"因此也既富有浓郁的"地区主义"色彩，又"体现了人类灵魂家园的草创和毁弃的历史"。有趣的是，莫言一面从福克纳那里汲取了灵感，一面又"坦率地承认，至今我也没有把福克纳那本《喧哗与骚动》读完……我承认他是我的导师，但我也曾经大言不惭地对他说：'嗨，老头子，我也有超过你的地方！'……我的胆子也比你大，你写的只是你那块地方上的事情，而我敢于把发生在世界各地的事情，改头换面拿到我的高密东北乡，好像那些事情真的在那里发生过。"③敬佩却不迷恋，这样的态度显示了莫言特立独行的个性。也正是因为他的特立独行、情绪多变，才使他不断前行、不断超越自己。他说过："我读外国的作品太杂了。我喜欢的作家是因着年代和我个人心绪的变化而异的。开始我喜欢苏联的，后来是拉美、是马尔克斯，再后来是英国的劳伦斯，再后来又喜欢起法国的小说来。我看了他们喜欢了他们，又否定他们，否定了喜欢过他们的我自己。你看我钦佩福克纳，又为他把自己固定在一个地域一个语言系统中而遗憾。……我讨厌千篇一律，希望在每一篇作品中都有不同层次的变化。要想变化就得反叛，不断地反叛家长权威、过去的规范连同你自己。"④这样的想法，在当今作家中其实也相当普遍。莫言与其他作家的一点区别也许在于：他在找到了自己的精神导师的同时很

① 莫言：《福克纳大叔，你好吗？》，《什么气味最美好》，南海出版公司 2002 年版，第 212—213 页。
② 莫言：《两座灼热的高炉》，《世界文学》，1986 年第 3 期。
③ 莫言：《福克纳大叔，你好吗？》，《什么气味最美好》，南海出版公司 2002 年版，第 214—215 页。
④ 赵玫：《淹没在水中的红高粱——莫言印象》，《北京文学》，1986 年第 8 期。

快就有了远离导师的冲动。

后来，在谈到"将自己的故乡经历融会到小说中去的例子"时，莫言还提到了"水上勉的《雪孩儿》《雁寺》，福克纳的《熊》，川端康成的《雪国》，劳伦斯的《母亲与情人》……"①而在谈到"高密东北乡"的第一篇《白狗秋千架》时，莫言特别谈到了川端康成的《雪国》。《雪国》中那句"一只黑色壮硕的秋田狗，站在河边的一块踏石上舔着热水"激活了自己的灵感，写出了《白狗秋千架》第一句："高密东北乡原产白色温驯的大狗……"②他还写过一篇《三岛由纪夫猜想》，在表达了他对三岛由纪夫的理解同时，其实也曲折地写出了自己与三岛由纪夫的心有灵犀一点通："我猜想三岛是一个内心非常软弱的人。他的刚毅的面孔、粗重的眉毛、冷峻的目光其实是他的假面。他软弱性格的形成与他的童年生活有着直接的关系。""他是一个病态的多情少年，虽然长相平平，但他的灵魂高贵而娇嫩。""三岛是决不甘心堕入平庸的，他对文学的追求是无止境的。""我猜想三岛也是一个十分看重名利的人……三岛并不是一个自信的作家，评论家的吹捧会让他得意忘形，评论家的贬低又会使他灰心丧气，甚至恼怒。三岛并不完全相信自己的文学才华。""他是个彻头彻尾的文人。"③是的，与川端康成的细腻、温柔相比，莫言的强悍、华丽显然与三岛由纪夫更为接近。他像三岛由纪夫那样迷恋爱与死的叙述，而且字里行间常常充满了耐人寻味的政治色彩（莫言的许多作品都有战争、政治运动的背景，而且常常引起沸沸扬扬的争论，就是例证）。

他还谈到过美国作家托马斯·沃尔夫的小说《天使望故乡》的启示：那里面"几乎是原封不动地搬用了他故乡的材料，以至小说

---

① 莫言:《超越故乡》,《小说的气味》, 当代世界出版社 2003 年版, 第372 页。

② 莫言:《神秘的日本与我的文学历程》,《什么气味最美好》, 南海出版公司 2002 年版, 第 195 页。

③ 莫言:《三岛由纪夫猜想》,《小说的气味》, 当代世界出版社 2003 年版, 第 298—301 页。

发表后，激起了乡亲们的愤怒，使他几年不敢回故乡"①。

一切阅读都看似随心所欲，一切体会又都独出心裁。驳杂中自有一脉独到的发现与理解，显示着作家的个性。

值得注意的还有，莫言读书眼光之独到。除了前面谈到的从革命文学中发现爱情的诱惑以外，他常常谈小说的气味也显示了他眼光的独到。他的文集中有一本就题为《小说的气味》。还有一本文集题为《什么气味最美好》。可见他对"小说的气味"情有独钟。他写道："我喜欢阅读那些有气味的小说。""苏联作家肖洛霍夫在《静静的顿河》里，向我们展示了他的特别发达的嗅觉。他描写了顿河河水的气味，描写了草原的青草味、干草味、腐草味，还有马匹身上的汗味，当然还有哥萨克男人和女人们身上的气味。""马尔克斯小说《百年孤独》中的人物，放出的臭屁能把花朵熏得枯萎，能够在黑暗的夜晚，凭借着嗅觉，拐弯抹角地找到自己喜欢的女人。""福克纳的小说《喧哗与骚动》里的一个人物，能嗅到寒冷的气味。"还有，"我国的伟大作家蒲松龄在他的不朽著作《聊斋志异》中写过一个神奇的盲和尚，这个和尚能够用鼻子判断文章的好坏"。由此可见，小说应该也可以写成"有气味、有声音、有温度、有形状、有感情的生命活体"。②他还说过，"法国大文豪普鲁斯特的不朽巨著《追忆似水流年》就是从对一种小薄饼的气味的回忆开始的。当那种特殊的薄饼的气味在他的口腔和鼻腔内弥漫开来时，逝去的往昔生活画面便在他的脑海里展现开来"。还有，"八十年代初，德国作家聚斯金德写了一部著名的小说《香水》，在西方引起过很大的轰动。他在书中写了一个嗅觉极其发达、对气味特别敏感的制造香水的天才。……"③莫言眼光之独到，于此可见一斑。而他的小说常常写感

---

① 莫言:《超越故乡》,《小说的气味》,当代世界出版社 2003 年版,第 370 页。

② 莫言:《小说的气味》,《什么气味最美好》,南海出版公司 2002 年版,第 181—186 页。

③ 莫言:《杂感十二题·世上什么气味最美好》,《什么气味最美好》,南海出版公司 2002 年版,第 155 页。

莫言与当代中国文学创新经验研究

8

觉的奇异、想象的怪异，富有光怪陆离的色彩，也显然源于此。

三、回归传统

　　然而，莫言在成名以后谈得最多的，还是鲁迅和司马迁、蒲松龄这些中国作家。

　　他是反反复复读鲁迅的："除了如《故乡》《社戏》等篇那一唱三叹、委婉曲折的文字令我陶醉之外，更感到惊讶的是《故事新编》里那些又黑又冷的幽默。尤其是那篇《铸剑》，其瑰奇的风格和丰沛的意象，令我浮想联翩，终身受益。截止到今日，记不得读过《铸剑》多少遍，但每次重读都有新鲜感。"成名以后，他还通读了一套《鲁迅全集》，还"摹仿着他的笔法，写了一篇《猫事荟萃》"。尤其是，在文坛的风浪中，他学习鲁迅，"感到胆量倍增"[1]。他还特别谈道："《铸剑》是鲁迅最好的小说，也是中国最好的小说。""每读《铸剑》，即感到黑衣人就是鲁迅的化身。鲁迅的风格与黑衣人是那么的相像。"[2]在谈到自己对现实主义的认识时，他说："巴尔扎克、老托尔斯泰、肖洛霍夫、鲁迅（鲁迅也'魔幻'得很可以）、赵树理等人的创作都对我产生过影响。"[3]他像许多当代作家一样敬仰鲁迅、学习鲁迅，而且好像不曾有过远离的念头。这与他对待福克纳的态度，很不一样。

　　他也常常谈到司马迁和《史记》："司马迁《史记》的最伟大之处，就在于他彻底粉碎了'成者王侯败者寇'这一思维的模式和铁打的定律。……换一个角度看世界的结果，便是打破了偏激与执迷，比较容易看透人生的本质。……太史公的实践，对当今的作家依然

①　莫言:《读鲁杂感》,《小说的气味》, 当代世界出版社 2003 年版, 第 40—41 页。
②　莫言:《读书杂感》,《小说的气味》, 当代世界出版社 2003 年版, 第 49—50 页。
③　莫言:《我痛恨所有的神灵》,《小说的气味》, 当代世界出版社 2003 年版, 第 118—119 页。

富有启示。"另外，"司马迁一生最大的特点是好奇。……他是童心活泼的大作家。司马迁的童心表现在文章里，项羽的童心表现在战斗中"。"好奇是司马迁浪漫精神的核心。"①莫言的话剧《霸王别姬》《我们的荆轲》都取材于《史记》，前者"是一部让女人思索自己该做一个什么样子的女人的历史剧；这是一部让男人思索自己该做一个什么样子的男人的历史剧；这是一部让历史融入现代的历史剧；这是一部让现代照亮历史的历史剧"②，后者写"每个人心中都有一个荆轲"，都做到了"推陈出新"。在这一点上，莫言与张承志心心相印。张承志就曾在《击筑的眉间尺》一文中写道："《史记·刺客列传》从少年时代便给了我以镂刻般的记忆，不仅使我不能忘却，而且使我评定它是中国古代散文之最。"因为，其中有作家"钟爱的异端"："荆轲也曾因不合时尚潮流而苦恼；与文人不能说书，与武士不能论剑。他也曾被逼得性情怪僻，赌博奢酒，远远地走到社会底层去寻找解脱，结交朋党。"他的慷慨赴死"已经不是为了政治，不是为了垂死的贵族而拼命；他只是为了自我，为了诺言，为了表达人格而战斗"。那时的他，是要同时向秦王和燕太子表达抗议。这无疑是对荆轲之死的全新阐述。还有高渐离，"他的行为，已经完全是一种不屈情感的激扬，是一种民众对权势的不可遏止的藐视，是一种已经再也寻不回来的、凄绝的美"③。《史记》就这样穿越了历史的云烟，参与了当代文学的建构。（笔者曾有《〈史记〉与当代文学》一文，发表于《中国当代文学研究》2004年秋冬卷。）

莫言还写过一篇《学习蒲松龄》，并将他那些涉及鬼怪题材的作品编成一本集子，并以《学习蒲松龄》题之。他还在《超越故乡》一文中写出自己与蒲松龄的精神之缘——

---

① 莫言：《读书杂感》，《小说的气味》，当代世界出版社2003年版，第43—46页。
② 王润：《莫言话剧〈霸王别姬〉曾修改四年，首演引争议》，《北京晚报》，2012年12月19日。
③ 张承志：《击筑的眉间尺》，《花城》，1995年第2期。

我的故乡离蒲松龄的故乡三百里，我们那儿妖魔鬼怪的故事也特别发达。许多故事与《聊斋》中的故事大同小异。我不知道是人们先看了《聊斋》后讲故事，还是先有了这些故事而后有《聊斋》。我宁愿先有了鬼怪妖狐而后有《聊斋》。我想当年蒲留仙在他的家门口大树下摆着茶水请过往行人讲故事时，我的某一位老乡亲曾饮过他的茶水，并为他提供了故事素材。

　　我的小说中直写鬼怪的不多，《草鞋窨子》里写了一些，《生蹼的祖先》中写了一些。但我必须承认少时听过的鬼怪故事对我产生的深刻影响，它培养了我对大自然的敬畏，它影响了我感受世界的方式。[①]

　　中国从来就有许许多多的鬼怪故事。鲁迅在《中国小说史略》中写道："中国本信巫，秦汉以来，神仙之说盛行，汉末又大畅巫风，而鬼道愈炽，会小乘佛教亦入中土，渐见流传。凡此，皆张皇鬼神，称道灵异，故自晋迄隋，特多鬼神志怪之书……"[②]有趣的是，"须知六朝人之志怪，却大抵一如今日之记新闻，在当时并非有意做小说"[③]。中国的古典小说因此就充满了神秘主义的氛围。这样的氛围体现了中国古代文化崇巫、尚鬼，"把'天''地''鬼'联系起来……使天地人鬼成为一个可以互相系连的大网络"的心理和知识特征。[④]经过"五四"新文化运动的冲击，现代小说已经形成了严格的写实传统。这样的传统一直延续到了1949年以后的新中国文学中。然而，这一切并不意味着神秘主义文学的灭绝。到了思想解放的新时期，神秘主义思潮也在现实生活和文学创作中悄然

---

① 莫言：《超越故乡》，《小说的气味》，当代世界出版社2003年版，第375页。
② 鲁迅：《中国小说史略》，人民文学出版社1973年版，第29页。
③ 鲁迅：《中国小说史略》，人民文学出版社1973年版，第276页。
④ 葛兆光：《中国思想史》第一卷，复旦大学出版社1998年版，第226页。

复活了。这一思潮与现实主义思潮风格迥然不同，却自有其不可替代的文学与文化意义。关于当代文学中的神秘文化思潮，我已发表了十多篇论文，可供读者参看。①

而当莫言在鲁迅那里发现了"魔幻"，在司马迁那里发现了"浪漫"，又在《聊斋志异》里找到了神秘感的共鸣时，他也就在走向世界文学的同时回归了中国小说的根——那深深植根于中国人浪漫的想象力、泛神的惊悚感、从古代"志怪""传奇"那里发展而来的文学传统。这样，他就与西方文学中严格的现实主义传统拉开了距离。

由此，他就在冥冥中再次印证了陈寅恪先生的断言："华夏民族之文化，历数千载之演进，造极于赵宋之世。后渐衰微，终必复振。"②

第二节　狂、雄、邪的追求

莫言是具有鲜明文学个性的作家。那么，在百花齐放、众声喧哗的当代文坛，他的个性中最突出的特色在哪里？

①　主要有：《神秘之境》(《文艺评论》1990 年第 5 期）、《东北的神秘》(《北方文学》1991 年第 9 期）、《贾平凹：走向神秘》(《文学评论》1992年第 5 期）、《"新生代"文学与传统神秘文化》(《华中师范大学学报》2005 年第 1 期）、《禅宗与当代文学》(《当代作家评论》2005 年第 3期）、《〈易经〉与当代文学》(《荆门职业技术学院学报》2006 年第 1期）、《范小青与当代神秘主义思潮》(《小说评论》2008 年第 1 期）、《当代哲理小说与神秘主义》(《理论与创作》2008 年第 6 期）、《当今女性文学与神秘主义》(《学术月刊》2009 年第 8 期）、《当代陕西作家与神秘主义文化》(《小说评论》2010 年第 6 期）、《新世纪之初的神秘文化思潮》(《文艺评论》2013 年第 3 期）、《当代小说与神秘文化》(《华中师范大学学报》2013 年第 5 期）、《1990 年代文学的神秘文化思潮》(《中国现代文学研究丛刊》2013 年第 8 期）、《1980 年代文学中神秘文化思潮的发展轨迹》(《山东师范大学学报》2014 年第 1 期）等。
②　陈寅恪：《邓广铭宋史职官志考证序》，《金明馆丛稿二编》，上海古籍出版社 1980 年版，第 245 页。

1985 年，莫言出道之初，曾经以管谟业的本名发表过一篇创作谈《天马行空》。其中写道："文学应该百无禁忌"，"创作者要有天马行空的狂气和雄风。无论在创作思想上，还是在艺术风格上，都必须有点邪劲儿"。①一个"狂"字，一个"雄"字，一个"邪"字，准确地表达了莫言的追求与个性。

思想解放的年代，中国人的狂放之气也如期归来。中国文化虽然素以"温良恭俭让""中庸之道"闻名，其实也是有"狂狷"的传统的。所谓"王侯将相宁有种乎""冲冠一怒为红颜""我本楚狂人，凤歌笑孔丘""我有迷魂招不得，雄鸡一声天下白""生当作人杰，死亦为鬼雄"……都是中国人率真、狂放情感的历史记录，十分生动。历史上多少思想家力图用"温良恭俭让""温柔敦厚"的"和谐"理念改良民风、改造社会，结果如何？那么多的暴力革命、那么多的宫廷内乱、那么多的宗族械斗、那么多的土匪祸害……都使人必须直面历史的追问：我们的民族为什么那么习惯于以任性到狂放的姿态去解决种种纠纷？到了毛泽东时代，"问苍茫大地，谁主沉浮""数风流人物，还看今朝""要扫除一切害人虫，全无敌"的革命浪漫主义豪情也影响了不止一代人。"五〇后"一代人经历过那个革命年代，自然会接受革命豪情的洗礼。革命的浪潮消沉以后，思想解放、个性解放的浪潮取而代之，才使得二十世纪八十年代的思想界、文学界英雄辈出，或"为民请命"，或为改革呐喊，或为"五四"招魂，或标新立异，都激扬文字、叱咤风云，各种主张百家争鸣，众多名篇百花齐放，一代狂人茁壮成长。而莫言，虽然来自贫困的乡村，出身也卑微，却也在走上文学之路伊始就发出"天马行空"的雄强之声，堪称那个时代意气风发的一个缩影，也可见那股狂气在民间的根深蒂固。

于是，对莫言其人及其文学作品的研究，也就具有了文化研究的标本意义：他狂出了怎样的境界？他的狂又体现出怎样的民族性格？

---

① 管谟业：《天马行空》，《解放军文艺》，1985 年第 2 期。

狂，使莫言的文风变幻莫测、不拘一格。

他的早期作品透出别致的诗意：《民间音乐》如怨如诉，又于袅袅回荡的清新、神秘旋律中透出超凡脱俗的奇气——女主人公花茉莉就因为"泼辣漂亮决不肯依附别人"，而为了身为副科长的丈夫"像皇帝爱妃子一样爱着她"离婚，自食其力，又拒绝了身边几个男人的求爱而显得超凡脱俗，却又在一个长相奇特的流浪盲艺人的吹箫声中感受到"一个少妇深沉而轻软的叹息"，"竟有穿云裂石之声……拨动着最纤细最柔和的人心之弦，使人们沉浸在一种迷离恍惚的感觉之中"，身不由己地与他一见钟情，却不想那盲人比她更不食人间烟火，居然不辞而别。人间多奇人。可莫言却以饱蘸诗情的笔触写出了乡村奇人的特立独行、不食人间烟火，以及奇人与奇人的精神共鸣、却仍然难成眷属的人生之谜。这样的诗意沛然之作就不同于孙犁、汪曾祺、刘绍棠、贾平凹的清新、空灵。孙犁的《荷花淀》、汪曾祺的《受戒》、刘绍棠的《蒲柳人家》、贾平凹的《商州初录》都是当代"诗化小说"的名篇，也都早于莫言的《民间音乐》。尽管如此，莫言还是写出了风格特异的《民间音乐》——清新与神秘浑融一体，超凡脱俗中更有不食人间烟火的奇气。当莫言后来成名后，多次谈到他从事文学创作的初衷是一天能吃上三顿饺子时，那坦诚与《民间音乐》的超凡脱俗又形成了多么鲜明的对照！

莫言的成名作是《透明的红萝卜》。该作通常被推举为当代"新潮小说"的代表作。小说意象鲜明、笔触迷离、主题朦胧，充满象征意味。而莫言却另有说道："生活中是五光十色的，包含着许多虚幻的、难以捉摸的东西。生活中也充满了浪漫情调，不论多么严酷的生活，都包含着浪漫情调。生活本身就具有神秘美、哲理美和含蓄美。""生活中原本就有的模糊、含蓄，决定了文艺作品的朦胧美。我觉得朦胧美在我们中国是有传统的，像李商隐的诗，这种朦胧美是不是中国的蓬松潇洒的哲学在文艺作品中的表现呢？文艺作品能写得像水中月镜中花一样，是一个很高的美学境界。"①虽然故

---

① 徐怀中、莫言等：《有追求才有特色》，《中国作家》，1985 年第 2 期。

莫言与当代中国文学创新经验研究

事的背景是"文革"，小说的氛围也相当压抑，但是小说主人公黑孩那些奇特美丽的感觉、那个透明而虚幻的梦却被作家写得那么朦胧可爱、惹人神往。如此说来，这部奇特之作是作家有意继承朦胧诗意的成功尝试。

到了《红高粱》，那诗意一下子变得不那么含蓄、而是汪洋恣肆了起来——

> 八月深秋，无边无际的高粱红成洸洋的血海。高粱高密辉煌，高粱凄婉可人，高粱爱情激荡。秋风苍凉，阳光很旺，瓦蓝的天上游荡着一朵朵丰满的白云，高粱上滑动着一朵朵丰满的白云的紫红色影子。一队队暗红色的人在高粱棵子里穿梭拉网，几十年如一日。他们杀人越货，精忠报国，他们演出过一幕幕英勇悲壮的舞剧，使我们这些活着的不肖子孙相形见绌，在进步的同时，我真切感到种的退化。

对爷爷奶奶率性而活的无限神往、对普通农民（也是土匪）奋起抗日壮举的讴歌，加上"谨以此文召唤那些游荡在我的故乡无边无际的通红的高粱地里的英魂和冤魂。我是你们的不肖子孙，我愿扒出我的被酱油腌透了的心，切碎，放在三个碗里，摆在高粱地里。伏惟尚飨！尚飨！"的嘶喊，都烘托出作家的精气神：热烈、狂放、不拘一格、百感交集又豪情万丈！

从朦胧中透出神秘到热烈升华为狂放，昭示了莫言的独特个性：时而忧郁、感伤，时而雄奇、高亢。那忧郁、感伤、雄奇、高亢，来自何处？来自他吸收外国文学养分的驳杂。博览群书，博采众长，这是许多作家都有的胸怀。但莫言的与众不同在于："看了他们喜欢了他们，又否定他们否定了喜欢过他们的我自己。"[①]这就

① 赵玫：《淹没在水中的红高粱——莫言印象》，《北京文学》，1986 年第 8 期。

与那些在博览群书中找到了自己喜欢的作家，就一味推崇、就亦步亦趋的人们区别了开来。而能够发现那些名家的不足，能够在不断的亲近与反叛中走向无限广阔的文学天地，也的确是需要一股子狂气的。

对待外国文学名家是如此，对待中国文学经典也不例外。前面谈到他对李商隐的推崇。他后来又特别谈到童年读过的书，其中既有《封神演义》《三国演义》《水浒传》《儒林外史》那样的古典文学名著，也有《青春之歌》《破晓记》《三家巷》那样的革命文学作品。①后来，他还自道："《聊斋志异》是我的经典。……魏晋传奇也非常喜欢，也是我重要的艺术源头。"②这样一份书单，也显示了莫言读书的不拘一格。在李商隐那里，他学到了"朦胧美"；在《聊斋志异》那里，他学到了谈鬼说怪的才情；而在《三家巷》《钢铁是怎样炼成的》等书中，他受到深深感动的，是那些缠绵感伤的爱情故事。莫言显然是一个早熟的少年，有一颗憧憬美好爱情的心灵。在他成长的岁月里，革命文学居然成为他接受爱情启蒙的读物，这也不能不说是一个奇观吧！

求新求变之心，人皆有之。而敢于以"要想变化就得反叛"作为自己创作的旗帜，并在创作中不断谱写出聚讼纷纭之作的，则正是莫言最突出的个性所在。

在《红高粱》中，他写土匪抗日，讴歌高粱地里的"野合"，渲染日寇剥人皮的残忍，都透出一股子叛逆的狠劲，也引起了非议之声；后来写《红蝗》，其中关于大便的大段文字虽然意在对比"高密东北乡人大便时一般都能体验到磨砺黏膜的幸福感"与"城市里男男女女都肛门淤塞，像年久失修的下水管道，我像思念板石道上的马蹄声声一样思念粗大滑畅的肛门，像思念无臭的大便一样思念我可爱的故乡"的描写，以及关于故乡一奇丑男人与驴交配的

---

① 莫言：《童年读书》，《什么气味最美好》，南海出版公司 2002 年版，第 22—27 页。
② 华超超：《莫言 43 天完成 49 万字〈生死疲劳〉》，《新民周刊》，2012 年 10 月 18 日。

讲述，也散发出粗鄙、令人惊悚的气息；此后写《天堂蒜薹之歌》，敢于写"土皇帝"胡作非为激起当代民变，燃烧着"为民请命"的激情，直至写出当地民众早就有抗粮抗捐的传统，曾经出过英雄好汉，也堪称惊悚之笔；到了《丰乳肥臀》，那标题就曾经激起一片惊呼，更因为书中对残酷的政治动荡中一些过激行为的聚焦也曾经激起过愤怒的声讨。而《檀香刑》对酷刑的渲染、《酒国》对吃"红烧婴儿"案件的描写，都相当惊世骇俗。这些"大尺度、重口味"的描写使莫言的小说常常充满了对高雅趣味的冒犯力量。尽管经常有评论家对此提出批评，但莫言依然我行我素。他因此成为当代聚讼纷纭的作家之一。他的敢写、敢言表现了性格中的狂放不羁。他的作品得到的好评明显多于批判，也足以表明大部分读者还是喜欢他的狂放文风的吧。当然，大家欣赏的，还是他那些既狂放又燃烧着美感的文字。

狂，当然就意味着无视禁忌，独往独来。

因此，莫言也就对狂人形象的刻画情有独钟——

《红高粱》里的余占鳌，何其狂也！想爱，就在高粱地里"野合"；恨起来了，就不顾一切地手刃仇人或奋起抗日；《丰乳肥臀》中写"司马家的男人，都是一些疯疯癫癫的家伙"，从闹义和拳的司马大牙到狂得率性的司马库，无不侠肝义胆；《天堂蒜薹之歌》中的农民们遇到不平事就在突然间自发聚集起来，包围县政府，反抗贪官污吏的压榨；《檀香刑》写"高密东北乡人深藏的血性迸发出来，人人义愤填膺，忘掉了身家性命，齐声发着喊"，奋起抗德……这些都写出了故乡人的抗争历史，源远流长。《生死疲劳》中的蓝脸敢于一直与合作化的浪潮较劲，敢于说"要想让我入社，除非毛泽东亲自下令。但毛泽东的命令是'入社自愿，退社自由'，他们凭什么强逼我？他们的官职，难道比毛泽东还大吗？我就是不服这口气，我就要用我的行动，实验一下毛泽东说话算不算数"。这样的逆潮流而动也体现出莫言的祖辈记忆。他曾经说过："我爷爷是个很保守的人，对人民公社心怀抵触。……爷爷没在人民公社干一天活……他发誓不到社里去干活。干部上门来动员，软硬兼施，他软硬不吃，有点顽固不化的意思。他扬言人民公社是兔子尾巴长不了。"①历史证明了一个农民的先见之明。谁说中国的农民安分守己、麻木不仁？敢于抗争、不怕牺牲，也是他们的传统活法！

特别值得注意的，是莫言对女性狂放性格的不断描绘——

从《民间音乐》里面的花茉莉拒绝粗俗男性的引诱、主动追求超凡脱俗的流浪艺人到《红高粱》中的戴凤莲敢于用剪刀反抗包办婚姻，从《金发婴儿》中的军嫂紫荆敢于挣脱守活寡的苦闷、追求越轨的爱情，再到《白狗秋千架》中的暖为了"要个会说话的孩子"，主动要求荣归故里的当年玩伴与自己"野合"，还有长篇小说《丰乳肥臀》中的鲁璇儿婚后饱受婆婆和丈夫的欺凌，也愤然走上了叛逆之路，向几个不同的男人"借种"，生下八女一男，而她的女儿们也继承了她的刚烈、强悍性格，"一旦萌发了对男人的感情，套上八匹马也难拉回转"，有的嫁给土匪，有的甚至为娼，用卖淫的钱为母亲和姐妹们挣足生活的资本……还有鲁璇儿的婆婆上官吕氏也是"铁女人""真正的家长"，她甚至可以挥鞭抽打偷懒的老公父子；上官鲁氏的大姑姑也以"刚毅的性格、利索的手把"而在"全高密东北乡都有名"……再看《檀香刑》中"高密东北乡最美丽的姑娘"孙眉娘，她"从小跟着戏班子野，舞枪弄棒翻筋斗，根本没有受三从四德的教育，基本上是个野孩子"。她虽已嫁为人妇，却依然无可救药地爱上了县令钱丁，她的那一番内心独白——"俺爱的是你的容貌，是你的学问，不是你的心。俺不知道你的心。俺何必去知道你的心？……俺知道你爱俺如馋猫爱着一条黄花鱼；俺爱你似小鸟爱着一棵树。俺爱你爱得没脸没皮，为了你俺不顾廉耻；俺没有志气，没有出息；俺管不住自己的腿，更管不住自己的心。……俺自轻自贱，颠倒了阴阳；不学那崔莺莺待月西厢，却如那张君瑞深夜跳墙。君瑞跳墙会莺莺，眉娘跳墙探情郎"，堪称一个普通民女的爱情绝唱。而她因为"俺家里有一个忠厚老实能挡风

① 莫言：《从照相说起》，《什么气味最美好》，南海出版公司2002年版，第37页。

能遮雨的丈夫，外边有一个既有权又有势、既多情又多趣的相好；想酒就喝酒，想肉就吃肉；敢哭敢笑敢浪敢闹，谁也不能把俺怎么着"就感到十分满足，认为"这就是福！"的描写，也都写出了相当一部分中国女性的世俗生命意志、狂放不羁的风气。作家有意通过这样惊世骇俗的描写凸显出农妇生命力的泼辣、性格的强悍，强悍到敢于突破礼教的约束、"常言"的羁绊，从心所欲，回归"本我"……那股子敢作敢当的泼辣劲头与武则天、穆桂英，与《水浒传》中的潘金莲、孙二娘颇有几分相似。因此，谁又能说传统的"妇德"就是"温柔贤惠"？

而《蛙》中的乡村医生万心，则体现出莫言对革命女性狂放性格的深刻反思：她性子风风火火、泼辣强悍、胆大包天，经过革命教育后更加疾恶如仇，勇于斗争、出手凶狠。既能"与人民公社那帮杂种拼酒""千杯不醉"，抽起烟来也吞云吐雾，动作夸张；与同事吵起架来竟然能"发疯般地""以更加猛烈的动作"去打斗；为了证明自己的清白，她居然割腕、写血书，可谓偏激、决绝之至。"文革"之初，"她十分狂热"，逼死了老领导；后来她自己也被揪斗，却能在残酷的折磨中昂首不屈。到了改革开放的年代，为了坚决贯彻计划生育政策，她不惧流言蜚语，不怕暴力恫吓，不择手段伤害了许多抵触计划生育的乡亲。作家写她"对她从事的事业的忠诚，已经到达疯狂的程度"，也就写出了那个年代里许多"铁姑娘"、"假小子"、女干部的共同命运。她们为革命献出了全部的青春热情，也始料未及付出了惨重的代价。这样的反思与浩叹无疑寄寓了作家的深刻反思：泼辣的民风阴差阳错间催生出层出不穷的悲剧，而狂热的"革命"也使人身不由己地"异化"。到了时代巨变的晚年，万心才意识到"那时所有的人都疯了，想想真如一场噩梦"，进而幡然醒悟，忏悔不已："认为自己有罪，不但有罪，而且罪大恶极，不可救赎！"除了她，还有她的徒弟"小狮子"，在革命年代"锤炼出了一副英雄加流氓的性格……被逼急了，什么事都能干出来"；还有死于非命的王仁美，性格也"咋咋呼呼，动不动就要寻死觅活的"；加上王仁美的母亲，诅咒起仇人来无比刻毒……无论是计划生育的支持者或反对者，在性情暴烈、言行泼辣方面，可谓如出一辙。作家就这样写出了故乡女性的泼辣、强悍民风的另一面，以及对这一民风的喟然长叹。耐人寻味之处在于：作家对于戴凤莲、鲁璇儿、孙眉娘等人的泼辣充满了欣赏、向往之情，而对于万心的泼辣做派则颇多痛心之感，为什么？是因为戴凤莲、鲁璇儿、孙眉娘等人追求的是率真的爱情，虽然不合传统礼教却狂放得率真、可爱，而万心追求的却是政治表现积极、为此不惜得罪乡亲这样的异化人生吧。狂放可以可爱，也可能遭人讨厌。再看《酒国》中的女司机：满口粗话，举止也粗鄙不堪。这位"女汉子"既可以通过色相将素不相识的侦查员拉下水，又是酒国官员腐败的帮凶，还是酒店侏儒总经理的"第九号情妇"。她无疑是当代社会一种精明女性的代表：既泼辣，又阴险，也无耻，还活得滋润。小说中描写她勾引侦查员时"动作凶狠野蛮，没有半点儿女性温柔"，明显有讽刺之旨。由此又可见莫言对于泼辣、强悍并非一味欣赏。可以接受泼辣，甚至可以接受放荡，却对阴险、别有用心嗤之以鼻。

如此说来，莫言对于狂放民风的表现也是五味俱全的：时而讴歌那泼辣，时而也反思那狂热。是的，狂也有另一面。暴君、昏官、土匪草菅人命的疯狂，都是兽性大发的可怕证明。莫言在《枯河》《筑路》《草鞋窨子》《酒国》中描写的家庭暴力、变态欲望、腐败官场，都令人想起鲁迅的《阿Q正传》《药》，也想起福克纳在领诺贝尔文学奖时谈到的可怕现实："我们今天的悲剧在于普遍的恐惧感……精神的问题已经不复存在了。剩下的只有一个问题：什么时候我的躯体会被撕得粉碎？"[①]还有对福克纳推崇有加的加西亚·马尔克斯关于"暴力贯穿哥伦比亚的历史"的感慨。[②]

当然，所有人的悲剧不仅是"国民性"的悲剧，也是人性恶的证明。

①　（美）福克纳：《接受诺贝尔奖金时的演讲》，《美国作家论文学》，刘保端等译，三联书店1984年版，第367页。

②　（哥伦比亚）加西亚·马尔克斯：《现在：两百年的孤独》，《两百年的孤独》，朱景东等译，云南人民出版社1997年版，第46页。

这样，就要写到中国现代思想与文学中的狂人传统了。从鲁迅写《狂人日记》，让狂人从写满"仁义道德"的历史上看出"吃人"二字，表达了对黑暗历史的愤怒、绝望之情，到郭沫若在狂飙突进的年代里写下《匪徒颂》，讴歌"一切政治革命的匪徒们""宗教革命的匪徒们""学说革命的匪徒们""文艺革命的匪徒们""教育革命的匪徒们"，"万岁！万岁！万岁！""五四"先驱们的狂放言论，可谓叛逆之至！从田汉作词的《义勇军进行曲》中"我们万众一心，冒着敌人的炮火前进"，发出了千千万万不怕牺牲的中国人的狂放怒吼，到在延安，王实味敢于写《野百合花》并为此付出了惨重的代价，可萧军并没有因此而收敛桀骜不驯的个性（他的《延安日记》就是证明），也都是在绝境中奋起抗争的"正气歌"。五十年代的一系列政治运动（尤其是"反右"）的确极大地戕害了中国知识分子的元气，但敢于提出不同政见的知识分子并没有因此而消失：从"大右派"章乃器的拒不认"错"、从不承认自己是"右派分子"到翻译家傅雷被打成"右派"后拒绝用笔名出书，从经济学家顾准、孙冶方对于革命与建设道路的"另类"探索到水利专家黄万里力排众议、对三门峡工程发出反对的声音，直到毛泽东政治秘书田家英在"文革"伊始的"尸谏"，文化人邓拓、老舍、傅雷的以死抗争……都可谓狂矣！在政治高压的年代里，没有那份以卵击石的狂气，是不可能给后来人留下一份为爱真理不怕被打倒的宝贵精神遗产的。

说到莫言，他的狂放更带有老百姓"无法无天"的鲁莽之气。这股鲁莽之气与士大夫"万物皆备于我""安能摧眉折腰事权贵，使我不得开心颜"的凛然、清高之气很不一样。这是"苟富贵勿相忘"的率真、是"大块吃肉，大碗喝酒"的痛快，是"砍掉脑袋碗大个疤""二十年后又是一条好汉"的无所畏惧，因此，无论是学川端康成，还是学福克纳、加西亚·马尔克斯，抑或是学李商隐、蒲松龄，他都在其中倾注了充沛的朴野狂气。他正是在用自己的朴野、鲁莽之气融会贯通各家精神方面蹚出了一条独特的文学之路。

这是一条燃烧着炽热欲望的道路。莫言因为川端康成的《雪国》而产生了写《白狗秋千架》的灵感，并由此开始了"高密东北乡"的创造。然而,《白狗秋千架》中追忆农村少年渴望参军的欲望、渴望爱情的欲望,都写得何其灼热!

在《福克纳大叔,你好吗?》的演讲中,莫言谈到自己与福克纳的相似("从小不认真读书""喜欢胡言乱语""喜欢撒谎"等等),同时还谈到"我编造故事的才能决不在你之下",而且"我的胆子也比你大"。福克纳创造了一个文学家园,而莫言则自称开创了一个"文学的共和国",并说"我就是这个王国的国王……在这片国土上,我可以移山填海,呼风唤雨,我让谁死谁就死,让谁活谁就活"①。同样是写自己的故乡,福克纳的"约克纳帕塔法县"阴沉而压抑,莫言的"高密东北乡"则常常狂野而迷乱。《红高粱》中关于祖辈在高粱地里"野合""杀人越货,精忠报国"的讲述就惊世骇俗、别开生面。还有《红蝗》《金发婴儿》《丰乳肥臀》《檀香刑》中对故乡女性泼辣爱情故事的讲述,都写得如火如荼、如痴如醉。而《红高粱》中的抗日壮举、《檀香刑》中的义和拳抗德暴动,还有《天堂蒜薹之歌》中农民反抗官僚主义的怒吼,则都写出了老百姓"冲冠一怒"的民风。同时,也显然展示出作家本人对反抗的无限心仪。

莫言的文学就如同燎原的野火一样气势迅猛,也如同泛滥的洪水一样惊心动魄。这样的文学体现出作家特立独行的个性——

莫言出身农家。从小饱经饥饿、失学之痛,却也在忧患中产生了敢于直言的脾气,以至于他虽然从小就因为"喜欢说话的毛病给我的家人带来了许多的麻烦"而曾经"发誓再也不说话",直至后来以"莫言"作为自己的笔名,"但一到了人前,肚子里的话就像一窝老鼠似的奔突而出。话说过以后又后悔无比",甚至因为"改不了喜欢说话的毛病……把文坛上的许多人都得罪了"。②他个性的狂放于此可见一斑。

① 莫言:《福克纳大叔,你好吗?》,《什么气味最美好》,南海出版公司 2002 年版,第 212—215 页。
② 莫言:《饥饿和孤独是我创作的财富》,《什么气味最美好》,南海出版公司 2002 年版,第 205 页。

在许多作家的心中，文学是崇高的事业。而莫言早早就坦言："我的写作动机一点也不高尚。""当初就是想出名，想出人头地，想给父母争气，想证实我的存在并不是一个虚幻。"[①]后来，他多次谈到少年时因为一位"右派"给他讲"那些名作家一天三顿吃饺子"而梦想当作家的契机[②]，谈到"我创作的最原始的动力就是对于美食的渴望"[③]。这样的文学观与崇高的文学观相去甚远，也对于传统的崇高文学观形成了狂放的冲击力。在二十世纪八十年代那个启蒙的激情风生水起的气氛里，阿城关于写小说就是"怀一种俗念，即赚些稿费，买烟来吸"的说法[④]，还有王朔"调侃一切""我是个拜物狂，那种金钱的东西我很难拒绝，我看有钱比什么都强"的直言不讳[⑤]，都显示了文学世俗化潮流的冲击波。当然有伟大的、崇高的、感动了世世代代人的文学，也有世俗的、有趣的、而且并不因此显得低俗的文学。

在许多人心中，"农民意识"意味着心胸狭窄、目光短浅、缺乏教养，是贬义词。莫言出身农民，因此就曾经猛烈抨击过歧视农民的言论，说："我认为许多作家评论家是用小市民的意识来抨击农民意识。"他对农民意识进行了辩证的分析："农民意识中那些正面的，比较可贵的一面，现在变成了我们作家起码变成了我个人赖以生存的重要的精神支柱，这种东西在《红高粱》里面得到比较充分的发挥。"而说到农民的"狭隘性"，他认为："狭隘是一种气质……农民中有狭隘者，也有胸怀坦荡、仗义疏财、拿得起来放得下的英雄豪杰，而多半农民所具有的那种善良、大度、宽容，乐善好施，安于本命又与狭隘恰成反照，而工人阶级中，知识分子中，

① 赵玫：《淹没在水中的红高粱——莫言印象》，《北京文学》，1986 年第 8 期。
② 莫言：《漫长的文学梦》，《什么气味最美好》，南海出版公司 2002 年版，第 64 页。
③ 莫言：《饥饿和孤独是我创作的财富》，《什么气味最美好》，南海出版公司 2002 年版，第 206 页。
④ 阿城：《一些话》，《中篇小说选刊》，1984 年第 4 期。
⑤ 王朔等著：《我是王朔》，国际文化出版公司 1992 年版，第 17 页。

'贵族'阶层中，狭隘者何其多也。"因此，他提出"要弘扬农民意识中的光明一面"。同时，他也认为："无产阶级意识在中国是变种的，是烙着封建主义痕迹的。"①这样的说法，堪称雄辩，自成一家之言。想想多少年来因为"无产阶级思想"的宣传而形成的歧视农民、贬低农民的种种说法，真值得人云亦云者深思！

然而，即使如此有个性，莫言其实也非常清醒：他的狂放常常只能停留在文学创作的层面。他在《红高粱》中感慨"种的退化"，在《丰乳肥臀》遭到居心叵测的批判后并不反驳，而是在事过四年以后才在美国的一次演讲中自道："你可以不读我所有的书，但不能不读我的《丰乳肥臀》。在这本书里，我写了历史，写了战争，写了政治，写了饥饿，写了宗教，写了爱情，当然也写了性。葛浩文教授在翻译这本书时，大概会要求我允许他删掉一些性描写吧？但是我不会同意的。因为，《丰乳肥臀》里的性描写是我的得意之笔……"②这样的自道不就回答了那些神经过敏、居心叵测、吹毛求疵的批判者吗？

一边是思想解放、个性解放的时代浪潮浩浩荡荡，势不可当；一边是随着这股大潮的起起伏伏，随着政治风云的变幻莫测，各种思想禁锢、政治敲打也此起彼伏，从"清除精神污染"到一些电影（例如《苦恋》《蓝风筝》《颐和园》等）、小说（例如《飞天》《在同一地平线上》《白鹿原》《废都》等）受到过分的批判。莫言是聪明人，他知道应该如何应对那些非议与处分，在形势不利于自己的时候韬光养晦；在形势有利于自己时发出自己的心声、为自己辩护。作家的个性与良知就这样与政治的打压、粗暴的批判周旋。这已经成为当代文化的一大看点。刘梦溪先生曾著文《中国文化的狂者精神及其消退》，指出因为科学主义的制约，今天的狂人已不能与古代狂人同日而语，尤其经过五十年代以后政治运动的整肃，"我们

---

① 莫言：《我的"农民意识"观》，《文学评论家》1989 年第 2 期。
② 莫言：《我在美国出版的三本书》，《什么气味最美好》，南海出版公司 2002 年版，第 224 页。

已经进入了无狂的时代"①，虽言之有理，却毕竟遮蔽不了这样的事实——从尼采、萨特这些具有浪漫主义气质的西方哲人成为青年知识分子的精神导师到呼唤个性解放的文艺浪潮持续高涨，从一批具有批判现实意识和公信力的"公共知识分子"的涌现（虽然他们批判现实的立场显得非常理性，好像与"狂"无关，但他们敢于发表不同意见的勇气仍然非同一般，并因此具有了近乎"狂"的气质）到"新生代"文化人以激进的姿态继续"反传统""反体制""反潮流"……当代人的狂放就这样在曲曲折折的时代浪潮发展中表现得更加丰富多彩。

第三节　莫言的"农民意识"论

一、莫言的"农民意识"

在漫长的历史时段里，农民构成了中国社会的基本主体。因此，"小农经济"就成了中国经济的一大特色。体现在文化品格上，"农民意识"自然就成了认识中国民族性的一个关键词。只是，虽然自古以来，中国社会就有"重农"的传统，可大概自从"工业化"和"工人阶级"这些代表先进文化的词语产生以后，"小农经济"和"农民意识"就常常成了"落后""封建文化"的代名词。于是，就有了这样的社会奇观：一方面，中国是个农业国，在国际现代化浪潮的催逼下，不能不急起直追现代化、工业国的伟大目标，而现代的中国革命从根本上也是一场农民革命；另一方面，这场革命在取得胜利以后却为了"继续革命"而严重伤害了广大农民的利益。一方面，在政治上，"贫下中农"被看作"工人阶级"的可靠"同盟军"，具有相当高的政治地位；另一方面，他们的实际生活和经

---

①　刘梦溪：《中国文化的狂者精神及其消退》（上、中、下），《读书》，
　　2010 年第 3—5 期。

济地位却长期得不到改善，以至于无数农民的后代都渴望通过考学、当兵、务工逃离农村、进入城市，"跳农门"一词因此充满了悲壮与悲凉的意味。一方面，农民的淳朴、勤劳、善良、坚忍一直是许多文艺家讴歌的品质，"乡愁""寻根"成为许多文艺家创作的主题；另一方面，"农民意识"又是日常生活中明显带有自私、狭隘、目光短浅等特定语义的一个贬义词……"五四"以来，以鲁迅为代表的"改造国民性"思潮批判了国民性中蒙昧、麻木的一面，影响至今。而毛泽东时而肯定农民革命的历史贡献，时而又指出"严重的问题是教育农民"的有关论述也表明了他对农民复杂性的认识。在这些矛盾现象的深处，实际上有一个文化课题：该如何认识"农民性"？在当代政治家、文艺家关于"农民性"的矛盾论述的后面，又可以看出怎样的文化奥秘？在一连串伤害农民根本利益的"社会主义革命"过去以后，重新认识"农民性"显然已经成为当代文化的一个重要主题。应该说，这个问题在相当程度上就是重新认识"国民性"的问题。因为中国至今仍然是农民占了人口大多数的国家，因此，中国的"国民性"在很大程度上就不能不是"农民性"。值得注意的是，由于长期以来工农之间、城乡之间存在的生活水平的巨大差距，城里人对乡下人的歧视根深蒂固。这样的结果使农民的生产积极性严重受挫，农村经济一片萧条。当代中国的社会变革从农村开始，也打开了当代人重新认识"农民性"乃至"国民性"的新思路。

出身农民的作家莫言，当他的《红高粱》因为弘扬了中国农民的"酒神精神"和"精忠报国"事迹而感动了中国乃至世界时，他也的确弘扬了中国"农民性"——"国民性"的另一面："中华民族不但以刻苦耐劳著称于世，同时又是酷爱自由、富于革命传统的民族。"[①]读着那些在高密东北乡的高粱地里"杀人越货，精忠报国"的普通农民的故事，我很自然想起了《水浒传》中的梁山好汉，想

---

① 毛泽东：《中国革命和中国共产党》，《毛泽东选集》（一卷本），人民出版社1964年版，第586页。

起了当代那些讴歌农民起义的长篇历史小说——从姚雪垠的《李自成》、刘亚洲的《陈胜》到张笑天的《太平天国》……尽管我知道，关于农民起义的是是非非、负面影响，已经有大相径庭的各种说法。

只是，在《红高粱》的续篇《高粱酒》《狗道》里，讴歌农民英雄气的主题却常常被"颠倒的世界混沌迷茫，不灭的人性畸曲生长"之类感慨以及主人公余占鳌的一声叹息"乏透了"所取代。在这样的感慨中，好像浸透了与西方现代派文化息息相通的虚无主义情绪，其实又何尝不是中国农民文化传统中的麻木、冷漠幽灵在当代的重现！——在与《红高粱》《高粱酒》《狗道》几乎同时发表的《枯河》《筑路》《草鞋窨子》里，就充满了对麻木、冷漠、贪婪、残忍的"国民劣根性"的无情批判与叹息。如此说来，莫言来自农民，有着农民的自尊，但他并没有因此而无视农民的弱点。其实，那些弱点又岂止是农民的弱点？士农工商，哪个阶层中没有麻木、冷漠的人们？而且，麻木、冷漠又岂止是"国民劣根性"？！许多"国民劣根性"其实不也与"人性恶"紧密相连吗？

二、莫言的"农民意识"四层次

莫言的"农民意识"有哪些表现？值得研究。

综而观之，莫言的"农民意识"至少体现在四个方面——

一是率真的世俗姿态。莫言刚出名时就承认："我的写作动机一点也不高尚。""当初就是想出名，想出人头地，想给父母争气。"[1]后来，他进一步坦承自己"当初想当作家，就为了一天能吃上三顿饺子"[2]！堪称朴实，也令人叹息。在那个吃不饱饭的革命年代里，这样的文学动机浸透了悲凉！在那个吃不饱饭还做着"无

---

① 赵玫：《淹没在水中的红高粱——莫言印象》，《北京文学》1986年第8期。

② 莫言：《漫长的文学梦》《孤独和饥饿是我创作的财富》，《什么气味最美好》，南海出版公司2002年版，第64、206页；《作家莫言坦言初写作兴趣：为每天三顿都吃饺子》，《青年报》，2008年8月15日。

产阶级专政下继续革命""埋葬一切帝、修、反"的迷梦，说大话、空话、假话成风的荒唐年代里，这样的文学动机也显示了农民子弟的率真与叛逆。

二是农民的欣赏趣味。广大农民是喜欢"重口味"的故事的。从《三国演义》《水浒传》《西游记》那样混合了"英雄故事"与"暴力叙事"的文学经典，到《聊斋志异》那样的"魔幻"叙事，都是因为凝聚了中国民众的"重口味"欣赏习惯才长期受到他们的欢迎的。莫言亦然。他从小就看过《封神演义》《三国演义》《水浒传》等经典，熟悉到"主要情节便能复述，描写爱情的警句甚至能成段地背诵"。还读过《青春之歌》《三家巷》《钢铁是怎样炼成的》那样的"红色经典"。而且，对《三家巷》中关于美丽少女区桃的故事、《钢铁是怎样炼成的》中关于冬妮娅的爱情描写印象极深，到了魂牵梦萦的程度："眼前老是晃动着美丽少女区桃的影子，手不由自主地在语文课本的空白处，写满了区桃"；保尔与冬妮娅的爱情故事也使他"梦绕魂牵，跟得了相思病差不多"。[①]这样的回忆，相当真切地写出了少年莫言的青春苦闷，同时也道出了在"文革"那个禁欲的年代里，无数青少年从焚书的浩劫中偷偷保留下来的文学名著中了解何谓爱情的历史真情。莫言的小说不避火辣、"重口味"的爱情描写，从《红高粱》中著名的"野合"场面到《丰乳肥臀》标题的惊世骇俗以及小说对农村妇女叛逆形象的"重口味"刻画，都在当代小说中格外引人注目，也充分体现了莫言的"重口味"个性。也正是因此，他成名不久就已经引起了评论家的非议。例如艾晓明的评论《惊愕·恶心·沉思》就在充分肯定了莫言的"红高粱系列"的成就同时，道出了阅读中的"恶心"感[②]；李陀也指出了莫言的《红高粱》"混合着崇高与粗鄙"，其中张扬的生命力"甚至带有一种粗野的、原始的色彩"的特色。[③]这些批评在

---

① 莫言：《童年读书》，《什么气味最美好》，南海出版公司 2002 年版，第 22—27 页。

② 艾晓明：《惊愕·恶心·沉思》，《文论报》，1986 年 11 月 1 日。

③ 李陀：《读〈红高粱〉笔记》，《小说选刊》，1986 年第 7 期。

切中肯綮的同时，也足以使人联想到作家乃至许多中国人都有的审美趣味：还原生活的"原生态"直至不避粗俗，不惧惊悚，从而表现出"中国式率真"。虽然，中国的正统审美理想是"温柔敦厚""思无邪"，可从《韩非子》《世说新语》到《三国演义》《水浒传》《西游记》《金瓶梅》《红楼梦》，都是不乏对阴暗、怪诞、暴烈、淫邪、惊悚的痴迷渲染的。

三是农民的狡黠。所谓"农民的狡黠"，指的是不拘泥礼教，不迂腐，在上天入地的灵活中，获取利益。小时候，莫言就偷喝父亲的酒，而且为了不让父亲发现，他会"每次偷喝罢，便从水缸里舀来凉水灌到瓶中"[1]。成为作家以后，他佩服美国作家福克纳和哥伦比亚作家加西亚·马尔克斯，专门就此写过一篇文章《两座灼热的高炉》；可就在同时，在他发表的创作谈《黔驴之鸣》中，他又写道："我现在恨不得飞跑着逃离马尔克斯、福克纳。"[2]多年以后，他在美国演讲，更放言成名之前读了福克纳的名著《喧哗与骚动》以后"心中不以为然"的体会，感到自己"编造故事的才能决不在他之下"。[3]可见他在学习、佩服的同时就已经有了逃离的意识、超越的胆量。《丰乳肥臀》出版后很快受到了措辞严厉的声讨，当时莫言没有辩解，但他心里是不服气的。有他后来的回应为证："你可以不读我所有的书，但不能不读我的《丰乳肥臀》。"时过境迁几年后，他多次这么说。[4]他甚至这样反击对《丰乳肥臀》的批判："封建主义那套东西，在今日的中国社会中，其实还在发挥着重大的影响。……所以我的这部小说发表之后激怒了许多人就是很

---

① 莫言：《我与酒》，《什么气味最美好》，南海出版公司 2002 年版，第 50 页。

② 《两座灼热的高炉》发表于《世界文学》1986 年第 3 期；《黔驴之鸣》发表于《青年文学》1986 年第 2 期。

③ 莫言：《福克纳大叔，你好吗？》，《什么气味最美好》，南海出版公司 2002 年版，第 212—213 页。

④ 莫言：《我的〈丰乳肥臀〉》，《什么气味最美好》，南海出版公司 2002 年版，第 224 页。

正常的了。"①他的聪明与固执由此可见一斑。中国农民都知道"钓鱼不在急水滩""出水才看两腿泥""骑驴看唱本——走着瞧",还有"君子报仇,十年不晚"。

四是农民的叛逆冲动。在莫言的作品中,除了对农民生存状态的生动描绘以外,还应该特别提到他对农民反抗精神的渲染。

莫言的爷爷就很有反抗精神。莫言曾经回忆说:"我爷爷是个很保守的人,对人民公社心怀抵触。……爷爷没在人民公社干一天活……他发誓不到社里去干活。干部上门来动员,软硬兼施,他软硬不吃,有点顽固不化的意思。他扬言人民公社是兔子尾巴长不了。"②"莫言"这个笔名就来自对自己喜欢说话的告诫。尽管如此,作家仍然"改不了喜欢说话的毛病。为此我把文坛上的许多人都得罪了,因为我喜欢说的是真话"③。作家的个性由此可见一斑。作家常常以惊世骇俗的文学风格挑战读者的审美习惯,以不同凡响的故事挑战某些"禁区",并因此搅起非议与争鸣,也体现了作家性格中的叛逆性。他在《红高粱》中讴歌祖辈"杀人越货,精忠报国"那"一幕幕英勇悲壮的舞剧",在《丰乳肥臀》中尽情赞美了母亲的叛逆性格和司马库敢作敢当、侠肝义胆的豪气,也都体现了莫言对独往独来的民间英雄的无限神往。

谈到中国农民,"淳朴""善良""能忍"或"狭隘""麻木""狡黠"是人们常常想到的词。其实,中国农民也是最具有反抗精神的一群人。研究表明,中国历代农民起义频率之高、规模之大,举世罕见。④他们常常在一夜之间就掀起了改变历史的狂飙。

在《红高粱》发表两年后的 1988 年,莫言发表了长篇小说

---

① 莫言:《我的〈丰乳肥臀〉》,《什么气味最美好》,南海出版公司 2002 年版,第 230 页。

② 莫言:《从照相说起》,《什么气味最美好》,南海出版公司 2002 年版,第 37 页。

③ 莫言:《孤独和饥饿是我创作的财富》,《什么气味最美好》,南海出版公司 2002 年版,第 205 页。

④ 熊家利:《中西封建社会农民战争之比较》,《湖南师范大学社会科学学报》,1996 年第 3 期。

《天堂蒜薹之歌》。小说是根据 1986 年山东苍山县的一起民变写成。农民们响应县政府号召种蒜薹并获得了丰收，却因政府任意征税、压低收购价格而损失惨重。加上县长、乡党委书记的麻木无情终于激怒了大家，人们自发包围了乡政府，打砸一气，酿成了震惊全国的"蒜薹事件"。小说并没有正面描绘暴动的过程，而是通过几个参与了闹事的农民被捕以后的遭遇写出了他们的悲愤与绝望："反正是我也活够了……""我窝囊了半辈子，窝囊够了！""我恨不得活剥了你们这群贪官污吏的皮。""我求你们枪毙我！"小说通过辩护人之口道出了二十世纪八十年代已经出现的"三农"问题的严重性："近年来，农村经济改革带给农民的好处，正在逐步被蚕食掉……农民的负担越来越重……根本的原因，在于天堂县昏聩的政治！""这些干部，是社会主义肌体上的封建寄生虫！所以，我认为，被告人高马高呼'打倒贪官污吏！打倒官僚主义！'是农民觉醒的进步表现，并不构成反革命煽动罪！"最后，闹事的农民被捕，而县政府领导在受到处分后调任他职的结局也令人长叹。虽然，《天堂蒜薹之歌》的文学成就与影响不能与《红高粱》相比，但其中交织的复杂情绪却相当集中地体现了当代作家不同于鲁迅那一代人和赵树理那一代人对于"农民性"的深刻理解：农民是顺从的也是在被伤害以后敢于抗争的；农民的抗争是悲壮的也是绝望的……"农民问题"，这个多少年都没有解决的社会难题，是政治问题，也是文化问题，还是人性问题？"哀其不幸，怒其不争"也罢，"闹革命"也罢，"包产到户"也罢，到头来为什么还是问题多多、困难重重？

当代有许多作家来自乡村。无论是高晓声、贾平凹、路遥、莫言、刘震云、阎连科、迟子建那样的"乡下人"，还是张承志、史铁生、韩少功、梁晓声、马原、王安忆、铁凝、阿城、池莉那样下过乡的知识青年，都与乡村有过深厚的精神联系，因此都不可避免、或多或少地打上了农民的烙印。中国作家的农民性，值得深入研究。

三、莫言与农民的"酒神精神"

莫言的敢写、敢说，体现了他的个性。可以称之为"酒神精神"，也可称之为"匪气"。而当代作家中写酒最有成就的，莫言应该算一个。

在 1986 年发表《红高粱》之前，莫言的小说是追求空灵、朦胧的风格的。《民间音乐》《透明的红萝卜》都显示了他关于"文艺作品能写得像水中月镜中花一样，是一个很高的美学境界"的追求。①但从《红高粱》开始，这一切都发生了巨大的变化：《红高粱》《高粱酒》《高粱殡》……一直到《丰乳肥臀》《酒国》，一篇篇都散发着浓烈的酒香。作家生动刻画了中国农民"那种英勇无畏、狂放不羁的响马精神"，而那精神在相当程度是与酒有关。"酒使人性格豪爽，侠肝义胆，临危不惧，视死如归；酒也使人放浪形骸，醉生梦死，腐化堕落，水性杨花。"在那些普普通通的农民借酒浇愁或者助兴、率性而活的故事里，体现出作家对于酒与人生、酒与历史的神奇感悟与浩叹。

作家曾经自道：他从小就馋酒，偷酒喝，在喝了酒后的兴奋状态中"抬头看天，看到了传说中的凤凰；低头看地，地上奔跑着麒麟；歪头看河，河里冒出了一片片荷花。荷花肥大如筐箩的叶片上，坐着一些戴着红肚兜兜的男孩。男孩的怀里，一律抱着条金翅赤尾的大鲤鱼……"②在这样的回忆中，已经不难看出莫言感觉奇特的个性了。他的作品富于想象力，风格泼辣瑰丽，在他自己看来，是因为"我的情感、思维也从来没有清晰过"③。而这样的思维，正好与醉酒的状态相似。因此，不妨称之为"狂态思维"或"醉态思维"吧，在这方面，莫言"天马行空"的精神状态与李白"斗酒诗

---

① 徐怀中、莫言等：《有追求才有特色》，《中国作家》，1985 年第 2 期。
② 莫言：《我与酒》，《什么气味最美好》，南海出版公司 2002 年版，第 50 页。
③ 陈薇、温金海：《与莫言一席谈》，《文艺报》，1987 年 1 月 17 日。

莫言与当代中国文学创新经验研究

百篇"的状态，与草书书法中"变动犹鬼神，不可端倪"①的品格，可谓一脉相传。在他的创作体会中，想象力、"浮想联翩，类似精神错乱"，"文学应该百无禁忌……在荒诞中说出的道理往往并不荒诞，犹如酒后吐真言"。②

　　但我还想特别指出的是，《红高粱》发表于1986年。那一年也是思想界、文学界的"酒神精神"高扬之年。"尼采热"就陡涨于1986年。周国平的《尼采：在世纪的转折点上》一书就出版于1986年，并很快风靡于青年学子中；尼采的《悲剧的诞生》《快乐的科学》《瞧！这个人》等书的中文版也都在1986年出版，推动了"尼采热"的升温。尼采宣告"上帝已死"，正好表达了当代中国人"现代神话已经终结"的心声；尼采倡导"狄奥尼索斯式的狂暴"，恰好迎了当代中国人生命意志觉醒、欲望膨胀、情绪浮躁的心态。也是在1986年，"性文学"的风潮震撼了文坛：王安忆的《小城之恋》《荒山之恋》，铁凝的《麦秸垛》这样的小说，还有苏晓康的报告文学《阴阳大裂变》，都因为深刻剖析了人们的性困惑、性心理而风靡一时，也令卫道士们瞠目。还是在1986年，崔健的摇滚乐震撼了乐坛，并掀起了影响久远的"摇滚乐热"；许多诗人们也像李白一样狂欢纵酒、乘着酒兴疯狂写诗；不少作家争相以追逐粗鄙化为新的时尚（评论界就认为，"新写实小说"的发轫之作是刘恒的《狗日的粮食》，而该作也就发表于1986年！）……此外，因为"造导弹的不如卖茶叶蛋的，拿手术刀的不如拿剃头刀的""穷得像教授，傻得像博士"之类"脑体倒挂"现象的涌现，因为"十亿人民九亿商，还有一亿在扩张"的"下海热"的高涨，新的"读书无用论"像瘟疫一样流行开来，人们在"先富起来"的欲望驱使下争先恐后地下海，同时各种社会矛盾也迅速爆发，犯罪率直线上升……一切，都是当代中国人"酒神精神"空前高扬的体现。

　　中国人吃够了禁欲的苦头，在思想解放的大好形势下，要尝尝

───────────────

①　韩愈：《送高闲上人序》。
②　莫言：《天马行空》，《解放军文艺》，1985年第2期。

莫言和新时期文学的中外视野

放纵自我的滋味了。正是在这样的时代背景下，《红高粱》应运而生，并成了当代文学的经典之作。但我还想强调的是，莫言在《红高粱》中写出了"酒神精神"的新境界——如果说在尼采那里，"酒神精神"是"超人"的专利，那么到了莫言这里，"酒神精神"本来就是普通中国人的常见活法。而当莫言酣畅淋漓地写出了中国农民的"酒神精神"时，他也就在有意无意间挑战了尼采关于"酒神精神"是"超人"的专利的狂言。君不见，放眼世界，还有哪个民族像中华民族这样创造了那么琳琅满目的酒以及那么丰富多彩的酒文化！不错，中国自古号称"礼仪之邦"。中国人从小受的教育也是"温良恭俭让"。然而，这显然不是中国文化的全部。中国自古多名士、多土匪、多特立独行的奇人、多敢作敢当的侠客，就充分体现了中国文化的另一面：酷爱自由、崇尚个性、狂放不羁、逞性而活。

《红高粱》的浪漫气息感染了许多人，包括电影导演张艺谋。张艺谋"特推崇尼采所高扬的'酒神'精神"。他根据小说《红高粱》改编的电影《红高粱》就显示了他对尼采的认同[1]，也显示了他对中国民间活法的认同："中国人应该活得舒展些。我们的祖上曾经是有声有色的，活得洒脱，死得痛快，但近几百年快折腾没了。今天我们要强起来，除了经济实力以外，重要的是心态的振奋。我想表现人一种本质的对生命的爱、对践踏生命者（日寇是其象征）的恨，想唱出一曲对具有理想色彩的人格的赞歌。"[2]电影《红高粱》在柏林国际电影节上获得殊荣，成为中国电影走向世界的一块里程碑，也成为中国农民的"酒神精神"感动世界的一个绝妙象征。

只是，值得注意的还有，莫言在赞美了祖辈的"酒神精神"后不久又注意到了酒的负面作用。因为常常醉酒，他"对酒厌恶了"；更因为注意到"酒场成了干部们的狂欢节，成了钩心斗角的战

---

① 莫言：《〈红高粱家族〉备忘录》，《什么气味最美好》，南海出版公司2002年版，第251—252页。

② 李彤：《活得舒展些，拍得洒脱些——访张艺谋》，《人民日报》，1988年1月16日。

场……成了罪恶的渊薮；而大多数中国人的饮酒，也变成了一种公然的堕落。尤其是那些耗费着民脂民膏的官宴，更是洋溢着王朝末日奢靡之气"，加上那些假酒、毒酒、迷魂酒的层出不穷，作家发出了这样的愤激之论："酒酒酒，你的名字叫腐败，你的品格是邪恶。你与鸦片其实没有什么区别了。"有感于此，他写了长篇小说《酒国》，"试图清算一下酒的罪恶，唤醒醉乡中的人们"[1]。为写此书，他"钻研了大量的有关酿酒与饮酒的著作，方知看似简单的酒，其实是一门深奥的大学问"[2]。而他试图"唤醒醉乡中的人们"的努力，在无情的现实面前当然是落空了。在这部长篇小说中，莫言把当代官场上人酗酒、狂欢的乱局写到了令人心惊肉跳的程度：一位侦查员去酒国市调查当地官员"杀食婴儿"的案件，自己却终于抵抗不了当地酒色的诱惑，沉溺其中，无法自拔，最终送命。而酒国官员的为官之道，也就在胡吃海喝的惊人酒量，以及玩弄各种手段对付上司的胡闹中。这样，侦查员的失职与官员们的腐败共同烘托出一个忧患的主题：纵酒使人疯狂；纵酒人误事；纵酒使公务员腐败。这样的主题在相当长一段时间里显然具有警世的典型意义。

从爱酒、嗜酒到恨酒、厌酒，莫言的情绪急转直下。这也体现出莫言思维方式的一个特点：上下求索，变动无常，今是昨非，不断否定，同时在不断否定自我中实现不断超越。是啊，中国的"酒神精神"、中国的"酒文化"，其功过是非，实在一言难尽！就如同中国的"农民文化""农民意识"一样博大精深也无比复杂。

四、莫言对"新农民"的质疑与反思

在相当长一段时间里，建设"新"社会、培养一代"新人"一直是革命家、教育家、文学家孜孜以求的梦想。在毛泽东时代，赵

① 莫言：《我与酒》，《什么气味最美好》，南海出版公司 2002 年版，第52—53 页。
② 莫言：《杂感十二题》，《什么气味最美好》，南海出版公司 2002 年版，第 152—153 页。

莫言和新时期文学的中外视野

树理、周立波、柳青、浩然等作家都努力在自己的作品中去发现、刻画那些摆脱了"小农意识"的"社会主义新人"形象，他们笔下的王金生、范灵芝（《三里湾》），刘雨生（《山乡巨变》），梁生宝（《创业史》），萧长春、焦淑红（《艳阳天》）无疑是那个时代一批淳朴、善良、勤劳、积极上进、奔社会主义前程的农民的缩影。只是，当农村的"社会主义革命"在极左思潮的引导下误入歧途以后，他们的热情才显示出了深刻的悲剧意味。如何从他们的悲剧中吸取"改造国民性"的教训？这个问题贯穿于从"伤痕文学""反思文学"，一直到近年来"新乡土文学"的深长思考中。从高晓声的《李顺大造屋》、张贤亮的《河的子孙》、蒋子龙的《燕赵悲歌》……一直到乔典运的《村魂》、矫健的《河魂》、刘醒龙的《村支书》，都因此而发人深省。《李顺大造屋》的主人公李顺大是"跟跟派"，可紧跟革命运动的结果是一无所有、蹉跎了岁月；而《河的子孙》的主人公魏天贵则以"装龙是龙，装虎是虎，装个狮子能舞"的狡黠应付运动、保护乡亲们，显示了传统（或读作"国民性"？）的强大与坚韧；《燕赵悲歌》的主人公武耕新（原型是已故天津大邱庄改革的掌门人禹作敏）甚至是从地主赵国璞的发家史那里得到了改革的灵感：走农牧业扎根、经商保家、工业发财的道路，最终因此带领全村人致富，他的改革与成功经验耐人寻味——"改造国民性"也许不那么重要，重要的是学习前人（哪怕是地主）的成功经验，真抓实干，致富了就一通百通；而《村魂》的主人公张老七"时时事事听上级的话""宁可他哄咱，咱也不能糊弄他""不仅自己没有沾过一根柴火麦秸的光，也不许自己领导的社员有私心杂念，一颗心正直得比木匠打的墨线还直"，这样一个好人为什么最终的结果是"好心没有好报"？他的认真、严格与大家的利益发生了矛盾，他就成了与风车作战的"堂吉诃德"，必败无疑；还有《河魂》中的二爷"一辈子就恪守'忠'字""除了上级，他就不肯听别人的了"。却终于因此吃了大亏，还是回归了传统的中庸之道——"你要精，你就别跟得太紧，不先不后，夹在中间就行。"如此说来，传统的力量实在强大，可他为什么仍然对土地承包以后以"金钱刺激"推动生产的做法感到不满？还有《村支书》的主人公方建国则集中体现了善良、正直、急公好义的传统美德(或读作"社会主义精神"？)在商品经济大潮高涨中渐渐沉沦的危机，实际上也就道出了在巨变的时代里相当多淳朴、善良的人们不适应新形势的困惑与悲哀。

到了莫言的长篇小说《蛙》，更是为那些紧跟形势、积极工作、任劳任怨、到头来却面临着灵魂的痛苦、亲情的失落的"新人"提供了一面无情的镜子。小说主人公姑姑（万心）是一位乡村妇产科医生，"姑姑对她从事的事业的忠诚，已经到达疯狂的程度。"——这一句话，是对多少积极上进、无私奉献的"新农民"悲剧人生的概括！一方面，计划生育是基本国策，必须严格贯彻；另一方面，那些灭绝人性的"土政策"却将人们逼上绝路——"喝毒药不夺瓶！想上吊给根绳！"而"搞计划生育的人，白天被人戳着脊梁骨骂，晚上走夜路被人砸黑砖头"，社会矛盾因此激化。一方面，姑姑为了工作天不怕地不怕，"出力、卖命、挨骂、挨打，皮开肉绽、头破血流"，可"发生一点事故，领导不但不为我们撑腰，反而站在那些刁民泼妇一边"！她最终因此寒了心，渐渐开始反省、直至经常忏悔自己的过错与罪孽；另一方面，"有钱的罚着生"，"没钱的偷着生"，大量的"黑孩子"依然顶着重重的压力出生，防不胜防……作家就这样写出了时代的无奈（不能不实行计划生育）、人的无奈（积极执行政策的结果是悲剧；想方设法抵制的结果仍然是悲剧层出不穷）。在中国，这样的悲剧常常就猝不及防地接连上演了。如果说，那些千方百计躲避、抵抗"革命洪流"的人们内心里还能保留一点对自己或者家庭的无愧之情，那么，那些积极投身"革命洪流"、为了"革命事业"不惜牺牲了自我乃至亲人的利益、到头来却不得不直面梦想幻灭，时过境迁，自己也痛悔前非的残酷人生的那些"新人"，他们内心的痛苦又有谁能分担？也许，中国农村中不乏善始善终、运气不错的"新人"（例如华西村的吴仁宝，全国劳动模范申纪兰，都是几十年红旗不倒的范例），也有很多保持了传统美德和平常心的普通人，"任凭风浪起，稳坐钓鱼船"，度过了非常岁月；但那些因为积极投身"革命洪流"最终收获了人生苦果的"新人"，他们的反思或者沉默、忏悔或者麻木，才格外令人长叹。

那场波澜壮阔也代价惨重的革命试验已经过去了三十多年。关于那场革命试验的功过是非至今还众说纷纭。显然，在否定那场具有极左色彩的革命方面，当代人已经走过了一段具有决定意义的历程，然而，如何继承革命年代遗留的那些宝贵遗产（从艰苦奋斗的精神到群众路线的方法）不仍然还是一个问题吗？而且，在现代化、世俗化浪潮高涨的今天，在人们的浮躁情绪、功利心态已经触发了许多新的社会问题的同时，仍然有许多的好人在践行着忠厚诚信、助人为乐、无私奉献、传递爱心的传统美德，不断传诵出感人至深的新人新事，不是依然昭示着"新人"的代有人出吗？也许，在远离了极左的乌托邦狂想以后，"新人"的热情与价值才切实回归到现实的土地上。今天，那些在新一轮的乡村建设中发挥出新创意的新农民，那些进城以后通过奋斗取得了成功的农民出身的企业家、文化人，都是当代的"新人"。只是，当代文学中显然还缺少他们的身影……

综上所述，莫言以他风格独特的作品不仅丰富了当代"新乡土文学"，而且以独到的思考与议论丰富了我们对于"农民文化""农民意识"的认识。他在这方面的成功经验，还值得深入探讨。而他对农民文化时而认同、弘扬，时而反思、批判的复杂立场实际上体现了作家在"弘扬民族魂"还是"改造国民性"之间的持续彷徨。

（作者：樊星）

上编　莫言与中外文学

第一章　莫言与福克纳
——莫言《红高粱家族》对福克纳《熊》的借鉴及莫言的本土化追求

　　一直以来，莫言的代表作《红高粱家族》因其开篇那句话与《百年孤独》的开头十分相像，而被认为是模仿了马尔克斯。对此，莫言始终否认。然而，在这场模仿与否的争辩喧嚣中，人们却忽略了《红高粱家族》与美国作家威廉·福克纳的《熊》之间的深刻联系。1986年6月，莫言在文章《两座灼热的高炉》中直言："加西亚·马尔克斯和福克纳无疑是两座灼热的高炉，而我是冰块。因此，我对自己说，逃离这两个高炉，去开辟自己的世界！"①但是莫言随即又说："真正的借鉴是不留痕迹的。"②这意味着，"逃离"应是从不留痕迹的"借鉴"开始。事实上，从莫言的《红高粱家族》与福克纳的《熊》之间的对照、比较，我们可以看到，莫言从"借鉴"中获得开阔的世界性视野，又在中国本土文化的指引下成功地"逃离"福克纳，他在"借鉴"与"逃离"之间不懈地努力，逐渐开辟出一条既与世界接轨又保持本土特色的独特道路。

---

① 莫言：《两座灼热的高炉》，《世界文学》，1986年第3期。
② 莫言：《两座灼热的高炉》，《世界文学》，1986年第3期。

第一节 《红高粱家族》对《熊》的借鉴

　　《熊》是福克纳的代表作之一，与《古老的部族》和《三角洲之秋》一起被并称为福克纳的"森林三部曲"。《熊》最早是被福克纳放在《去吧，摩西》里与其他篇什一起组成一部关于麦卡斯林家族故事的长篇小说，并于1942年5月出版。后来，福克纳将《熊》从《去吧，摩西》里抽出，并删去《熊》的第四节，将删节后的《熊》与《古老的部族》《一次猎熊》《追逐在晨间》放在一起组成《大森林》（打猎故事集），于1955年由蓝登书屋出版。据统计，"1980年代，中国翻译出版的福克纳作品主要为长篇小说《喧嚣与骚动》（1984）和中短篇小说集《福克纳中短篇小说选》（1985）"①，而《熊》最早的中译本就是出现在由《世界文学》编辑部编选、中国文联出版公司于1985年7月在北京出版发行的《福克纳中短篇小说选》，此时莫言正在北京的解放军艺术学院学习，恰值莫言和他军艺的同学们正如饥似渴地寻找外国文学作品广泛阅读的特殊阶段。对于莫言来说，福克纳是对他产生了极大影响的外国作家，莫言曾描述过他阅读《喧嚣与骚动》的情景："读了福克纳之后，我感到如梦初醒，原来小说可以这样地胡说八道，原来农村里发生的那些鸡毛蒜皮的小事也可以堂而皇之地写成小说。"②可见，福克纳的小说极大地启发了莫言的思路，让他发现原来故乡高密是值得写一写的。福克纳的小说对他造成了如此重大影响，那么莫言应该会非常关注福克纳作品的中译本，这种情况下，1985年7月在北京出版的《福克纳中短篇小说选》也应该会以较快的速度被莫言得到。如果事实确如以上推论，那么即使考虑到发行、运输、传播等诸多因素的延宕，这本书也极有可能在1985年下半年就被正在北京求

---

① 陶洁：《福克纳研究》，上海外语教育出版社2013年版，第339页。
② 莫言：《福克纳大叔，你好吗？》，《莫言讲演新篇》，文化艺术出版社2010年版，第119页。

莫言与当代中国文学创新经验研究

学的莫言发现并阅读。当然，这一切仅仅只是推论，我们唯一可以确定的是时间——《熊》的中译本是1985年7月在中国发行，而莫言的《红高粱》系列小说是在1985年底开始创作的①。至于莫言在写作《红高粱家族》之前到底有没有读过《熊》，只有作家本人清楚。推论不能作为结论的依据，而本文提出《红高粱家族》受到《熊》的影响这一观点则是基于两个文本在故事模式、人物设置、动物情节、首尾叙述以及细节描写方面存在着令人惊讶的相似性。

　　首先是故事模式的高相似度。表面上看，《熊》和《红高粱家族》各自叙述的故事大相径庭，《熊》写美国南方庄园主们荒野打猎的故事，《红高粱家族》写"我爷爷"余占鳌和"我奶奶"戴凤莲的传奇故事，《红高粱家族》里也完全没有打猎的情节。的确，从故事内容来看，这两个作品毫无联系。但是，如果仔细分析两部作品的故事模式，我们会发现，两部小说是运用了同样的故事模式开启故事的讲述。《熊》里的打猎故事是以孩子艾克跟着一群成人一起到荒野打猎为开端，《红高粱家族》里"我爷爷""我奶奶"的传奇故事则是从彼时尚且年幼的"我父亲"跟着"我爷爷"余占鳌所带领的村民抗日队伍一起到高粱地伏击日寇为开端，故事内容虽然不同，故事模式却出奇相似，都是"一个孩子跟着一群成人去战斗"的模式。不仅如此，构成模式的几个基本要素也惊人的相似。

---

① 关于《红高粱》的创作时间，莫言曾有过多次陈述，但时间并不统一。后来，《野性的红高粱——莫言传》的作者叶开为了证明《红高粱》的创作受到马尔克斯的《百年孤独》影响，详述了莫言关于《红高粱》创作时间的多次陈述中所存在的矛盾，并结合《百年孤独》中译本出版的具体时间、《红高粱》成稿被两家杂志社抢稿的具体过程展开了有理有据的逻辑推论，最后指出："莫言写中篇小说《红高粱》当是1985年下半年，而不是他一再强调的1984年底。"面对叶开翔实的材料举证和逻辑推理，莫言2007年12月在山东理工大学的讲演中确认了《红高粱》的创作时间："写《红高粱家族》是在1985年的年底。我曾经记忆有误，把红高粱的写作时间说成是1984年。"（见莫言：《我的文学经验：2007年12月在山东理工大学的讲演》，《莫言讲演新篇》，文化艺术出版社2010年版，第158页）据此可以确定，《红高粱》的创作时间应为1985年年底。

一是两部作品中的两个孩子，艾克十六岁，豆官十四岁，年龄虽有两岁之差，但都处于少年阶段，也是处于人生观念的确立阶段，他们都对外部世界充满好奇，又都开始以尚在建构中的自我意识来打量世界，并带着思考和琢磨的眼光来探索世界。二是孩子们所参与的"战斗"，《熊》里的"战斗"是"打猎"，是人与动物的博弈和猎杀，《红高粱家族》里的战斗是村民与入侵的敌人的对抗和厮杀，两者都包含着暴力、流血、杀戮和死亡的内容，而且这些本属于成人世界的极端化元素进入了孩子的生活，与孩子白纸一般的纯净形成强烈的反差和对照。对于首次面对杀戮场面的孩子来说，极端场景给他们造成了巨大的震撼，令他们遽然坠入极端情形之中，震惊、颤抖、不知所措，这些应激性反应在两个孩子身上都有着极为鲜明的体现。三是叙事视角，两部小说大多数情况下都以孩子的眼光作为叙事视角，用孩子的眼睛来观察和表现成人世界里的战斗，都产生了独特的陌生化效果：艾克眼里的打猎，是一个走向大熊老班、走向自然的过程，更是一个向大自然学习谦逊、耐心、善良和树立规则意识的过程，这和成人眼里以杀戮为手段、以捕获为目的的打猎完全不同；而豆官眼里的伏击战，是一个从最初的平静奔袭、好奇等待、无知无畏突变为暴力和死亡倾泻而来的过程，以一种行进式的撕开过程慢慢凸显战争的残酷和人们内心中的仇恨，行文中所弥漫的是那些对鲜血和死亡司空见惯的成人已经淡忘的、第一次经历战争时的震撼性与颠覆性感受。正因为此，两部作品开端处的故事模式具有极高的相似性。

这不免让人联想到《红高粱家族》的写作缘起。当年，面对一批老军事作家对于中国军事文学创作的忧虑，彼时刚刚踏入文坛的莫言虽然很自信："我们固然没有见过日本鬼子，但我们可以通过查资料来解决。"[1]然而，"憋着一股气，一定要写一部战争小说"[2]的莫言未必就没有一丝顾虑。他不缺素材。早在1983年年底莫言

---

① 莫言:《与王尧长谈》,《碎语文学》,作家出版社2012年版,第122页。
② 莫言:《与王尧长谈》,《碎语文学》,作家出版社2012年版,第123页。

就听好友张世家讲过抗战时期发生在高密的一次伏击战，但莫言始终没有将其写成小说。因为没有战争经历与战地经验，莫言恐怕难以像那些老军事文学作家那样全方位描写战争前后、战事双方备战、交战的各种情况，即使查资料，也难以做到很好，他得回避这个短板。莫言迟迟没有动笔，或许就是因为还没有找到一个讲述伏击战的恰当方式吧。而《熊》所提供的"孩子跟着成人去战斗"的故事模式自带儿童视角（少年视角），这一视角展开的叙述可以理直气壮地忽略、回避一般意义上战争小说里战备、战况等常规叙述内容，只需反映孩子眼里战争特有的样子即可。儿童视角的跳跃性又赋予叙事以必要的灵活度，既可写战争，也可不时地从战争状态中跳脱出来以孩子视角（少年视角）去描写战争以外的事情，可回忆，也可想象，状态十分自由。倚重于这一独特的故事模式及其所提供的儿童视角，没有经历过战争的莫言可轻松地避开短板，并拥有很大的叙述自由度。也许，我们可以做这样的设想：1985年7月《熊》中译本出版，其所提供的故事模式恰好解决了莫言"怎样写战争小说"的困扰，莫言才敢于触碰张世家所讲的"伏击战"，这才有了1985年底莫言将高密伏击战的素材写成《红高粱》系列小说。《熊》中译本的出版成全了莫言写战争小说的夙愿。当然，这只是猜测，事实究竟如何，只有作家清楚。但可以确定的是，"孩子跟着成人去战斗"的故事模式，帮助莫言回避了个人短板，并赋予他自由、开阔的叙述空间，莫言的这个选择无疑是正确的。

其次，两部作品的人物设置也极为相似。艾克和豆官各自都有两位人生导师，一位导师是家族里忠诚的仆人，另一位导师是家族里具有父辈意义的亲人。《熊》里艾克的人生导师是家中奴隶老山姆和艾克的表外甥麦卡斯林·爱德蒙兹。山姆是印第安部族首领与黑人女奴所生，熟知森林和狩猎知识，他传授给艾克各种野外生存技能和打猎经验，教导孩子面对自然要谦逊、耐心，引导孩子从荒野世界领悟人生哲理，培养孩子对于自然深深的依恋感和敬畏感，对艾克一生影响深远。麦卡斯林·爱德蒙兹虽是艾克的表外甥，但年龄却比艾克大十七岁，他一直抚养父母双亡的艾克，引导艾克了解家族历史，探讨宗教、种族和奴隶制等问题，是艾克事实上的父辈人和人生导师。不过在《熊》里麦卡斯林出现的频率不高，他主要做的事情是安排老山姆带着艾克打猎，嘱咐老山姆好好地教授孩子打猎知识。巧的是，《红高粱家族》中豆官也有这样两位人生导师，一个是家里的老仆人罗汉大爷，另一个是豆官的干爹余占鳌。罗汉大爷通晓各种乡野知识，酿酒抓蟹养驴做蟹酱样样在行，尤其是带着豆官去墨水河里抓蟹的时候，他教导豆官要耐心，又教豆官适时收网抓住许多蟹，这样的场景和《熊》里老山姆手把手教艾克打猎的情形几乎完全一样。罗汉大爷忠诚善良，日寇的奴役激发出他积郁在体内的强烈的民族自尊感，他愤然劈杀两驴和坦然接受酷刑的英勇无畏捧托着一颗令人崇敬的高贵心灵，家仆的卑微身份更是衬托出高贵心灵与民族自尊精神的熠熠光辉。这一点，与同样身为奴仆、心灵高贵的老山姆何等贴近！和艾克一样幸运，豆官的生活中也有一位父辈人物作为他的另一位人生导师——土匪头子余占鳌。余占鳌实际上是豆官的亲生父亲，他身体壮硕，性格刚硬，行事豪放不羁，英勇无畏，苦练之下习得一手神准枪法，独闯匪窝端掉大土匪花脖子自立门户，他带着临时组织起来的村民抗日队伏击日寇，成就高密东北乡的一段抗日传奇。他教豆官打枪、击杀日寇，当着豆官的面劈杀日军并教导他记住血海深仇，于言传身教之中传递民族自尊自强精神。余占鳌之于豆官，颇类于麦卡斯林之于艾克，都是与孩子有着血缘关系、具有父辈意义的人生导师，都给予孩子以透彻的人生指点和教导。艾克和豆官，尽管相隔半个地球，之间相距半个世纪之遥，竟然都拥有两个身份相似、意义相近的人生导师，这恐怕并不是简单的文学创作上的巧合，或许将此理解为莫言学习、借鉴福克纳而留下的一处隐约痕迹更为合理吧。

最后，两部小说在首尾设计上也有着颇为相似之处。两部作品的开端都以顺时序展开叙述，《熊》的开头叙述孩子跟着麦卡斯林、山姆等人第一次去打猎的情形，《红高粱家族》的开头叙述"我父亲"告别了"我奶奶"跟着余占鳌的队伍一起去往墨水河边。在叙事的间隙里也都偶有插叙。《熊》的开端以追叙回忆的方式描述了山姆怎样手把手教艾克打猎，尤其是教导孩子屏息等待开枪的最佳时机，《红高粱家族》的开端也以追叙回忆的方式描述了罗汉大爷教豆官静静等待收网的最佳时机。两个孩子随着队伍行进时的感觉也非常相似。艾克进入大荒野时的感受很特别："那些高高大大、无穷无尽、密密匝匝的十一月的树木组成了一道林墙，阴森森的简直无法逾越……"[①]而坐着马车行进在荒野中则"仿佛是一叶扁舟悬浮在孤独的静止之中，悬浮在一片茫无边际的汪洋大海里，它只是上下颠簸，并不前进，一直到它以难以察觉的速度接近着的海水"[②]。豆官半夜跟着余占鳌的抗日队伍行进："奶奶像岸愈离愈远，雾像海水愈近愈汹涌，父亲抓住余司令，就像抓住一条船舷。"[③]这两个半大孩子跟着成人们在幽暗的背景里前行的感觉竟然都如浸于"海水"中一般，这是身体上的体验，更是心理上的感受，对于这两个孩子来说，前方是未知的，即将发生的事情也是未知的，他们只能跟着成人于懵懂之中向着未知与茫然行进。让人惊异的是对两个孩子的感受描写竟如此相似！尽管两个故事内容完全不同，可是同样的叙述顺序、追叙内容和相似的感觉描述让两个作品开端部分有了几分神似。

不仅开头，结尾也很相像。两部作品的结尾竟都写到扫墓，都以坟前沉思艺术性地点明小说主题，为全篇做一个有力的结束。《熊》里，大熊老班被猎杀后过了两年，艾克凭着记忆和直觉再次来到埋葬大狗"狮子"和山姆的无墓碑标记的墓地，在这里他沉思万物生命与土地的关系，觉得山姆不是死去了，甚至"没准今天早晨还不等我来到这儿他早就知道我进森林了呢"[④]。他遭遇一条老蛇，还用山姆的语言自言自语："现在他用山姆那天讲的古老的语

① （美）福克纳：《福克纳中短篇小说选》，《世界文学》编辑部编，中国文联出版公司1985年版，第381页。
② （美）福克纳：《福克纳中短篇小说选》，《世界文学》编辑部编，中国文联出版公司1985年版，第382页。
③ 莫言：《红高粱家族》，作家出版社2012年版，第3页。
④ （美）福克纳：《福克纳中短篇小说选》，《世界文学》编辑部编，中国文联出版公司1985年版，第467页。

言说话了，也和当时的山姆一样不假思索：'酋长，'他说，'老祖宗。'①《红高粱家族》的结尾处，"我"回到高密东北乡参拜祖先坟墓，二奶奶"从坟墓中跳出"嘲笑我已被异化，引发了"我"关于家族关于人种退化问题的沉思，莫言竟也写到了蛇："你害怕潮湿的高粱地里无腿的爬蛇。"②最后也写到祖先"苍凉的"声音："这声音既熟悉又陌生，像我爷爷的声音，又像我父亲的声音，也像罗汉大爷的声音，也像奶奶、二奶奶、三奶奶的嘹喨的歌喉。"③如若把两个结尾放在一起细致对照，我们就能发现《熊》和《红高粱家族》两部作品的结尾太像了，扫墓、先人再现、蛇、墓前沉思、祖辈话语，这些相像之处，真不是一句"巧合"能一言以蔽之的。

除了上述相似处之外，两部作品还有一些细节描写极为相像。比如"以血抹脸"的细节。《熊》里艾克第一次在森林中独立击中一只鹿，山姆便"用热腾腾的鹿血抹在他脸上"④。《红高粱家族》中日寇刺破了罗汉大爷的头皮以致鲜血直流，接着又要侵犯"我奶奶"，情急之下"奶奶在罗汉大爷的血头上按了两巴掌，随即往脸上两抹，又一把撕散头发，张大嘴巴，疯疯癫癫地跳了起来"⑤。两处"血抹脸"的内涵不同，但两者之间似乎隐藏着某种有趣的联系。

两部小说对味道的描述方式也颇相似。每当艾克感受到恐惧时，他"嘴里突然变多的唾液中出现了一股黄铜般的味道"⑥，福克纳以诉诸视觉的"黄铜"去描述味道，并再次用唾液里"黄铜的味道"去描述人的恐惧感，这种双重通感的写法形象新颖、极富表现力。每当豆官感受到恐惧和出现某种预感时，他也会闻到"那种

---

① （美）福克纳:《福克纳中短篇小说选》，《世界文学》编辑部编，中国文联出版公司 1985 年版，第 469 页。
② 莫言:《红高粱家族》，作家出版社 2012 年版，第 350 页。
③ 莫言:《红高粱家族》，作家出版社 2012 年版，第 351 页。
④ （美）福克纳:《福克纳中短篇小说选》，《世界文学》编辑部编，中国文联出版公司 1985 年版，第 461 页。
⑤ 莫言:《红高粱家族》，作家出版社 2012 年版，第 14 页。
⑥ （美）福克纳:《福克纳中短篇小说选》，《世界文学》编辑部编，中国文联出版公司 1985 年版，第 388 页。

新奇的、黄红相间的腥甜气息"①。这也是用了双重通感，这种双重通感的手法很难说不是从福克纳那里获得的灵感。

另一处相似的细节就是枪。《熊》与《红高粱家族》都着重描写过枪。艾克正式成为猎人后获得的圣诞礼物就是一支枪，豆官去打伏击战的时候，余占鳌也特意送给豆官一支勃朗宁手枪，两个孩子都拥有一支具有特殊意义的枪。最令人惊讶的是两位作家都写了"砸枪"情节。大熊老班死后两年，来扫墓悼念的布恩坐在橡胶树下把一支枪拆了，而且用枪筒拼命地敲击枪把："他用了敲击的是拆下来的枪筒，他所敲击的是那支枪的枪把。剩下的部分卸成六七片散摊了一地。他低垂他那张通红的、流汗的核桃般的脸，以一个疯子不顾一切的疯劲儿用枪筒敲打膝上的枪把。"②无独有偶，老年余占鳌也砸过枪："爷爷起身，找来一柄劈木柴的大斧，对着枪乱砍乱砸。爷爷把枪砸成一堆碎铁，然后，一件件拿开扔掉，扔得满院子都是。"③布恩砸枪发生在大熊、山姆、大狗"狮子"都死去两年之后，三个英雄般的伟大角色已随风逝去；爷爷砸枪则发生在从北海道回国以后，此时爷爷已无可挽回地衰老了，时过境迁，英雄暮年。这两段情节在动作、情景与人物心境等方面都是如此相似，以至于甚至可以将"爷爷砸枪"看作是"布恩砸枪"的中国版复制。

最有意思的相似之处是关于狗的描写。《熊》里艾克的表外甥家里养了五条狗，而《红高粱家族》中"我奶奶"接手单家酒庄后也是一共养了五条狗；《熊》里山姆驯服的那条能与大熊老班抗衡的大狗"狮子"是一条浑身有着"枪管一样的"蓝色的大狗，而《红高粱家族》中"我"家养的一条小狗也是蓝色的，而且作者多次强调狗的颜色："家养的蓝色小狗跟在我后面"④、"它是跟在我身

①　莫言：《红高粱家族》，作家出版社 2012 年版，第 4 页。
②　（美）福克纳：《福克纳中短篇小说选》，《世界文学》编辑部编，中国文联出版公司 1985 年版，第 470 页。
③　莫言：《红高粱家族》，作家出版社 2012 年版，第 71 页。
④　莫言：《红高粱家族》，作家出版社 2012 年版，第 186 页。

后的蓝色小狗的同类"①。如果说养狗的数量相同有可能是偶然间的巧合，那么小狗的"蓝色"外形恐怕就不能用"巧合"来解释了，毕竟二十世纪八十年代的中国乡村并没有"蓝色"的狗，在缺乏现实生活经验的基础上，莫言居然在小说中描写了一只"蓝色小狗"，竟与《熊》里的"蓝色大狗"不谋而合，这恐怕就不能用文学创作的巧合来简单解释了。我们更倾向认为，这些艺术设计应当是莫言借鉴福克纳而获得的创作灵感，当然"蓝色小狗"的出现与点缀更像是莫言借此向文学大师福克纳致敬。

从故事模式、人物设置、首尾设计乃至一些细节描写，《红高粱家族》与《熊》有着诸多相似之处，基于这样的认识，我们有理由认为莫言写作《红高粱家族》时借鉴了福克纳的《熊》。这种借鉴为莫言带来开阔的世界性视野，使莫言巧妙地突破了他的写作困境，同时也丰富了他的叙事策略和艺术表现手法，为他的叙事营造出独特风貌。但是，《红高粱家族》发表以来，学界并没有注意到这部作品对于《熊》的借鉴，之所以出现这样的情况，是因为莫言在借鉴福克纳的同时，还在努力地"逃离"。

第二节 《红高粱家族》对《熊》的"逃离"

的确，在借鉴福克纳的同时，莫言还在策划"逃离福克纳"，就以下几方面来看，他比较完美地实现了"逃离"。

其一是人物形象塑造。两位作家都为小说中的孩子设置了两位人生导师，但是两部小说的描写重点和落脚点却完全不同。山姆和罗汉大爷是最相像的两个形象，他们都是年岁已高的慈蔼老人，有着丰富的田野知识和生活经验，饱经风霜，世事洞明，他们又都是孩子家族里的奴仆，虽地位卑微却都有一颗忠诚高贵的心灵，他们教导孩子时不仅授以必要的生活技能，而且以自己的言行乃至生命

① 莫言：《红高粱家族》，作家出版社 2012 年版，第 187 页。

向孩子传递高尚的精神。然而，莫言笔下的罗汉大爷与山姆仍然存在很大的区别。山姆虽然是印第安首领的后代，但他深知在美国南方浓厚的种族主义社会氛围里，自己作为混血，尤其是身上还流着黑人的血液，其实是没有什么社会地位可言的，所以他一方面自觉接受家奴的身份，另一方面却更亲近奉行平等原则的荒野，尤其是对荒野英雄大熊老班怀有深深的敬意，他驯服大狗用以对付大熊老班，因为在他眼里老班就是自然，是荒野里真正的英雄："它是熊的领袖。它是人。"①只有以正面迎击、公平较量的方式与老班战斗厮杀才是人类能给予老班的最高敬意，所以他放弃了近距离袭击老班的机会，最后当老班在大狗"狮子"和布恩的夹击下倒下时，山姆也毫无缘故地病倒、死去，走完了一个兼有印第安血统与黑人血统的混血儿孤独、沉默的一生。

罗汉大爷与老山姆不同，他的身上有中国农民的忠厚、朴实和坚忍，以及农民在乡村社会里所习得的通透、智慧与练达，所以他会劝老东家单廷秀放弃着火的草料堆，面对日寇伪军也懂得如何婉转护主。但是罗汉也具有中国农民普遍存在的问题，长期的底层生活培养了中国农民对苦难的耐性，对苦难、卑微生活的忍耐也会演变成一种惯性，且隐匿着负向发展的趋势，忍耐的惯性会导致自尊感的钝化和价值观的迁移，因此当日寇带着伪军去村里抓民夫拉骡马时，罗汉大爷生气的不是村子被日寇占领，而是东家的两匹骡子要被日军强征，这颇有点像《四世同堂》里祁老爷子忧虑的不是北京城被日军占领，而是他的八十大寿不能顺利举行。中国农民的深层劣根性在罗汉大爷身上得到了集中展示，哪怕是他自己也被强拉到日军工地上去干活儿，他仍然心系东家的两匹骡子，甚至得空逃走的时候还想把两匹骡子也拉走，他对东家是忠诚的，但也可见他的视界是狭隘的，他只看到自己近旁的人与切身的利益，对民族大义的感觉是迟钝的。这一点未始没给罗汉大爷的形象披拂上一层熟

---

① 福克纳：《福克纳中短篇小说选》，《世界文学》编辑部编，中国文联出版公司 1985 年版，第 386 页。

悉感，毕竟很多中国人都有这么一点劣根性。

不过，罗汉那沉睡的民族自尊感并未泯灭，只是沉睡了而已，日寇的欺辱一点点激活点亮了他心中"紫红色的火苗"，在鞭打和虐待中火苗一点点燃旺起来，直到拉骡子逃走时被骡子踢中，他内心的屈辱、郁懑、愤怒一起迸发，不顾日寇和狼狗的威胁，拿起铁锹愤而击杀两头"忘恩负义、吃里扒外、里通外国"的倔驴。罗汉民族自尊感的点亮和燃旺的过程其实与中国近代以来的屈辱史、抗争史暗合，当欺辱与压迫达到一定的峰值，强烈的屈辱感就会唤起中华民族骨子里的抗争精神，哪怕粉身碎骨，哪怕以命相拼。民族自尊和抗争精神是中华民族在几千年来的民族生存发展史中陶冶磨炼出来的不竭的精神力量，早已成为民族基因密码被编码于中华民族的基因序列中，虽偶有沉睡却从未丧失，反而会在外界的极端刺激下焕发出夺目的光芒和强大的奋起力量。当罗汉大爷拿起铁锹劈杀两驴的时候，当他被施以酷刑还破口大骂的时候，这种深埋的精神力量已经破土而出，化成民族风骨气贯长虹。莫言写一个罗汉大爷，似乎写尽了中国乡村里那一群沉默的农民，他们默默承受生活的苦难，有时不免被一己私利蒙蔽了眼睛，不免为眼前小利而遮蔽了心灵，但当灾难和奴役降临时他们又能奋起反抗，勠力自强，哪怕以命相拼也要反抗被奴役的命运。可以说，罗汉大爷就是中国农民的典型代表，他和美国南方乡村里那位背负着奴隶身份在荒野里逡巡的老山姆是何其不同！莫言对中国农民相当了解，他自己就出身农民家庭，参军之前他已经在人民公社里作为一名社员干农活儿多年，放牛种地割草等农活儿样样都会，他熟悉农民的生活，体察农民的情感，熟谙农民的思想意识，甚至深知农民的思维方式，他太了解中国农民的精神世界，他不需要借助于任何外在的引导，只需拿出"切身的乡村体验、丰盈的生命感觉和内在的农民本位的立场"①，就可以写出真正的中国农民。如果说，当初莫言是效仿福克纳为豆官设计了这么个人生导师，那么这个导师也是按照中国农

① 张志忠:《莫言论》，北京联合出版公司2012年版，第2页。

民的样子捣鼓出来的，而不是亦步亦趋地按照美国南方印第安后裔山民的形象来塑造。在这个方面，莫言虽然借鉴了福克纳的"家仆 / 人生导师"的人物设置的思路，但当他开始描写这位家仆时，中国农民的精气神却自然而然地充盈于他的笔触，某些深藏的经验和意识被成功唤醒、激活，中国农民的生命体验和精神内容充实着小说中的农民形象，罗汉因此成为中国文学中一个富有代表性的农民形象，也成为表达中国思想、折射中国精神的利器。从另一个角度来看，这又恰恰构成莫言迈向本土化的重要一步。

其二是动物叙事。两部作品都有动物粉墨登场，但动物在小说中表达的意义却截然不同。《熊》里，大熊老班不仅身形巨大，而且力大无比，就连勇敢的猎狗们一旦正面遭遇大熊都会浑身发抖，缩成一团。不过，当孩子艾克放下一切现代社会的痕迹只身来到荒野腹地时，大熊不仅不伤害他，还默默地将丛林中迷路的艾克带出森林，正如老山姆所说："它是熊的领袖。它是人。"①这句"它是人"的评价显示了包括老山姆、德·斯班少校、麦卡斯林、康普生将军等人在内的所有打猎者对大熊老班所怀有的崇敬之意："他们并不是去猎熊和鹿的，而是去向那头他们甚至无意射杀的大熊作一年一度的拜访的。两个星期之后他们便会回来，不带回任何战利品与兽皮。"②打猎的白人们并不是将老熊视作要捕猎的动物，而是将其作为一年一度的比赛中的对手，未必要置它于死地，但是却要与它较量一番，并将此作为"一年一度向顽强的、不死的老熊表示敬意的庄严仪式"③。这是一种类似于宗教性质的朝拜，是向老熊的朝拜，也是对自然的朝拜。所以后来在老山姆的提示下，艾克放下了一切带有现代文明痕迹的东西，包括指南针、表链，"这是出于

莫言和新时期文学的中外视野

---

① （美）福克纳：《福克纳中短篇小说选》，《世界文学》编辑部编，中国文联出版公司 1985 年版，第 386 页。

② （美）福克纳：《福克纳中短篇小说选》，《世界文学》编辑部编，中国文联出版公司 1985 年版，第 380 页。

③ （美）福克纳：《福克纳中短篇小说选》，《世界文学》编辑部编，中国文联出版公司 1985 年版，第 381 页。

自愿的一种舍弃，这不是一种舍小求大的策略，也不是出于不得已，而是他接受的一个条件"①，"出于自愿的舍弃"，这已经几近于宗教，基督教要求自己的教徒放下外物，包括以忏悔的方式去放下心灵积存的污垢。而人类怀着信徒一般的虔诚去朝拜的是一头老熊，此时老熊被赋予一种神性，在神性的照耀下，老熊不是一头普通的熊，而是"熊的领袖"，是"人"，甚至代表的不是人的一般人性，而是人的心灵中闪烁着神性光芒的那一部分。人类对熊一年一度的拜访，莫若说是一年一度的朝拜，更具神性意义的是，这场宗教般的朝拜是以战斗的形式来进行，以杀戮为终点。当老熊被布恩杀掉之后，打猎活动便告结束，德·斯班少校再也不来森林里打猎了，木材公司开始大举进驻森林，一切开始悄悄地变化，甚至两年以后连坟墓隆起的部分都被湮没。在福克纳的笔下，大熊是自然的象征，也代表着人心灵中的神性部分，而大熊的逝去，代表着一个时代的结束，代表着福克纳心中一个美丽、丰饶、高贵的南方的永远消逝。

然而，熊所代表的神性意义并没有被复制或映现到《红高粱家族》的人狗大战中，相反我们看到了狗所代表的另一种意义。日寇血腥屠村之后，村子里几百条丧家之犬要啃食人类尸体以满足它们生存之需，哪怕所啃食的尸首是它们曾经的主人，生存之需早已淹没了狗对于主人的忠诚感而上升为其生命的最大欲望，主人的尸首横陈可谓对群狗道德感的考问，然而群狗彻底抛弃了被驯育出的忠诚而去屡次抢食主人尸首，欲望完全挣脱了道德的束缚。群狗之间原本分三拨队伍，分别由"我家"的黑狗、红狗和绿狗领导，群狗内部竟为争一条母狗而厮杀，导致群狗死伤惨重，最终红狗凭着狡诈和残暴成为群狗首领，此时群狗已经成为自私、好色、凶狠、卑劣的代名词，当从人类那里学来偷袭的招数时，它们进而还成为阴险的代名词，最可悲可恨的是，红狗不

①　（美）福克纳：《福克纳中短篇小说选》，《世界文学》编辑部编，中国文联出版公司 1985 年版，第 396 页。

仅挑战主人、对抗主人，甚至在厮杀中狠毒地撕掉了小主人的卵子，本已非常微弱的道德感彻底沦丧。人狗大战的叙述中，狗完全丧失人类在驯化狗类过程中赋予它的"忠诚"含义，而成为欲望的象征。饶有意味的是，狗的兽性是在人类一手制造的极端情境中被还原，并在人类的偷袭示范中被发展到登峰造极，这或许正是莫言有意设置的一种隐喻，即凶残的群狗隐喻人类的天性中潜藏着的兽性部分，即纯粹追求欲望的那部分天性，因此有学者认为"疯狗对爷爷和父亲们的袭击"，"不仅仅是对人物特定情境的设计，也意味着人类健全的精神，在自身诸种情欲的纠缠中，孤立无援的困境。"①群狗对人的攻击，更像是一场人类自身兽性对人性的啃啮和蚕食。令人欣慰的是，"我爷爷"和"我父亲"虽然付出了惨重的代价，但最终还是战胜了群狗，这一设计"象征着人类健全的精神，对自身欲望的胜利"②，也是莫言对于人性所寄寓的一种希望。

《狗道》让人不免想起《西游记》。唐僧师徒取经路上遇到的各种动物妖怪中有一种特殊类型——神仙身边的动物。它们或是神仙的坐骑，或是神仙的伺童，或是神仙的看门兽，它们都是为了过上毫无约束的自由、安逸生活，所以偷偷脱离神界来到凡间，占山为王，吃喝享乐，乃至于杀人放火为非作歹，这都是出于欲望的驱使。以前的解读往往认为这些动物妖怪是比喻现实生活中大人物身边作乱的小人，但是转念一想，为什么在身怀绝技的大人物身边总能成功潜伏着一批小人，而且这批小人总能找到机会去作乱呢？换言之，大人物为什么会纵容身边小人作乱？从隐喻的角度来看，或许小人的作为在某种程度上其实就代表着大人物内心中某些不能言说、不敢言说的欲望吧，所以小人才可能在大人物眼皮子底下大张

---

① 季红真:《现代人的民族民间神话——莫言散论之二》，孔范今、施战军主编《莫言研究资料》，山东文艺出版社 2006 年版，第 173—174 页。

② 季红真:《现代人的民族民间神话——莫言散论之二》，孔范今、施战军主编《莫言研究资料》，山东文艺出版社 2006 年版，第 174 页。

旗鼓地为非作歹，某种意义上来讲，作乱的小人也许正代表着大人物内心中的心魔，小人之作乱正是大人物心魔的张狂表演。漫漫取经路，不断上演斗心魔大戏，一部《西游记》写出了人与心魔的斗争史。这方面，《狗道》与《西游记》可谓异曲同工。与人对抗的群狗并非来路不明的野狗，它们原是村民们驯养的动物，故而群狗之造反作乱，与《西游记》中"神仙身边的动物"下凡作乱的故事颇有几分相似；而群狗暗喻人之欲望，也和"神仙身边的动物"暗喻神仙之欲望非常接近，这些相近之处建立起《狗道》与《西游记》之间隐约浮现的文学联系，显示了《狗道》背后的中国文化渊源。虽然莫言也是像福克纳写人熊大战那样以现实主义笔法写人狗大战，但其骨子里所承袭的仍然是中国古典文学的精气神，因而他笔下的群狗没有大熊老班那样的神性光辉，反而是一面面招展着赤裸裸欲望的旗帜，辗转喻示着人内心中潜藏的心魔，他笔下的人狗大战以一场现实中的人兽对抗来暗喻人与自我心魔的对决。这一场人狗大战的叙述中，莫言成功描绘出一群宣示着卑下欲望的狗之形象，以现实主义的手法写出了人性与兽性的对决，也写出了完全不同于《熊》的精神内容，他的笔触成功避开了熊之"神性光辉"，也意味着莫言再次成功逃离福克纳的影响，而中国古典文学的精神财富成为指引他"逃离福克纳"的一柄手杖。当然，莫言的本土化追求也更加清晰、坚定。

其三是故事模式。以"孩子跟着成人一起去战斗"的故事模式展开叙事，是《红高粱家族》对《熊》最大的借鉴，但也恰恰是在这里崛起了两部作品之间最大的分水岭，莫言的"脱逃"几乎就是一场别开生面的"越狱"。

"孩子跟着成人去战斗"这个故事模式，具有"一个视角两个焦点"，"一个视角"就是指这个模式自然提供了一个"儿童视角"（或曰"少年视角"），以孩子的眼光去呈现一件成人世界里的事件，必然会营造出成人视角无法达到的特殊叙述效果，这是儿童视角的天然优势。"两个焦点"则是指模式中的两类人天然地构成两个叙事焦点，一个是孩子，另一个是成人，对于叙事焦点的选择决定了小说的叙事重点，也往往决定了小说的主题走向。《红高粱家族》与《熊》的叙事焦点完全不同。

《熊》从艾克十六岁时的那一场打猎写起，追叙山姆教艾克打猎和各种山野知识，在追叙过去几年打猎经历的过程中，小说呈现的是艾克如何一步步探索荒野，又是如何一步步接近大熊老班，以及他对大熊的态度怎样一点点发生改变，显然小说的叙事焦点是孩子艾克。从最初感受到大熊到来时的恐惧感，到后来大熊引导迷路的艾克走出森林，艾克对于大熊老班从开始时的恐惧渐渐变成了信赖和敬仰，甚至在完全有机会射杀大熊的时候，艾克也和山姆一样放弃射杀大熊，说明他已经形成了对大熊乃至于对自然的亲近感和敬仰感，在这个过程中他也渐渐地学会了谦逊、耐心、善良和宽容。这部以孩子为叙事焦点的小说也因此流露出"成长小说"的气质："《熊》描写一个男孩在开化的文明世界与尚未受到破坏的混沌世界之间的边境上如何生活成长并且懂得人事；它还描写了美国文学广泛反映的人间戏剧：少年如何对付文明文化所造成的一切障碍，努力长大成人。"①或许"成长小说"就是"孩子跟着一群成人去战斗"这个故事模式延伸下去所必然抵达的主题范式，但是莫言打破了这个主题范式。《红高粱家族》第一章是从"孩子跟着一群成人去战斗"开始叙述的，但是第二章的追叙回忆却走上了与《熊》完全不同的路径："我们村里一个九十二岁的老太太对我说：'东北乡，人万千，阵势列在墨河边。余司令，阵前站，一举手炮声连环。东洋鬼子魂儿散，纷纷落在地平川。女中魁首戴凤莲，花容月貌巧机关，调来铁耙摆连环，挡住鬼子不能前……'"②老太太的这段快板竟把叙事的焦点引向伏击战里的两个英雄人物："我爷爷"余占鳌和"我奶奶"戴凤莲。老太太三言两语就把"我爷爷"和"我奶奶"、罗汉大爷的传奇故事概述出来，于是小说的叙事重点便成功转移到祖先们的传奇故事而不是豆官的成长经历。相比其他章节而言，

---

① （美）R.W.B.路易斯：《〈熊〉：超越美国》，李文俊编选《福克纳评论集》，中国社会科学出版社 1980 年版，第 206 页。
② 莫言：《红高粱家族》，作家出版社 2012 年版，第 11 页。

《红高粱家族》第二章出奇地简短，但恰恰是在这一章里，《红高粱家族》完成了与《熊》的分道扬镳。因为这一章的追叙目标是祖先的传奇故事，随后的篇章就沿着这个方向继续叙述下去——罗汉大爷被日寇施虐至死、"我爷爷"和"我奶奶"高粱地里的爱情野合、"我爷爷"杀人放火落草为寇的种种故事便在一段段追叙中缓缓呈现出来，他们的传奇成为高密东北乡的夜空中永远不灭的绚烂焰火，照亮着东北乡历史的天空，此时豆官的成长故事仅仅是夜空中的一颗星星，不免会被祖先故事的夺目光辉所遮蔽。《红高粱家族》最终完成的是祖先传奇故事的精彩讲述，是为祖先自由不羁的心灵、坚韧不屈的精神奏响了一曲高亢的赞歌，走出了一条与《熊》截然不同的道路。

反观小说中的孩子豆官，虽幼时聪明机灵，还有忠厚坚毅的罗汉大爷和勇猛如虎、气概如山的余占鳌教导他，有聪慧伶俐的母亲抚养他，但他成年以后不仅没有什么引人瞩目的发展，反而变成了一个苟且偷生、被子孙鄙视的小人物，成为碌碌无为的庸常之辈。与平凡中蕴藏着伟大与高尚的成年艾克相比，长大后的豆官是平庸里掺杂着卑微与猥琐，反倒为小说结尾处二奶奶那一声"并非我生的孙子"的哀叹添加了一笔难堪的注脚，同时也映照出"人种退化"主题，莫言因此跳脱出成长小说主题范式而书写出属于他自己的"对人生的看法"，而这个豆官，也像是后来《丰乳肥臀》里金童的前身，成为莫言笔下"人种退化"人物系列的第一个重要角色。莫言道出的"人种退化"主题，在很大程度上是基于他对现代化冲击下当代中国出现的生命力孱弱、精神委顿的社会现状的观察、思考和忧虑，但也渗透了传统社会家族承传过程中古已有之的"一代刚强一代弱"现象的历史性总结，鲁迅的《风波》中九斤老太的口头禅不就是"一代不如一代"吗？况且，这个豆官，不也很像鲁迅笔下那个幼时机灵而成年后木讷呆滞的闰土吗？从这个角度来看，豆官与艾克人生走向的迥异，恰好说明莫言在《红高粱家族》中成功实现了对于《熊》的逃离，而在这个过程中，中国传统文化的某些内容和现代文学的精神资源无疑给了他强大的文化支撑。这些从本土文化中获得的精神输血，确立了莫言此后的本土化追求路向，也构成了莫言在文学创作上敢于大胆借鉴、勇于探索创新的底气。

莫言从福克纳的《熊》里获得故事模式、人物设置、首尾设计、细节描写等诸多启发，由此获得一种"世界性的视野"，而"这种世界性的视野，使'中国经验'被激活和深化，生发出更强烈的本土意味与创造力量"。①所以我们看到，莫言虽学用福克纳的人物设置，写出的却是地地道道、散发着中国乡土气息的农民，他虽然也叙述了人与动物的对抗，其中传达出的主题却流露着与中国传统文学一脉相承的特质；他虽借用福克纳的故事模式，却又跳出了少年成长小说的主题范式，转而凸显祖先的英雄华彩、张扬中华民族的抗争精神。在这个过程中，潜藏在中国文化、历史中的各种"中国经验"被一一激活、深化，莫言也因此得以一步步走向本土、扎根本土，不仅将中国的故事、人物、主题、精神在他的笔下逐一呈现，而且也逐渐形成他自己的本土特色、创造性和独特性。这种借助于中国文化的强大底色来完成的不着痕迹的"借鉴"，也许正是莫言所期待的真正的"逃离"。

（作者：陈晓燕）

---

① 张清华：《狂欢或悲戚——当代文学的现象解析与文化观察》，新星出版社 2014 年版，第 33 页。

第二章 莫言与马尔克斯

在当代中国文坛，对马尔克斯和莫言进行比较似乎是顺理成章的事。如莫言自己所说，在二十世纪八十年代，拉美"文学爆炸"对中国作家产生了近乎席卷的广泛影响，他也不例外，仅仅看了《百年孤独》十八页，他就"被创作的激情冲动，扔下书本，拿起笔来写作"。《百年孤独》比比皆是的细节描写，调动了莫言类似的乡村经验和故乡记忆；马尔克斯更激活了莫言内心深处某种潜在气质，"把我内心深处那片朦胧地带照亮了"，让他意识到"原来小说可以这样写"。莫言还谈到，马尔克斯的哲学思想带给了自己借鉴，即"独特的认识世界、认识人类的方式"，认为马尔克斯"用一颗悲怆的心灵，去寻找拉美迷失的温暖的精神的家园"[①]。受此启发，莫言开始在《透明的红萝卜》《红高粱家族》《爆炸》《球形闪电》《金发婴儿》等小说中，驱动魔幻现实主义的笔法，深入历史的想象和现实的反观，讲述故乡记忆中鬼怪精灵的传说，奇人轶闻的故事，揭开故土家园的苦难岁月，勾画芸芸众生挣扎生存的印迹，带来此前中国文学少有的奇观。

因此，在同代作家阎连科看来，对魔幻现实主义"神奇的现实"最有领悟的作家是莫言。"甚至我们可以说，是莫言让拉美文学与中国本土文学最早发生了联系，而且取得了有目共睹的成就！"阎连科称赞莫言的创作，"如让大家感受文学爆炸样，感受到了一种往日文学中没有的文学元素，他的那片'高密'土地，让人感到神

---

① 莫言：《故乡的传说》，邱华栋编《我与加西亚·马尔克斯——中国作家的私密文本》，华文出版社 2014 版，第 4—6 页。

奇、有力而不可捉摸，其中所充蕴的不可磨灭的生命的活力，给当时的中国文学带来的不是惊喜，而是不知发生了什么的震撼！……给莫言的写作带来启悟的，正是拉美文学，正是马尔克斯和他的《百年孤独》及他的一系列创作。"①而在2012年莫言获得诺贝尔文学奖时，评审委员会对其作品的主要评价是："将魔幻现实主义与民间故事、历史和当代社会融合，他创作中的世界令人联想起福克纳和马尔克斯作品的融合"。这不禁使人联想到1982年诺奖对马尔克斯的评价："运用丰富的想象能力，把幻想和现实融为一体，勾画出一个丰富多彩的幻象世界。"②当然，莫言在瑞典学院的演讲中也再次提到马尔克斯对自己的影响。凡此种种，以及不同场合和媒介上莫言的访谈、演讲，加之众多作家和研究者对二人的比较研究，似乎都表明：莫言是中国当代最具"马尔克斯风"的作家——他的许多小说，以"未来过去式"的话语方式、腾挪穿插的叙事方式、魔幻观照现实的角度，在天马行空的奇特想象中，用感觉丰富、夸张渲染的笔墨，熟谙展现民族文化传统的奇观异彩，对民族的历史、现实和未来进行整体的寓言化书写，对人性夹杂高贵、卑弱、残忍的复杂性的深刻剖析，对人的命运寄寓的深切悲悯，都受到马尔克斯的极大影响，取得了与马尔克斯的精神对话。

　　但简单将马尔克斯视作莫言的师承似乎也是不太恰当的。莫言一直不愿被人称为"中国的马尔克斯"，早在1986年，他就写过一篇文章，将马尔克斯和福克纳比作"两座灼热的高炉"，吸引自己又迫使自己离开，否则就会被融化、被蒸发。齐白石曾说"学我者生，似我者死"，莫言也认为必须挣脱外国作家的阴影，不能满足于对他们的模仿，"如果不能去创造一个、开辟一个属于我自己的地区，我就永远不能具有自己的特色……我如果继续迷恋长翅膀的老头、坐床单升天之类鬼奇细节，我就死了"。所以莫言认为自己近几十年的创作，从不自觉地模仿到有意识地躲避，始终在跟马

① 阎连科：《当代文学中的中外关系——在北京外国语大学文学社的讲演》，《渤海大学学报》，2009年第2期。
② 参见《20世纪诺贝尔文学奖颁奖演说词全编》（第三篇）。

莫言和新时期文学的中外视野

尔克斯搏斗，在逃离马尔克斯、福克纳以及其他西方及拉美作家的影响，为此他不惜在后来的《天堂蒜薹之歌》《十三步》《酒国》等长篇和《怀抱鲜花的女人》等中短篇中，进行各种离经叛道的技巧试验，力图摆脱窠臼、自成一格。特别在《丰乳肥臀》《檀香刑》《四十一炮》《生死疲劳》《蛙》等作品中，莫言"大踏步撤退，向民间文学学习，向中国传统小说学习"，致力在本民族的历史变迁、现实生活、生命体验和文学资源中激发创作灵感，以自己独特的"高密东北乡"故事谱系，恣肆多变的狂欢化语言，对中国式"释道"和"狐鬼"文化的继承，以及对传统说书、戏剧和章回小说体式的化用，构造了贯穿近百年的中国历史与现实的沉痛史诗、乡土传奇、民间演义和人性悲歌。由此，莫言创制了属于自己的文学世界，显现出不同于马尔克斯的莫言风格，也在世界文坛造就了声誉卓著、深具影响的独特地位。

第一节　创世的神话

古今中外大凡成就卓著、影响深远的大作家，笔下常造就独一无二的文学世界，如鲁迅的鲁镇，沈从文的边城，福克纳的约克纳帕塔法……用莫言的话来说，就是建构自己的"文学共和国"，而作家自己，就是这个"文学共和国"的造物主。在这些"文学共和国"中，他们俨然上帝一般，才思泉涌、天马行空、随意驱遣、用笔如神，所创造的图景、故事、人物令人迷醉。马尔克斯创造的马孔多镇，莫言创造的高密东北乡，也是各自光彩独特、图景丰繁、别具魅力。此间多有相貌清俊美丽、性格怪异奇特的红男绿女，总有种种鬼怪传奇、逸闻逸事口耳相传，诸般恩怨情仇、世事变幻也在不断铺展上演。马尔克斯和莫言的这种独具一格的文学创世，并非无源之水，而是上承了更为久远的本民族历史和古老神话，特别是从本民族的创世神话中获得灵感、汲取滋养。

一、"出走"的母题

纵观世界各民族的历史，许多均是从创世神话发源。在这些创世神话中，往往有着相似的母题，如天地化生、神明造人、大洪水、英雄远征、举族迁徙、乱伦、拓荒、建立新家园等。这些母题作为民族原初文化的想象与记忆，成为后世作家创作不竭的灵感源泉，被他们不断借鉴、化用、改写、重构，变为与上古血脉相连的现代神话，加深了作品的史诗风格。马孔多镇、高密东北乡的发源，都呈现了"出走"的母题，并接续"拓荒"的征途。前者可见与《圣经》中的创世神话的渊源，后者则更多借鉴了中国上古神话、民间传说和《庄子》寓言。

海外有学者论及《百年孤独》："情节上的环状结构、全能的第三人称视角、一个个事件的魔幻色彩，为这部作品打上了《圣经》的烙印……小说里的语言能使人想到巴别塔、兄弟相残，如同该隐和亚伯、约瑟和他的兄弟们，故事里还有大于生活的帝王式人物，如奥雷良诺·布恩迪亚上校，他能使人想起那些古代以色列的国王们，此外就是神秘的疾病，比如流行性失眠症，以及大灾大难，如近乎瘟疫的蝴蝶雨。"[①]《圣经·旧约》是犹太教和基督教的圣典，也是犹太民族的史诗。随着西方近代在全球的殖民化进程，基督教在拉美国家大为盛行，《圣经》故事也随之广泛流传。在哥伦比亚，"《圣经》式的叙述不仅要出现在礼拜日的布道上，而且在大众文化及其他论坛上也无处不在。音乐、报纸及其他媒体总要提到《圣经》。当地的出版物为了引人注意也要借用《圣经》中的人物"[②]。虽然马尔克斯对基督教会持批判态度，但在基督教氛围浓厚的文化场域下，他的写作自然也会受到《圣经》的影响。马孔多镇神话般

---

① （美）依兰·斯塔文斯：《他创造了百年孤独——加西亚·马尔克斯的早年生活·序言》，史国强译，现代出版社 2014 版，第 7 页。

② （美）依兰·斯塔文斯：《他创造了百年孤独——加西亚·马尔克斯的早年生活》，史国强译，现代出版社 2014 版，第 31 页。

地诞生，由"出走"引发，容易让人联想到《出埃及记》：先知摩西按照上帝的指引，率领希伯来人摆脱法老的奴役，走出埃及，历经波劫，到应许之地迦南，建立新的国度。《百年孤独》里，霍·阿·布恩迪亚和表妹乌苏拉成婚后，出于乱伦的诅咒，害怕生出猪尾儿的乌苏拉拒绝与丈夫同床，因为此事被人嘲笑的霍·阿·布恩迪亚在决斗中杀死对方，并与妻子完成合卺。但他们被死者的鬼魂纠缠，不得不携友引伴，离开原来居住的村庄，翻山越岭，寻找安居之地。经历了两年多的旅行，他们到达了"一片河流纵横的辽阔地带——直伸到天边的巨大沼泽"，某晚河边扎营露宿时，霍·阿·布恩迪亚梦到一座"房屋的墙壁都用晶莹夺目的透明材料砌成"的城市，也听到了"一个陌生的、毫无意义"，但"在梦里却异常响亮动听"的名字：马孔多。翌日，霍·阿·布恩迪亚就招呼同伴停留在此，开辟空地，"拓荒"垦殖，建立村庄，这就是马孔多镇的由来。如同摩西，霍·阿·布恩迪亚也是在神秘莫测的谕示之下，成为马孔多这座村镇的始祖。

　　《圣经》中出走埃及的希伯来人，在前往迦南的旅途中，荣耀和灾祸交错出现、始终伴随。他们既被上帝赐福、救赎和供给，获得征战的胜利，又不断遭遇追杀、饥渴、瘟疫、纷争、诅咒。这也许是许多民族肇始、发展的必经之路，宗教般的神秘圣洁、史诗般的宏大悲壮也因此蕴生。而在《百年孤独》中，马孔多镇和布恩迪亚家族超越百年的繁衍生息，也不断在荣耀和灾祸中循环。从最初的荒凉到后来的繁荣，再到长期的动乱，子孙的出走与回归，家族内外的聚合与仇杀，党派之间无休止的争斗，始终缠绕的乱伦诅咒，神秘的死亡与复活，巫术与外来文明的连番冲击，各种瘟疫与天灾的降临等，也可以从《圣经》故事中找到相似的影子，不唯是哥伦比亚和拉美民族百年历史荒诞而又真实的写照。如马孔多镇一连下了四年十一个月零两天的大雨，就是对《圣经·创世记》中有关洪水浩劫及诺亚方舟等故事的移植。

　　莫言的小说中，最具创世神话色彩的，则是"高密东北乡"第一次问世的《秋水》，莫言自称在其中："'我爷爷''我奶奶'这两个'高密东北乡'的重要人物出现了，土匪出现了，侠女也出现了，梦幻出现了，仇杀也出现了。应该说，《秋水》是'高密东北乡'的创世记篇章，其重要意义不言自明。"[①]其也是《红高粱家族》等后续长篇的雏形之一。小说的主人公"我爷爷"在"杀死三个人，放起一把火后，拐着一个姑娘，从河北保定府逃到这里，成了高密东北乡最早的开拓者。那时候，高密东北乡还是蛮荒之地，方圆数十里，一片大涝洼，荒草没膝，水汪子相连，棕兔子红狐狸，斑鸭子白鹭鸶，还有诸多不识名的动物充斥洼地，寻常难有人来，我爷爷却带着那姑娘来了。那个姑娘很自然地就成了我的奶奶"。在过了一段男开荒、女捕鱼的生活后，"消息慢慢传出去，神话般谈论着大涝洼里有一对年轻夫妻，男的黑，魁梧，女的白，标致，还有一个不白不黑的小子……陆续便有匪种寇族迁来，设庄立屯，自成一方世界"。这里的"我爷爷""我奶奶"，同样经历了从"出走"到"拓荒"的历程，成为高密东北乡的创世之祖，引领了这一方世界的开枝散叶、繁衍生息。从后面二人互称"老三""二小姐"的对话中，不难发现这对男女的结合，虽非乱伦，也是背离传统伦理、被迫逃离旧家园的越轨恋情。在谈及《百年孤独》对自己的影响时，莫言未点出自己的哪部作品、哪一情节受到的具体影响，但高密东北乡的诞生，和霍·阿·布恩迪亚偕乌苏拉出走故乡，怀孕生子，拓荒开土、建立马孔多镇的历程相似。在这种相似中，读者不难看出被逐出伊甸园、艰辛开垦繁衍的人类始祖亚当和夏娃的影子。

二、大洪水与万物再生

值得注意的是，《秋水》的核心背景是洪水，这缘于莫言个人一种深刻的童年记忆，也带来他最初与马尔克斯的精神相遇："当我第一次读了加西亚·马尔克斯的《百年孤独》之后，便产生了强烈的共鸣，同时也惋惜不已，这些奇情异景，只能用别的方式

---

① 莫言：《马的眼镜》，《文汇报》，2017年3月15日，第12版。

写出，而不能用魔幻的方式表现了。"①所谓的"奇情异景"，大多与洪水相关，恐怖的情绪和神异的传说交织。莫言高密家的老房子建在胶河南岸，该处地势低洼，连年遭遇洪水。"那条河里每年夏、秋总是洪水滔滔，浪涛澎湃，水声喧哗，从河中升起。坐在我家炕头上，就能看到河中的高过屋脊的洪水。大人们都在河堤上守护着，老太婆烧香磕头祈祷着，传说中的鳖精在河中兴风作浪。"虽然洪水肆虐，让村人们觳觫惊恐，但莫言却看到了其奔腾的强力和充沛的生命力。在他的众多文字中，莫言特别喜用"马头"的比喻来形容洪水，《秋水》中也有"黄色的浪涌如马头高，从四面扑过来""四处水声喧哗，像疯马群，如野狗帮，似马非马，似水非水"的描写，这些句子真实、形象、新异，充满孩童般奇特的想象力，摹画出洪水密集汹涌、狂肆不可控的气势。对比故乡后来的干旱，莫言甚至怀念起阴雨连绵、洪涝不断的年景："涝死比旱死好，涝死人不要出力，比较干脆，而旱死要活活煎熬，活受罪。"洪水造就一片泽国，但水也是孕育和润泽世间万物的根源，"要挖地，一锹下去水就冒上来了"，这样的句子中蕴含着勃勃生机。他还回忆了某年夏天举家抗洪时，自己因脚生疮独守家中，观察苍蝇、蛤蟆、知了、螳螂、壁虎、蜘蛛、燕子等诸般微小生灵，阅读墙上旧报纸夸张报道的日子。这样的洪水，伴随着漫天的蛙鸣、满街的蛤蟆、田野的鬼火、精怪的故事、寂寞的游戏，与饥饿、孤独一道，带给童年莫言恐怖而魔幻的感受，成为不能忘怀的记忆伴随着他的成长，后来转化为独特的文学经验、创作源泉，及观察力和想象力的发端，使得莫言甫读到马尔克斯笔下类似神秘的文学世界，就触发了创造高密东北乡的冲动。

《秋水》中以洪水为背景的创世隐喻，与《圣经》及世界其他民族上古神话中的大洪水故事相似，更在文化传统上承袭了中国古代神话传说的大洪水记载及创世故事，蕴含有"毁灭"—"重生"

---

① 莫言:《超越故乡》,《莫言散文新编》,文化艺术出版社 2009 年版，第 10 页。

的母题。如《山海经·海内篇》中言："洪水滔天，鲧窃帝之息壤以湮洪水。"又如《淮南子·览冥训》中所记："往古之时，四极废，九州裂，天不兼覆，地不周载，火爁炎而不灭，水浩洋而不息。"而在《列子·汤问》中，对大洪水的由来也作了交代："共工氏与颛顼争为帝，怒而触不周之山，折天柱，绝地维，故天倾西北，日月星辰就焉；地不满东南，故百川水潦归焉。"后《孟子·滕文公》中也说："当尧之时，天下犹未平。洪水横流，泛滥于天下；水逆行，泛滥于中国。"类似的大洪水记载，还见于其他上古典籍之中。大洪水带来了摧毁一切的灾难，但也涤荡了旧世界，冲积出肥沃的平原，为新世界的蕴生埋下了种子。这些传说，对应了中国古代大江大河泛滥，又孕育华夏文明、培育民族精神的上古历史，和"女娲补天""抟土造人""大禹治水"等故事共同构成了古中国的创世神话，是中华民族起源的象征。

在《秋水》中，莫言让拓荒的始祖式人物"我爷爷""我奶奶"遭遇了一场突如其来的大洪水，世间的一切生灵皆被冲荡，人类、青蛙、蛤蟆、飞鸟、饿鼠、蟋蟀等在滔滔洪流中挣扎求活；"我爷爷""我奶奶"栖身的那一方土山及周边，俨然留存生命火种的诺亚方舟；当洪水开始落去，万物再次萌发、繁衍，"我爷爷"的家族传承、"高密东北乡"的传奇风流，即将一场场渐次掀开大幕。而"我父亲"在滔天洪水中出生，则要归功于被"我爷爷"救上土山的紫衣女人。看到"我奶奶"难产的症状，她猝然往地上撒下一把草，用枪逼着"我奶奶"单棵单棵地捡，捡一棵直一次腰，起伏四五十次后羊水流出，紫衣女人才言明自己是医生，并帮"我奶奶"接生。醒过神来的"我爷爷"感激莫名，将紫衣女人视为仙女下凡，月光中看见她的身体"素白如练，一片虔诚，如睹图腾"，让"我爷爷"跪地膜拜。莫言的大爷爷是当地名医，堂姑是妇产医生，这一情节来自家庭的影响，其后期小说《蛙》也在此处埋下伏笔。但这神秘的紫衣女人，在巨大的自然灾难中为"我"的高密东北乡家族续根延种，似乎也是女娲再临（"蛙"与"娃""娲"同音，是上古历史的神话原型，蛙人神是生育女神）。这样的故事和描写，俨然上古神话传说的再现，从拓荒创世、神明造人，到世界毁灭、万物重生，具备了神话原型的意味。

对中国上古的神话传说，莫言是较为心驰神往的。1994年"苏梅克–列维9号"彗星与木星相撞的天文奇观，引发他联翩的感触、想象和反思，并作随笔以记。一年之后翻看，觉得意犹未尽，又重作润色和补述。他借用一本科普著作中的说法，把《淮南子》中的大洪水故事、"女娲补天"、"后羿射日"、"嫦娥奔月"、"夸父逐日"等远古神话传说、世界其他民族相似的古老故事，猜测为远古与"彗木相撞"相近的天文事件。他认为，这样的天文事件开启了处于混沌状态的先民的心智，"历史的意识由此产生，哲学也由此及彼地产生了"。这样巨大的自然灾难，成为历史的源头和文明的肇始，其创世的意义尤其显得浓厚。所以"远古神话传说既是那场巨大灾难的纪录，也是我们的远古祖先为了生存与大自然顽强斗争并最终取得了胜利的纪录"[1]。神话和传说逐渐积淀为民族的集体潜意识，奇特故事和神异形象也变成文化的原型，或一代代在民间口耳相传，或化为文字出现在史传、诗歌、笔记、小说中，同样成为各民族文化、文学、艺术取之不尽用之不竭的源泉。马尔克斯从外祖母、莫言从祖父那里，童年时听到离奇荒诞的神鬼故事，成为作家后他们再以"讲故事的人"加以转述、重述，都是在接续上古创世开始人类历史、文化从未断绝的悠长根脉，并长出新生的枝叶，绽开色彩更为鲜艳繁复的花朵。

莫言小说《秋水》的命题之意，直接取自庄子的《秋水》。当年他就读军艺时，课堂上听北大吴小如先生讲授庄子《秋水》，"心中颇多合鸣"，脑海中不由浮现出故乡"河堤决口、秋水泛滥的情景"[2]。庄子《秋水》中所记的"秋水时至，百川灌河；泾流之大，两涘渚崖之间不辨牛马"等句，在吴先生的诵读下让莫言印象深刻。在受此激发创作的同名小说中，莫言对洪水的描述，如"八方

① 莫言：《望星空》，《聆听宇宙的歌唱》，中国文史出版社2012年版，第96页。
② 莫言：《马的眼镜》，《文汇报》，2017年3月15日。

望出去，满眼都是黄黄的水，再也见不到别的什么"等句子，几乎可看作对庄子语言的意译。在小说的后半部分，洪水中漂来一只釉彩大瓮，给土山载来一位黑衣汉子和一位白衣盲女。紫衣女人、黑衣汉子间后来上演了暗藏机锋的神秘对话与惊险仇杀，黑衣汉子提前打光子弹、让紫衣女人打死自己。其中因由似乎与"我爷爷"曾从洪水中钩上眉间有洞、左手三指断去的尸体有关，但作者并未将谜底向读者揭开。小说的结尾是一首儿歌，黑衣汉子、白衣盲女唱和着，"我爷爷"小时候也教我唱过：

> 绿蚂蚱。紫蟋蟀。红蜻蜓。
>
> 白老鸹。蓝燕子。黄鹈鸪。
>
> 绿蚂蚱吃绿草梗。红蜻蜓吃红虫虫。
>
> 紫蟋蟀吃紫荞麦。
>
> 白老鸹吃紫蟋蟀。蓝燕子吃绿蚂蚱。
>
> 黄鹈鸪吃红蜻蜓。
>
> 绿蚂蚱吃白老鸹。紫蟋蟀吃蓝燕子。
>
> 红蜻蜓吃黄鹈鸪。来了一只大公鸡，伸着脖子叫嗖嗖

嗖——

噢——

此类儿歌在中国很多地方的民间流传，如"大鱼吃小鱼、小鱼吃虾米"，与"螳螂捕蝉，黄雀在后"的俗语意思相近，形象地唱出循环往复的食物链规律和弱肉强食的自然法则。在庄子《秋水》的一则寓言中，也有类似的句子："夔怜蚿，蚿怜蛇，蛇怜风，风怜目，目怜心"，意即独脚的夔羡慕多脚的蚿，多脚的蚿羡慕无脚的蛇，无脚的蛇羡慕无形的风，无形的风羡慕明察外物的眼睛，明察外物的眼睛羡慕内在的心灵。其后通过夔、蚿、蛇、风寓言式的对话，探究绝对与相对、永恒与当下之间的奥义，揭示了世间万物既相克相生、循环更替，又各自独立、顺应大道的关系，表达了庄子自在、空灵、无为的哲学思想。莫言以《秋水》为题作此文，并

引用上述儿歌，似乎受庄子超脱世界、悲天悯人的影响。在一次演讲中，莫言讲述了同样来自庄子《秋水》篇的一则故事：庄子垂钓于濮水，楚王派两个使臣请他去做官，他对两个使臣说：楚国有神龟，死后被楚王取其甲，用锦缎包裹，供于庙堂之下，对神龟来说，是被供在庙堂之上好呢？还是活着在烂泥塘中摇尾巴好呢？使臣说，那当然还是活着在烂泥塘中摇尾巴好。莫言称这则寓言"包含着退让避祸的机心"，认为这是我们古人清心寡欲、安贫乐道的智慧①。莫言让黑衣汉子身具神乎其神的枪法，却甘愿赴死、托付遗孤（白衣盲女）、了却恩仇，实际也提供了弱肉强食的生存法则外，另一种超脱生死、终结"冤冤相报何时了"的人生之道，也是无可无不可、循环往复的自然之道。

庄子思想的相对主义和悲悯情怀，和马尔克斯也形成了跨越时空、跨越文明的对话。莫言感觉到：马尔克斯"认为世界是一个轮回，在广阔无垠的宇宙中，人的位置十分的渺小。他无疑受到了相对论的影响，他站在一个非常的高峰，充满同情地鸟瞰着纷纷攘攘的人类世界"②。可见莫言在《秋水》中的创世神话，是从古今中外的文化传统、哲人先贤得到广泛启发，通过神秘故事和通俗儿歌，表现捕食与被食、仇怨与恩德、进取与退让、新生与死亡、创造与毁灭的关系，思考世界创生的奥秘、自然运行的法则、人类命运的规律，神秘与童稚交织之中，蕴含着悲天悯人的情怀和相对主义的思想，这和马尔克斯形成了共鸣。

第二节 "原乡"的文学世界

对一些作家来说，他们创造的文学世界（"文学共和国"），往

① 莫言：《悠着点，慢着点：在第二届"东亚文学论坛"上的发言》，《中国青年》，2011年第4期。
② 莫言：《故乡的传说》，邱华栋编《我与加西亚·马尔克斯——中国作家的私密文本》，华文出版社2014年版，第4—6页。

往从自己最初的故乡经验和故乡记忆生发，如绍兴之于鲁迅，湘西之于沈从文，拉斐特郡之于福克纳，阿拉卡塔卡之于马尔克斯，高密之于莫言。这些作家的代表性作品，大多是以各自的故乡为土壤和源泉，是"原乡"记忆与想象的产物。当然，所谓"文学共和国"是文学地理的概念，其中加入了更多的虚撰与构想，穿插了故乡以外的见闻和游历生活的体验，已不是故乡过去、现在的真实照相，在独特风格中又包含启迪更多思考和激发更多共鸣的普遍性。所谓近乡情更怯，莫言认为作家"需要远离故乡，获得多样的感受，方能在参照中发现故乡的独特，先进的或是落后的；方能发现在诸多的独特性中所包含着的普遍性，而这特殊的普遍，正是文学冲出地区、走向世界的通行证……马尔克斯、鲁迅、沈从文等人，正是这一类远离故乡之后，把故乡作为精神支柱，赞美着它、批判着它，丰富着它、发展着它，最终将特殊中的普遍凸现出来，获得了走向世界的通行证的作家"①。莫言自己何尝不是如此。比较马孔多镇和高密东北乡的问世，都是在从"远离故乡"到"返归故乡"的轨迹中创造的文学共和国。马尔克斯和莫言进而"超越故乡"，让这个文学世界的疆域拓展到各自民族、整个世界、全部人类。在各自文学世界的创造过程中，马尔克斯和莫言既经历了人生历程或肉身行迹、精神依托或心灵家园的变化，也完成了创作道路或文学目标的转换，虽然二人的轨迹也不尽相同。

一、重回阿拉卡塔卡：点燃文学灵感

马尔克斯人生历程的"返乡"，与精神"返乡"、文学"返乡"同步，他的文学航程也是自此正式起帆。象征着拉美民族百年孤独的马孔多镇，最早出现在马尔克斯出版于 1955 年的小说《枯枝败叶》中，其原型来自马尔克斯出生的阿拉卡塔卡，这个哥伦比亚北

① 莫言:《超越故乡》,《莫言散文新编》,文化艺术出版社 2009 年版,第 18 页。

部沿海地区的偏僻小镇。在阿拉卡塔卡镇上外祖父那座阔大的老屋中，马尔克斯度过了早期的童年时光：外祖母爱讲鬼怪神奇的故事，还常拿亲人的游魂来吓唬小马尔克斯；家中多有自身行为古怪、也把荒诞怪异的事情看作家常便饭的女性们。最重要的是参加过多次内战、在当地德高望重的外祖父，他爱滔滔不绝讲述内战中的故事和人物，也带着小马尔克斯散步、观看吉卜赛人马戏团的表演，向小马尔克斯展示冰块的奥秘；他们曾途经书写有"马孔多"门牌的香蕉种植园，香蕉公司的景致和身穿白纱衣裙、乘着敞篷车扬起尘土的美国姑娘常在小马尔克斯眼前掠过……这一切的童年记忆，永远铭刻在马尔克斯脑海深处。但阿拉卡塔卡作为马尔克斯的文学原乡和创作源泉，"远离"也是此前必不可少的阶段。有论者认为，若非外祖父去世，导致八岁时马尔克斯被父母接离阿拉卡塔卡，他也许永远成不了作家："他离开老家——环境封闭，身边不是外祖父母就是众多的女人——是一次挣脱。因为那座老屋，进入成年的他依然停留在幻想之中。他与老家每个人的关系，他与那座小镇的关系，在他的灵魂上打上了抹不掉的烙印。离开阿拉卡塔卡，就是被逐出天堂。"①也许，阿拉卡塔卡始终是马尔克斯的精神依托或心灵家园，他以马孔多镇为中心书写的一切故事，都是在"远离"阿拉卡塔卡的回忆和想象中，试图还原故乡，渴望重返天堂，尽管这故乡和天堂在他的体验和记忆中，烙下的不独是童真的快乐、家人的温情、奇异的幻想，还有与杀戮、掠夺、纵欲、狂乱相交织的恐惧情绪。

直到二十三岁左右，心怀文学梦的马尔克斯从大学法律系辍学，为变卖外祖父的宅院，母亲让他陪伴重回阿拉卡塔卡，马尔克斯的肉身才有了第一次为期两天的返乡旅程。只是青年马尔克斯眼前的阿拉卡塔卡，已然衰微破败、一片死寂，像一座虚幻的镇子，"一切都仿佛废墟，一派被遗弃的景象，一切都被炎热和遗忘吞没了"。马尔克斯记忆中的故乡景象已荡然无存："那一阵尘土、美国

① （美）依兰·斯塔文斯：《他创造了百年孤独——加西亚·马尔克斯的早年生活》，史国强译，现代出版社 2014 年版，第 27 页。

姑娘、傍晚时分在大街上兜风的敞篷汽车、战场失意的老军人、总是沉湎于昔日战争的外祖父、为自己织裹尸布的表姑姥姥、爱讲死人故事的外祖母、在房间里叹息的死人、院子里的茉莉花、满载着香蕉的黄色列车、在浓荫匝地的香蕉园里蜿蜒而行的清澈的溪流，以及清晨出现的石鸻鸟……这一切后来都被一阵风卷走，如同《百年孤独》最后几页所描绘的马孔多被一阵飓风卷走一样。"马尔克斯后来称这趟短暂、单纯的旅程对他来讲意义重大，是他"一生之中最重要的决定"。母亲在返乡中遇到第一个女友，两个疲惫衰老的妇女努力回忆起昔日美丽动人容貌，紧紧拥抱、放声大哭的情景，让马尔克斯深受触动："我的第一部小说，就是从那时，从那次相遇受到启迪而诞生的。"[①]当然，还包括此后他的所有小说。逝去，也许会让人对童年的记忆愈加鲜明和珍惜；变迁，也许会让人对故乡的印象更为深刻和复杂；"远离"之后的"返乡"，也许会让人对家国命运的思考尤其广阔和沉郁。这次"返乡"，让马尔克斯的文学灵感被砰然点亮，他的文学志向也最终确立："前往阿拉卡塔卡的那一趟旅程，真正令我领悟到，童年的一切都具有文学价值。从开始写《枯枝败叶》的那一刻起，我所要做的唯一一件事，便是成为这个世界上最好的作家，没有人可以阻拦我。"[②]结束"返乡"旅程的马尔克斯，当即改变了自己的创作道路和文学目标，放下此前一部难以为继的长篇构想，转而创作另一部长篇《枯枝败叶》。这部作品被视作《百年孤独》的雏形，它的叙述似乎是《百年孤独》后半部分某些章节的试写：马孔多镇在其中问世，奥雷良诺·布恩迪亚上校的名字第一次出现，其他在《百年孤独》中的景象、人物和故事也初见端倪，贯穿全篇的那位法国医生在《百年孤独》中多次被提及。《枯枝败叶》还预示了《百年孤独》的结局：马孔多镇的灭亡早有征兆，主要原因是"好似一阵旋风刮到这

① （哥伦比亚）加西亚·马尔克斯、P.A.门多萨:《番石榴飘香》，林一安译，南海出版公司2015年版，第11页。
② （哥伦比亚）加西亚·马尔克斯:《活着为了讲述》，李静译，南海出版公司2016年版，第3页。

里"的香蕉公司，和尾随其后的一堆由其他地方的人类渣滓和物质垃圾组成的杂乱、喧嚣的"枯枝败叶"。这些带有"隐蔽的死亡气息"的"枯枝败叶"冷酷无情，臭气熏天，把肥田沃土的马孔多弄得面目全非。"他们带来了一切，又带走了一切。他们走后，小镇变成了瓦砾场"，一场恶风也将把全镇席卷而去。《枯枝败叶》甚至奠定了马尔克斯未来所有作品的主题——"孤独"。可以这么说，"远离故乡"多年后的人身"返乡"，让马尔克斯完成了精神"返乡"、文学"返乡"的旅程，催生了《枯枝败叶》的创作，这部长篇处女作也以创世的意义，奠定了其文学王国的基石。

二、从逃离到返乡：以《白狗秋千架》为标志

莫言建立自己的"文学共和国"高密东北乡，母体也是他的故乡：山东高密县大栏乡平安庄。但莫言早年对故乡的"远离"，却是不折不扣的"逃离"。首先就是肉身经历、情感寄托的逃离。因为，永远被饥饿、孤独围绕的童年，小学读完即被迫中断的求学之路，无休无止、残酷荒唐的运动，希望渺茫的大学梦，身为棉油加工厂临时工无法转正的窘迫……从个人、家庭，到乡村、工厂，童年和青年时期大多数的人生经历和生活感受，对莫言来说都是可怕的噩梦，故乡也变成笼罩在他头上的巨大阴影，让他无时无刻不渴望着逃离："当我作为一个地地道道的农民在高密东北乡贫瘠的土地上辛勤劳作时，我对那块土地充满了刻骨的仇恨。它耗干了祖先们的血汗，也正在消耗着我的生命。我们面朝黄土背朝天，比牛马付出的还要多，得到的却是衣不蔽体、食不果腹的凄凉生活。夏天我们在酷热中煎熬，冬天我们在寒风中战栗。一切都看厌了，岁月在麻木中流逝着，那些低矮、破旧的草屋，那条干涸的河流，那些土木偶像般的乡亲，那些凶狠奸诈的村干部，那些愚笨骄横的干部子弟……当时我曾幻想着，假如有一天，我能幸运地逃离这块土地，我决不会再回来。所以，当我爬上 1976 年 2 月 16 日装运新兵的卡车时，当那些与我同车的小伙子流着眼泪与送行者告别时，我连头

也没回。我感到我如一只飞出了牢笼的鸟。我觉得那儿已经没有任何值得我留恋的东西了。我希望汽车开得越快、开得越远越好，最好能开到海角天涯。"①甚至家庭温暖对于童年莫言都是匮乏的，他觉得"家庭对任何孩子来讲，绝对是种痛苦"，这和马尔克斯不大相同。他曾回忆，自己小时长相丑陋，又最为淘气、馋嘴、懒惰，在众多孙辈中，特别不招爷爷、奶奶的喜欢；他感受到的父爱、母爱也非常有限度："所谓的父爱、母爱只有在温饱之余才能够发挥，一旦政治、经济渗入家庭，父爱、母爱就有限得、脆弱得犹如一张薄纸，一捅就破。"②早年莫言如此仇恨故乡、渴望逃离故乡，并不仅仅是他个人经历、家族生活、地域人文环境的某些特殊性使然，更为根本的原因在于：从他出生记事到逐渐长大，正是中国社会逐渐走向极端政治化、运动频繁不断、物质总体匮乏的阶段，中国大地几乎所有的城乡、家庭、人群、个体都被裹挟其中。而中国农村在近二十年的时间中，遭受最深刻的记忆就是：贫穷和饥饿，莫言及其家族自不能幸免。加之莫言家是上中农成分，政治上被打入另册，家中成年人长期生活在战战兢兢中，孩子求学、招工、参军遭遇挫折。综上种种，无法想象青年的、作为地道农民的莫言，会对故乡产生发自内心的挚爱眷恋、热情讴歌；也不难理解，读者为什么很少从莫言笔下对高密东北乡的描画中，看到田园牧歌的诗意景致、自在怡然的乡土生活、淳厚拙朴的风俗人情、温情和谐的家庭关系。这与鲁迅《故乡》《社戏》中的早年鲁镇，沈从文《边城》中的湘西世界大相径庭，倒是和交织着魔幻与阴郁、喧嚣与衰败的马孔多镇异曲同工。

这就带来莫言在走上文学创作之路伊始，对故乡的有意逃离："当时我努力抵制着故乡的声色犬马对我的诱惑，去写海洋、山峦、军营。"他创作发表了几部军旅生活的短篇小说如《丑兵》《黑

① 莫言：《超越故乡》，《莫言散文新编》，文化艺术出版社 2009 年版，第 4 页。
② 莫言等：《与莫言一席谈》，孔范今、施战军主编《莫言研究资料》，山东文艺出版社 2006 年版，第 18 页。

沙滩》《岛上的风》，编撰军营中被伤害人物的故事，赋予他们在艰难境遇中的善良人性和崇高精神，属于当时主流的"伤痕文学""反思文学"。其他如《春夜雨霏霏》《放鸭》《白鸥前导在春船》《因为孩子》等，虽然落笔农村题材，明显却是模仿孙犁、柳青等之作：情节构造相对单纯，景观风物力求清新，人性人情善良淳朴。雨夜思念军人丈夫无法入寐的少妇，芦苇荡里放鸭的清俊女孩，勤劳致富、两心相许的青年男女和各自顽固又可爱的父母，大人小孩吵吵闹闹又相互帮衬的左邻右舍，似乎都出自"荷花淀"，带有清浅明丽又有些刻意造情、造境的诗意。讲述奇人轶事的《民间音乐》，被孙犁评价为"空灵"，妩媚坚执的女子与来去神秘的民间艺人的故事，也可见沈从文、汪曾祺的影子。花茉莉追赶离去的小瞎子，"追上了没有呢？不知道。最后结局呢？"这句话几乎可以看作《边城》著名结局的仿写。上述作品，初步显现出细致而丰富的感觉性语言、对民间文学资源（民间歌谣、乡野传说）的化用，但因与自己的经历和体验隔膜，后来莫言自己称："一看就是假货，因为我所描写的东西与我没有丝毫感情上的联系，我既不爱它们，也不恨它们。在以后的几年里，我一直采取着这种极端错误地抵制故乡的态度……就在我做着远离故乡的努力的同时，我却在一步步地、不自觉地向故乡靠拢。"这种靠拢在《售棉大路》《大风》《五个饽饽》《枯河》等作品中，逐渐显现端倪：那蜿蜒的售棉车队、乡间田野间突如其来的大风、贫寒年景除夕夜五个饽饽的失而复回、闯下大祸被父母毒打绝望而死的孩童，越来越呈现出独属于莫言的童年记忆和故乡印记。终于，在1985年发表的短篇小说《白狗秋千架》和《秋水》中，莫言完成了精神家园和创作心路的"返乡"，高密东北乡这一独创的文学共和国明确亮相，而他其后的一些作品，某种程度上也脱胎于这两部短篇小说。

稍后于《秋水》发表的《白狗秋千架》，第一句就以"高密东北乡原产白色温驯的大狗"开篇，被莫言自己视为创造文学共和国的标志作品，也可看作"返乡"的宣言。此文直接的创作动机，可能来自莫言某次真实的"返乡"经历。《也许是因为当过"财神爷"》

这篇散文中，莫言记叙了考上军艺后的一次春节返乡之行，许多景象和情节描述和《白狗秋千架》如出一辙：作者在家乡小桥旁巧遇正在担水的儿时玩伴"冬妹"，遵诺到她家拜年见到其哑丈夫、三个哑儿子，赠送小孩糖果和被殷勤招待等。而留在脑海里的一系列往事，如灾年除夕夜随着冬妹扮财神挨家挨户讨饺子等，如浪花般被搅起，让他自嘲找到了应付命题作文《我怎样走上文学之路》的灵感。看来，作家最深厚的文学源泉，总要被某次因缘际遇所激发，从而产生强烈的创作冲动，如同马尔克斯的重返阿拉卡塔卡，高密东北乡的创造构想，也可能因这次肉身的"返乡"，在莫言脑海中初步形成。

在《白狗秋千架》中，叙事者"我"离乡求学十年后第一次"返乡"。一只白狗带来与"暖"的无意相遇，勾起"我"对故乡生活的零星回忆。"我"对着"暖"冲口而出的那番话："我很想家，不但想家乡的人，还想家乡的小河、石桥、田野、田野里的红高粱、清新的空气、婉转的鸟啼……"或者不能简单看作没话找话的敷衍，而是积郁在心的怀乡之情被触发后的喷薄，莫言似乎在借小说人物略显矫情的语言，表达自己精神返乡的宣言。在记忆最初的闪回穿插中，少年时的朦胧情愫、特殊年代的军民交往等片段不断浮现，带着某些浪漫的追想，莫言后期小说中的饥饿、孤独、恐惧、荒诞等主色调隐去，甚至"暖"遭意外右眼致残的悲剧往事也被淡化。这里印证了莫言所说的"虽然我身居闹市，但我的精神已回到故乡，我的灵魂寄托在对故乡的回忆里，失去的时间突然又以充满声色的画面的形式，出现在我的面前"[1]。身体的返乡前，精神的返乡已经在路上，为此不惜将对故乡的记忆美化，就像再也不能回到过往的阿拉卡塔卡的马尔克斯，尽管归乡所见的景象人事，多是衰败、困顿、不幸，让人失望、悲哀、感叹，但故乡永远是作家深植心灵的精神家园，让他们爱恨交织，连肉身都不愿轻易摆脱："对

---

[1] 莫言:《超越故乡》,《莫言散文新编》,文化艺术出版社2009年版,第6页。

于生你养你、埋葬着你祖先灵骨的那块土地，你可以爱它，也可以恨它，但你无法摆脱它。"①《白狗秋千架》的结尾颇有象征意味：嫁给哑巴、生了三个哑孩子的"暖"，让通灵的白狗引"我"到高粱地中相会，就为生一个会说话的孩子。这象征着远离故乡的游子，依然要在故乡留下自己的苗裔，即便"有一千条理由，有一万个借口"，也不能斩断与故乡在血脉和精神上的联系。至于小说前半部分不免诗意的书写，与后半部分造访"暖"的家庭亲见的残酷现实，则形成了鲜明对照，预示着以"归乡"为主线的《白狗秋千架》，是莫言的小说创作告别早年模仿孙犁等清俊式创作的转捩点。他开始打通任督二脉，走向创造以故乡为母体的独特文学世界——高密东北乡的路途。其后《红高粱家族》《丰乳肥臀》《蛙》等作品中的故事、人物和主题，如高粱地中的"野合"，多子而承受苦难的坚韧女性，"种的没落"等，都大概可从《白狗秋千架》中找到雏形，就好似《枯枝败叶》是《百年孤独》及马尔克斯其他多数作品的发端一样。

第三节　失败的英雄

世界各民族的创世神话和古代传说，主人公多为英雄或英雄群像，如《荷马史诗》中的古希腊英雄们，《圣经》中的诺亚、摩西和大卫，《罗兰之歌》中的圣骑士罗兰，以及中国远古神话中的盘古、后羿、夸父、大禹等。这些英雄大多天赋神异，力量强悍，胸怀远大，见识卓著，品德高贵。他们或披荆斩棘引领部族诞生、繁衍的征途，或开启人类智慧以点燃、传播文明的火种，或英勇无畏地与天灾、恶兽战斗挽救族群存亡，或以虔诚信仰创建光照后世的荣耀王国……对古代英雄的塑造和神化，象征着人类对本民族始祖

①　莫言：《我的故乡与我的小说》，孔范今、施战军主编《莫言研究资料》，山东文艺出版社 2006 年版，第 25 页。

的崇拜情结、对本民族文明的归根溯源。马尔克斯和莫言的一些代表作,既继承了各自民族的历史和神话传统,又在世界文学丰富资源的启发中,注入对民族现实和未来的思考,创造了富有古典主义色彩、个性特征鲜明的男女英雄形象,只是,他们大多是失败的英雄,最终走向了末路。

一、上校与骑士

马尔克斯的某些小说常用"上校"或"将军"来指称男性主人公,如《百年孤独》中的奥雷良诺·布恩迪亚上校,《枯枝败叶》《没人给他写信的上校》中那两位没有姓名的上校,以及"迷宫里的将军"。这些人物的塑造,多源自真实生活或真实历史中的人物的职衔、经历:《枯枝败叶》中上校原型就是马尔克斯的外祖父,奥雷良诺·布恩迪亚上校是借助拉斐尔·乌里韦·乌里韦将军的某些外貌和性格特征而写就,《迷宫中的将军》则可视作西蒙·玻利瓦尔的临终传记。这些真实的人物,在哥伦比亚及拉美民族的历史上曾留下印迹,对马尔克斯的创作影响很深。他称外祖父是"我生平理解得最为透彻、交往最为融洽的一个人"。外祖父曾跟随自由党领袖乌里韦·乌里韦将军投身"千日战争",最终胜利的却是保守党人,不过外祖父讲述的内战故事让童年马尔克斯着迷、永生铭记。玻利瓦尔作为拉美民族的解放者,为建立统一的拉丁美洲国家而战斗奔波一生,至死壮志难酬,也让马尔克斯惋惜不已。还有为马尔克斯所熟知、熟识的其他致力民族独立解放的拉美国家领导人形象,也被作者化到自己笔下的人物中。从人物原型到文学形象,马尔克斯对这些"上校""将军"倾注了深沉而复杂的情感。一方面是热爱甚至崇敬:赞美他们追求理想的执着至诚,再现他们战斗生涯的艰难壮阔,刻画他们意志人格的坚韧高贵。另一方面则是反思甚至悲悯:他们政治上的天真幼稚、自以为是,军事上的专断独行、急躁冒进,生活上的原欲泛滥、偷情乱伦,无处不在的愚昧民众、陈旧风俗也给英雄们带来灵肉困窘……这些失败的英雄,其人生和命运，大多映射出"孤独"的身影。从他们身上，马尔克斯指向了对整个拉美民族百年命运的整体观照和深沉思考，同时，作者也寄寓了对终将逝去的古典浪漫主义情怀、理想主义精神的无尽叹惋。不难看到，这些"上校"或"将军"，似乎带有西班牙语文学的经典人物形象——堂吉诃德的影子，所以，马尔克斯的"上校"亦是近现代拉美文学世界的骑士形象，是现代的堂吉诃德。

2002 年 5 月，挪威诺贝尔学院和挪威读书会曾共同策划发起了一个"所有时代最佳百部书籍"的评选活动。来自 54 个国家的 100 位著名作家接受问卷和参与投票，包括诺曼·梅勒、约翰·欧文、多丽丝·莱辛、萨尔曼·拉什迪、奈保尔、索因卡、戈迪默、米兰·昆德拉、富恩特斯、北岛等，其中有多位诺贝尔文学奖获得者。作家们给出了各自心目中 10 部"世界文学中最优秀、最核心的作品"。最后的调查结果是《堂吉诃德》获票超过半数，被选为"举世最佳的文学作品"。[1]马尔克斯则有《百年孤独》和《霍乱时期的爱情》入选百佳。这表明在世界范围内，当代各国作家最钟爱、最尊崇的文学名著，首推西班牙作家塞万提斯的《堂吉诃德》。

因为同属西班牙语世界影响深远的伟大经典，世人总把马尔克斯的作品同《堂吉诃德》相提并论，但马尔克斯最初对《堂吉诃德》并不感冒。少年时的第一次阅读因"骑士扈从的话没完没了，又文绉绉的"，让他"感到无比乏味"；第二次阅读是因自己初中教员的强烈推荐，但依然让他感到如吞下"好几汤勺的泻药"。对《堂吉诃德》的恶劣印象，直到后来朋友建议在入厕时阅读才得以改变，马尔克斯称此书"宛如火焰，之后我反复咀嚼，最后小说里的不少故事都能默念出来"[2]。马尔克斯对《堂吉诃德》的观感变化，也许是因年龄渐长、阅历变得丰富、识见不断增加所致。在一次访谈中，他还提到了一部问世于 1508 年的西班牙经典骑士小说《阿玛

---

① 豆瓣，小雨：https://www.douban.com/note/226749356/，2012-07-22。
② （美）依兰·斯塔文斯：《他创造了百年孤独——加西亚·马尔克斯的早年生活》，史国强译，现代出版社 2014 年版，第 32—33 页。

莫言与当代中国文学创新经验研究

78

迪斯·德·高拉》①。从自己对骑士文学的了解中，从塞万提斯对骑士文学讽刺的表象下，从堂吉诃德与风车作战等看似滑稽的骑士生涯中，马尔克斯也许看到了如火一般的狂热信仰和高贵的理想主义激情，看到了这种信仰与理想不合时宜、处处碰壁，看到了孤独前行、饱经挫折、为人耻笑却不肯放弃理想信仰的可敬可叹，看到了理想信仰流于夸夸其谈在现实前陷入窘迫的可悲可笑。这些，在马尔克斯的外祖父、乌里韦·乌里韦将军、玻利瓦尔及其他追求民族独立解放的拉美领导人身上，也隐约可以看到。

因此，马尔克斯将西班牙语文学最伟大的传统，融入自己对拉美民族的历史和现实的文学表现，塑造了一系列堂吉诃德的隔世兄弟。如《百年孤独》中的奥雷良诺·布恩迪亚上校，他为了自由党的政治理想不断离乡背井、四处征战，却总是只能无奈归家、埋头炼小金鱼。《迷宫中的将军》中的玻利瓦尔，为了建立统一的拉美民族国家呕心沥血、一生奔波，曾经建立不世的功勋、获得崇高的威望，却在政治倾轧中黯然下台、壮志难酬，最后病魔缠身，只能在漫游和回忆中郁郁而终。《没人给他写信的上校》中的那位上校，曾为"千日战争"立下卓著战功，晚年却面临独子被杀、贫病交加的窘迫生活，他苦苦等待着不知何时由信使带来的退休金（也许永远不会有信送来），甚至落到变卖家中所有仍不得一饱，只能和家中那只斗鸡分享别人送来的几粒玉米的困境。然而，即便是英雄末路，他们也依然和堂吉诃德一样，保持着古典骑士般的高贵精神、不容侮辱的人格尊严和毫不屈服的斗争姿态。奥雷良诺·布恩迪亚上校宁可自我禁闭，也不愿进行肮脏的政治妥协和利益交换。玻利瓦尔在再次当选总统失败后，宁可选择顺水漂流，也不与那些变节者及反复投机者妥协苟和。"没人给他写信的上校"在忍饥挨饿中，散发秘密传单，宣传国内武装斗争情况，继续与被"腐蚀了的"现实世界进行对抗。

---

① （哥伦比亚）加西亚·马尔克斯、P.A. 门多萨：《番石榴飘香》，林一安译，南海出版公司 2015 年版，第 57 页。

《百年孤独》问世后，既获得世界性的崇高声誉，也遭到某些批评家所谓"剽窃"西方文学的指控。马尔克斯对"剽窃"之说不屑一顾，虽然他承认从塞万提斯（还有拉伯雷）那里"借来了东西"①，但他的反驳，揭示了自己写作的核心奥秘：即便绝对完美的古代经典引起了阅读的"震惊"，但作家自身的创作灵感，还是从现实生活中的相似事件或记忆来激发，从而带来"重写"。对于这一奥秘，博尔赫斯洞若观火。他在题为《皮埃尔·米纳德，吉诃德的作者》的一部短篇小说中，虚构了一个想要重写《堂吉诃德》的十九世纪法国象征主义者，来暗示"拉丁美洲作家创作的任何作品，在一定程度上都是再创作，是在复述欧洲的榜样……虽然《百年孤独》是绝对的原创，但毕竟脱离不了拉美文学传统，而拉美文学传统欠了人家欧洲一大笔债"②。博尔赫斯也不讳言欧洲文学对拉美文学的深刻影响，但包括马尔克斯和他自己在内的拉美作家，有能力颠覆并发展欧洲文学传统，并融入了"美洲特有的成分"，进行类型的创新。博尔赫斯所指，揭示了拉美"文学爆炸"与欧洲文学（特别是西班牙文学）之间的血肉渊源。这一渊源在马尔克斯那里，可以上溯到从古希腊神话、基督教原典、中世纪骑士文学、十七世纪西班牙黄金世纪诗歌（或巴洛克文学）、欧洲古典主义和批判现实主义文学、现代主义文学的大部分传统；影响马尔克斯并为之借鉴的作家，可以列出索福克勒斯、笛福、格林、兰波、巴尔扎克、托尔斯泰、卡夫卡、伍尔夫，还有福克纳等一长串名单③。马尔克斯总爱提到索福克勒斯的《俄狄浦斯王》，也许，从宁可刺瞎双眼、自我放逐，而不愿再被神明支配的俄狄浦斯，到驾着驽马、手持破矛秉持骑士信仰的堂吉诃德，再到马尔克斯小说中的

① （美）依兰·斯塔文斯：《他创造了百年孤独——加西亚·马尔克斯的早年生活》，史国强译，现代出版社 2014 年版，第 155 页。
② （美）依兰·斯塔文斯：《他创造了百年孤独——加西亚·马尔克斯的早年生活》，史国强译，现代出版社 2014 年版，第 156 页。
③ （哥伦比亚）加西亚·马尔克斯、P.A. 门多萨：《番石榴飘香》，林一安译，南海出版公司 2015 年版，第 57—63 页。

"上校""将军"形象，也形成了精神气质、人生命运的一脉相承。只是，马尔克斯以"弑神者"的姿态，借助印第安文化"魔幻现实""时空循环"等认知和表达世界的方式，楔入拉美民族的百年沧桑，在继承中完成了文学的反叛和独创。

二、草莽与侠士

对堂吉诃德的高贵精神和悲壮之举，莫言也给予了高度的肯定。他在一次大江健三郎的文学研讨会上，盛赞大江的创作"可以看成是那个不合时宜的浪漫骑士堂吉诃德的努力"[1]，且将堂吉诃德与不断推巨石上山的西西弗斯、"知其不可而为之"的孔子并称。小说《蛙》中，家破人亡的陈鼻在一个名为"堂吉诃德饭馆"的餐厅，通过扮演堂吉诃德等"死去的名人或虚构的怪人"，靠被人收留、向客人索要小钱苟活。曾经的桀骜暴躁、胆大精明，变成了身有残疾、精神失常，如狗一般乞食维生，但依然在投车赴死的行动中，表现出堂吉诃德式的悲壮力量。在《蓝色城堡》这篇散文中，莫言还借流行的"穿越"写法，让古希腊神话英雄奥德修斯现身国家大剧院，用虚拟的对话赞誉其为"所有英雄的楷模"[2]，表达了对古典英雄的崇敬，这一方面也和马尔克斯类似。然而，莫言的小说中最具光彩的主人公形象，如余占鳌、司马库、孙丙等，同样作为失败的英雄，他们却不是西方骑士的传人，而是中国民间草莽的后世子孙。

莫言在《红高粱家族》中，对孕育这些民间草莽的"高密东北乡"，进行了一段有名的赞美："是地球上最美丽最丑陋、最超脱最世俗、最圣洁最龌龊、最英雄好汉最王八蛋、最能喝酒最能爱的地方。"一组反差鲜明的词语组合，正是神来之笔，显示出"高密东

---

① 莫言:《大江健三郎先生给我们的启示》,《用耳朵阅读》,作家出版社 2012 年版, 第 180 页。

② 莫言:《蓝色城堡》,《莫言散文新编》,文化艺术出版社 2009 年版, 第 227 页。

北乡"从问世之初，就以其既包蕴厚重、风采流长又沉滞愚昧、藏污纳垢的复杂性和混成性，超越了莫言的故乡一隅，成为整体中国民间的某种象征。余占鳌、司马库、孙丙等在此纵横出没，"他们杀人越货，精忠报国，他们演出过一幕幕英勇悲壮的舞剧"①。寥寥八个字，也道尽了古往今来中国民间大多数草莽英雄的是非功过。他们的身上，有着蔑视礼法、不畏强权、抵抗外侮的民族血性，有着豪爽义气、风流不羁、勇敢无畏的英雄气概；但也有着逞强斗狠、残忍嗜杀、睚眦必报的野蛮根性，也有着纵情声色、狡黠鸡贼、保守畏缩的冥顽不灵。莫言塑造的余占鳌、司马库、孙丙的形象，虽然可以从高密大地上发生的真实历史事件和真实历史人物中找到某些原型，但是高明的文学家创造人物，最擅长"杂取种种人，合成一个"（鲁迅语）。莫言笔下的这些民间草莽英雄，不唯是故乡奇人轶事的自由杂糅，也承接了上自《史记》，下至《水浒传》为"盗贼"立传的传统，都是一个个"土匪种"。

莫言对《史记》充满崇仰，认为司马迁敢于展现"失败了的英雄的英雄本色"，如李广、韩信等，他尤其钟爱《项羽本纪》，赞美项羽是"代表着时代精神、具有浪漫气质、堪称伟大英雄的人物"。在莫言看来，虽然在政治上，项羽是失败者，但从人生的角度，项羽和刘邦都是成功者，因为项羽始终童心盎然、天马行空，活得自在、干脆、利索、洒脱。司马迁对历史人物充满主观色彩的杰出文学创作，"对当今的作家依然富有启示"②。对于水浒英雄如武松、李逵、鲁智深等，莫言径直用"潇洒"来评说③，感佩他们的不拘礼法、任性洒脱。将古今这些民间草莽英雄加以对照，可见莫言塑造的余占鳌、司马库、孙丙等形象，宛如西楚霸王和梁山好汉的转

① 莫言：《红高粱》，《红高粱家族》，人民文学出版社2007年版，第2页。
② 莫言：《楚霸王与战争》，《莫言散文新编》，文化艺术出版社2009年版，第96页。
③ 莫言：《杂感十二篇》，《会唱歌的墙》，作家出版社2012年版，第208页。

世。他们大多"起陇亩之中"（司马迁评价项羽），不见于正统的历史话语，也常被文学的宏大叙事所遮蔽。莫言将太史公蔑视皇权史述、《水浒传》讴歌草莽匪类的异端立场拿来，让这些民间英雄成为自己文学共和国的主角，在近百年的时代动荡和历史变迁中，风云际会，肆意妄为。他们最终不免走向末路，但仍然书写了血气淋漓的英雄事迹，喷薄出快意激荡的英雄气概。

莫言也常有闪现"侠士"形象、插入武侠情节的作品。如小说《丰乳肥臀》中上官金童在母亲遭遇"文革"批斗时，幻想自己化身白衣剑侠，斩尽仇人；而沙枣花则化身蒙面女贼，绰号"沙燕子"，传说能飞檐走壁，含沙射影，手中一枚比纸还薄的铜钱吹毛寸断、杀人无形。如《白棉花》中的方碧玉，家传一身拳脚，为受欺负的"我"出气，宛如侠女十三妹。在《月光斩》《姑妈的宝刀》中，则两次出现锋锐无比的神秘宝刀，似乎要震慑世间宵小。话剧《我们的荆轲》则重述了千古第一刺客荆轲的故事，让荆轲、秦舞阳、高渐离、田光等战国侠士再次粉墨登场。莫言当然不是要创作趋同世俗的武侠小说，他作品中的武侠笔墨，一方面受到高密民间尚武的地域风俗的影响，还有《聊斋志异》中奇人异事传说的熏染。另一方面，莫言对新派武侠小说也不陌生，他读了金庸的全部作品，被金庸的小说所吸引，给予了金庸较高评价。[①]小说《月光斩》的宝刀传说，借用了一部台湾武侠电影《月夜斩》之名，改编自古龙小说《天涯明月刀》，二十世纪八十年代在各地录像厅放映过，莫言大概也看过此片。他涉笔武侠，也是在"思考所谓严肃小说向武侠小说学习的问题。如何汲取武侠小说迷人的因素，从而使读者把书读完"[②]。在先锋文学领域，从马尔克斯、博尔赫斯，到莫言、余华等，如何把传统与现代、严肃与通俗进行文学融合，找到现代

① 莫言:《北海道大学演讲》,《用耳朵阅读》,作家出版社 2012 年版,第 104 页。莫言作客新浪访谈实录：http://book.sina.com.cn/41pao/2003-08-06/3/13818.shtml，2003 年 8 月 6 日。

② 莫言:《月光如水照缁衣》,《聆听宇宙的歌唱》,中国文史出版社 2012 年版,第 201 页。

小说的创新路径，是海内外现代作家始终在探索、尝试的方向。

莫言对武侠因素的借用，更多是突出"侠女"的形象，如方碧玉、沙枣花、求炼月光斩的少女。而《聊斋志异》中专有一篇《侠女》：讲述的就是一个来历神秘、身怀异术的美丽少女，她偕寡母隐姓埋名，恩仇俱报之后，毫不眷恋与顾生的俗世情缘，留下一子后飘然远遁。在《商三官》一篇中，也刻画了一个巧扮优伶、报得父仇的侠女商三官的形象。方碧玉、沙枣花等莫言笔下的侠女形象和事迹，与《聊斋志异》中的侠女如出一辙，她们独立、自尊，不仅不是依附男性的弱者，反具有男性远不及的坚强，有时还是男性的保护神。对这些侠女的神秘隐忍、美丽智慧、坚韧勇敢，莫言像蒲松龄一般，都不吝赞美之词，其中倾注了不同于母性崇拜的情爱心理，寄托了与童年经历有关的别样的异性理想。

作为传统武侠小说绝对主人公的男性侠士，在莫言笔下则是被讽刺的对象。"千古文人侠客梦"，侠客崇拜大体是一种文人想象。其融合儒道墨三家的思想文化资源，当社会混乱、强权霸道之际，希望以独立人格、自由姿态和高强武功，化笔为剑，惩奸除恶，荡尽不平。但从文化心理上始终未能断奶的上官金童，一个以性无能为表征的行为侏儒，自保尚且不易，又怎能指望他救急扶倾，助危济弱。上官金童的大侠梦，是可怜、卑弱的白日梦，象征着传统文人文化在自我阉割和遭遇冲击后的自我陶醉。《我们的荆轲》则是对侠客精神不折不扣的解构、颠覆之作，其中也蕴含借古讽今的寓意。莫言用还原与戏说历史的笔法，戳穿了勇敢牺牲、担当大义、知遇之恩等古代侠士精神的假面，将荆轲在内的侠士们皆活画为被"大义""名望"绑架的卑琐人群，对"风萧萧兮易水寒，壮士一去兮不复还"的崇高悲壮进行了无情嘲弄，重构了历史和英雄。和野性尚存血气不灭的余占鳌、司马库、孙丙等民间草莽相比，上官金童的大侠迷梦显得可笑至极，荆轲等人的赴死就义显得虚伪至极。对侠士的这种表现，体现了莫言"作为老百姓"的民间立场。

不管是古典骑士精神传人的拉美"上校""将军"，还是民间草莽英雄后裔的余占鳌们，他们作为失败的英雄，归根结底，就是

"不合时宜"。时代的变迁纷仍迅速，世界的变化复杂频繁，拉美民族和中国遭遇的冲击剧烈激荡，古典精神、民间品格、传统文化在此背景下，不可避免地走向衰落甚至消亡。英雄末路，高贵、豪情、侠义尚存，马尔克斯和莫言书写失败的英雄的挽歌，也许在呼唤着民族精神和英雄气概的更生。

（作者：彭宏）

莫言和新时期文学的中外视野

第三章　两个"魔盒"，不同风景

——莫言《酒国》与略萨《胡利娅姨妈与作家》比较

西班牙著名作家马里奥·巴尔加斯·略萨自二十世纪六十年代开始创作，与马尔克斯、科塔萨尔等拉美作家掀起了一场拉美魔幻现实主义文学风潮，并荣获 2010 年度诺贝尔文学奖。略萨不断探索小说结构，利用精致的结构完美传达小说主题，在世界文坛留下了独具个性的身影，也给中国的诺贝尔文学奖获得者莫言带来了重要启发。莫言曾多次谈及略萨小说对他的影响，2006 年莫言讲道："在八十年代我们接受西方文学影响熏陶的时候，西班牙作家巴尔加斯·略萨，号称结构现实主义，他的长篇小说，让我们第一次认识到小说的结构的问题。"[1]2009 年莫言再提略萨："真正重视结构的长篇是从拉美的魔幻现实主义开始，像略萨是结构现实主义大师。"[2]2011 年 6 月略萨访问中国，在作家见面会上，莫言又再次提及略萨小说给他的启发[3]。过去学界比较关注莫言对于福克纳和马尔克斯的学习和接受，对于略萨影响莫言创作这个现象却关注不多。事实上，略萨之于莫言的影响很早就已开始，甚至可以追溯到 1989 年至 1992 年间莫言创作《酒国》的时候。《酒国》中所采用的那种小说文本与小说人物创作的文本相交织的结构，其实就是略萨曾专文论

---

① 莫言:《上海大学演讲》,《用耳朵阅读》,作家出版社 2012 年版, 第164 页。

② 莫言、木叶:《文学的造反》,《上海文化》, 2013 年第 1 期。

③ 杨玲:《"文学峰会: 马里奥·巴尔加斯·略萨见面会"记录》,《作家》, 2011 年第 19 期。

述、并运用在其著名小说《胡利娅姨妈与作家》中的"中国套盒"式结构。认真比较之下，我们还会发现《酒国》与《胡利娅姨妈与作家》[①]还有其他一些有趣的相似之处，使两部看起来大相径庭的小说在艺术层面建立起深刻的联系。当然，两者在艺术上各自的鲜明特色，又清晰地折射出两位作家不同的艺术个性，同时也映照出莫言建构自我文学个性的努力。

第一节 《酒国》与《胡利娅》的相似之处

《酒国》共十章，以文学爱好者、酒学博士李一斗与资深作家"莫言"的通信作为贯穿性线索，同时将作家"莫言"的长篇小说《酒国》和李一斗创作的短篇小说分别置于李、莫通信的前与后，最后一章"莫言"应邀来到酒国与李一斗见面，通信线索最终完结。李、莫通信构成小说的第一层文本，而"莫言"创作的长篇小说与文学爱好者李一斗创作的九篇短篇小说则构成小说的第二层文本。作家首先用第一层文本给读者讲故事，然后再通过故事中的人物给读者讲述另一个全新的故事，也就是在第一层文本上叠放第二层文本。这种文本叠放现象也即略萨曾谈到的"中国套盒"[②]式结构："按照这两个民间工艺品那样结构故事：大套盒里容纳形状相似但体积较小的一系列套盒，大玩偶里套着小玩偶，这个系列可以延长到无限小。"[③]李一斗与莫言的通信构成了"故事的基本现实或曰一级盒子"[④]，而李一斗的短篇小说和"莫言"的长篇小说则构成了故事的二级现实或者二级盒子。

---

① 本文此后提及该小说时均简称为《胡利娅》。
② 又被称为"俄国玩偶"，即俄国套娃。
③ （西班牙）马里奥·巴尔加斯·略萨：《中国套盒：致一位青年小说家》，赵德明译，百花文艺出版社 2000 年版，第 86 页。
④ （西班牙）马里奥·巴尔加斯·略萨：《中国套盒：致一位青年小说家》，赵德明译，百花文艺出版社 2000 年版，第 91 页。

无独有偶，略萨小说《胡利娅》中就有着"中国套盒"式结构。这部作品出版于1977年，五年后赵德明先生将其翻译成中文，在中国最早于1982年由云南人民出版社出版。小说共二十章，单数章节讲述文学初学者马里奥与广播剧作家彼得罗的交往以及马里奥与胡利娅姨妈的爱情故事；双数章节（除第二十章）则由广播剧作家彼得罗创作的九篇广播剧文本构成，这些广播剧文本分散而立，各自讲述一个奇特的俗世故事，与单数章节里的马里奥生活没有联系。可见，在《胡利娅》里也隐藏着一个"中国套盒"结构：大学生马里奥与剧作家彼得罗的文学交往、马里奥与胡利娅姨妈的爱情故事构成一级盒子里的两条线索，剧作家彼得罗的九篇广播剧则构成了小说的二级现实。

　　当我们从故事情节中抽丝剥茧概括出两部作品的结构之后，就会惊奇地发现《酒国》与《胡利娅》两部小说之间除了都是采用"中国套盒"式的小说结构之外，还有更多惊人的相似——两部作品都是以一个文学初学者与一位资深作家的交往作为小说的基本现实或曰一级盒子，又都是以小说中人物的文学创作构成二级盒子，这惊人的相似点不免令人生发这样的联想：莫言是在略萨《胡利娅》"中国套盒"式小说结构的影响和启发下构思出《酒国》这样奇特的结构？

　　诚然，中国文学传统中也有"中国套盒"式结构，比如宋元话本小说的开头常用"篇首诗"引出后面的故事，"三言"中这样的例子颇多，鲁迅《狂人日记》的小序也同样创设了一个套盒结构，而在民间文学中则有类似"老和尚给小和尚讲故事"这样的叙事开头。可见中国文学传统早已谙熟"套盒"式结构，即常常用"一个人给另一个人讲故事"来充当一级盒子，从而顺畅地引导出二级盒子，这里的一级盒子通常是一成不变的，开篇是怎样，全篇结束的时候就是怎样；其功能也是单一的，它只是引导出二级盒子，当二级盒子被打开的时候，一级盒子的使命就结束了。如此看来，《酒国》的"套盒"结构与宋元话本、《狂人日记》及民间文学中的"套盒"结构显然有很大不同。

莫言与当代中国文学创新经验研究

《酒国》的"套盒"结构倒是和《胡利娅》的结构更为相似——两者都以文学初学者与资深作家的交往故事来建造一级盒子，这个交往故事决定了小说布设的一级盒子不是封闭的、凝滞的，而是随着交流语言的流动与延续在不断变动。而且，《酒国》中李、莫通信影响着李一斗的短篇小说创作，更左右着"莫言"的长篇小说创作，《胡利娅》中彼得罗的精神状态也影响着他的广播剧创作，两部作品中的一级盒子都始终参与二级盒子的建构，其变化也不断地影响二级盒子的面貌。一级盒子与二级盒子之间如此密切而深厚的内在联系，这在中国文学传统的套盒结构里是没有的，可见，《酒国》"中国套盒"式结构的来源并不是中国文学传统，倒是和《胡利娅》的结构有着更近的亲缘关系。

　　《胡利娅》中彼得罗创作的广播剧有九篇，第二十章虽是双数章节，却没有继续安排广播剧文本，而是叙述多年后马里奥与彼得罗的再次聚首，相当于给一级盒子安排了大结局。巧的是，《酒国》中李一斗的短篇小说也是九篇，"莫言"的长篇小说也完成了九章，小说的最后一章，即第十章则是叙述作家"莫言"接受李一斗的邀请来到了酒国，并迅速沉溺于酒国纸醉金迷的气氛里难以自拔，这也是给小说的一级盒子安排了大结局，从而实现其一级叙事上的完整性。《酒国》在这些地方的构思和布局，与略萨的《胡利娅》竟何其相似！莫言曾多次赞美致力于结构设计的略萨："略萨先生似乎有无限的创造力，有非常高超的小说结构艺术。他被我们中国的评论家称为结构现实主义大师。"[①]不过，《酒国》与《胡利娅》结构上的多个相似之处似乎也间接说明了这样的事实——对于讲究小说结构艺术的略萨，莫言并不止于赞美，还有学习和借鉴。倘若以此为基点仔细比较两部作品，会豁然发现，除了结构相似之外，两部作品至少还有三个地方是极为相似的。

　　其一是小说中的人物设计。两部作品都在一级盒子的层面设置了两个主要人物：文学爱好者（或者是文学初学者）和已经成名的作家。《胡利娅》中大学生马里奥立志要"成为一个作家"，他勤于构思、练笔，经常与资深广播剧作家彼得罗喝咖啡聊创作，他们的谈话总是围绕着文学展开。《酒国》中酒博士李一斗迷恋文学，经常通过成名作家"莫言"向文学期刊投稿，两人常在书信中大谈文学。有意思的是，两位文学初学者都不得不经常面对退稿的挫折，又都在文学的道路上不断跋涉，屡败屡战，越挫越勇，对文学表现出别无二致的痴迷和执着。而两位资深作家则富有独立思想，已然形成了自己的文学观念和创作风格。这样的人物设计与小说的结构安排相得益彰。由于马里奥和李一斗都有着初生牛犊不怕虎的劲头，总能毫无拘束地与资深作家展开讨论形成文学对话，这就完成了作家所需要达成的一级盒子的布局。与此同时，两位资深作家始终没有懈怠自己的写作，他们的文学作品充实了小说二级盒子的布局。巧妙的人物设计完美实现了作家关于"中国套盒"式结构的精致构想，令人叹服。也可得见，《酒国》与《胡利娅》在主要人物安排以及人物与结构之间的逻辑关系设计上简直如出一辙。

其二是"小说中的小说"。《酒国》和《胡利娅》都把小说中人物所写的小说放在了小说中，李一斗写的九篇短篇小说、"莫言"写的名为"酒国"的长篇小说、彼得罗写的九个以小说形式呈现的广播剧脚本，都是小说中的小说文本，它们是小说中的作家们的文学创作，充实了小说的二级盒子，篇幅上与充任一级盒子的作家们自己的故事几乎平分秋色，这就形成趣味横生的局面：一级盒子讲作家们的故事，二级盒子则是小说里的作家们讲故事。这正是"你站在桥上看风景，看风景的人在楼上看你"。作家们在讲故事，作家们的故事同时也成为别人传播的故事。这样的布局构思，令小说结构繁复而别有韵味。

有趣的是，两部作品的"小说中的小说"还有着很多相似之处。首先，"小说中的小说"所讲述的故事都比较怪异。无论是李一斗笔下诡异的卖婴交易、游荡着的驴的冤魂，还是"莫言"笔下丁钩儿充斥着阴谋和挫败感的侦探之旅，抑或是彼得罗笔下的兄妹乱伦、老鼠食人等故事，这些"小说中的小说"常描述社会中的荒诞现象、偏执行为、病态心理，其风格多是压抑、阴郁，色调是暗沉的。而那些作为一级盒子存在的"作家们的故事"则总是如实反映现实生活，其风格往往平实、严肃，色调也是明亮的。如此一来，两级盒子便形成风格迥然不同的两种文本对峙的局面：一面是平实无奇的现实生活，一面是充满魔性、荒诞、极富传奇色彩的虚构世界，它们的穿插交织给读者带来前所未有的阅读体验。

其次，"小说中的小说"都出现了人物错置现象。《胡利娅》中，随着彼得罗精神的错乱，他的广播剧开始出现人物错置现象，比如第二章的阿尔贝托医生在第十四章里成了神父，第四章里"风度翩翩的年轻中尉孔查"在第十四章里却是一个巫医……人物错置现象在后几章尤为突出，人物不断变换身份、职业，甚至死而复生穿插出现在后来的几个广播剧文本中，使小说充满了混乱感和诡谲感。《酒国》中李一斗的系列小说也常出现人物错置现象，《肉孩》中的红衣小孩儿出现在《神童》中，成为带领群孩儿出逃的小妖精，随后在《驴街》中忽而化身为深夜游荡在驴街上神秘的鱼鳞小儿，忽而又成为"一尺酒店"里眼睛阴鸷的服务员；及至《一尺英豪》里又变化为"一尺酒店"的老板余一尺。这样的人物错置现象给作品带来一抹神秘气息，令读者目不暇接，错愕不已。

最后，"小说中的小说"都具有"拼贴画"功能。略萨分析"中国套盒"结构时曾指出，当子体故事"有它自己的独立自治实体，不会对故事主体产生情节或者心理上的影响"[1]，那么"可以说它是一幅拼贴画"[2]。彼得罗所写的九篇广播剧，就构成了一幅反映社会现实的拼贴画，即马里奥与胡利娅姨妈的爱情必须面对的社会现实，而且比单纯的十九岁年轻人马里奥眼中的社会现实更加混乱、更加复杂、也更加广阔。同样地，《酒国》中李一斗的短篇小

① （西班牙）马里奥·巴尔加斯·略萨：《中国套盒：致一位青年小说家》，赵德明译，百花文艺出版社 2000 年版，第 89 页。

② （西班牙）马里奥·巴尔加斯·略萨：《中国套盒：致一位青年小说家》，赵德明译，百花文艺出版社 2000 年版，第 88 页。

莫言和新时期文学的中外视野

说也拼接出一幅内容丰富、五花八门的社会现实拼贴画，有时阴森恐怖，有时奇幻狂乱，构成"莫言"小说里高级侦查员丁钩儿所必须面对和突破的社会现实。这样"莫言"的长篇小说与李一斗的短篇小说，两者表面游离、各自独立，实际上却形成故事与故事背景之间的关系，"莫言"的长篇小说所叙述的酒国探案故事实际上是在李一斗小说铺设的社会背景下展开的。

其三是"元小说"现象。《酒国》和《胡利娅》都以文学初学者与资深作家的交往来构建小说的一级盒子，那么文学初学者与资深作家的对话就不可避免地会以文学创作为主要内容，譬如如何利用生活素材来构造故事、对人物形象的设计、对情节走向的规划等。按照人们的定义："'元小说'顾名思义就是在小说中分析和研究小说应该如何写作的一种小说形式。"[①]那么，李一斗与"莫言"谈论《肉孩》里的"妖精现实主义"，马里奥描述彼得罗·卡玛乔极端投入、近乎狂乱的创作状态，这些文学对话与描述无疑就是"在小说中分析和研究小说应该如何写作"，也就是典型的"元小说"现象。有意思的是，真名的代入令小说中出现的"分析和研究小说应该如何写作"的话语完全就像作家自己的话语，阅读情境中的读者常常对此深信不疑。《胡利娅》中主人公名叫"马里奥"，朋友称他为"小巴尔加斯"，这就是作家略萨本人的名字，"马里奥""小巴尔加斯""胡利娅姨妈"这些名字都是现实中实有的，甚至这段爱情故事，都是现实生活中实际存在的。这就令作品染上略萨自传的色彩，也难怪略萨的第一任妻子胡利娅在看完这本书后非常生气，认为它没有写出一些真实情况，遂马上写出《作家与胡利娅姨妈》作为回击。其实，略萨仍然是将其作为一部虚构的小说来写，而真实人名和事件的代入无非是营造一种真实感，令其中的"元小说"部分更像是作家本人的见解。莫言也用"莫言"这个名字作为《酒国》中资深作家的名字，人物在文学道路上的遭遇也与莫言本人现实中

① 胡铁生、蒋帅:《莫言对域外元小说的接受与创新——以〈酒国〉为例》,《当代作家评论》,2014年第4期。

的某些境遇重合或者相似（比如写到文坛对"莫言"小说的批评），这令"元小说"意图指向的评论和情境显得更加真实、更像作家本人想法的表达，一切都因此显示出"假作真时真亦假"的玄妙感。

综上，我们或许可以做一个大胆的设想：1989 至 1992 年间莫言正是在略萨小说《胡利娅》的启发和影响下创作出《酒国》这样一部奇特的作品。莫言曾说过这样一段话："现在我们回首八十年代时候，任何一个坦率的作家都不能否认外国文学对自己的影响，1984 年、1985 年的时候拉美的爆炸文学在中国风行一时，很多作家都受到影响。没有八十年代铺天盖地的对西方作家和西方文学思潮的翻译和引进，可以说就没有现在的这种文学格局。"① 莫言对于略萨的接受、模仿和借鉴也属于这股学习西方文学大潮流中的一部分。有意思的是，对于莫言 1983 年发表的《售棉大路》和《民间音乐》，人们很快发现了这两部作品分别模仿了胡里奥·科塔萨尔的《南方高速公路》和麦卡勒斯的《伤心咖啡馆之歌》，而对于 1992 年出版的《酒国》，至今都鲜少被人看出其对于略萨的《胡利娅》的借鉴，这是为什么？仔细比较《售棉大路》与《南方高速公路》，《民间音乐》与《伤心咖啡馆之歌》，再对照《酒国》与《胡利娅》，我们会发现，《售棉大路》和《民间音乐》实现了莫言对两部外国作品的模仿或者说是中国化的复制，虽然换成了中国情境，却缺乏莫言自己对于情节的独立构思，缺少作家对于人物形象的独特设计，更缺少能穿透中国读者内心的精神内容，尤其是《售棉大路》连叙述的腔调都是科塔萨尔式的，难怪读者很快就找到了这两部作品的外国模板。然而，这样的中国化复制却没有在《酒国》中再现，在《酒国》和《胡利娅》这两个同样的"套盒"里，铺展着完全不同的风景，各有各的精妙与魔力，出现在《酒国》里的是一个在中国文化的泥塘里打过滚、摔过跤、蹚着散发着中国土腥气的泥水一路走过来的莫言，他用富有中国文化质感的故事表达着他对于中国当代社会

---

①　莫言：《茂腔大戏》，《莫言对话新录》，文化艺术出版社 2010 年版，第 319 页。

莫言和新时期文学的中外视野

的观察和忧虑，书写着他对于浸透自己身心的中国文化的认识和反思，同时他开始在作品中铺叙自己的叙事追求，开始在叙事风格上灌注自己的血气、凸显自己的趣味，他在追求着属于自己的文学世界。

第二节　在《酒国》中灌注"自我"元素

与《胡利娅》做一个深入的比较，莫言所要灌注的"自己"主要包括下面几个方面。

其一，中国文化主题的重现。

《酒国》并没有像《胡利娅》那样在社会拼贴画的基础上展示一段引人注目的爱情故事，也不去控诉"资本主义社会的阶级压迫与偏见和对无辜群众的戕害"①，而是叙述更具文化反思意味的"食婴"事件。李一斗的九篇小说所完成的拼贴画在揭示中国社会无所不吃的文化陋习基础上，详细地叙述烹婴、食婴的过程，令人触目惊心。"莫言"的长篇小说《酒国》则叙述丁钩儿对食婴事件的调查过程与他的沦陷过程。吊诡的是，李一斗小说详细描写买卖婴儿、圈养婴儿、烹制婴儿的过程，细致的程度和行文的口气都在昭示"食婴"之事的真实性，可是"莫言"的长篇小说却是在不断否定"食婴"的真实性，这两个共存的文学文本都以叙述"食婴"为己任，又时时宣示自身的真实性并否定对方的真实性，两者的对立矛盾反而为食婴事件的真实性蒙上了一层虚虚实实的薄纱，令人难判真假，在近乎荒诞的对抗性叙述里培育出小说的象征意味。这正是作家想要达到的艺术效果："它没有用写实的方式来写，它把故事寓言化，当成一种象征来写。这里面的事件、人物，实际上都可以看作是一种象征。"②这里我们看到《酒国》与《胡利娅》无论是

---

①　赵德明:《巴尔加斯·略萨的文学创作道路》,《拉丁美洲研究》,1987年第 5 期。

②　莫言:《试论当代文学创作中的十大关系》,《用耳朵阅读》,作家出版社 2012 年版, 第 209 页。

题材还是写法都已经相去甚远了。

"食婴"叙事及其象征性，令人不免想起鲁迅先生《狂人日记》中的"吃人"主题。丁钩儿一入酒国便陷入一场充满着欲望和暴力的陷阱，在迷迷糊糊中也吃了"红烧婴儿"，成为食婴者一员，并在各种暗算中渐渐失守阵地，最终命丧酒国。"吃人"是酒国这个冷酷污浊的世界的标志性行为，它以无底线的"吃"蔑视人类社会的一切道德、准则和法律，也改写着浸淫其中的所有人的观念。诱骗他人"吃人"的行径则折射出这个社会更加恐怖的一面——不仅自己吃人，还要求别人也吃人，通过对他人的同罪设计来保证这个罪恶社会继续以罪恶的样子维持下去。这与鲁迅《狂人日记》中狂人之"狂"最终被"治愈"而到某地谋了个"候补"的结局何其相似。所以《酒国》中对"食婴"事件的叙述和对于酒国社会同化力的描写，令"鲁迅关于'吃人'的主题得到了全面的演绎"①。

自《狂人日记》发表以来，"吃人"主题在中国文学史上就成为一个富含文化反思意蕴的命题，莫言在《酒国》中以虚虚实实的"寓言化""象征化"的笔法来叙述"食婴"事件，给《酒国》灌注了中国文学的血液，迅速充实了从《胡利娅》借鉴来的套盒结构，使之成为一篇表现中国社会现实、蕴含中国文化反思精神、有血有肉的文学作品，人们迅速看出了其中的精神传承："我们不能不把莫言的创作看作是鲁迅精神在 20 世纪 90 年代的复活。"②当然人们同时也认识到两者之间的区别："如果说'吃人'主题在鲁迅那里是一个关于民族传统文化的批判性主题的话，那么，在莫言笔下则主要是一个关于人性的和现实政治性的批判性主题。"③可这并不妨碍人们将《酒国》认同为中国文学精神血脉的当代继承，"食婴"

① 罗兴萍：《试论莫言〈酒国〉对鲁迅精神的继承》，《安徽师范大学学报（人文社会科学版）》，2002 年第 6 期。
② 罗兴萍：《试论莫言〈酒国〉对鲁迅精神的继承》，《安徽师范大学学报（人文社会科学版）》，2002 年第 6 期。
③ 张闳：《感官的王国——莫言笔下的经验形态及功能》，《当代作家评论》，2000 年第 5 期。

莫言和新时期文学的中外视野

叙事对于鲁迅笔下"吃人"这一大文化主题的历史呼应，无疑给作品烙上了鲜明的中国文化烙印。

其二，重口味叙事：莫言的个性化叙事。

《胡利娅》常描写人物病态心理，尤其是叙述一些突发性、离奇事件是怎样导致人物的病态心理，有时候则是描述一些特别的事件，如兄妹乱伦、警察私刑、老鼠食人、暴力侵害等，从不同层面反映秘鲁社会世情，构成一个光怪陆离、乱象丛生的社会背景，这些内容满足了读者的猎奇心理，因而也成为小说吸引读者的一大热点。

然而，莫言并没有在《酒国》重现略萨笔下的病态心理和社会怪相，而是以自己的叙事方式来铺陈小说内容、渲染小说风格，这就是"重口味"叙事①。早在二十世纪八十年代前五年里，莫言的创作中规中矩，并没有重口味的迹象。然而在 1985 年创作的《枯河》里出现了这样的描写"他看到父亲满眼都是绿色的眼泪，脖子上的血管像绿虫子一样蠕动着"②——这仅有的一句意味着重口味叙事初现端倪。接着在《秋水》里莫言细致地描写了一具扭曲、腐烂、发胀的尸体，以及随之而来的恶臭和苍蝇，这算是正式拉开了莫言小说"重口味"叙事的大幕。此后，在《苍蝇·门牙》《罪过》《养猫专业户》《球状闪电》《红高粱》里诸如描写苍蝇、毒疮、烂肉、剁猫头、吃蜗牛、杀人、尸臭等污秽之物、暴力血腥事件便开始粉墨登场，及至到了《欢乐》《红蝗》，"重口味"叙事更是浓墨重彩地上演，表明"重口味"叙事作为一种叙事风格在莫言的小说中已经成形。"重口味"叙事虽然给莫言招致严厉的批评："莫言在

---

① 温儒敏曾对"重口味"作出定义："'重口味'原指形容人的味觉量的浓度大，与清淡的口味意思相反。又泛指对人们普遍接受不了的事物抱有兴趣。例如带有暴力、血腥、变态和污淫的影片，就称之为'重口味电影'。"（温儒敏：《莫言历史叙事的"野史化"与"重口味"——兼说莫言获诺奖的七大原因》，《中国现代文学研究丛刊》2013 年第 4 期注释③）在文学中，通常把描写暴力、血腥、污秽、性爱场面，以白描的笔法描述令人瞠目结舌的事物，以细腻的笔触勾画令人毛骨悚然、恶心厌弃的场景画面称为"重口味"叙事。

② 莫言：《枯河》，《白狗秋千架》，作家出版社 2012 年版，第 201 页。

亵渎理性、崇高、优雅这些神圣化了的审美文化规范时，却不自觉
地把龌龊、丑陋、邪恶另一类负文化神圣化了，也就是把另一类未
经传统文化认可的事物'文化化'了。"①但是，批评的声音并没有
阻挡莫言对"重口味"叙事的使用。在1992年出版的《酒国》里，
莫言以沉稳老练的笔触不动声色地娓娓道来如何宰杀鸭嘴兽、如何
击杀活驴乃至于怎样烹婴，也一如既往地用"毫无节制"的语言叙
述丁钩儿的呕吐物、展示充满暴力血腥的性爱场面。"重口味"叙
事以其极端的野气、粗鄙的面貌示人，简单粗暴地冲击着读者的视
觉、嗅觉、味觉、触觉等各种感官系统，强烈的感官刺激直击读者
在以往的文学阅读中培养起来的清淡优雅的审美味蕾，迫使读者带
着难以释怀的恶心感和难以平静的情绪去重审小说要旨、回味作家
深意。在《欢乐》之后承受了严厉批评的莫言，并没有放弃"重口
味"叙事，反而紧扣"重口味"描写之于主题呈现的作用与意义，
将之与作品的主题、意旨紧密结合起来，从而将重口味叙事逐渐锤
炼成自己的一种叙事风格，而这正是自《酒国》始。此后，在《丰
乳肥臀》《檀香刑》《生死疲劳》等作品中依然可以看见"重口味"
叙事的各种表现，不过这些"重口味"叙事必定是与相应的主题紧
密联系，是为作品主旨摇旗呐喊的。"重口味"叙事的形成与莫言
的农民出身以及他多年的乡村生活经历密切相关，也是中国当代社
会文化消费主义的一个结果，但经过莫言的反复试用与锤炼已经成
为莫言小说的一种独具个性的叙事风格，它给《酒国》涂抹上了鲜
明的"莫言性"，这与《胡利娅》里的叙事风格相去甚远，所以我
们在《酒国》里看不到略萨的影子，只看得到莫言创作个性的张扬。

其三，文体杂糅的艺术实验。

《胡利娅》里交织着两种文体风格。一种是呈现在单数章节里
的"散文式文体"，作者用第一人称限知视角按部就班地叙述马里
奥和胡利娅姨妈的爱情故事，同时娓娓讲述剧作家彼得罗的波折命

①　王干:《反文化的失败——莫言近期小说批判》,《读书》,1988 年第
　　10 期。

运。作家以贴近现实、轻松细腻的书写和叙述为作品营造出琐碎、熟悉、家常感十足的日常生活气息，给人一种真实的现实感。另一种是出现在双数章节里的"戏剧式文体"。作者有时在正常的日常生活叙事之中笔锋一转，突然引导出令人震惊的反伦理、反道德事件，如兄妹乱伦、警察私刑事件；有时又先以压缩笔法密集介绍人物前半生大量重要的生活细节以构成一幅色彩复杂的生活背景，伴随着高密度文字信息的急遽涌入，作者突然转向叙述诸如谋杀、骚乱、地震等突发事件，在文本中营造怪异感、恐惧感、神秘感、紧张感立体环绕的感觉空间，加之人物的错置，更增添几分混乱感、迷失感。"散文式文体"与"戏剧式文体"各自拥有独特的艺术面貌和文体风格，一个舒缓平静，一个紧张奇突，既自成一格，又分庭抗礼、相互颉颃，单双数章节的穿插归置更造成文本张弛之间的审美张力，令小说文本散发出摇曳多姿的艺术魅力。

与《胡利娅》相仿，《酒国》的文体特色也非常显著，但是莫言突破了略萨将两种文体交织的做法，将民间传说、历史典籍、政治文体、教学讲义等各种文体形式都运用了进来，为读者捧上一盘荟萃古今、文体杂拌的文学大杂烩。尤其是李一斗的九篇小说中很多篇章因袭了中国古典文学的一些传统，令文本不时掠过习习古风，譬如《驴街》里描写小黑驴儿的传说，这是唐传奇叙事传统的再现；《一尺英豪》里"余一尺痴恋杂技女艺人"的故事则是典型的以"聊斋体"讲"聊斋故事"的写法；《猿酒》中的"猿酒"奇闻无疑又是志人志怪传统小说的笔法。小说还保留了中国民间文学的风味，"注意在神秘与传奇上下功夫"[1]，比如"酒蛆"千杯不醉、众猿酿"猿酒"、酒库突发火灾等，小说以传奇神秘的故事、虚虚实实的文笔兴致勃勃地游走于民间文学的野径上，常于字里行间传递着民间的朴野与神奇。此外，小说还吸纳了不少中国现当代文学里别有意味的写法，如金元宝一家大清早洗孩子、卖孩子，那股悄然、神秘、蕴蓄着阴谋气息的氛围与鲁迅《药》的开头极为相似。

① 莫言：《酒国》，作家出版社 2012 年版，第 279 页。

有时莫言又会套用当代社会某个领域的整套语言体系来展开叙事，比如以"授课式语言"叙述李一斗的岳母讲授如何烹制"清蒸鸭嘴兽"和"红烧婴儿"，其间穿插冷静、客观的"烹饪法"书写，给"烹婴"描写披上严肃冷峻的学术外衣，一本正经的学术气息令人倒吸凉气。《猿酒》更将教学"讲义"原样搬入小说，给"酒"这种原本生动有趣的人间佳酿包裹上一套古板谨严的知识外衣，令人忍俊不禁，也预示着袁双鱼教授的刻板呆滞与不解风情。《酒城》将政府工作报告式的文体糅合其中，又杂糅当代社会软文广告文案、民间传说文体、古诗等，整个是融政治性、文学性、商业性、民间性为一体的文体大杂烩。这倒和《故事新编》的"杂糅"颇有些神似，只不过鲁迅用的是古今杂糅，莫言则创造性地使用了文体杂糅，在小说里杂糅出一个奇特、丰富的世界。

《胡利娅》的两种文体同台竞技，宛如推开了一扇厚重的艺术之门，莫言因此得以洞悉小说技巧的无限可能性，略萨在小说艺术探索上冲决藩篱的力度、遍及所有角落的广度和率性突破的自由度迅速撑开了莫言探索的双翼："我要大胆地进行小说的技巧试验，主要在小说里玩技巧、玩结构，要进行各种各样文体的戏仿和试验。这就是我在 1989 年开始写的《酒国》。"[1]莫言确实在做他所期待的各种实验，但不是跟着略萨亦步亦趋，他像一个孩子在略萨的引领下进入一个新的艺术层面，也像孩子一样马上挣脱略萨的手，在新的艺术天地摆脱一切束缚向前奔跑，直到他向世人奉上新鲜别致的《酒国》。

我们从《酒国》里看到了一个在艺术之路上玩嗨了的莫言，他专心学习略萨，同时以更专心的态度认真打造着真正属于自己的艺术世界。从《售棉大路》和《民间音乐》的教训里痛定思痛的莫言，真切地意识到学习外国文学应该是"借助于他们的作品，解放自己的思想，搞出自己的玩意儿"[2]。莫言的第一步是"远远地看

① 莫言:《我为什么写作》,《莫言讲演新篇》,文化艺术出版社 2010 年版, 第 208 页。
② 莫言:《翻译家功德无量》,《用耳朵阅读》,作家出版社 2012 年版, 第 62 页。

着他们的光明，洞烛自己的黑暗"①，他从福克纳那里认识故乡的意义，从马尔克斯那里领略魔幻的魅力，从川端康成那里感悟写作的腔调，从略萨那里洞察结构的价值……莫言的第二步也是最关键的一步，就是"唤醒自己的生活"——"高明的作家之所以能受到外国文学或者本国同行的影响而不留痕迹，就在于他们有一个强大的'本我'而时刻注意用这个'本我'去覆盖学习的对象。"②《酒国》与《胡利娅》的比较，映现出莫言学习略萨的路径，更映现出莫言锤炼"本我"的努力，他对于中国文学精神的继承、对自我个性与禀赋的重视与施展、对于自己人生体验和感悟的运用，都令他的"本我"强大到足以覆盖略萨的影子，而写出来的小说所照亮的也是他生于斯长于斯的土地上的生活。从这个意义上来看，《酒国》如一枚文学标本，记录着莫言学习大师与建设"本我"的双向努力，《酒国》也如一块里程碑，标志着莫言从此能够真正突破大师们的藩篱开始垦殖自己的文学王国，在莫言整个创作历程中《酒国》意义非凡。当然，莫言本人也给中国文学发展提供了一份宝贵的经验，堪称"莫言经验"。这份经验不仅仅在于他以自己杰出的文学创作荣获 2012 年度诺贝尔文学奖，更在于他如何将文学大师们的先进经验转化为自己有效的文学生产力并成功建构自己的文学王国，而这对于自二十世纪八十年代以来一直在大量学习、模仿外国文学的中国当代文学来说，同样是意义非凡。

（作者：陈晓燕）

---

① 莫言：《旧"创作谈"批判》，《莫言散文》，浙江文艺出版社 2000 年版，第 179 页。

② 莫言：《影响的焦虑》，《当代作家评论》，2009 年第 1 期。

第四章　莫言小说与明清传奇小说传统

在当代文坛最优秀的作家中，莫言的小说以我们民族不多见的血性、狂欢气质与酒神精神显出其独特性。这种文学风貌的形成当然与《红高粱》《檀香刑》《野种》等"新英雄传奇小说"，以及他对塑造英雄形象的情有独钟有直接关联。

探究这种独特的文学个性与创作倾向形成的根源，一方面自然是与作家本人的个性特质有关，另一方面离不开作家出生成长的地域文化与文学滋养。莫言的故乡是山东，也是明清英雄传奇小说的典范之作《水浒传》中众多好汉的故乡，以及梁山英雄揭竿起义、聚啸山林之处。地域文化的亲缘性使莫言对《水浒传》颇有认同感。从莫言的创作谈、访谈及散文中，确可以看出他对《水浒传》的熟悉与喜爱[①]。此外，他提及的明清英雄传奇小说还包括《隋唐演义》《说岳全传》，包括对他影响颇大的、也有部分英雄传奇因素的《三国演义》。

以下将从英雄人物的塑造入手，考察他笔下英雄形象与明清英雄传奇小说的英雄形象的渊源，借此管窥他对明清英雄传奇小说的接受与改造。

---

①　莫言在《杂感十二篇》"睡得潇洒"一节中谈到不做或尽量少做亏心事时反引李逵为例；在"吃得潇洒"里以武松、鲁智深、李逵为吃得潇洒的样板；在"洗脚的快乐"中引述林冲被恶差役折磨用滚水洗脚的情节。在《说说俺们山东人》一文中写国人对山东人的印象与《水浒传》的关系。

第一节　两类英雄形象：正统英雄与喜剧英雄

已有数位明清小说研究专家指出，由于说书艺术与戏曲影响，明清英雄传奇中人物形象设置带有程式化与类型化特征，如同说书艺术一样有着固定的角色分配，即所谓"四梁八柱"。所谓"四梁"是指一部书的书根、书领、书胆、书筋，"八柱"是支撑着"四梁"的配角。[①]具体就英雄传奇小说而言，其中的"书胆"与"书筋"就包括了两类英雄形象。"书胆"是英雄传奇小说的主角，"是左右作品故事情节发展的核心人物，他的命运线就是全书的正义力量成败兴衰的命运线"[②]。比如《水浒传》的书胆是宋江，《说唐》的书胆是秦叔宝，《说岳全传》的书胆是岳飞。英雄传奇小说中的书胆实际上就是正统英雄形象。他们是理想化的英雄形象，一般都具有仁孝智勇、豪爽侠义、忠君爱国等美德，符合正统伦理道德标准，承担着小说的道德教化功能。书筋是英雄传奇小说中依附"书胆"而存在的次要人物，其功能"是情节和人物关系之间的针线，是观照书胆与之交相辉映的陪衬"[③]。比如《水浒传》的书筋是李逵，《说唐》的书筋是程咬金，《说岳全传》的书筋是牛皋。英雄传奇

① 学者罗书华在《分配与合成——明清英雄传奇小说角色论》(《学习与探索》1998 年第 2 期)一文中指出，由于说书艺术与戏曲影响，中国古代小说人物形象设置有着固定的角色分配，他引说书艺术中的"四梁八柱"说来解说明清英雄传奇小说人物形象的设置。青年学者樊庆彦《明清讲史小说中人物类型设置的传统模式——以古代章回小说的产生渊源为视角》(《明清小说研究》2007 年第 2 期)一文中表达了类似的观点。车振华在《齐鲁文学的一次多向度演变——从〈水浒传〉到〈金瓶梅〉》(李少群主编《地域文化与文学研究论集(2)》，山东教育出版社，2010 年版)一文中指出，《水浒传》中的人物设置具有程式化与类型化的特点，明显可以看出如说书艺术中的"四梁八柱"式的人物安排。

② 蒋敬生：《传奇大书艺术》，新疆人民出版社 1999 年版，第 55—60 页。

③ 薛宝琨：《说部"书筋"的奇趣》，《今晚报》，2015 年 8 月 21 日，第 17 版。

小说中的书筋是"必须具有的逸趣横生、寓庄于谐的人物，以奇取胜，以趣逗人，助书胆以建功，在困危处着力，解危排纷，别有诀窍"[①]。实际上是喜剧英雄形象。除高强武艺与骁勇善战等英雄必备的特质外，他们别具一种诙谐的喜剧效果，或粗鲁莽撞，或傻里傻气，或天真质朴，有时还吹吹牛撒撒谎，承担着小说的娱乐功能。

正统英雄与喜剧英雄，一主一次，一正一反，一庄一谐，形成绝妙的英雄角色搭配，构成了明清英雄传奇小说英雄人物结构的特定模式。金圣叹曾提到《水浒传》人物形象塑造的"背面铺粉法"与"反衬法"。"只如写李逵，岂不段段都是妙绝文字，却不知正为段段都在宋江事后，故便妙不可言，盖作者只是痛恨宋江奸诈，故处处紧接出一段李逵朴诚来，做个形击。其意思自在显宋江之恶，却不料反成李逵之妙也。""有背面铺粉法：如要衬宋江奸诈，不觉写作李逵真率；要衬托石秀尖利，不觉写作杨雄糊涂是也。"（《读第五才子书法》）这两种人物塑造方法正是正统英雄与喜剧英雄之间相互映衬造成的相得益彰的效果。这两类英雄角色的关系相异对立的背后是深层次的互补同一。夏志清说"宋江本性温和，颇有策略，很少发火，但在喝斥李逵时，似乎是在谴责自己内心不可告人的部分"[②]。所以不妨将正统英雄与喜剧英雄看成是一个角色的两部分，一代表该角色的理性与意识层，一代表其非理性与无意识层。"喜剧英雄的莽撞言行多半还是为了正统英雄们的利益，正统英雄对他们的喝斥只不过是一种掩盖的策略而已，这种掩盖往往能使他得到更大的利益，但是喜剧英雄所言才是他们心底最真实的想法。"[③]

莫言小说中的英雄也可以分为正统英雄与喜剧英雄。最典型的代表是中篇小说《野种》。在这部可视为《红高粱家族》的续作、描写淮海战役渤海民工团民夫连为前线部队送粮的战争小说中，主

① 樊庆彦：《明清讲史小说中人物类型设置的传统模式——以古代章回小说的产生渊源为视角》，《明清小说研究》，2007 年第 2 期。
② 夏志清：《中国古典小说导论》，安徽文艺出版社 1988 年版，第 113 页。
③ 罗书华：《分配与合成——明清英雄传奇小说角色论》，《学习与探索》，1998 年第 2 期。

莫言和新时期文学的中外视野

要塑造了余豆官和指导员两位英雄形象。喜剧英雄是余豆官。余豆官是余占鳌的儿子，民夫连里一名普通民兵，有着幼年吃狗肉长成的高大健壮的体格，耐力、敏捷超于常人，有一手好枪法，"对大规模的战争有着强烈的兴趣"，是一个"天生的战士"。另一方面，他又有着顽童般的调皮捣蛋的性格，经常用一些匪夷所思又令人忍俊不禁的手段来指挥队伍。比如他从连长和指导员手中夺过枪后，自作主张临时代理连长，把民兵刘长水、田生谷抽调出来作为专职随从，模仿岳飞的"马前张保、马后王横"号称"驴前田生谷""驴后水长刘"；唱"时而荒谬绝伦时而又严肃认真得要命"的自编顺口溜和歌曲，诸如："解放军在前边打大仗 / 等着吃咱车上的粮 / 睡觉是为了送军粮 / 谁不睡觉操他的娘"；用缝包弯针去扎昏睡的民夫的穴位，令他们神志清醒，起身赶路……言行粗野，却十分有效。豆官行为的另一关键词是"僭越"。比如，当指导员和连长射乌鸦时失手射死了运粮的驴子，他竟然批评两位上级枪法不好，"好像一位班长批评两个战士"。并且缴下两位领导的枪，还自作主张临时代理连长职务，将"严肃而呆板的连队变得生龙活虎、调皮捣蛋，这变化类似一个死气沉沉的中年人变化成一个邪恶而有趣的男孩子"。僭越的实质是反叛性，以非正统的民间伦理打破正统的军队伦理，以自由自在的顽劣童心主宰陈陈相因的成人世界，将部队改造成一个充满生机和创造力因而也极具战斗力的集体。

与喜剧英雄余豆官相伴相随的指导员是正统英雄。首先，指导员尽管身患痨病，右手残障（只有两根指头），"身体高大但骨质疏松"——一言以蔽之，没有英雄的身体条件与外表，但是意志坚忍，铁骨铮铮，置生死于度外，充满男儿血性。其次，作为优秀共产党员战斗英雄的代表，他代表的是军队中的正统力量。"他是正规军的一等功臣"，受过正规训练，显示出非正规军所缺少的极强的原则性与纪律感。余豆官逃出队伍，被抓回，他与连长要执行严格的部队规范，对之处以枪决；当余豆官和民兵们要打退堂鼓时，他严厉斥责队伍意志的松懈。

这样的二元英雄角色设置也出现在《红高粱家族》《战友重逢》

《檀香刑》《丰乳肥臀》等小说中。在《红高粱家族》中余占鳌是喜剧英雄，胶高大队队长江小脚是正统英雄。余占鳌是《野种》中余豆官的父亲，余豆官的身上英雄气质与顽童本色与父亲一脉相承。只不过《野种》表现的是余豆官青少年时期战斗经历，更多欢快跳跃的喜剧色彩，而《红高粱家族》中表现余占鳌中年时期的故事更多，色调更为凝重一些。正统英雄是江小脚。江小脚是八路军胶高大队队长，与余占鳌粗豪张扬、充满野性的英雄气质不同，江小脚的风格是理性与内敛的。他是一名足智多谋的军队指挥，也是颇有原则与纪律性的共产党员。

《战友重逢》中钱英豪是喜剧英雄，罗二虎是正统英雄。作为战士的钱英豪有着优秀的军事素质，又有着"非主流"个性，"他就是太爱捣乱嘴尖舌快爱发牢骚，所以在黄县没当上班长，也没入党"。自由自在，不拘小节，机敏诙谐，不遵循部队正统规范而依独特的性情行事，是体制中的非正统英雄。班长罗二虎的军事素质远不如钱英豪，但一样怀抱当董存瑞、黄继光似的英雄的理想。与不拘小节、有些任情任性的钱英豪相比，罗二虎一板一眼，恪守军队条例规范，是部队中的正统干部。

《檀香刑》中孙丙是喜剧英雄，钱丁是正统英雄。孙丙是抗击殖民侵略、维护民族尊严的豪杰义士，另一方面他的性格、命运与抗德的方式带有浓厚的喜剧性。他本是唱猫腔的戏班班主，风流浪荡，不务正业，因吹牛说县太爷钱丁的胡须"还不如俺裤裆中的鸡巴毛儿"起祸，被迫与钱丁斗须。斗须失败，又被人薅去胡须，只得带着丑陋的下巴回乡过本分日子。孙丙的前半生充满了滑稽的笑声，后半生基本上是一出波澜壮阔的英雄悲歌。但是在这悲歌中还是不乏谐趣搞笑的因子。如果说孙丙由浪荡戏子误打误撞成为民族英雄体现着民间英雄形成的特点以及民间英雄观，那么钱丁由读书入仕而实现修齐治平政治抱负则代表了儒家正统的英雄理想。钱丁是光绪癸未科进士，曾文正公的外孙女婿，像曾文正公一样成为中兴名臣、国家栋梁是他的追求。钱丁这个形象也如同《水浒传》中的宋江、《说岳全传》中的岳飞一样充满矛盾性。为朝廷效命还是为百姓造福，在他就任高密知县期间成了一个无法弥合的两难命题，他始终摇摆于两者间。

此外，《丰乳肥臀》中司马库是喜剧英雄，鲁立人是正统英雄。《我们的七叔》中的七叔是喜剧英雄，《生死疲劳》中的西门闹及其托身的驴、猪是喜剧英雄（驴与猪因附着西门闹的意识，因而具有人性），蓝脸是坚持单干的喜剧英雄。

第二节　书胆与书筋——喜剧英雄与正统英雄地位的置换

不过值得注意的是，在莫言的小说中，正统英雄与喜剧英雄在整部小说中所占位置与明清英雄传奇小说相比发生了变化。前文已述，在明清英雄传奇小说中，正统英雄就是书胆，是小说主人公，是左右故事情节发展的核心人物，直接关联到作品主题与风格；喜剧英雄是书筋，是小说中陪衬书胆的次要人物，是调剂润饰其他书梁的色彩人物。但是在莫言的小说中，喜剧英雄一般都是小说的主角，即或不是主角也是小说中相较正统英雄着墨更多、所占地位更重要的英雄形象，是作者所极力观照与浓墨重彩书写的英雄形象；而正统英雄都是小说的配角，无论篇幅还是重要性而言远不如喜剧英雄，是作为喜剧英雄的陪衬而出场的英雄形象。也就是说喜剧英雄往往成为了小说的书胆，即或不是主角，也会成为重要的配角因而成为副书胆，而正统英雄则成为书筋。与明清英雄传奇小说中英雄人物设置一样，仍然是一主一次，一谐一庄，一反一正的悖反关系组合与角色搭配，但主与次的角色分配，正与衬的相互关系完全颠倒过来了。喜剧英雄是主，是正，正统英雄是次，是衬。因此，小说的情节设置、主题与风格就发生了翻天覆地的变化。由书胆喜剧英雄所承载的情节、主题、风格统摄了整篇小说，而书筋正统英雄则成为弥补喜剧英雄所缺，调节情节起伏、补充小说主题与平衡全书风格的一种辅助性存在。

《野种》中喜剧英雄余豆官是小说当然的主角，是书胆，指导员是书筋。余豆官的行为、言语与性格，他的生命主宰了整篇小说。余豆官行为粗放，言语放诞，任性而为，自由自在，生命力雄强旺盛，有一股野性的力量，又洋溢着欢乐的因子，与之相比指导员行为谨慎，恪守正规军条例，要顾忌的理性规范更多，他的生命因束缚太多，显衰微之势，呈现出灰色的悲寂。与余豆官"吃狗肉长大""挺拔修长，犹如一棵黑松树"的身体相比，指导员一手伤残仅剩两根指头，因肺病咳得厉害。不仅是生命的物质属性显出高低，在生命的精神属性上，余豆官的雄强、激昂、野性与欢欣也基本压倒了指导员脆弱、机械、压抑与悲寂。在两股生命之流中，余豆官显然整体处于上风，因而小说主体笼罩在一个强旺粗放、活泼自在、欢快酣畅又野性十足的气场中。小说的情节亦围绕这两股生命之流的斗争、交替上位展开，而余豆官的生命之流又基本处于上风。小说的主题也因之彰显为余豆官的生命所负载的酒神精神对指导员的生命所负载的日神精神的胜利。

《战友重逢》中的喜剧英雄钱英豪是小说主角，是书胆，正统英雄罗二虎与钱英豪相反又相成，是作为映衬出场的，是书筋。除了优异的军事素质，钱英豪机敏干练，心灵手巧，另一方面又任情任性，自在洒脱，不受拘束，浑身洋溢着一股生命摆脱理性束缚后的欢乐之情。恰恰相反的是，正统英雄罗二虎遵规守纪，一板一眼，是军队中不折不扣的正统派。他擅长讲道理，做思想工作，理论水平比较突出，但是行为笨拙，军事能力低下。两人个性、能力如此迥异，却又偏偏总被绑在一起。两人之间一庄一谐，有如哼哈二将，摩擦不断，时时碰撞。他们尖锐的对立后面其实是两人之间深刻的互补与同一，由此揭示了掌握军事规律后的逍遥自在与遵循理性规范的严谨慎重缺一不可的军中哲学。在这样的前提下，作者是扬钱英豪抑罗二虎，钱英豪活泼欢畅、自由伸展的生命之流，盖过罗二虎因恪守理性而被异化，显得机械、笨拙、枯寂的生命，由此弘扬一种潇洒自由的英雄主义命题。

《红高粱家族》的情节稍复杂一些。除了余占鳌等抗日的主线外，还有一条副线——余占鳌与戴凤莲的情爱线索。毫无疑问，喜剧英雄余占鳌是小说书胆，不论在主线还是在副线上，他都是焦点人物，他的生命之流盖过了其他人。正统英雄江小脚是书筋。江小脚的故事都集中在抗日这条主线上。在这条线索所支撑的情节中，余占鳌是主，江小脚是次，余占鳌是正，江小脚是衬。余占鳌作为草莽英雄的野性、痞气、雄强的生命力与狂放的酒神精神流贯于全章。在作者叙述中，两支武装力量，江小脚领导的胶高大队因武器装备落后、物质条件匮乏，以及遵守上级命令，恪守理性规范，在战争中常常被描述得滑稽、小儿科，是辅助性力量。余占鳌及其部队的抗日行为被大力渲染、浓墨重彩地书写，被描述成抗日的主要力量。小说通过这样的情节设置彰显了民间抗日的主题，表明由农民、土匪等民间人物组成的抗日武装虽则流于未经理性规范、未加组织的自发自然状态，但一经爆发便会产生惊人力量。他们的领袖、草莽英雄余占鳌个人的力量尤其得到突出放大。余占鳌在抗日战争中被激发出来的过人的智谋、顽强坚韧的战斗力、独立不屈的人格力量，以及自由不羁、富于野性的雄强生命力成为纵贯全书的一曲高亢的主旋律。

　　作为长篇小说的《檀香刑》情节要更为复杂一些。它是一部多声部小说。梳理情节，可以看出，孙丙处于多种矛盾的中心，是核心人物。孙丙与赵甲、袁世凯所代表的清政府的忠奸斗争构成小说的主线。钱丁与孙丙的正统英雄与喜剧英雄的矛盾构成本书的第一条副线。眉娘与钱丁的情爱构成小说的第二条副线。小说还有一条副线，即孙丙与德国人的斗争（因奸臣与昏君在孙丙与抗德群众的矛盾中站在德国人一边，这条线与主线基本重合）。除眉娘与钱丁的情爱这条副线外，孙丙基本上位于另外一主二副三条线索矛盾的中心。他的行为、言语与性格，他的生命统摄全篇。因此是当之无愧的书胆。钱丁在主线忠奸斗争中主要是代表忠的一方，但并不是矛盾斗争的中心。在这条线索中他是辅助孙丙的英雄人物。在孙丙与钱丁的斗争中，他虽居于矛盾斗争中心，但是孙丙生命之流整体压倒了他的生命之流，他成为与孙丙相反相成的陪衬性角色。只在他与眉娘的情爱故事中，他居于矛盾的中心。所以小说整体被笼罩在孙丙气冲霄汉、慷慨激昂，充满着原始激情的生命之流中，回旋激荡着一股忘情激越的酒神精神。总的来说，爱国与爱民是这两位英雄的共同点，但是在这场民族大义的行动中，草莽英雄孙丙的生命之流总体上居于上风，是主，是正，而正统英雄钱丁基本居于下风，是次，是副，是孙丙的陪衬。孙丙源于民间的强旺生命激情盖过了钱丁被儒家理性与士大夫阶层的利害计较所束缚，因而变得脆弱、不堪一击，显出灰色的枯寂的生命。

《丰乳肥臀》的情形有些不一样。这部长篇巨著规模宏大，情节复杂，线索众多。其中唯一的主角是母亲鲁璇儿，母亲是书胆。司马库只能算是诸位重要角色中的一个。作为陪衬司马库的喜剧英雄形象出场的正统英雄是蒋立人。因此此处将司马库、蒋立人所在的这条抗日革命的线索分隔出来，单独分析。很显然，在这条线索所支撑的情节中，在小说不多的描写抗日的文字中，作者更着意突出司马库抗日。司马库明显成为作者所弘扬的抗战英雄，蒋立人则是陪衬角色。司马库雄强刚猛、富有野性与狂欢气息的生命之流盖过所有这条线索中出现的其他人物，并且在整部小说中也成为除母亲之外最为光彩夺目的人物。

在中篇小说《我们的七叔》中，干脆连正统英雄形象都没有出现，喜剧英雄七叔是唯一的主角。七叔的生命之流占满小说全部的艺术空间，而由七叔的人生经历、个性气质所承载的意义成为小说唯一要彰显的主题。在《生死疲劳》七世轮回的主线情节中，喜剧英雄西门闹，及其托身的驴与猪的故事占据了整篇小说一半以上篇幅，由他们所承载的雄强不屈、狂欢野性的生命意志自然就成为回旋激荡于全书的一曲高昂的主题曲。

综上，莫言通过将喜剧英雄置于情节中心，正统英雄边缘化，对喜剧英雄形象的渲染张扬，对正统英雄带有些许贬损的压抑性书写，颠覆了明清英雄传奇小说英雄形象设置范式，在对民族小说传统的继承中创造性地发展出极具自我色彩的英雄形象书写。在以上列举的一篇篇小说中，喜剧英雄形象的言行风采、生命故事有如一曲曲激越高亢的交响乐响彻于小说所营造的艺术空间中，一再地书写着莫言小说独有的英雄主义命题，也一再地唱响着莫言心魂中独具个性色彩的英雄故事。在莫言如此书写下，明清英雄传奇小说中由正统英雄的命运遭际所统摄的主导情节一变而为喜剧英雄的人生沉浮为主线的情节，由正统英雄所承载爱国忠君、遵循儒家正统伦理规范的道德化主题一变而为喜剧英雄所承载的刚毅不屈、富于反抗性与叛逆性，且逍遥于正统伦理道德规范之外、保持自由自在的民间立场的主题，由正统英雄所赋予以雅驯正典、理性规范、壮丽阔大的日神精神为主导的美学风格一变而为由喜剧英雄所赋予以自由自在、无拘无束、任情任性、狂欢放纵的酒神精神为主导的美学风格。

第三节　喜剧英雄与正统英雄二元英雄人物结构的内在涵蕴

　　进一步追问，莫言之所以会做上文所述的改造的原因何在呢？这种改造又有怎样的意义呢？

　　这就要探究喜剧英雄与正统英雄二元英雄人物结构的深层涵蕴。

一、文化涵蕴

　　首先，从可考的文字材料来看，我国最早出现的英雄形象是神话传说中所记载的远古时代英雄，包括伏羲、黄帝、神农氏、有巢氏等文化英雄，盘古、女娲等创世英雄，后羿、大禹等救世英雄，刑天、共工等征战英雄。与古希腊神话中的英雄相比，我国上古神话传说中的英雄最大的特点就是完美主义与道德化倾向。他们不仅拥有超出凡人的神力与智慧，还是美德的化身，忍辱负重、坚忍顽强、理性庄严，将维护大众视为最高理想，由此形成了舍己为公、理智、顺从、节欲的圣化人格标准。上古神话中的圣化英雄通过文化传播世代流传，后世记录与传播者随文明演进的历程又作了一代一代的提炼、放大与强化，尤其是在儒家思想产生、传播并渐成为统治思想之后，这种圣化倾向就愈益集中明显。神话—原型批评认为，文学起源于神话，神话中包蕴着后代文学发展的一切形式与主题。"神话是一种核心性的传播力量，它使仪式具有原型意义，使神谕成为原型叙述。因此，神话'就是'原型……"[①]明清英雄传奇小说中的正统英雄之原型正是远古时代神话传说中的这种圣化英雄。

延承明清英雄传奇小说而来的莫言"新英雄传奇小说"中的正统英雄形象呼应着明清英雄传奇小说中的正统英雄形象，其深层也积淀着儒家文化的因子，同时这些正统英雄的政治身份多为革命战争年代与新中国成立后的共产党员，表明他们是儒家传统文化与现代政党政治的文化结合体，是远古神话中的圣化英雄，明清英雄传奇小说中的正统英雄在现代的变种。

那么明清英雄传奇小说中的喜剧英雄与远古时代神话传说中的英雄究竟有无渊源关系呢？由于口头传颂易散失、不稳定，上古神话传说保留在现有文字记载中的其实只是原本的一部分。从现存文字材料看，刑天、夸父等神话英雄所具的某些禀赋，例如单纯、执着等，确与明清英雄传奇小说中的喜剧英雄有某种神似。另外，明清英雄传奇小说中喜剧英雄粗野雄壮的形貌、儿童般天真质朴的性格确显示了人类童年时代特征的某种遗留。

喜剧英雄的形成与宋代以来日渐发展起来的新兴市民文化有较深的关联。明清英雄传奇小说中的喜剧英雄很多在宋元戏曲、话本中已有原型，比如李逵、程咬金等，只是到了明清英雄传奇小说中得到更为艺术化、定型化的表现。而宋元戏曲、话本与明清通俗小说作为市民文学样式不可避免地渗透了市民阶层的文化观念。作为新兴阶层，市民阶层有着不同于农民和地主阶级的阶层属性与价值观念，如恩格斯所说："这个阶级在它进一步的发展中，注定成

---

① 转引自叶舒宪选编：《神话—原型批评》，陕西师范大学出版社1987年版，第15页。

为现代平等要求的代表者，这就是市民阶级"①。此外，为朋友两肋插刀、讲义气、守信用，幽默乐观自信，等等，都是它独有的特色。明清小说喜剧英雄重义甚于重忠，具有平等观念与较为彻底的反抗精神，以及粗犷的外貌、莽撞的言行与天真的孩童气之反差所形成的戏谑性效果都体现了市民阶层的思想观念与审美趣味。

明清英雄传奇小说中的喜剧英雄形象也体现了晚明士人阶层新的英雄观。由于阳明心学影响，晚明士人大胆冲破程朱理学束缚，崇尚个性，蔑视礼法，他们尤其钟爱那些我行我素、大胆反叛的喜剧英雄，欣赏他们的至真至诚、妙趣横生、狂狷之气，乃至他们身上的"瑕疵"。所以在李贽与金圣叹的评点下，李逵、鲁智深这样的莽汉备受推崇。自然他们的评点也无形中影响了后世的英雄传奇小说对喜剧英雄形象的塑造。

同样，莫言笔下的喜剧英雄形象也承续了明清英雄传奇小说中喜剧英雄身上宋元明清时代市民文化与原始文化双重交织的文化涵蕴，且又增加了新的文化意味。一是"五四"时代与"文革"结束后两次思想解放潮流与西方文化的两次强劲涌入所带来的强调人的主体意识，张扬个性的思想，以及对传统文化（主要是儒家文化）的反叛精神。二是莫言笔下的喜剧英雄还携带着源自莫言故乡的地域文化基因。这种地域文化基因包括古老的齐文化印迹与高密大栏乡本地文化因素。莫言故乡古属齐国。齐地因三面环海，渔盐商贸业发达，形成了与重伦理尊传统的鲁文化截然不同的文化：重利尚功，因俗简礼，主张宽松自由、兼容并包，表现出强烈的开放性、包容性和革新性。三是高密大栏乡（莫言小说中高密东北乡的原型）地处高密县、胶县、平度县三县交界处，是一片"三不管"的洼地。朴野恶劣的生存环境，失范的统治秩序，再加上近现代以来深重的战乱侵扰，多重因素影响形成了此地彪悍民风，莫言小说中高密东北乡土匪横行，草莽英雄辈出并非空穴来风，而是真实民情的移植

① 恩格斯：《反杜林论》，中央编译局《马克思恩格斯选集》（第3卷），人民出版社1995年版，第101—102页。

改编。以上这三种文化都可以与明清英雄传奇小说中的喜剧英雄相融不悖。其一，一方面，现代解放思潮，与宋元明清时代市民文化相比，它是外来引进的现代市民文化的产物；另一方面，从个性解放的维度来看，宋元明清时代的市民文化其实也是中国近古时代的内生原发的个性解放思潮。两者具有同构性，所以它们可以在莫言小说的喜剧英雄身上统一而不冲突。其二，从当代人的角度来看，齐文化里包含有较多的现代性因子，与近古市民文化、现代个性解放思想亦具有同构性，可以相容不悖。其三，高密大栏乡这种彪悍朴野的民间文化又与喜剧英雄身上所体现出来的尚勇力与古朴天真的美学具有同构性，二者也可以共熔于一炉。

　　由上文分析可见，明清英雄传奇小说中正统英雄为书胆正是中华民族尚德重理性集体无意识的体现，是儒家圣化英雄观的体现。喜剧英雄的出现，一方面是远古时代尚勇力与古朴天真美学——另一种更为古老的民族集体无意识并未泯灭的体现，另一方面标志着宋元以来新兴市民文化趣味对英雄观的影响。正统英雄与喜剧英雄的二元对立人物结构，正是儒家正统文化观念受到新兴市民文化观念与原始文化观念的双重冲击的表征。而正统英雄居主导，成为书胆，喜剧英雄居次为辅，成为书筋，则昭示着在与新兴市民文化、原始文化对峙中，儒家文化有强大的生命力，正统文化地位难以撼动。

　　莫言的"新英雄传奇"小说对上述英雄人物结构继承又颠覆的接受过程内在地包含着这样一个文化运动过程：高密地域文化与齐文化加上与生俱来的特质形成了莫言独特的张扬狂放的文学个性与英雄主义气质，这种个性与气质一经与现代解放思潮、西方文化遇合，便爆发出巨大的能量，激活了人类原初的生命激情与近古市民文化观念，与明清英雄传奇小说中的喜剧英雄高度契合，正统英雄退居莫言接受世界的边缘，喜剧英雄首次在中华文学史上获得了压倒性胜利。喜剧英雄所代表的经由现代解放思潮、西方文化，与原始文化、齐文化、高密本地文化锻造出来的人之主体觉醒、个性张扬、洋溢着生命的狂欢的酒神精神在这个以理性务实著称、儒家文化主导了人们精神世界几千年的国度的文化史上终于大获全胜。

二、生命意味

生命是生物所独有的现象，唯生物才具有生命。作为从生物界（动物）进化而来的人类之生命，与一般生物不同，有二重存在：自然生命与文化生命。"人的生命，在自然命理的基础上，又形成了文化生命：有智慧、能思考、懂礼仪、有理想，有追求等等，从而成为自然生命与文化生命的双重存在。"[1]即如周作人所言："从动物进化的人类"，"其中有两个要点，（一）'从动物'进化的，（二）从动物'进化'的"。[2]自然生命即人的动物性生命，它是人类最原初的生命，是人类生命的基础；文化生命是人类由动物进化为人后，经过长期的实践探索，在人类进化过程中一层层附着于自然生命根基之上的。刨除人的文化生命，人与动物一样只剩自然生命，因此人的文化生命正是体现人类生命不同于其他生命的超越性所在。

人的自然生命与文化生命是对立的，又是相辅相成的，两者不可偏废，必须和谐共处。然而古典主义生命价值观将人的自然生命视为"兽性"与"恶"，将人的文化生命视为"神性"与"善"。由这种价值观出发，在漫长的发展历史中，人类一度以抑制自然生命，竭力发展文化生命为旨归，由此形成了文化生命压倒自然生命，自然生命萎缩、凋敝的现象。这种现象普遍存在于东西方文化中。

正统英雄形象即典型地体现了这种文化生命对自然生命的压抑。以明清英雄传奇小说中的英雄为例，无论是宋江、岳飞，还是杨六郎，剔除他们勇与力的英雄生命质素，在他们身上体现得更多的是被儒教伦理观所驯服的以忠孝为特征的道德化生命。宋江恪守只反贪官不反皇帝的教条；岳飞对皇帝言听计从；杨六郎奉行"君

[1]　杨守森:《生命存在与文学艺术》,《东岳论丛》,2013 年第 11 期。
[2]　周作人:《人的文学》,《中华文学评论百年精华》,人民文学出版社 2004 年版, 第 48 页。

要臣死臣不得不死"的臣子哲学。陈陈相因的正统文化将他们驯化成封建等级制的奴隶,在他们身上难得见到野性的反抗。其实质在于他们的文化生命太过强大,抑止与禁锢了自然生命,其自然生命呈现为枯寂萧索之相,缺少活力,因而也无力反抗。莫言小说中的正统英雄也是如此。

从生命层面来看,喜剧英雄则是那些生长于乡野草莽、民间底层之中较少受到正统文明教化、自然生命雄强旺盛、远远压倒文化生命的典型。他们有着基于生命动物性的朴野、不驯服,自由自在,富于反叛性,生命中流淌着一股挣脱文明理性束缚后的欢悦之情。

明清英雄传奇小说中喜剧英雄的野性自然生命力正是由近古以来市民文化的勃兴与晚明人文主义思潮所唤起的。然而正统英雄居于书胆之席、喜剧英雄居于书筋之位的英雄角色结构表明,尽管这一时期文学中英雄形象的自然生命被唤醒,但仍处于世代相袭的文化生命包围中,未获解放。这样一种英雄生命本相正是华夏民族自然生命在早期资本主义萌芽中被释放,开始复苏,但又远未达到冲破文化生命重重包围境地的时代的表征。

在人类文明史上,人类自然生命冲破文化生命的层层封锁,大获解放是首先在西方获得成功的。从"文艺复兴"所呼唤的人文主义,十八世纪启蒙思想,到十九世纪末二十世纪初的非理性主义哲学,一波波的思潮一次次冲击理性主义对人类自然生命的压抑与扼杀。近现代以来,在西方文化强势撞击下,中国文化遭遇数千年未有之大变局,以儒家为代表的传统文化(主要是正统文化)受到猛烈抨击,西方现代文化被奉为圭臬。在这样的背景下,国人的生命价值观也实现了由古典向现代的转换,中国人的自然生命意识被再度激活,而这一次的复苏是上一次无法同日而语的,如同大火燎原一般,轰轰烈烈,势不可挡。

莫言小说对明清英雄传奇小说英雄人物结构的改造正是借着这样的生命价值观转型的"西风东渐"之力达成的。那些农民出身、有着草莽之气的喜剧英雄首次成为叙事中心与文本价值取向所在,而那些自然生命被文化生命层层封锁的正统英雄则成为陪衬，甚至是被奚落揶揄的对象。在主流文化所昭示的国人生命史中，自然生命终于彻底冲破文化生命桎梏，大获解放，这在中国现当代文学史上乃至整个中国文学史上的确是不多见的。莫言正是借着这样的英雄人物结构表达了对健康丰满的自然生命的礼赞，对因文化生命禁锢而产生的自然生命凋萎——种的退化——的叹惋，完成了关于他之于生命与文化这些重大命题的思考，实现了中华文学史上英雄形象的重要转换，以及生命价值观的重大转型。

（作者：喻晓薇）

第五章　莫言小说与明清笔记小说传统

提及在二十世纪八十年代文坛曾形成一定影响的"新笔记小说"，我们会发现，无论哪一有关"新笔记小说"的选本与评论文章中都没有列出莫言的名字。因此，此处谈莫言小说与笔记小说的关联未免让人心生疑虑。然而，当我们从中国古代小说对莫言小说创作的影响以及莫言二十世纪八十年代到九十年代创作的一批"学习蒲松龄"的小说创作实际出发时，会感到探究这一论题很有必要。

另外，关于莫言小说的研究，以 2012 年获诺贝尔文学奖为界可以划分两大阶段：2012 年以前，学界对于他的小说与西方文学的关系关注较多；自从他在诺贝尔颁奖典礼上宣称蒲松龄是祖师爷后，对他的小说与古代小说，尤其是明清小说关系的研究渐趋增多，但多是关注志怪、传奇等内容方面特点的继承，至于从文体学角度探究其小说与明清小说关系的研究基本为空白。

在以下文字中，笔者首先将探究明清笔记小说与莫言小说文体的关系：前者对莫言小说文体产生怎样的影响，莫言又以现代小说文体的观念对其做了何种改造，从而形成了自己独有的"新笔记小说"文体。最后发掘莫言这类小说被遮蔽的原因及其在新时期"新笔记小说"所占有的特殊地位。

第一节　莫言小说对明清笔记小说文体的继承

在中国古代，"笔记"与"小说"各指不同的文体。"笔记"主要是一种以随笔形式记录见闻杂感的文体的统称。古代"小说"文体不同于现代意义上的小说。根据班固《汉书·艺文志》的说法，认为小说家"盖出于稗官"，属"街谈巷语、道听途说者之所造也"，并肯定小说虽属小道，其中亦有可观之辞。后世目录学家认为：随笔而录的笔记与"街谈巷语、道听途说之所造"的小说同属"小道"，通常也将笔记列入"小说家类"。至于"笔记小说"，中国古代文学史中本没有这一概念。这个概念是国人接受西方小说观念后的产物。总体来看，对"笔记小说"的含义可以有以下两种理解。

其一，"笔记"修饰"小说"，语法结构为偏正式，这里的小说为现代意义的小说，"笔记小说"是指以笔记形式写成的接近现代小说标准的小说，其特征是篇幅短小，以叙事为主，以一定人物为中心，具备完整结构。

其二，"笔记"与"小说"并立，词组语法结构为并列式，这里的"笔记"与"小说"都是古代目录学意义上的，即上文所述两类以文言语体为表达形式的散文文体。其特征是比上文提到的"笔记体小说"篇幅更为短小，通常不足百字，甚至是两三句话，结构不完整，只能算是随笔记录的断片。

明清两代是一个以小说创作见长的朝代，其中最令人瞩目的当然是白话小说，尤其是长篇章回体小说，四大名著文体均属此类。明清文言小说成就也不让白话小说，笔记小说尤为突出，不仅有《聊斋志异》①、《阅微草堂笔记》等笔记小说史上的经典之作，明末到清代还形成了继魏晋、唐宋后的第三个笔记小说高峰。代表有明代冯梦龙的《古今谭概》《情史》，清代袁枚的《子不语》、王士禛的《池北偶谈》等。

与中国古代传奇、话本和章回小说等文体相比，笔记小说最显

---

① 《聊斋志异》的文体一般公认是"一书而兼二体"，兼具笔记体与传奇体二体。据敖丽《〈聊斋志异〉的文体辨析》："石昌渝曾统计张友鹤辑校会校会注会评本《聊斋志异》，其中收录的491篇作品，真正意义上的传奇体，大约有195篇，约占全书的百分之四十，剩下的全是笔记体。"（《明清小说研究》，2001年第3期）

在的特点就是篇幅短小，号称"尺寸短书"。《搜神记》中故事完整的叙事性短章一般几百字，最长者千字出头。一般而言笔记体小说一文一事，人物不多，以一人或二人为中心，事件比较简单，都是单线发展。以《情史》中《卢夫人》为例，该文叙述房玄龄妻卢夫人在夫君病危前"剔一目示玄龄"，以表守节之决心。此举令房玄龄病愈，对卢夫人礼遇终身。房玄龄年暮，太宗欲赐美人，但是房屡辞不受。太宗以为卢夫人好妒，劝解她，结果夫人执心不回。于是太宗赐毒酒，谁知夫人喝下了毒酒。此文主要人物三人：卢夫人、房玄龄与太宗皇帝。事件不复杂，叙述至为简洁，篇幅短小，只有一百多字。

　　莫言的笔记小说篇幅也不长。由于白话语体表达远不及文言精练，再者莫言作为现代作家不可避免会受西方小说强调精细描摹笔法的影响，行文间会多一些藻绘与波澜，所以字数也会大大增加。一般而言短辄千字以上，长则不超过万字。接近《聊斋志异》中"笔记杂俎"一类的小说，同样篇幅较短，更有甚者，《小说九段》每篇不过千字。总的来看，这些小说的篇幅约等同于现在的微型小说或短篇小说。同样，这些笔记小说的叙事容量也不大。一篇小说讲述一个单线发展的故事，主要人物一两个，故事发展一般都较为平缓，没有大的波澜，跨时不长，空间场景较少（一般一两个）。如《奇遇》的中心人物是"我"——一个返乡的青年军人，另一重要人物是赵三大爷。小说所讲述的故事非常简单明了——回乡探亲的青年军人"我"夜行庄稼地中，生怕遇鬼，结果一路无事。凌晨，在村口遭遇邻居赵三大爷。回到家才知道赵三大爷大前天早晨就死了。这篇小说因受传奇体以及现代小说构造情节手法的影响，不乏简单的环境描写与叙事技巧。刨除这些，其实是一个非常单纯的遇鬼故事。此外，像《金鲤》《学习蒲松龄》《枣木凳子摩托车》《天花乱坠》《五个饽饽》等篇章所叙故事也都具有单纯质朴、叙事容量小的特点。

　　笔记小说作为前小说形态，对事件的叙述是以质朴无华的故事形式呈现的。福斯特认为"故事就是对一些按时间顺序排列的事件的叙述"①。"故事在远古时代就已经出现，可以追溯到新石器时代，以至旧石器时代。"②他认为故事是小说的基本面，也是一种很低级的形式，而情节是小说中较高级的一面，"情节同样要叙述事件，只不过特别强调因果关系罢了。如'国王死了，不久王后也死去'便是故事；而'国王死了，不久王后也因伤心而死'则是情节"③。以现代小说观念看，作为前小说形态的笔记体小说，发展不完备，其对事件的叙述比较朴素，接近生活事件的自然原貌，只能称为故事，还称不上情节。中国古代小说对事件的叙述达到编织情节层次应该是自唐传奇开始。《聊斋志异》中相当多笔记小说渗透了传奇小说笔法，但是总的来看其对事件的叙述止于"按时间顺序排列"的朴素的故事。笔记小说因为秉持故事观，自然有一种反情节倾向。离奇曲折、绘声绘色、引人入胜等这些传奇小说编织情节的重要诉求与笔记小说基本绝缘。即令《聊斋志异》中的笔记小说受传奇体影响，但反情节倾向仍然很明显。以《聊斋志异·考城隍》为例。这篇小说故事跨时九年，横穿阳世与阴司两大时空，虚幻与现实交织——这个事件素材有相当宽阔的余地让叙述者施展妙笔生花的功夫，将故事讲得腾挪跌宕、扣人心弦，但是实际上故事唯一的波折是宋公被任命为城隍美差却因母亲故推辞不就，整个事件是以平铺直叙、粗陈梗概的方式呈现在读者面前的。

值得注意的是莫言在访谈及创作谈中也多次以"讲故事的人"自居，将自己的小说创作说成是"讲故事"。莫言从《聊斋志异》中所获得的重要启示之一就是回归到小说起点处的故事观。从中国小说发展史来看，从唐传奇起，经宋元话本小说、明清章回小说，及至近现代受西方小说影响的现代小说，小说经历了情节中心、人

① （英）爱·摩·福斯特：《小说面面观》，苏炳文译，花城出版社1984年版，第24页。
② （英）爱·摩·福斯特：《小说面面观》，苏炳文译，花城出版社1984年版，第23页。
③ （英）爱·摩·福斯特：《小说面面观》，苏炳文译，花城出版社1984年版，第75页。

物中心到心理中心的演变。二十世纪八十年代中期，莫言大胆进行艺术实验，也有过以心理甚至是意识流为结构中心的小说探索。总体上来看他的小说多数是人物中心，但在注重刻画人物的同时没有忽略对情节与故事的编撰。回撤到故事形态最为彻底的当然还是他的笔记小说。反情节倾向也体现在这些小说中。其突出体现便是叙述事件不刻意设置悬念与巧合，事件经过没有一波三折、大起大落，反高潮反冲突反戏剧化。与莫言那些现代意味强烈的小说体现出跌宕、婉曲、繁复的情节魅力相比，这些小说对事件的叙述有一种单纯、明净之美。看得出来，作者对事件素材的主要处理法则是抓住大要，大刀阔斧地削砍旁逸斜出的枝节与修饰性的花叶，让事件的主干依时间次序自然铺展。无论是《奇遇》《学习蒲松龄》《枣木凳子摩托车》《天花乱坠》《五个饽饽》，还是《金鲤》《良医》《罪过》《嗅味族》里"嵌入"的民间故事，以顺叙方式讲述一个个奇趣奇幻的故事是它们的共同特点。叙述事件的技巧在这里变得不重要，事件的逻辑性关联被削弱，戏剧性因素被淡化，事件以洗净铅华、返璞归真的方式自然呈现，而它本身所包含的意味和哲理成为叙述重心所在。

　　与这种反情节的故事形态相对应的是，作者叙述事件的笔法基本是白描。白描原为中国画技法，引申到文学中，指用最精练、最节省的文字粗线条地勾挑出人事的轮廓。叙述者采取与事件较远的叙述距离，俯瞰事件全貌，诸多细节就被忽略，呈现在接受者面前的自然就只是"粗陈梗概"的事件主干。由此也形成了笔记小说以白描笔法交代故事过程的写作特色。

　　莫言非常重视中国古代小说传统中的白描技法。事实上，他的笔记小说中，叙述故事主要就是通过白描手法来完成的。以《奇遇》为例，除描绘庄稼地的环境借以烘托"我"的恐惧心理，以及"我"夜行荒野中产生的各种遇鬼幻想，基本以粗线条勾勒的白描方式完成故事经过的叙述。以简省精到的对话叙述事件经过也是莫言白描笔法的特色之一。小说中有两段对话，一段是"我"黎明时分在村口遇见赵三大爷：

我忙问："三大爷，起这么早！"

　　他说："早起进城，知道你回来了，在这里等你。"

　　我跟他说了几句家常话，递给他一支带过滤嘴的香烟。

　　点着了烟，他说："老三，我还欠你爹五元钱，我的钱不能用，你把这个烟袋嘴捎给他吧，就算我还了他钱。"

　　我说："三大爷，何必呢？"

　　他说："你快回家去吧，爹娘都盼着你呢！"

一段是"我"回家后将玛瑙烟嘴交给父亲：

　　父亲抽烟时，我从兜里摸出那玛瑙烟袋嘴，说："爹，刚才在村口我碰到赵三大爷，他说欠你五元钱，让我把这个烟袋嘴捎给你抵债。"

　　父亲惊讶地问："你说谁？"

　　我说："赵家三大爷呀！"

　　父亲说："你看花了眼了吧？"

　　我说："绝对没有，我跟他说了一会儿话，还敬他一支烟，还有这个烟袋嘴呢！"

　　我把烟袋嘴递给父亲，父亲竟犹豫着不敢接。

　　母亲说："赵家三大爷大前天早晨就死了！"

　　两段简约淡远的对话就交代了遇鬼，交烟嘴抵债，还钱，父母揭示所遇者为鬼这些并不算简单的故事经过。

　　单纯的故事形态，白描的叙述笔法，使得小说体现出一种简净之美。简净并不是简单。与以简练笔法绘形相表里的是白描的传神功夫。白描手法之所以简省，乃是在动笔之前做了一番取舍工作——舍弃一般化的素材，选取最能突显对象个性特征的素材。于是，人物仅摄取传神瞬间，事件采撷关键性片段，再以粗笔勾画，只言片语点化之，呈现于字面上的就是经筛选的精简的但又直抵对象本质的外部特征。《聊斋志异》继承了魏晋笔记小说以白描"传神写照"的功夫，将其运用得更自觉，发展得更充分，从而达到叙述事件描摹人物"追魂摄影"、真实感人、令人印象深刻的艺术效果。

莫言虽没有直接谈到过《聊斋志异》的白描，但他曾论及蒲松龄的细节描写："小说的成功离不开细节描写。蒲松龄小说里就有可圈可点的范例。比如他写一条龙从天上掉落在打谷场上，没死，但动弹不了，这时有很多苍蝇飞过来，落在龙的身上。龙就把鳞片张开，很多苍蝇钻到鳞甲下边，龙突然阖上鳞片，把苍蝇都夹死在里面。……但他在细节方面描写得准确、传神，让我们仿佛看到龙在打谷场上用鳞甲消灭苍蝇，这个细节很有力量，让一件子虚乌有的事具有了真实感。"①这段关于龙的描写来自《聊斋志异·龙》。从莫言的叙述中可以看出"蝇集鳞甲"的细节给他留下深刻印象，也印证了蒲松龄这一细节的"准确、传神"。抓住关键细节描摹物象，这也算是白描传神的秘诀之一，而且《龙》篇的确是以白描手法来描摹从天而降之龙的。所以换个角度来看，莫言这段话实际上讲的也就是他从蒲松龄那里学到的有关如何以白描手法传神的心得。莫言小说自然是活学活用的典范。《奇遇》关于赵三大爷几乎未作近距离描绘，但一个玛瑙烟嘴的细节既写出了鬼的信义，也表现了他的细谨与还钱的诚意（阴间的钱不能用，用实物抵债）。《天花乱坠》仅以女歌唱家"脸上一片黑麻子"的细节就传神地写出其形貌之丑陋，与其美妙的歌喉形成鲜明对照，传达出"世间事难得十全十美"的感叹；皮匠尸首被推入坑中埋葬时怀中掉出小姐送他的一只精巧玲珑的绣花鞋，这个细节可以激发读者关于皮匠生前对小姐如何寤寐思服、辗转反侧、痴恋不已的无限想象。此外，莫言小说还继承了《聊斋志异》以对富有个性特征的言行白描来传神的笔法，此处就不展开详述了。总而言之，笔记小说记事写人囿于篇幅，必须借助有限的语言以一当十，达到丰富蕴藉的表意效果，因此使得白描传神成为必需。

莫言和新时期文学的中外视野

---

① 莫言:《体味五光十色　百味杂陈的写作人生》,《淄博晚报》,2010年4月13日, 第1版。

第二节　莫言小说对明清笔记小说文体的改造

　　一个高明的文学借鉴者绝不会跟在前辈后面亦步亦趋。在对前人的借鉴过程中，他作为后继者的强大主体性像一根红线贯穿始终，掌控着他对借鉴对象的理解与取舍，再与他已有的文学知识结构与创作个性相结合，兼容并蓄，从而创造出与传统既有联系又有差异的新的艺术形式。

　　在西方小说理论中，虚构是与人物形象、故事情节并驾齐驱的小说必备的三要素之一。中国小说的虚构意识始于"作意""幻设"的唐传奇，而此前一阶段的六朝小说不仅无虚构意识，而且以"实录"相标榜。[①]《聊斋志异》中的笔记小说字里行间渗透着传奇体的气息，但总体而言还是承传六朝笔记小说的"实录"性。最明显的证据是文本体制上保留了实录的印迹，比如追求叙事的客观性效果，转述民间搜集故事的实录姿态，运用限知叙事，强调亲历感，开头必标明事件发生的时间，当事人的籍贯或居住地，以及身份与姓名，结尾有时列举与经历者有密切关系的其他人的旁证，以及事件之外的"后事"，甚至包括模仿《史记》"太史公曰"结尾体制，以"异史氏曰"的议论文字作结的结构模式。

　　由于文体自身规限，莫言的笔记小说多少也传承了实录纪事的印迹，如主体收缩的客观化叙述姿态，相对粗略的叙述笔法，不事铺张、修饰，而着眼于传达"事真"的质朴叙述风格。但莫言毕竟是接受过现代小说观念与现代科学思想洗礼的现代作家，已然接受现代小说虚构的观念，确乎不可能再返归古小说的实录观念。"小

　　① 由于中国史传文学作为正统文学的崇高地位，加上笔记小说与史传文学的渊源关系，笔记小说从诞生起便热衷于攀附史传、史统。尽管今人看来笔记小说的内容多虚妄荒谬，但其作者却认为自己与史家的区别仅在面对的生活世界不同，在传真传信、纪实抑虚的叙事追求上他们是一致的。

莫言与当代中国文学创新经验研究

说应有自己的风度，那就是雍容大度、从容不迫、娓娓地把假话当真话说……"[1]"搞小说也好，搞电影也好，都可以用这种自信的口吻来叙述，这是作家叙事的一种态度。我想怎么说就怎么说，我是唯一一个逃出来向你报信的，我说它是黑的就是黑的，说它是白的就是白的。"[2]所以说，莫言对笔记小说的经营是在自觉的虚构前提下进行的。这与明清笔记小说受传奇小说影响不自觉地流露出想象夸张虚构的因子有质的区别。虚构并不意味着排除真实性，只是与古代笔记小说生硬地追求反映历史真实、生活事实的实录性有所不同，莫言的新笔记小说追求的是一种故事整体虚构的大前提下契合人的心理感受的艺术真实。所以莫言的新笔记小说不像明清笔记小说那样，开头习惯于交代志怪故事发生的时间地点，介绍当事人姓名、籍贯或居住地以坐实事件为实有，当然更不会列举当事人之外的其他人旁证，或交代事件结束后的"余波"方式为故事扫尾，以进一步证实事件的真实性。他的新笔记小说，除《奇遇》文首交代时间（1982年秋天）、地点（从保定府到高密东北乡），颇接近古笔记小说开头的方式以外，其余篇目都完全割断了与历史时空相连的脐带，没有具体时间（历史性时间）、地点（较常出现的是高密东北乡，众所周知，这是莫言虚构的文学性地理空间），而且大多连人的姓名也没有[3]。缥忽缈忽的时空，模糊的人物定位，在小说与历史之间隔开一道屏障，摆脱了历史逻辑羁绊的小说便可以在虚构的时空内自由驰骋。比如《学习蒲松龄》就表现出很明显的虚构性。蒲松龄坐在蒲家庄柳树下摆茶向路人收集故事的本事来自民

---

[1] 莫言:《好谈鬼怪神魔》，孔范今、施战军主编《莫言研究资料》，山东文艺出版社2006年版，第28页。

[2] 大江健三郎、莫言、张艺谋:《超越国界的文学》，《大家》，2002年第2期。

[3] 有时只有名（如"钻圈"）或姓（如"管大爷"），有时只有称谓（如"舅舅""爷爷"等）、绰号或昵称（如"小轱辘子""小福子"），甚至有时仅以"他"（《小说九段·井台》）、"她"（《小说九段·手》）或者性别（《小说九段·女人》中的"女人"，《小说九段·船》中的"男人""女人"）相称。

间传说，但行文间明显加入了作者想象的细节；"我"在马贩子祖先的带领下向蒲松龄拜师学艺的故事片段完全是作者虚构出来的，从整体到细部都萌生于莫言独具的丰富想象力。

由笔记小说实录观念顺理成章地发展出限知叙事。明清小说研究专家陈文新认为第三人称限知叙事是六朝志怪小说《搜神记》对中国叙事文学的一大贡献。[①]《聊斋志异》的笔记小说不仅大量运用第三人称限知叙事，而且有些篇目出现了第一人称叙事。只不过《聊斋志异》的第一人称限知叙事差不多等同于第三人称限知叙事。因为出现在文本中第一人称叙述者"余"或"予"与现实中作者身份是等同的（印证了笔记小说的实录性），他除了在文首现身一次，便将剩下部分全部交付与当事人的眼睛，借其第三人称限知视角观察世界。这里第一人称没有很大的实际意义，如将其删去，全文便同笔记小说第三人称限知叙事完全一样。而在莫言的新笔记小说中不仅大量运用第一人称限知视角叙述故事，而且这里的第一人称"我"与作者本人并不是同一人，是作者在小说中虚构的人物。莫言新笔记小说中的"我"的虚构性是符合现代小说观念的。此外，他的新笔记小说中的"我"不仅是虚构人物，而且还是经历志怪事件的主体，而并不像《聊斋志异》那样只是转述事件的人。因而不仅整个事件都笼罩于"我"的观察视角下，并且"我"的行为参与了对故事的建构。与古代笔记小说第三人称限知叙事相比，莫言新笔记小说中这种虚拟的第一人称限知叙事优势是明显的，"虚拟"的前提赋予小说大胆想象的空间，而从第一人称角度叙述故事比第三人称更灵活自由，除了观察到的外在世界，叙述者还可以深入于心灵，因此故事的叙述也更具有心理深度，因而也更具有现代感。

中国古代小说叙述事件讲究有头有尾，交代清楚来龙去脉。即使是作为前小说形态的笔记小说中那些有完整故事的篇章，也是遵循如此规律（只不过在叙述事件上，笔记小说仍维持前小说阶段的

---

① 陈文新：《汉魏六朝笔记小说的叙事风范》，《传统小说与小说传统》，武汉大学出版社 2007 年版，第 33 页。

故事化、反情节化，而不同于传奇小说的情节化、传奇化）。开头一般娓娓道来，点明时间，介绍人物，交代故事背景，然后再渐次进入事件过程的交代，而小说的结尾必然也是事件完结之处。《聊斋志异》中那些有独立完整故事的笔记体小说开头与结尾也没有跳出这一模式。

莫言的新笔记体小说少量开头留有这种影响的遗迹，比如《奇遇》《良医》《父亲的枣木凳》；大量都在此基础上做了现代性的改造。

这种改造，一种是变通式的，即开头先直接切入场景或故事情境，接着再转入对故事时间地点人物或背景的叙述。以《草鞋窨子》为例：

> 隔着十几根柳树槐树的树干、一层厚厚的玉米秸子和一层厚厚的黄土，在我们头上，是腊月二十八乌鸦般的夜色。我踩着结了一层冰壳的积雪从家里往这里走时，天色已经黑得很彻底，地面上的积雪映亮了大约有三五尺高的黑暗，只要是树下，必定落有一节节的枯枝，像奇异的花纹一样凸起在雪上。

随后转入对"这里"——草鞋窨子——众人编草鞋时讲故事的所在，以及对几个围坐在草鞋窨子里讲故事的乡亲身份的介绍。类似的开头也出现在《翱翔》《大风》等小说中（只不过不同于《草鞋窨子》以画面感的场景切入，后两文的开头是直接切入故事情境）。小说以画面感场景开端，或直接进入故事情境，体现了现代视觉艺术（尤其是电影）对小说的渗透，这种场景化或情景化开端不惟在笔记小说，在整个古典小说中几乎没有。而后面转入对故事时间、地点、人物或背景的交代则是笔记体小说常见的方式。因而整个开头方式体现了由古典性向现代性的过渡。

还有一种彻底的现代性的改造，即完全略去关于时、地、人物或背景的交代，直接进入故事情境。如《嗅味族》开端："爹眯着眼睛看了我一会儿，然后用嘲讽的腔调说：'好汉，过来！'"古代笔记小说对事件的讲述往往是以线性的叙述方式来进行的，莫言小说从画面感的场景或情境直接切入，体现着古典小说的纵剖面结构向现代小说横切面结构的演进历程。同样的开头方式也出现在《舅舅的摩托车》《金鲤》等小说中。

另外，《嗅味族》开局方式不仅是情境化的，还是掐掉故事发生阶段，直接从故事发展的中间阶段切入的。与之相应的是，莫言这些新笔记小说很多都不是在事件结局之时煞尾，而是在故事进行中间戛然而止。如此就相当于对一个完整独立的故事掐头去尾，这样一来，就打破了古典小说有头有尾的封闭式结构。这种开放式的结构，尤其是结尾的开放性，比之古典小说的封闭式结局更能激发读者的想象，更余味无穷，因而有雅化倾向。

《聊斋志异》笔记小说有些篇目往往一篇讲述不止一个事件，如《局诈》《医术》《真生》，都是两故事前后相连，逻辑上构成并列关系。《梦狼》《鸽异》一篇有三个先后相继的故事，中间还插入作者的议论，形成串联结构。这样的篇章结构也为莫言新笔记小说所继承，比如《草鞋窨子》《良医》《罪过》《天花乱坠》等篇目。其中《天花乱坠》中两个故事的组接方式比较接近上述《聊斋志异》篇目，第一、二部分由女高音歌唱家的故事与皮匠的这两个都与天花相关的故事并列组接，第三部分是作者关于天花的议论，颇类似于《聊斋志异》笔记小说中的"异史氏曰"。但显然莫言并不是照搬《聊斋志异》的串联结构，而是做了个性化的改造。这在《草鞋窨子》《良医》《罪过》体现得尤为明显。这三个篇章中的故事串连的方式并不是A+B式的直接并列，或以作者的议论联结，而是将葫芦串式的串联结构改造成框架结构，并且往往是现实的框架套古老的奇幻故事这样的模式。其中《草鞋窨子》与《罪过》的现实框架是事件性的，是故事套故事的模式，《良医》的现实框架只有一个动作——父亲讲故事。这种框架结构形成了今与古、现实与奇幻之间的对话，其所蕴含的丰富意蕴是《聊斋志异》的串联结构所无法相提并论的。

第三节　被遮蔽的莫言"新笔记小说"及其
文学史地位

　　尽管莫言吸纳了明清笔记小说的文体特点，又对其进行现代性
的改造，创造了一批既继承传统又突破陈规的新笔记小说，但是这
批主要发表于二十世纪八九十年代之交的作品在当时的文坛并没有
引起如期的反响。显而易见，讨论起当代新笔记小说，无论哪一位
学者开列的名单中都没有莫言在列。以权威选本为例，1993 年由
钟本康选评的《新笔记小说选》(浙江文艺出版社) 一书辑录作家
作品有孙芸夫、汪曾祺、林斤澜、贾平凹、高晓声、何立伟、李庆
西、范若丁、聂鑫森、矫健、韩少功、刘震云、阿城、陈军、侯贺
林、阿成、公衡、于德才、魏继新、田中禾等人的小说，1992 年
张曰凯编选的《新笔记小说选》(作家出版社) 辑录作品涉及 45 位
作家，莫言也不在其列[①]。以权威文章为例，钟本康《关于新笔记
小说》一文[②]，将八十年代以来的新笔记小说创作潮划分为三个阶
段：第一阶段八十年代初，代表作家孙芸夫、汪曾祺、林斤澜、贾
平凹；第二阶段八十年代中期，代表作家李庆西、阿城、聂鑫森、
矫健、赵长天、范若丁、公衡、侯贺林、刘震云、高晓声；第三阶
段八十年代末以来，代表作家田中禾、阿成、于德才、陈军、魏继
新、张曰凯、高洪波、赵琪、李建华。此外林焱的《论新笔记小

①　四十五位作家分别为：孙犁、汪曾祺、高晓声、贾平凹、林斤澜、
　　叶大春、何立伟、韩少功、王润滋、文平、阿城、刘震云、李庆
　　西、矫健、鲍昌、范若丁、张石山、贾大山、彭瑞高、聂鑫森、阿
　　成、吴双林、高洪波、尹世林、航鹰、田中禾、公衡、韩可风、雷
　　铎、赵本夫、王宗汉、林希、许辉、张秉毅、张弓、刘昌璞、吴淡
　　如(中国台湾)、猿渡静子(日)、恽建新、孙友红、采众、傅晓红、
　　金童、任春忠、薛冰。
②　《小说评论》，1992 年第 6 期。

说》①，李庆西的《新笔记小说：寻根派也是先锋派》②以及钟本康、李庆西《关于新笔记小说的对谈》③所列举新笔记小说作家中也都未提及莫言。

这的确是一个值得深思的现象。

思考这种现象出现的原因，大致有以下几点：

一是与莫言创作新笔记小说的时间主要集中在八九十年代之交，不在新时期新笔记小说的高潮期（八十年代中前期），与其关注度较低有关；二是莫言创作与古代笔记小说的关系主要在《聊斋志异》，不像孙犁、汪曾祺、贾平凹、林斤澜对古代笔记小说的涉猎甚广，借鉴源流甚广，而今人对《聊斋志异》文体的理解存在分歧，《聊斋志异》中最出名、影响最大的篇目并非笔记小说，而是传奇小说④，以至于今人列举笔记小说时并不会特意提及《聊斋志异》。

然而这些只是枝节性的外在因素，莫言的"新笔记小说"实验无论在学界还是读者接受中，没有激起较大反响的根本原因在于，其文体风格与新时期文坛小说创作主流倾向、当代批评界以及专业读者的阅读期待之间的错位。

整个新时期文坛创作主流被一种对西方现代文学，尤其是西方现代派小说的追慕情绪所主导。"贫困"的当代文学面向西方文学产生了一种强烈的现代性焦虑，新时期小说家普遍学习借鉴西方现代文学，尤其是现代派小说。莫言也成为其中一名佼佼者。二十世纪八十年代中期，莫言相继推出《透明的红萝卜》《球状闪电》《金发婴儿》《爆炸》《老枪》《白狗秋千架》《枯河》等小说。这些小说展示了令人眼花缭乱的艺术实验性，如时空交错、意识流、多角度叙述、通感、幻觉、魔幻，等等，为莫言的小说创作打上了鲜明的先锋艺术标识。因此在主流文坛与专业读者的接受中，莫言主要是

①　《小说评论》，1986年第6期。
②　《上海文学》，1987年第1期。
③　《文学自由谈》，1989年第2期。
④　如《婴宁》《辛十四娘》《鸦头》《庚娘》等篇幅较长、故事情节较曲折的篇目。

一位先锋作家、寻根作家，这种接受印象如此之强烈，以至于遮蔽同时也妨碍了人们对莫言创作中其他面向的接受。另外，受这种选择性接受的导向，莫言自身的创作也在有意强化先锋实验色彩与寻根意味，继1985年的文坛"轰炸"之后，1986年，《红高粱》《高粱酒》《狗道》《奇死》《高粱殡》相继出炉，1987年推出《罪过》《欢乐》《红蝗》，1988年发表《天堂蒜薹之歌》《十三步》《玫瑰玫瑰香气扑鼻》《生蹼的祖先们》《复仇记》《马驹横穿沼泽》，1991有《幽默与趣味》，1992年刊出《梦境与杂种》《酒国》，1993年又写出《二姑随后就到》，直到新世纪宣布"大踏步后撤"后的长篇小说《四十一炮》《生死疲劳》与《蛙》仍旧多多少少坚持着现代派的方法与技巧实验。在这种双向互动的运动过程中，在被一片急功近利的浮躁情绪笼罩的新时期文坛，莫言作为一种"先锋作家"与"寻根作家"的标识被凸显、放大，几乎完全遮蔽了莫言小说创作中的其他面向。

　　研究界与专业读者最关注的是莫言那些史诗性的鸿篇巨制，如《丰乳肥臀》《生死疲劳》《蛙》之类，或那些有着曲折精巧故事情节的中篇传奇，如《红高粱》《透明的红萝卜》《怀抱鲜花的女人》，等等。莫言最为人熟知的文体风格是主体张扬，乃至狂放激昂的主观性叙事姿态，充斥着感官细节与心理意识的密不透风的叙述笔法，喜铺排夸饰的华美叙述风格，天马行空、大江大河、汪洋恣肆、充满民间化与世俗性的狂欢体；而他的新笔记小说所代表的恰恰是相反的一路文体风格：主体收缩，内敛、节制、含蓄的客观化叙事姿态，主要以叙述与白描方式完成故事叙述的简约恬淡叙述风格，随意随便、不事经营的叙述结构。如上文所述，他也在继承《聊斋志异》的笔记小说文体的同时进行了适当的现代性改造，但是跟文坛主流与专业读者的期待仍有不小差距，在后者眼中仍显得不够"现代"，不够先锋，反倒有些"旧"与"土"，因而易被忽略。从接受美学的角度来看，批评界与专业读者关注度的强弱大小同时也是对作家小说进行遴选与淘汰的过程，关注度强、褒扬多的小说载入文学史册，升格为经典；关注度弱，甚至毫无关注度，或者尽管受到一定关注，但批评声音比较多的小说渐渐被淘汰，封锁在历史的烟尘中，无人问津。莫言的"新笔记小说"所遭遇的就是这样一个事实。

然而，追踪莫言的创作进程，我们会发现，其小说创作中被抑制、边缘化同时也被遮蔽的这一脉倾向，自始至终也在顽强进行着反抑制、反边缘化与反遮蔽。莫言早在1984年就发表了《金鲤》。1985年、1986年先锋艺术实验的井喷期同时创作了《五个饽饽》《大风》《草鞋窨子》等新笔记小说。二十世纪八十年代中后期，莫言的先锋艺术实验稍事消歇，处于创作低谷期的莫言1989年发表了《奇遇》，1991年间又出现一个短篇小说创作的井喷期：《地道》《辫子》《飞鸟》《夜渔》《神嫖》《翱翔》《地震》《铁孩》《灵药》《鱼市》《良医》……而这一次却不是契合文坛主流的先锋与寻根艺术实验的高潮，而是回归传统与古典的"新笔记小说"的爆发期。经历高峰后便是平缓的低谷，但一直不绝如缕，从未停歇：《屠户的女儿》《祖母的门牙》《白杨林里的战斗》《儿子的敌人》《一匹倒挂在杏树上的狼》《天花乱坠》《枣木凳子摩托车》《嗅味族》《姑妈的宝刀》《木匠和狗》《挂像》《麻风女的情人》，直至2005年的《小说九段》。获诺贝尔文学奖后封笔四年多，直到2017年才有新作问世，其中的《故乡人事》再次显示了莫言创作个性中这一脉流向的顽强生命力。

纵观莫言创作的全程，契合文坛主流与批评界的阅读期待的先锋小说、具有强烈的现代风格的小说创作与风格内敛、克制、更具传统意味的新笔记小说创作大致呈此消彼长之态势。从上段列举篇目来看，后者从数量、质量来看其实是完全不逊于前者的，而且从持续时间之久来看，约略有超前者之势头。如果说文体是作家气质、个性的外显，那么莫言的新笔记小说代表的的确是他的小说创作中较少为人所知，但是完全不亚于《透明的红萝卜》《红高粱》等主流小说的另一面个性特质。只是由于它们不切合时代的某种创作趋向，加上整个文坛所弥漫的操之过急的功利主义空气，被文坛主流与批评家所忽视、遗漏，甚至压抑，最终被边缘化、遮蔽，散落在文学史之外。

但是，无论如何，莫言都应该凭借自己具有相当数量与独有个性的新笔记小说创作实绩在整个当代新笔记小说作家占据一席之地。确认这点后，我们再来探究莫言的新笔记小说在这个创作群体的独特性与特别价值。

其一，相对于孙犁、汪曾祺、林斤澜、贾平凹、李庆西等具有浓厚的文人士大夫气的新笔记小说创作，莫言的新笔记小说无疑是更为民间化农民化的，更为质朴富于泥土气息的。

莫言是"作为老百姓写作"①的典范。参军前，莫言在农村度过了二十一载春秋，并且从十三岁辍学起就早早成为公社社员，参加了各种生产劳动，是地地道道的农民。他的文学习得基本来自民间文化。孙犁、汪曾祺、林斤澜等老一辈作家虽也是出生于农村，但都是受过完整的正规教育。汪曾祺曾在西南联大中国文学系就读，孙犁是高中毕业生，林斤澜是初中毕业生。就连跟他最接近的贾平凹也上到了初二，在农村劳动六年后被推荐上了大学。其实，孙、汪、林，甚至于贾平凹是乡村知识分子，而莫言基本上可以算是农民。孙、汪、林、贾接受的是传统文化中文人士大夫的雅的传统，而莫言传承的是传统文化中偏民间的那一部分。

从对古代笔记小说的借鉴源流来看，莫言所师法的《聊斋志异》也更偏向民间风格。从莫言的各种创作谈、访谈来看，其新笔记小说创作主要受《聊斋志异》影响。孙犁、汪曾祺、林斤澜、贾平凹等都曾坦言受《聊斋志异》影响，但后者并不是他们创作新笔记小说的唯一影响源。孙犁对古代笔记小说的阅读非常广泛，古代重要笔记小说几乎都有收藏。除了《聊斋志异》，孙犁偏爱的笔记小说还有《世说新语》《阅微草堂笔记》等。汪曾祺阅读的古代笔记作品很杂，最常看的是有关风物节令民俗的，如《荆楚岁时记》《东京梦华录》。他又说："我爱读宋人的笔记甚于唐人的传奇。《梦溪

莫言和新时期文学的中外视野

---

① 莫言：《作为老百姓写作》，《用耳朵阅读》，作家出版社 2012 年版，第 66 页。

笔谈》《容斋随笔》记人事的部分我都很喜欢。"①高晓声青睐笔记体小说《聊斋志异》，也有取法《世说新语》的《新"世说"》系列。费秉勋评价贾平凹的《商州初录》："从志怪小说中，贾平凹学会了以平实的神秘感抓取读者的向往心；从《世说新语》，他学会了简练、隽永和传神；从《山海经》《水经注》和地方志，他学会了对大小空间的鸟瞰和统摄……"②由此可见，单从贾平凹对古代笔记小说的借鉴来看是非常广泛的。古代笔记小说是文言小说，本属文人小说传统，如孙、汪、林、贾等人所提及《聊斋志异》以外的古代笔记小说是较为纯粹的文人士大夫之作。但《聊斋志异》绝大多数笔记小说的素材来自民间搜集故事，是民间文学与文人传统的结晶。这就决定了与汪、孙、林、贾等新笔记小说的偏向于文人士大夫传统相比，莫言所接受的古代笔记小说传统是更偏向于民间传统的那一部分。

其二，从文体特征来看，与新笔记小说的核心作家相比，莫言的新笔记小说也有较为鲜明的个性。从题材层面来看，汪曾祺、孙犁、林斤澜等人的新笔记小说更偏向于《世说新语》一脉的轶事传统，莫言则偏向于《聊斋志异》《搜神》一脉的志怪传统。前几位对《聊斋志异》的神秘奇幻都醉心不已，但把大谈鬼怪之事贯彻得最彻底的还是莫言。总结他们新笔记小说的文体特点，孙犁的新笔记小说突出特点在于严格恪守古代笔记小说的"实录"特点，他的《芸斋小说》都是真人真事，是典型的"文革"轶事小说。他曾说：汪曾祺的作品是名副其实的笔记式小说，好像是纪事，其实是小说；他自己的作品自然是小说式笔记，好像是小说，其实是纪事。汪曾祺新笔记小说的突出文体特征在于杂，天文地理，风俗节庆，掌故传说，职业世相，名物考证，无所不言，富有知识性与趣味性，有古代笔记小说"博物体"文体遗留。贾平凹的《太白山记》承传了古代笔记小说的志怪传统，《商州三录》则明显继承了《山

---

① 　汪曾祺：《晚饭花集·自序》，人民文学出版社 1985 年版，第 4 页。

② 　孙见喜：《在〈长安〉编辑部》，《鬼才贾平凹》，北岳文艺出版社 1994 年版，第 188 页。

海经》的空间叙事法。林斤澜小说既注重从《聊斋志异》中汲取奇幻的因子，与现代的夸张、变形技巧结合，形成怪异的风格，也借鉴了古代笔记小说注重地方风物、民间风俗和传闻轶事的特点。与他们相比，莫言新笔记小说的突出特点与贡献在于源于民间故事的丰富而天真的想象与奇幻色彩。

总的来看，汪曾祺、孙犁、林斤澜、贾平凹等人的新笔记体小说也都是关注民间底层、聚焦老百姓生活的，但多少是带有传统士大夫的雅化意味的，而莫言的新笔记小说继承的虽也是古代文言小说传统，但却是最朴质、最接近土地的。如果说前者是一种雅化的民间，那么后者则是一种民间的雅化。在当代新笔记小说中，莫言的名字是不可忽略的。他以自己独具个性的新笔记小说创作为当代新笔记小说贡献了不同的风格，丰富了当代新笔记小说。

（作者：喻晓薇）

莫言和新时期文学的中外视野

第六章　莫言小说与《聊斋志异》

　　探寻莫言的成功经验，莫言在诺贝尔文学奖颁奖典礼上的题为《讲故事的人》的发言无疑是一篇重要文献。在这个演讲中，莫言明确地将自己定位于中国古典小说传统观念中的"讲故事的人"，而且拎出一个"祖师爷"蒲松龄："二百多年前，我的故乡曾出了一个讲故事的伟大天才——蒲松龄，我们村里的许多人，包括我，都是他的传人。"①这显然是一种民族化与个性化的标榜，也意味着对世界文坛宣告中国当代小说与古典小说传统的接续②，展现的是世界文学视野中的中国文学的整体形象：既是从古典小说传统到当代小说的整体形象，也是当代文学自"寻根"文学以来一大批作家走向古代小说和民间文学传统的整体形象。

　　如此看来，我们对莫言小说与《聊斋志异》关系的考察除了中国古今小说传统继承与革新这一维度，还要引入新时期以来中西文学体系大碰撞、大交汇这一背景，不仅探究莫言小说创作对《聊斋志异》的继承与新变，还要探究西方文学与莫言及《聊斋志异》的关系。

---

① 莫言：《讲故事的人——在诺贝尔文学奖颁奖典礼上的讲演》，《当代作家评论》，2013 年第 1 期。

② 这恰恰是自二十世纪八十年代中期以来中国当代文学在对西方现代派的追慕与模仿中走向"寻根"的一个结果。同时，必须认识到，莫言身后还站着一大批接续起中国古今小说传统的"寻根"作家——贾平凹、格非、王安忆、苏童、迟子建等等。

第一节 "用耳朵阅读"：从福克纳等折返蒲松龄

莫言曾说："一个作家首先是一个读者，然后才可能写作。因为阅读培养了他的文学兴趣，逐渐建立起他对人生、对社会的理解，并完善了对语文的鉴赏和感受能力。"[1]因此我们的考察始于莫言的文学阅读，尤其是童年时代的文学阅读。

在二十世纪六七十年代文化禁锢的时代，在莫言所居住的穷乡僻壤，书籍是十分罕见的。童年的莫言以换工的方式陆陆续续将高密东北乡十几个村子里的书都看完了。这些书大部分是"十七年"红色经典，如《青春之歌》《苦菜花》《三家巷》《红旗插上大门岛》《吕梁英雄传》……共十几本，此外还有明清小说《封神演义》《三国演义》《水浒传》《儒林外史》，以及一本外国小说《钢铁是怎样炼成的》。[2]《封神演义》里的神魔变幻令他大开眼界，开启了他的想象力，明清小说培植了他的非正统思想，而作为那个时代文学主流的红色经典则潜移默化地形塑了他对小说创作最初的观念：革命的、现实主义的、主流的、官方的——以至于他刚刚开始创作小说时，走上的就是一条这样的正统的革命现实主义的路径。

更重要的莫言称之为"用耳朵阅读"的一种特殊文学阅读——对故乡的民间口头文学传统的接受。高密古属齐国，与蒲松龄搜集民间故事、创作《聊斋志异》的淄博同属古齐文化圈，都有谈鬼说狐的民间文化传统。[3]童年时代，爷爷奶奶讲的鬼怪妖精故事，父亲讲的传奇历史故事，村里人在工间休息时讲的故事，都令幼年的

---

① 却咏梅：《莫言：阅读带我走上文学之路》，《中国教育报》，2013 年 5 月 6 日，第 9 版。

② 程光炜：《教育——莫言家世考证之三》，《中国现代文学研究丛刊》，2015 年第 8 期。

③ 齐地三面临海，主要以渔盐商贸为主，民间崇尚灵物，有谈鬼说狐之风，形成开放包容、浪漫神秘、自由灵动的地域文化特色。

莫言和新时期文学的中外视野

莫言心驰神往。在这类阅读中还包括说书人讲的故事，以及民间戏剧里的故事。

书面文字阅读，其中主要是红色经典建构了童年莫言对小说的朦胧观念，然而最能叩击心扉的还是用耳朵接受的阅读，尤其爷爷奶奶父亲与村人讲的故事——那流落在文化边缘地带的口头文学传统，那些与蒲松龄《聊斋志异》源自同一文化土壤的故事（其中有些就是《聊斋志异》里的故事）[1]，与幼年莫言心灵遇合，深深植根心灵深处。它开启了莫言的文学性灵，也是滋长莫言文学血脉的最初土壤。他最初的艺术趣味、审美个性的形成都与《聊斋志异》及高密谈鬼说狐的民间口头文学传统相关。这些与他那些童年时代刻骨铭心的经历一起培养了他所谓的关于文学创作的"本我"[2]。然而"本我"之所以为"本我"，就在于它在一般状态下因被压抑而难以被感知到。从那时起及至莫言走上文坛的二十世纪八十年代初，他没有意识到这些也可以进入文学的殿堂中。[3]

1973 年，莫言在胶莱河畔兴修水利劳动间隙创作了第一部小说《胶莱河畔》，尽管小说写了不到一章，但从已有的情节看来沿用的还是"十七年"文学主流中盛行的革命现实主义写法。而莫言

---

① 莫言多次提到：由于我的故乡离蒲松龄的家乡不远，所以在我们那儿口头流传着的许多鬼狐故事，跟《聊斋》中的故事大同小异。我不知道是人们先看了《聊斋》后讲故事，还是先有了这些故事而后有《聊斋》。我宁愿先有鬼怪妖狐而后有《聊斋》。

② 在《影响的焦虑》一文中，莫言说："高明的作家之所以能受到外国文学或者本国同行的影响而不留痕迹，就在于他们有一个强大的'本我'而时刻注意用这个'本我'去覆盖学习的对象。这个'本我'除了作家的个性与禀赋之外，还包含着作家自己的人生体验和感悟……"

③ 这里要指出的是，莫言童年阅读到的几本明清小说也多数是在民间传说、说话底本、戏曲故事基础上经由文人创作的，章回小说在古代也是不登大雅之堂的俗文学。因此这类小说与蒲松龄的《聊斋志异》一样，具有民间性，也与莫言的"用耳朵阅读"的故事以及民间曲艺具有很近的亲缘关系。莫言成年后有机会读到更多的中国古代小说，如《西游记》《红楼梦》《金瓶梅》等等，在后面的文字中，将以"以《聊斋志异》为代表的古典小说与高密民间口头文学传统"统指这一文学借鉴资源。

第一篇公开发表的小说《春夜雨霏霏》及至稍后的《丑兵》《因为孩子》《放鸭》《白鸥前导在春船》《黑沙滩》《岛上的风》，都是写凡人小事，情节单纯，主题明晰，基调是弘扬生活中的真善美，与二十世纪八十年代初盛行的伤痕文学、反思文学等主旋律写作步调一致。

变化出现在1985年。这一年他的创作出现井喷态势，相继推出了《金发婴儿》《透明的红萝卜》《球状闪电》《爆炸》《白狗秋千架》《老枪》《枯河》等小说。从这些小说中我们可以看到令人眼花缭乱的艺术实验，如意识流、多角度叙述、时空交错、幻觉、通感、魔幻，等等，这一切都显示着一个全新作家的诞生。与此相映照的是这一时期当代文坛西方现代派文学思潮横向涌入。根据莫言自述，他于1984年进入解放军艺术学院文学系学习，接触到大量西方现代派文艺作品，其中包括凡·高、高更的印象派绘画，卡夫卡的小说，还有后来深深影响他的"两座灼热的高炉"①——福克纳与加西亚·马尔克斯的小说。与那个时期许多作家所经历的一样，西方现代派与新时期初的革命现实主义文学两大文学观念系统相撞击的结果，是处于文学观念体系表层的后者整体崩塌、陷落，沉潜于深处的以蒲松龄《聊斋志异》为代表的古典小说与民间口头文学传统上浮。②造成这种上浮的原因在于莫言从当时流行的一大批西方现代派作家中发现了福克纳与加西亚·马尔克斯。"读了福克纳之后，我感到如梦初醒，原来小说可以这样地胡说八道，原来农村里发生的那些鸡毛蒜皮的小事也可以堂而皇之地写成小说……受他的约克纳帕塔法县的启示，我大着胆子把我的'高密东北乡'写到

---

① 莫言:《两座灼热的高炉》,《世界文学》, 1986年第3期。
② 莫言在《我的文学经验》中提到, 在成名作《透明的红萝卜》中写了一个有特异功能的黑孩,"他可以听到头发落到地上的声音, 它可以隔着几百米听到鱼在水里面吐气泡的声音, 他也可以感受到几十公里之外火车通过铁路桥梁的时候引起它的身体的振动", 而这恰恰来自蒲松龄小说的鼓舞,"因为我想我们的老祖宗既然可以写狐狸变成人, 既然可以写蚂蚱、飞鸟、牡丹、菊花都可以变成人, 为什么我不可以写这样一个特异功能的小男孩呢？……"

了稿纸上。"①"也就是说马尔克斯实际上是唤醒了、激活我许多的生活经验、心理体验，我们经验里面类似的荒诞故事，我们生活中类似的荒诞现象比比皆是，过去我们认为这些东西是不登大雅之堂的，这样的东西怎么可能写成小说呢？"②除去浅表层次的技巧和手法的借鉴，诚如莫言所言，福克纳与加西亚·马尔克斯带给他的更多是"唤醒"与"激活"。"唤醒"与"激活"的是什么呢？就是那一直被正统的小说观念所压抑的文学创作上的"本我"。

莫言所得到的启示是福克纳和加西亚·马尔克斯身为世界一流小说家、世界文学的先锋，在写什么和怎么写上都体现一种向后看的回望姿态。他们都立足于故乡本土，立足于乡土民间社会，"然后获得通向世界的证件，获得聆听宇宙音乐的耳朵"③。一方面是小说素材取自于家乡那些"鸡毛蒜皮的小事"，那些"荒诞的现象"；另一方面，在写作资源上倾向汲取故乡民间故事、传说、神话（尤其是加西亚·马尔克斯的魔幻现实主义对哥伦比亚民间故事、传说、神话与民间宗教习俗的吸纳）。由此，莫言一是开启创作中一直被"抵制"的故乡经验④，致力于高密东北乡王国的建构，从而走向世界文学前端；二是对幼年时所接受的古典小说与民间口头文学传统进行开掘。就这样，在福克纳与加西亚·马尔克斯的启迪下，从西方文学的视界中，莫言走向了中国古典小说与齐地民间文学传

---

① 李桂玲：《莫言文学年谱（上）》，《东吴学术》，2014 年第 1 期。
② 杨庆祥：《先锋·民间·底层》，《南方文坛》，2007 年第 2 期。
③ 莫言：《两座灼热的高炉》，《世界文学》，1986 年第 3 期。
④ 莫言在《我的故乡与我的小说》中说："1978 年，在枯燥的军营生活中，我拿起了创作的笔，本来想写一篇以海岛为背景的军营小说，但涌到我脑海里的，却都是故乡的情景。……当时我努力抵制着故乡的声色犬马对我的诱惑，去写海洋、山峦、军营，虽然也发表了几篇这样的小说，但一看就是假货，因为我所描写的东西与我没有丝毫感情上的联系，我既不爱他们，也不恨它们。在以后的几年里，我一直采取着这种极端错误的抵制故乡的态度。"在《自述》中他说："他的约克纳帕塔法县的启示，我大着胆子把我的'高密东北乡'写到了稿纸上……这简直就像开了一道记忆的闸门，童年的生活全被激活了。我想起了当年躺在草地上对着牛、对着云、对着树、对着鸟儿说过的话，然后我就把它们原封不动地写到我的小说。"

统，直至从中"挖"出了沉潜的蒲松龄。

第二节 "大踏步撤退"与文学借鉴系统转换

对蒲松龄以"祖师爷"相称道出了后者对莫言影响的源头性与本质性。然而，在西方现代派文学跃升为强势话语的彼时彼刻，以蒲松龄为代表的古典小说与民间文学传统仍然处于被遮蔽状态。直到在经历二十世纪八十年代末的短暂低迷期后——1989 年至 1993 年期间（尤其是 1991 年间），莫言的创作出现了一个中短篇尤其是短篇小说创作的小高潮，这些小说与蒲松龄《聊斋志异》以及高密民间口头文学传统之间有明显的师承关系。有的直接写鬼魅精怪，如《奇遇》《铁孩》《夜渔》《嗅味族》等，有的写奇人异事，如《天才》《白狗秋千架》《良医》《神嫖》等。其实，这种创作路数最早可以追溯到 1984 年发表的短篇小说《金鲤》，但在对西方现代派的追慕成为主流的当时文坛，并未引起人们注意。直到文坛风向发生转向，"寻根"文学思潮走向深化的八九十年代之交以后，在莫言的中短篇小说中，《聊斋志异》以及高密民间口头文学传统才成为莫言推崇的文学圭臬。

长篇小说创作又是另一种情况。自 1988 年，他发表了第一部长篇小说《天堂蒜薹之歌》，接着又有《十三步》。二十世纪九十年代起，莫言主要转向长篇小说创作。按他的说法："如果要用'聊斋'的方式写长篇巨著肯定是不行的。"[1]但"聊斋"的本源性力量仍然无所不在，且不论这些长篇中零星散见的鬼怪奇幻细节，涉及主体情节与整体结构的大规模借鉴也不少：《十三步》中张富贵与张赤球整容互换身份的主体情节架构来源于《聊斋志异》中《陆判》与《成仙》；《酒国》整个创造了一个超现实的空间——酒国，由此

莫言和新时期文学的中外视野

---

① 莫言、王尧：《从〈红高粱〉到〈檀香刑〉》，杨扬编《莫言研究资料》，天津人民出版社 2005 年版，第 103 页。

决定小说的超现实基础;《生死疲劳》的主体情节西门闹在地狱喊冤，以及由西门闹六世轮回而形成的小说框架结构转换自《聊斋志异》中的《三生》和《汪可受》。同时，他的长篇小说又大举引入中国古代小说与高密民间说唱艺术的叙述形式，比如《天堂蒜薹之歌》民间艺人张瞎子以民间歌谣的形式唱演天堂蒜薹案件的故事;《檀香刑》从头到尾响彻民间戏曲茂腔的声音;《四十一炮》中罗小通以古代话本小说中说书人的身份讲述吃肉的故事;《生死疲劳》对中国古典章回小说形式的改造，等等。

恰如莫言在《檀香刑·后记》中所说:"在小说这种原本是民间的俗艺渐渐的成为庙堂里的雅言的今天，在对西方文学的借鉴压倒了对民间文学的继承的今天，《檀香刑》大概是一本不合时尚的书。《檀香刑》是我的创作过程中的一次有意识的大踏步撤退，可惜我撤退得还不够到位。"①实际上从《檀香刑》开始，在莫言的长篇小说中，中国古典小说与民间口头文学传统已超越西方现代派文学，跃居其文学借鉴系统第一位。

就这样，通过"祖师爷"蒲松龄，莫言不仅超越了新时期文学亦步亦趋西方现代派文学的潮流，在世界文学的视界中进一步突出了中国文学的民族自我，而且在当代文坛凸显出他鲜明的创作个性。

当然，莫言的创作不可能完全回归到古老的文学传统，他仍是一个现代作家。诚如他所说:"我在《檀香刑》后记里讲的所谓'大踏步的撤退'，实际上是说我试图用自己的声音说话，而不再跟着别人的腔调瞎哼哼。当然这也不可能一下子就能与西方的东西决裂，里面大段的内心独白，时空的颠倒在中国古典小说里也是没有的。在现今，信息的交流是如此便捷，你要搞一种纯粹的民族文学是不可能的。"②事实上，在中西文学借鉴系统交替影响下，莫言小说呈现的是一种既古老又新潮、既传统又现代、既富于民族性又具有世界性的样貌。

---

① 莫言:《檀香刑》，当代世界出版社 2004 年版，第 380 页。
② 莫言、王尧:《与王尧长谈》，《碎语文学》，作家出版社 2012 年版，第 161 页。

第三节　故事、想象力、创造精神之继承发扬

如果立足于文本，探究莫言小说在何种层面与程度上继承了《聊斋志异》及其所代表的古典小说与高密民间文学传统，又在何种层面与程度上调整、改造与创新了这种传统，就可以看到这样呈现为古与新、传统与现代、民族性与世界性相结合之样貌的莫言小说的深层奥秘了。

总的来看，《聊斋志异》对莫言小说的影响表现出持久、广泛、深入、多层面的特点，以下从故事内容、小说艺术与创作精神三个层面来分别论述。

一、故事内容层面的启示

将小说视为引车卖浆者流讲故事，必然会以"奇""趣"作为审美旨归。这也是中国古典小说的传统。《聊斋志异》基于齐地民间传说，以谈鬼说狐为主，外加奇人奇事、趣闻怪谈，这自然也影响了莫言小说的取材向度。

不过莫言毕竟是当代小说家，现代小说观念与现代科学观念无处不在的影响下，他的小说创作仍是以基于现实基础上的传奇故事为主，超现实的魔幻故事也有，比如《酒国》《奇遇》《战友重逢》《铁孩》《嗅味族》等，这部分作品在他的整个小说创作中所占比重并不那么突出。《聊斋志异》与齐地民间神话传说影响下的来自文学血脉中的"超现实主义冲动"更多的只是以零星枝节形式散见于小说文本，其所占成分之少并不能改变整个文本的现实主义基调。

另外，莫言突破了《聊斋志异》仅局限于短篇的篇幅，将传奇故事寓于长篇小说，同时又把传奇人物的传奇经历命运与近现代以来中国的历史相结合，令传奇故事有了波澜壮阔的舞台背景与大气

磅礴的史诗气魄,《丰乳肥臀》《檀香刑》《生死疲劳》《蛙》等小说都是这样的杰作。

莫言从蒲松龄的创作中悟出:一个好的作家"必须写出属于自己的有鲜明风格的作品"①,而他认为这种鲜明风格的构成中有一个重要因素,就是"你应该塑造出一系列属于你个人作品系列里面的人物形象"②。蒲松龄笔下的花妖狐魅与潦倒书生是独属于《聊斋志异》世界的鲜活人物形象;而在莫言的小说世界中也栩栩如生地跃动着一批烙上莫言个人鲜明风格印迹的人物系列。在这个人物系列中,如戴凤莲、恋儿(《红高粱》)、孙媚娘(《檀香刑》)、母亲(《丰乳肥臀》)、姑姑(《蛙》)一般有着草根般泼辣强悍生命力的女子与蒲松龄笔下的花妖狐魅有着精神气质上的诸多相通之处——自由灵动、大胆叛逆,具有一种逾越正统规范的任性美,颇有现代气息。另外,由于时代局限,蒲松龄对女性自由之美的倡导并不彻底,他笔下也有不少恪守传统妇道的女性。生活在当代的莫言笔下所描写的女子显然更为大胆奔放、更具反叛精神。

二、小说艺术层面上的借鉴

如上所述,与《聊斋志异》一样,在莫言的小说文本中,在现实世界之外,也活跃着一个超现实世界。神仙鬼怪,动物精灵,变形怪诞,阴司梦境异度空间,使莫言小说异彩纷呈。莫言说:"蒲先生具有当今所有作家都望尘莫及的丰富想象力。"③其实在当代文坛,莫言也同样以奇崛瑰丽的想象著称。莫言的想象一部分是直接移植于《聊斋志异》或与之同源的高密民间口头文学,比如《生死疲劳》开头西门闹的鬼魂在阴司喊冤,关于阎王鬼卒、牛头马面、炸油锅、转世投胎的想象得益于《席方平》以及《聊斋志异》中关

① 莫言:《我的文学经验》,《蒲松龄研究》,2013 年第 1 期。
② 莫言:《我的文学经验》,《蒲松龄研究》,2013 年第 1 期。
③ 莫言:《我的文学经验》,《蒲松龄研究》,2013 年第 1 期。

144

莫言与当代中国文学创新经验研究

于地狱阴司的描写的启迪。西门闹幻化成驴、牛、猪、狗、猴与《三生》中刘孝廉被冥王惩罚，一世为马，再世为犬，三世为蛇，最终投胎为人一脉相承。一部分是经由后者滋养、激发后的个人创造，比如《酒国》里关于酿酒大学、烹饪学院、矮人酒店、猿酒节的描写，《生蹼的祖先们》中关于红树林、生蹼的祖先的描写，亦真亦幻，出神入化。

在莫言看来，蒲松龄的想象力一方面是大胆、非凡的，另一方面建立在丰富的生活经验基础之上，伴以符合生活逻辑的细节描写，因此虽为虚构，但有绝假纯真之效。比如《阿纤》中老鼠精阿纤性好囤积粮食，比如龙掉到打谷场上，张开鳞，苍蝇钻到鳞甲下，龙阖上鳞片，苍蝇被夹死了等描写，都可谓神来之笔。莫言汲取了蒲松龄的成功经验，也注重将奇幻的想象与真实的生活逻辑相结合。比如，《丰乳肥臀》中三姐变成鸟仙，生活习性也变得跟鸟一样。而莫言所经历的生活既有古老的农耕生活经验的遗风，也有富有时代气息的鲜活内容，因此，他的想象力又有明显的当代性。比如前述《酒国》中关于酿酒大学、烹饪学院、矮人酒店与猿酒及猿酒节的描写既是作家虚构的荒诞不经的存在，也显然有许多来源于现实的构想。想想现实生活中那些层出不穷的"山寨社团""山寨学院"就不言自明了。

莫言的想象也受到西方现代派文学的魔幻变形手法的启示，糅进意识流、荒诞与黑色幽默等手法，具有了现代意识与世界眼光，也就比《聊斋志异》显得更开阔酣畅大气。

"披萝带荔，三闾氏感而为骚；牛鬼蛇神，长爪郎吟而成癖"，"集腋成裘，妄续幽冥之录；浮白载笔，仅成孤愤之书。"① 《聊斋志异》虽则为小说，但有着诗一般的品格：显见的主观色彩，写景状物，刻画人物、描写细节均文采斐然、极具个性。"他的作品一方面是在写人生，写社会，同时也是在写他自己。""他的痛苦、他

---

① 蒲松龄:《聊斋志异·聊斋自志》，人民文学出版社 1989 年版，第 1 页。

的梦想、他的牢骚、他的抱负，都从字里行间流露出来。"①受蒲松龄启发，莫言从自己最熟悉最亲切的生活出发，从最能触动自己感触的生活出发，在写作中将自己最真挚、内心深处最深的感情倾注到人物、景物与故事中，并涂抹上浓厚的想象异彩，使作品具有浓郁的个性色彩。由于个性气质与时代的原因，蒲松龄在小说中更多的是通过人、景、物、事的描写间接抒情，有一种含蓄蕴藉之美；而莫言除了沿袭了这种主观抒情的手法外，还常常通过铺排言语、话语爆炸的方式张扬狂放不羁的个性。如果说蒲松龄笔下是一幅幅淡施笔墨、传神灵动的写意画，莫言笔下是同样传神灵动，但有着粗放线条、浓重大色块，加进油画手法的大写意画。

三、创作精神层面的深层渗透

《聊斋志异》之"异"标明蒲松龄与主流正统文化截然不同的异端立场与心态。这其实是一种边缘人的立场与心态，一种与庙堂相对的民间立场与心态。长期怀才不遇、穷困潦倒的经历使得蒲松龄对处在社会与文明边缘、民间底层的弱势群体有一种感同身受的悲悯与同情。这种悲悯与同情体现为和民间底层与弱者同呼吸共命运，正如莫言所说："他（蒲松龄）的伟大之处，就是他没有沉溺于这种平凡的感情之中，他把这种感情进行了升华，他把他的个人生活跟广大民众的生活结合在了一起。"②因此，在《聊斋志异》中有对落第穷苦书生与下层百姓的同情与关怀，还有对长期被压抑在男权文化下女性的重新发现，乃至对人类中心主义文明模式笼罩下的动植物及其精灵之关爱与呵护。

《聊斋志异》中所体现出来的这种情怀激起莫言深深的共鸣。他在农村生活了二十多年，幼年失学，十几岁就参加劳动和经常处于饥饿、贫困中的经历使他对底层农民的苦难有着切肤的体验，童

---

①　莫言：《读书其实是在读自己》，《学习博览》，2010 年第 10 期。

②　莫言：《我的文学经验》，《蒲松龄研究》，2013 年第 1 期。

年孤独放牛，独对大自然的经历令他与自然息息相通，而母亲苦难的一生使他发现了被压抑在男权文化下的女性的坚韧生命力与美德。这些经历与感受一经《聊斋志异》唤醒便汩汩流入笔端。这也正是莫言所提到的"作为老百姓写作"。

第四节　异端、边缘与开阔襟怀

蒲松龄的异端、边缘，其实就是那个时代的先锋，他用自己敏锐的艺术触觉、超前的艺术体验表现了在那个时代大胆新锐的思想意识；在莫言写作的时代，民间、底层、女性解放、尊重自然、环保不再是新鲜话语，莫言通过多种渠道接受了这些思想，因而他的作品表现要更为自觉更为鲜明热烈。此外，置身于全球化时代后殖民语境中，莫言的异端与边缘心态中有一种文学文化上欠发达国家／文学文化上发达国家对峙的心理定式。

由异端、边缘人心态与民间情怀出发，蒲松龄又走向对造成弱者不公待遇和悲剧命运的根由的揭露与批判。举凡吏治、科举、封建礼教，其中关于腐败黑暗的现实政治以及科举制度的批判是他的小说创作中最有思想价值的部分。莫言自觉地接受了其影响，从个人最真实的感情出发，站在引车卖浆者流的立场上，关注现实，针砭时弊，批判黑暗，为老百姓代言。《酒国》借"红烧婴儿"案件展开一幕酒国官场腐败生态图卷，《四十一炮》通过一屠宰村以卖注水猪肉黑心致富的故事描绘了改革开放年代金钱与罪恶狼狈为奸的画卷……批判最激烈的当数《天堂蒜薹之歌》。这部根据山东一桩真实事件改编的小说，通过天堂县农民响应政府号召大量种植蒜薹而滞销却又得不到安抚的事件，愤怒地抨击了农村干部腐败、官僚主义严重的现实，同时暴露了生活在社会最底层的农民深受压迫而忍无可忍、奋起反抗的惊人事实。

《聊斋志异》对现实的批判是建立在理想主义与浪漫主义精神基础上的。蒲松龄运用梦境和大量虚构情节以及塑造正面理想人物的方式，冲破现实的束缚，表达自己的理想，解决现实中无法解决的矛盾。这种理想主义与浪漫主义也感染了莫言。莫言声称："我的高密东北乡是我开创的一个文学的共和国，我就是这个王国的国王。每当我拿起笔，写我的高密东北乡的故事时，就饱尝到了大权在握的幸福，在这片国土上，我可以移山填海，呼风唤雨……"①高密东北乡就是莫言在小说中建立的一个超越现实的理想国度，这里充溢着浪漫精神与传奇故事。莫言用讴歌故乡前辈率性而活的精神的一系列作品（从《红高粱》《丰乳肥臀》到《檀香刑》）为故乡招魂，其酣畅淋漓又显然与蒲松龄的含蓄、凝练颇不一样。

显然，莫言的批判意识与理想主义浪漫主义精神中，又融入了西方文学的批判现实主义与浪漫主义精神，因而具有了一种恢宏的胸襟与气度。

鲁迅说："《聊斋志异》虽变如当时同类之书，不外记神仙狐鬼精魅故事，然描写委曲，叙次井然，用传奇法，而以志怪，变幻之状，如在目前……"②《聊斋志异》吸纳了魏晋小说与唐传奇的优长，加以发挥，从而在文言小说衰落的清代奇峰突起，不但标志着我国传统志怪传奇文学的中兴，而且是我国古代短篇小说的高峰，也是世界短篇小说的瑰宝③。在莫言看来，《聊斋志异》的重要经验之一不仅在于从魏晋小说与唐传奇，还在于从中国古典文献中综合汲取营养。蒲松龄阅读甚广，四书五经，诸子百家，史传文学，各类小说，当然还有"用耳朵阅读"来的齐地民间故事……这些都成为《聊斋志异》取之不尽、用之不竭的资源库。蒲松龄站在前人的肩膀上，汲取百家，融会贯通，成就了《聊斋志异》。

从文学阅读角度看，莫言的经验中有与蒲松龄共同的部分，即齐地民间口头文学传统与中国古典小说。但莫言有当代人的自信。恰如莫言所说："尽管蒲松龄读书很多，但他不可能像我们当代作

① 莫言:《福克纳大叔，你好吗？》,《用耳朵阅读》，作家出版社2012年版，第27页。
② 鲁迅:《中国小说史略》，上海古籍出版社1998年版，第147页。
③ 马瑞芳称蒲松龄为世界短篇小说之王。

家这样能够阅读到很多西方的小说……我们比曹雪芹和蒲松龄可以更多地接触到来自中国之外的文学，我们可以通过翻译读美国的小说，读俄罗斯的小说，读日本的小说，读南朝鲜的小说。也就是说我们的视野比他们那个时代要宽阔一些，我们能够读到的文学作品的面比他们那个时代应该更加广阔一些。"[①]莫言正是在西方文学的激发下发掘出了以蒲松龄为代表的古代小说与齐地民间口头文学资源。然而在"学习蒲松龄"，从中国古代小说与齐地民间口头文学传统中汲取营养的同时，莫言仍要时时处处以西方文学为参照，"在比较中发现东西方文学的共同性和特殊性"，又按照当代人的审美习惯与价值标准，挑选、改造、转化，写出"具有创新意识的既是中国的又是亚洲的和世界的文学"[②]。因此，莫言小说失却了《聊斋志异》的精致小巧细腻，但也别开生面，具有为后者所不具备的开阔大气与世界性眼光。

如此看来，从整个中国小说发展的历史长河中看，站在中国古典文献肩膀上的《聊斋志异》是中国小说（尤其是短篇小说）发展的一个里程碑；而综合汲取了中西文学营养，站在蒲松龄、福克纳、加西亚·马尔克斯等巨人肩膀上的莫言小说，可以说代表了中国小说发展到当代的里程碑。

（作者：喻晓薇）

莫言和新时期文学的中外视野

---

① 莫言:《我的文学经验》,《蒲松龄研究》,2013 年第 3 期。
② 莫言:《我的文学历程》,《用耳朵阅读》,作家出版社 2012 年版，第196 页。

第七章　莫言与"十七年文学"

"十七年文学"是莫言文学启蒙的重要构成元素。莫言曾谈到在农村生活的青少年时期，他读了《吕梁英雄传》《林海雪原》《红日》《苦菜花》《敌后武工队》《红旗谱》《红岩》《三家巷》等"红色经典"，以及孙犁、赵树理的小说。这些小说带给莫言最初的文学熏陶，并对莫言创作思想的形成、创作风格的确立，甚至创作题材的选择都产生了深远的影响，具体表现在文学范式的继承、民魂的讴歌和民间资源的挖掘与利用等方面。

第一节　文学范式的继承

在百废待兴的历史时期，"十七年文学"既是国家文艺政策的产物，同时也满足了人们回忆艰苦革命生活、歌颂革命英雄主义和建设社会主义国家的阅读期待。莫言从"十七年文学"中汲取了丰富的营养，其小说创作与"红色经典"文学范式存在明显的继承关系。

一、现代史诗品格的发扬

在"十七年文学"中，无论革命历史题材小说还是农业合作化题材小说，多采用宏大叙事的方式记录中国人民艰苦卓绝的革命战争历程和新中国成立后农民走合作化道路的经历，张志忠指出："'红色经典'的价值，首先就在于它建立了具有现代史诗品格的文学范式，并且为后来者们提供了继续前进和深化的路径。"①莫言的小说创作继承了"十七年文学"的现代史诗品格和文学范式，他曾在创作谈中提到："我写《红高粱》一类的所谓'新历史主义'小说，应该被看作'文革'前红色经典的自然发展延伸，我也曾非常坦然地说过，与其说写《红高粱》是受了西方的、拉美的或者法国新小说派的影响，不如说是受到了我们红色经典的影响。"②莫言的新历史小说明显继承了"十七年文学"现代民族史诗的传统，《红高粱家族》书写了"我爷爷""我奶奶"的抗日英雄史诗，《丰乳肥臀》书写了从抗日战争、解放战争、土地改革直至改革开放长达半个多世纪的家族史，《檀香刑》写了高密东北乡二十世纪初的反殖民抗争史，《生死疲劳》叙述了新中国成立到改革开放五十余年的农村发展史。莫言的新历史小说虽然在题旨上与"十七年文学"的"红色经典"有显著的差异，但其对民魂的讴歌与"十七年文学"的颂歌格调悠然相通，其现代史诗品格和文学范式与"十七年文学"有高度的一致性。莫言批判性地接受了"红色经典"的影响，他以民间立场把"十七年文学"中被忽略的人物写进了现代中国的变迁史，从而写出了某种历史的复杂性和残酷性，写出了不同于"红色经典"史诗品格的另一种历史风貌。

二、暴力叙事的发展

"十七年文学"中的革命历史题材小说以革命、战争为主题，暴力叙事是贯穿其中的主要叙事形态之一。"红色经典"作品"通过暴力展现了现代性的宏大叙事，完成它对民族国家建构的美学想象"③。莫言的小说创作延续了"十七年文学"对暴力叙事的热情，

---

① 张志忠：《定位与错位——影视改编与文学研究中的"红色经典"》，《文艺研究》，2005年第4期。

② 莫言：《写历史小说实则思考当下问题》（2014年10月11日）http：//cul.qq.com/a/20141011/038452.htm.

③ 陈晓明：《"动刀"：当代小说叙事的暴力美学》，《社会科学》，2010年第5期。

其新历史主义小说对残酷战争场面的描写、对战争描写的技术性处理都深受《苦菜花》等"红色经典"作品的影响。《红高粱家族》《丰乳肥臀》《檀香刑》《酒国》《食草家族》《月光斩》等都体现了他对"十七年文学"中暴力叙事的继承与发展。

　　莫言并非战争的亲历者，他对战争的描写来源于革命历史小说提供的间接经验，例如在《红高粱家族》中写到日本人进村的残酷战争场面："一阵狂风般的枪声就在父亲的眼前响起，父亲看到无数的子弹，飞蝗一样主宰了村前高粱地。跑出来的男女老幼，连同高粱棵子，全被打倒了。溅出的鲜血，把半个天空都染红了。父亲大张着嘴，坐在地上，他看到到处都是血，到处都是血的腥甜味。"这类描写深受《苦菜花》中日本人残忍屠杀中国百姓场景的影响。《丰乳肥臀》中，司马库放火烧桥、切断铁路桥钢梁的情节与《铁道游击队》中的毁铁路、炸桥梁等情节有异曲同工之妙，类似的叙述某种意义上是莫言对"十七年文学"中的革命战争叙事的想象与生发。

　　莫言的创作也展示了对战争暴力的欣赏。例如:《红高粱家族》写穿梭于高粱地、打伏击战的东北乡抗日力量面对敌人机枪扫射毫不畏惧，耙齿扎轮胎、刺刀杀鬼子、放火烧汽车、击毙日本少将，通过渲染战争场面写出了民间抗日力量的无畏、勇敢、机智，体现出战争暴力的美感。《檀香刑》写八百战将入神团、练神拳、勇敢抗德，冲进德国人的铁路窝棚，用棍子、钉耙打伤德国人数人;孙丙打飞克罗德的子弹，部下鸟枪毁掉克罗德的骏马，拳民用开水、热粥、炸炮、砖瓦乱石、土炮击武卫右军等，这类战斗的方式虽不免原始、笨拙，但莫言对这种民间暴力的欣赏是显而易见的。

　　莫言小说的暴力叙事继承了"十七年文学"的传统，但也在此基础上有了突破与发展。他的创作从单纯对战争暴力场景的渲染，延伸到了对身体暴力的关注，《红高粱家族》中的剥皮、《食草家族》中的挖眼、《酒国》里的红烧婴儿，以及《檀香刑》中的"阎王闩"、腰斩、凌迟等描写，从视觉、味觉、听觉、触觉等多个角度把身体暴力书写渲染到了极致。

相较于"十七年文学"中的暴力叙事，莫言小说既有在消费语境下对暴力场景的展示，又有在启蒙精神引导下对暴力的批判、反思，其突出特点是在暴力叙事中突出了人性的悲凉。

三、土地情结的坚守

"十七年文学"中，农村题材的小说产生了深远的影响。《三里湾》《山乡巨变》《创业史》《暴风骤雨》等写出了农民思想和命运的转变、农村社会结构的改变和农业生产方式的转变，这类小说中农民血液里对土地的依恋情感带给莫言深切的触动。农村生活为莫言提供了直接的创作经验，农民本位意识是他一直未曾改变的文学创作立场。莫言的农民本位意识最深刻也最直接的表现就是关注土地对农民的决定性意义，关注社会环境变化中农民与土地关系的变化："他是在中国文学史上罕见的、来自农民而又始终保持着农民的情感方式和思维方式的作家，他以其独特的乡土文化、农民文化对文人文化和文人加工过的乡土文化提出来挑战。"[①]莫言的小说充分体现了他的农民本位意识。《天堂蒜薹之歌》反映了土皇帝漠视农民利益导致的悲剧，农民们自发地冲进镇政府要求官员及时解决滞销蒜薹的问题。现实生活中的"蒜薹事件"引爆了莫言心中郁积日久的激情，这部小说不单是"要替农民说话"，更重要的是作为农民的莫言要说出自己心中压抑已久的苦闷和愤怒。

莫言通过系列农民形象的塑造深刻地表现了他的土地情结。《生死疲劳》中的蓝脸是莫言塑造的一个"单干户"形象，他执着地坚守着土地，蓝脸的坚持既荒诞又可怜，但莫言写出了他与生俱来的对土地的敬畏感。蓝脸认为种地是农民的本分，他把土地看得比生命都珍贵，决不放弃对土地的执着与热爱。那些热爱土地的普通农民身上显示出可贵的务实本色。

---

① 张志忠:《莫言论》，北京联合出版公司 2012 年版，第 223 页。

莫言在更深层次关注着社会环境变化中农民与土地关系的变化。《生死疲劳》中西门金龙侵吞农村土地企图开发旅游项目，引起了村民的愤慨和抗议，西门金龙的自我毁灭源于他的贪婪。《四十一炮》中罗通当了乡办企业领导后原始生命力退化，变得木讷、迟钝，其实是因为远离土地而导致的必然悲剧。莫言通过高密东北乡中人物命运的转变提出了在商品经济大潮中土地和农民关系的宏大命题，也反映出他关注在社会环境改变中如何重新确立土地与农民的关系、如何平衡传统与现代农业文明、如何重塑农村道德的问题，体现了其基于农民本位的历史忧患意识。

莫言"作为农民"的本色写作改变了知识分子对乡土的启蒙主义视角，完成了从揭露乡土痼疾到歌颂勃发的农民理想主义精神的转变。从这一层面看，莫言拓展了中国乡土文学的精神向度，丰富了乡土小说的价值内涵。

第二节　民魂的讴歌与超越

"十七年文学"对民魂的讴歌主要体现在对民众革命精神的歌颂上，其叙事主题往往局限于人的阶级性，从而遮蔽了民魂的多面性。莫言认为小说创作应该打破阶级性的桎梏，从人性的立场写出民魂的真实性与丰富性，他说："'红色经典'，实际上大家都遵循着一种口号在写作，文学要为政治服务，文学要有阶级观点。在这种创作思想的指导之下，我觉得这些作品就很难赋予它一种民间的特色。但这些作品里面是不是就没有民间的因素？很难说。譬如《苦菜花》里有没有民间的东西，有没有民间的观点，我想还是有的。"[1]

① 莫言、王尧：《在文学种种现象的背后——2002年12月与王尧长谈》，《莫言对话新录》（第3版），文化艺术出版社2012年版，第128页。

一、对自由洒脱爱情的书写

"十七年文学"的爱情叙事在意识形态的规范化影响下呈现出与革命话语同质的特征,零星的爱情叙事点缀着革命与政治的主流话语。《苦菜花》中的爱情描写在"十七年文学"中属于另类,它写出了人性的渴望及对爱情的追求,比如德强与杏莉的爱情,王长锁与杏莉妈妈艰涩的偷情,花子和老起的"野花开放"等。这种边缘性的爱情书写影响了莫言的小说创作,《民间音乐》《红高粱家族》《丰乳肥臀》《四十一炮》《白狗秋千架》《筑路》《白棉花》《野骡子》等小说中的爱情叙事写出了人性中的欲望,其中的性爱描写超越了"十七年文学"中"戴着口罩的爱情"叙事,从人性的立场赞美勃发的生命力量,歌颂了民魂中的自由精神。

《红高粱家族》中"我爷爷""我奶奶"风流野合、随性而欲,他们不屑于世俗与规范,追求生命的愉悦感和自由的生存状态。《丰乳肥臀》中的上官鲁氏生了九个孩子,她反叛家庭的羁绊,追求生命自由的存在形式,她的孩子们也各自选择了不同的人生道路和婚姻伴侣,延续着她追求爱情婚恋自由的精神。《白棉花》中的方碧玉放弃与支部书记疤眼儿子国忠良的婚事,主动追求与工人李志高的爱情,即使身败名裂也要为自由爱情而抗争。《四十一炮》中罗通和野骡子私奔、《檀香刑》中孙媚娘与钱丁老爷的不伦之恋、《筑路》中杨六九与白荞麦颠倒世俗的爱情、《民间音乐》中花茉莉对小瞎子的非分之情,都体现了莫言寄托于人物的敢爱敢恨、率性而为的性格特点。莫言通过爱情叙事表达对生命自我价值的肯定和自由精神的追求,体现了他对自由民魂的呼唤与敬仰。

二、对宽容仁爱儒家精神的发扬

虽然"十七年文学"强调政治话语,但在革命和政治的叙事中我们仍可以捕捉到人性的温暖,例如对伟大母爱的书写。《苦菜花》

莫言和新时期文学的中外视野

中，娟子的母亲冯大娘是一位伟大的母亲，她具有博大的胸怀和无私的奉献精神。虽然年事已高，她却承担了帮助女儿抚养孩子的任务，对待游击队员也像对待自己的孩子一样，把自己的家当成了游击队员的家，她的自我牺牲精神不仅是革命意志的体现，更是人性中仁爱精神的折射。这一形象对莫言的《丰乳肥臀》中上官鲁氏形象塑造的影响是直接而显著的。上官鲁氏自己养活了九个孩子，并呕心沥血地为自己的孩子抚养下一代，虽然儿女的政治立场各异，但上官鲁氏从伦理亲情出发，以平等的心态包容了孩子们不同的人生选择，无论是土匪沙月亮的孩子沙枣花，还是抗日别动队司马库的儿子司马粮，在她的眼中都一视同仁，她的母爱超越了一切政治偏见，以宽容仁爱之心消解了分歧。无论在多么艰难的岁月中，她都能凭借博大的母爱战胜苦难，用坚忍的毅力维护着家族的延续，她说："这十几年里，上官家的人，像韭菜一样，一茬茬地死，一茬茬地发，有生就有死，死容易，活难，越难越要活。越不怕死越要挣扎着活。"

儒家"尚仁""贵和"的思想是流淌在中华民族文化血脉中的基因，也成为民魂的精髓。《烈火金钢》《新儿女英雄传》等作品中有情节显示出中国人骨子里的仁和善。同样，莫言小说讴歌民间社会的宽容、仁爱精神，尤其从那些处于苦难中的人身上挖掘宽厚、仁爱的民魂。《儿子的敌人》写在国共战争中，孙寡妇把敌方的死难者当成自己的小儿子为之处理后事体现了人性中的仁爱；《四十一炮》中，母亲杨玉珍为了给罗小通一个完整的家，不计前嫌接纳了曾经背叛她的丈夫和野骡子的女儿；《蛙》中，王仁美的丈夫宽容了姑姑对王仁美之死的罪过，并希望姑姑能得到更多受害者的宽容，开始新的生活。

三、对民间侠义精神的挖掘

在"十七年文学"的革命历史小说中，正面人物是在政治标准和民间英雄价值标准的共同参照下塑造出来的，他们把中国民间传统的"忠""义"内化于心，把"忠"的民间传统和侠义思想转换为对国家和党的无限忠诚，诸如救危扶困、除恶扬善、路见不平拔刀相助、见义勇为、一诺千金、匡扶正义、疾恶如仇、知恩必报等。莫言的小说通过侠义精神把民间的审美趣味表现出来，丰富了民魂的内涵。《红高粱家族》中，罗汉大爷对日本人疾恶如仇，对主子忠心耿耿，即使为主子家的骡马牺牲自己的性命也在所不惜；"我爷爷"既行侠仗义又杀人越货，既精忠报国又匪气冲天，他既是土匪司令又是抗日英雄，是"最英雄好汉最王八蛋"的英雄；"我奶奶"个性解放，突破了道德伦理的羁绊，对"我爷爷"知恩图报、敢爱敢恨，同时也深明民族大义，走在抗日的最前线，是抗日的先锋、民族的英雄。《檀香刑》中，孙丙面对妻子受德国人调戏时疾恶如仇，一棍棒打死了德国人；面对官府鱼肉百姓、德国侵略者破坏家园时，他义无反顾地举起反抗的大旗，加入义和团，反抗活动失败时，他大义凛然，放弃逃生，甘受残酷的檀香刑。民间侠义之士的义勇、无畏、洒脱、豪放在孙丙身上得到了淋漓尽致的体现。

四、对农民抗争、反叛精神的颂扬

"十七年文学"中的革命历史小说反映了广大民众的革命斗争历程，书写了争取民族独立的抗争历程。在"十七年文学"中，我们看到既有不甘屈服、勇于与地主恶霸作斗争的以朱老忠为代表的农民形象，也有不怕牺牲、勇于抗日的以肖飞、魏强等为代表的农民民族英雄。对现实生活的抗争是推动他们参与革命、寻求解放的内在动力，也是可贵的民族精神的体现。莫言小说充分体现了他对农民的特殊感情，写出了独特的农民抗争精神，丰富了对民魂的理解。

莫言善于写农民的反抗精神。《红高粱家族》中，"我爷爷"们不畏强敌，英勇反抗，不惜与敌人同归于尽；《檀香刑》中的孙丙面对德国人的凌辱，勇敢地举起了反抗的大旗；《天堂蒜薹之歌》中，农民面对不作为的土皇帝勇敢地发出抗议的呼声……这些农民面对外敌和强权没有委曲求全，而是奋起反击、宁死不屈，体现了农民性的多面色彩，丰富了民魂的内涵。正如莫言所言："农民中有狭隘者，也有胸怀坦荡、仗义疏财、拿得起放得下的英雄豪杰，而多半农民所具有的那种善良、大度、宽容、乐善好施、安于本命又与狭隘性恰成反照。"①

第三节　民间资源的挖掘与利用

在"十七年文学"中，赵树理及部分来自解放区的作家延续了延安文学"向民间学习"的创作精神，潜移默化地影响着后来一些作家的创作，这具体体现在对民间资源的挖掘和利用上。莫言的创作对民间传奇的化用、对民间叙事方式的模仿等与这种文学精神息息相通。

一、民间传奇的化用

"十七年文学"中，作为"红色经典"的《林海雪原》《播火记》《烈火金钢》《铁道游击队》等都是传奇化的革命历史小说。这些作品的传奇叙事稀释了革命话语笼罩下压抑、刻板的历史氛围，使沉重的革命历史小说具有了可读性和趣味性。莫言的小说广泛地引入民间传奇，他说自己心中没有"历史"，只有"传奇"。他站在民间立场用传奇的方式演绎战争，用传奇的叙事展现出个性化的、想象的历史。《红高粱家族》《丰乳肥臀》《檀香刑》《生死疲劳》等小说用传奇故事讲述抗日战争、解放战争甚至中国近现代历史。在莫言笔下，传奇承载了重要的叙事功能和结构功能，给小说虚构历史或解构历史提供了充分的创作空间，形成了与"十七年文学"中革命历史小说相异的历史叙述方式。

莫言的创作有意识地回归民间，传奇在他的笔下不仅是一种

①　莫言：《我的"农民意识观"》，《文学评论家》，1989 年第 2 期。

文学创作资源，也是一种文学创作的方法，更是一种文学创作的态度："他对民间资源的艺术重构实际上达到了双重的叙事效果：一方面，走出了传统小说对经史的依傍，莫言小说就是一种文学对历史的言说"；"另一方面，由于克服了严肃的史传叙事的强势影响，……像莫言小说所焕发出来的具有浓郁狂欢气息的艺术神韵，实际上已经更新了中国小说的文体气质。"①

二、民间叙事方式的模仿

　　艺术形式的学习与模仿是"十七年文学"向民间学习的重要内容之一。为了适应读者的阅读口味，很多作家尝试采用章回体的方式进行小说创作。《烈火金钢》采用严格的章回体体例，《林海雪原》《铁道游击队》《敌后武工队》等作品也采用了宽泛的章回体形式。正如曲波在《林海雪原》后记里所解释的："在写作的时候，我曾力求在结构、语言、人物的表现手法以及情与景的结合上都能接近于民族风格，我这样做，目的是要使更多的工农兵群众看到小分队的事迹。"②

　　在莫言多样性的小说叙事方式中，民间叙事方式的引入既是他对中国古典文学传统的继承与发展，也体现了"十七年文学"的直接影响。《生死疲劳》采用章回体例，全书五十三章均用对仗工整的回目概括，并采用了说书人的视角铺展叙事，用莫言的话说："我想恢复古典小说'说书人'的传统，也希望读者通过阅读它怀念中国古典小说"③。《天堂蒜薹之歌》通过承载民间价值观念的说唱艺人张扣搭起小说的整体结构；《四十一炮》以成年的罗小通作为隐藏的说书人，通过罗小通向大和尚的叙说完成小说的叙事，小说还以"我继续诉说""花开两朵，各表一枝"等提示语强化其讲述的

---

①　温儒敏、叶诚生：《"写在历史边上"的故事——莫言小说的现代质》，《东岳论丛》，2012 年第 12 期。

②　曲波：《林海雪原》，人民文学出版社 2014 年版，第 526 页。

③　莫言、李敬泽：《向中国古典小说致敬》，《当代作家评论》，2006 年第 2 期。

叙事方式;《红耳朵》用说书人的视角讲述传奇人物的故事;《檀香刑》借鉴元曲的"凤头""猪肚""豹尾"的结构,以地方戏剧猫腔为线索构建了以民间戏曲为经、以历史故事为纬的叙事结构。

　　莫言在民间艺术形式上接受了"十七年文学"的影响,他的小说体现了鲜明的本土化色彩。民间艺术形式的引入使莫言小说创作手法在西方现代主义影响下找到了本民族的艺术载体:不仅复活了民间传统艺术形式,赋予它们时代的活力,而且为狂欢化叙事、魔幻主义的表现形式找到了民间文化的根源。莫言对"十七年文学"中民间文化资源的利用和挖掘完成了精神探寻上的"寻根"和艺术形式上的"先锋"尝试,由此而实现了"寻根文学"和"先锋文学"的融合创新。可以说,"十七年文学"作为中国当代文学的重要组成部分,是影响莫言独特创作风格的重要因素之一,其对莫言小说独特个性的形成产生的客观影响是显而易见的,也是毋庸置疑的。

(作者:周文慧)

下编 莫言研究新论

第八章 莫言小说的"劳动"叙事

莫言的人生经历决定了其小说创作的叙事内容，进而影响叙事方式的选择。莫言1955年出生于山东农村，自1966年辍学至1976年参军之间的十年时间在乡务农。[1]在这段时间中，莫言从一个只能为生产队放牛放羊的不被认可的孩童成长为参与种地、割麦等田间劳作的壮劳力。这段农村劳动生活给莫言留下了弥足珍贵的乡村生活记忆，成为他日后创作的文学富矿，为其提供了丰沛的创作资源，并促使其形成鲜明的农民本位意识。在他的新诗《七星曜我》中，他写到童年打铁的经历对他的创作产生了深远的影响："好的小说里总是有作家的童年。"[2]也正如张志忠教授所言，他是"从里到外地打上农民印记的作家，是中国现当代文学历史上仅见的农民作家。这不仅在于他对农村的熟稔，更在于他有农民的血统、农民的气质、农民的心理情感和潜意识"[3]。

莫言的文学创作始于二十世纪八十年代，社会历史的重大变化让莫言对"劳动"形成了批判的、独立的认识，表现在小说中的"劳

---

① 李桂玲:《莫言文学年谱》，复旦大学出版社2014年版，第1—8页。
② 莫言:《七星曜我》，《人民文学》，2017年第9期。
③ 张志忠:《莫言论》，北京联合出版公司2012年版，第21页。

动”叙事是以劳动为主题，覆盖劳动内容、劳动活动、劳动场景等客观存在及劳动心理、劳动态度等主观认知的文学叙事。莫言不仅描摹砸石头、割麦、选种、开犁等劳动场面，而且描绘挖土抢锨、犁铧耕耘、蒸甑酿酒等丰富多彩的劳动内容。莫言还写农民愉悦的劳动心理。尤其在《麻风的儿子》中写到人们割麦，"略有些气力、技艺的人都想在这长趟子的割麦中露露身手"[1]，正如莫言所言"割麦子实际上在农村是会友炫技，像武林中人炫耀武艺一样"[2]，在艰难的生活中这种生命体验已经超越了简单的生存需求，体现为对精神愉悦的追求。

在莫言的笔下，劳动既是一种满足简单的生存需求的个体生命活动，也是一种满足精神需求的生命体验。莫言的"劳动"叙事回归到劳动的本质，即对乡村劳作的叙事，他以农民的情感与思想书写劳动，用敏锐的生命感觉体验劳动，展示出一份独特的"劳动美学"，体现了传奇化和诗化两种美学品格。

第一节　传奇化的"劳动"叙事

传奇是中国古典文学中的一种文体，后来则演变为一种叙事手法和叙事模式，它是小说文体概念，也是中国古典小说的叙事传统。传奇化是指运用夸张、变形等手法将平淡的故事变成极富吸引力的精彩纷呈的故事，故事的主体不变，但故事的艺术魅力却成倍增加。纵览莫言小说，在叙述劳动时莫言就经常对之进行传奇化处理，使劳动叙事绽放出奇异的光彩。

莫言小说中劳动叙事最令人叹为观止的要算对劳动技艺的传奇化甚至极致化描写。例如，《红高粱家族》中的余占鳌和杠子夫们

---

[1] 莫言：《麻风的儿子》，选自《与大师约会》，作家出版社 2012 年版，第 173 页。

[2] 莫言、王尧：《在文学种种现象的背后——2002 年 12 月与王尧长谈》，《莫言对话新录》（第 3 版），文化艺术出版社 2012 年版，第 8 页。

在綦家人的苛刻要求下勒紧咽喉、勒断肩颈、用脊背顶起棺材，圆满完成了抬棺过七重门而棺盖上的酒碗不洒出一滴酒的工作。《牛》中的老董只用三分钟、以超越惯性思维的方法和指顾从容的动作在牛还没反应过来的时候已经出色地完成了阉牛的工作。《枣木凳子摩托车》中张小三的父亲能闭眼凭着嗅觉从一大堆杂木里摸出一根枣木。《丰乳肥臀》中，鸟儿韩用弹弓捕鸟，根本没有瞄准就可以把两只在空中交尾的鹧鸪鸟射下来，并精准地落在三姐的脚下。《故乡人事·左镰》中，经过铁匠老韩锤打的生铁像女人手中的面，想揉成什么模样就揉成什么模样。莫言的笔下，劳动者的这些技艺精湛到无以复加，不禁令人惊叹技艺拥有者手艺的高超与神妙！

莫言还常常在看似单调无趣的劳动过程中添加一些奇特的情节，令平凡无奇的劳动过程变得离奇，将劳动过程神秘化、离奇化，从而产生夺人眼目的传奇效果。比如，《红高粱家族》中土匪出身的余占鳌醉酒后无意间向酒瓮里撒尿竟然成就了一瓮美酒品质，又如《四十一炮》和《屠户的女儿》中吹气褪猪毛等，这些劳动过程中出现的超出常规的奇特情节，正是莫言化用民间丰富的劳动经验，并加以超越日常经验的奇异想象，假以奇特的叙述语言呈现出来。他着力表现劳动过程之"奇"，以奇崛的想象力把奇异的劳动情节和真实的劳动景象交织在一起，表现出怪诞的劳动过程。这样的劳动生产过程充满了神秘感和魔幻感，在读者意识中造成奇异的感觉，也就赋予劳动叙事以相当的趣味性和可读性。

莫言对劳动叙事进行传奇化处理，这让我们想起中国传统文学中许多传奇化的经典描写。早在战国时期，《庄子·徐无鬼》以夸张、虚构的手法描述石匠运斤成风的故事，表现石匠手法娴熟、技艺的高超；西汉司马迁的《史记·项羽本纪》以夸张手法写出了项羽"力能扛鼎"的力气超群、技艺突出；元代以后小说中的传奇化更为突出，《水浒传》就以夸张、衬托的手法写出了小李广花荣弦响雁落、箭射红缨，百步穿杨技艺之传奇。闪烁在中国传统文学中的这些精彩纷呈的经典描写汇成了一条叙事传奇化的艺术长河，让读者通过精彩纷呈的传奇动作、传奇故事、传奇场景来感受文学的动人魅力。从中国文学传奇叙事的传统中汲取了营养的莫言，不仅建立起以传奇化手段让叙事更精彩的创作意识，而且学会以夸张、衬托等手法表现传奇，他的传奇化的劳动叙事因而汇入中国文学的叙事传统并成为其中极为耀眼的一部分。在劳动叙事中，《牛》《四十一炮》《屠户的女儿》等小说突出体现了夸张的叙事手法，而《大风》《我们的七叔》《麻风的儿子》《姑妈的宝刀》《木匠和狗》《枣木凳子摩托车》等小说则强化了衬托手法。但同时，莫言的传奇化劳动叙事也表现出一些特殊的地方，使之鲜明地区别于传奇叙事文学传统。在传奇化的劳动叙事中，莫言除了继承传统的夸张、衬托等手法之外，还以超现实主义、陌生化等表现方式和儿童叙事视角的使用集中体现其传奇化手法的创新性与独特性。

我们看到，在《月光斩》中作者写打铁，"老铁匠的小锤便如鸡啄米一样迅疾地敲打下去，迅速无比但又节点分明地砸下去。奇怪的是竟然没有声音"[①]。把原本热闹剧烈的打铁场景写得宁静而沉寂，用超现实主义的手法将幻相与现实交融在一起，以此处无声胜有声的艺术效果体现了神秘色彩，传递了大音希声的精神境界。同时，将民间关于铁匠的新旧传说和打铁血祭充满仪式感的叙事与铁匠打铁高超的技艺、月光斩神奇的功用交织在一起，多层次地表现劳动的传奇性，使打铁劳动富有神秘色彩，并产生陌生化的传奇效果。同样，《透明的红萝卜》中的铁匠技艺炉火纯青，"打出的钢钻儿棱角分明，像支削好的铅笔"[②]；《我们的七叔》中，七叔的绝技在于能斧劈苍蝇，可把苍蝇从脊梁正中劈开，莫言以陌生化的劳动效果彰显劳动者技艺的高超。

在对劳动技能的传奇化叙事中，莫言通常以儿童的视角看待成人的劳动，以儿童敏感的直觉感知成人的劳动技能和劳动经验，用儿童的经验表现不被成人所体察的劳动的精妙之处，当娴熟的技能

---

① 莫言：《月光斩》，选自《与大师约会》，作家出版社2012年版，第442页。
② 莫言：《透明的红萝卜》，选自《欢乐》，作家出版社2012年版，第19页。

和高超的技艺超越了儿童有限的认知时，他们就产生了强烈的好奇与赞叹，在儿童的眼睛里，劳动场景、劳动技艺显示出神奇、神秘和魔幻，叙事的传奇化得以实现。例如，《牛》中与杜大爷搭班的小孩对老董娴熟阉牛技术的赞美、《麻风的儿子》中"我"对张大力精彩的表演式劳动的渲染、《丰乳肥臀》中上官金童对鸟儿韩绝妙的捕鸟技术的赞叹等。莫言曾说"我从小就笨，干活儿拖泥带水，纠缠不清，是个劣等的农民"①，在对自己劳动才能的否定性认识中表达了对优秀劳动才能的肯定和向往，并将这种赞美升华为对日常经验的超常规的想象，以绝活儿、奇技的方式展示劳动中的特殊才能，呈现出传奇化的劳动叙事。

在源远流长的传奇叙事传统的长期熏染下，莫言拥有了一双发现传奇、捕捉传奇的眼睛，他惊奇地发现"整个高密东北乡的每一个家族都带有传奇性"②，他不仅能从家族故事中看见传奇，而且还意识到小时候日常劳动生活中早已接受过文学传奇的启蒙："我们在地头休息的时候，老人就讲各种各样的传奇、鬼怪呀，妖狐啦，这些东西后来搞了文学觉得非常有用。"③莫言还在青少年时期就接触过"十七年文学"，从中发现了传奇的因子，而这些关于传奇的熏染、启蒙、影响也在莫言的文学创作中不断显影。莫言小说中的这些创作现象充分说明他对中国文学中的传奇叙事有着一种继承的自觉，甚至"传奇化"已经内化为他创作时的一种潜在意识，因而叙述某些劳动场景、劳动者时他往往对之进行传奇化，从而形成劳动叙事的传奇化。经过他的传奇化处理，劳动呈现出生动、精彩、神奇的一面，强烈地吸引着人们的注意力。

当然，莫言小说中之所以出现传奇化的劳动叙事，也源于他对

---

① 莫言、王尧:《在文学种种现象的背后——2002年12月与王尧长谈》，《莫言对话新录》(第3版)，文化艺术出版社2012年版，第11页。

② 莫言、王尧:《在文学种种现象的背后——2002年12月与王尧长谈》，《莫言对话新录》(第3版)，文化艺术出版社2012年版，第25页。

③ 莫言、王尧:《在文学种种现象的背后——2002年12月与王尧长谈》，《莫言对话新录》(第3版)，文化艺术出版社2012年版，第46页。

劳动的传奇性的认识。他认为劳动本身就是一种传奇，在农村有像他爷爷一样的劳动奇人。日常生活，包括劳动生活，本身就包含了很多超乎人们想象的东西，比如，超群的劳动技能、丰富的劳动经验、奇异的劳动效果等。"对劳动的热爱自豪和对技能、知识的信念也是形成传奇情节和传奇人物的重要心理因素。"[1]此外，莫言提到向民间"大踏步撤退"[2]的创作思想，其实是他善于挖掘民间资源、强化民族意识的自觉反应。在劳动叙事中，他大力继承与发展明清传奇的叙事传统，以志人志怪的角度写出劳动技能的高超，书写深藏于民间的身怀绝技的劳动者。当然，莫言在劳动叙事中对传奇的运用主要不是体现在文体的继承与发展，而是对传奇这一文学资源的转化与利用，以"群像式的民间人物史传组合结构出现"[3]，通过对离奇的劳动过程的书写和夸张的劳动效果展示表达对劳动的赞美。

莫言小说中的这些创作现象充分说明他对中国文学中的传奇叙事有着一种继承的自觉，甚至"传奇化"已经内化为他创作时的一种潜在意识，因而叙述某些劳动场景、劳动者时他往往对之进行传奇化，从而形成劳动叙事的传奇化。经过他的传奇化处理，劳动呈现出生动、精彩、神奇的一面，强烈地吸引着人们的注意力。

莫言将传奇化的叙事方式引入劳动叙事既是对他自身传奇化写作表现领域的扩展，也表现出他对传奇叙事表现手法的突破与创新，甚至是对传统的反叛。传统的传奇化叙事多是以传奇手法写历史、写感觉等不熟悉的、虚幻的体验和认知，通过不断的想象与夸张产生"无传不奇"的效果以满足读者猎奇的心理需求。而莫言的劳动叙事是把传奇手法引入熟悉的现实生活，通过劳动技能的

① 屈育德：《传奇性与民间传说》，《北京大学学报》（哲学社会科学版），1982 年第 1 期。
② 莫言：《檀香刑》，上海文艺出版社 2012 年版，第 414 页。
③ 李遇春：《"传奇"与中国当代小说文体演变趋势》，《文学评论》，2016 年第 2 期。

传奇化、劳动过程的传奇化和劳动人物的传奇化把日常的、熟悉的生活传奇化，把平凡、现实的劳动神秘化，把劳动的表现形态复杂化，带给我们对劳动的陌生化体验，从而表现生活的传奇化。

第二节　诗化的"劳动"叙事

　　小说和诗歌是两种独立的文体，但在中国文学尤其现代文学传统中，存在小说汲取诗歌因子的现象，产生小说诗化风格的效果。莫言小说中"劳动"叙事的诗化风格通过丰富的意象、诗化的劳动意境和诗化的叙事语言体现，并呈现较强的可感性。其劳动叙事的诗化风格既体现他对中国古典传统诗歌绘画诗意风格的继承，又反映了他对现代诗歌诗意表现方式的选择与运用。

　　莫言以丰富的意象体现诗化劳动的叙事特征。在劳动叙事中，莫言提供了丰富的意象类型。他一方面通过中国古典诗歌中的典范性的意象来营造劳动意境，以"金黄的麦浪""青翠的麦苗"等传统意象表现劳动的场景，从而描绘出劳动的画面感。莫言在《司令的女人》中通过"金色的麦浪"描绘丰收在望、即将割麦的劳动画面。莫言尤其偏爱"月亮"这一传统诗歌意象，他写月光下的劳动，例如，《我们的七叔》中人们在月光下割麦、《生死疲劳》中蓝脸在月光下喂牛，他用清幽的月色作为劳动画面的底色，以劳动者劳动的活动点染画面，形成灵动的图景。另一方面，通过现代诗歌的创新意象来摆脱传统意象的羁绊，呈现出别样的劳动画面，例如，他写"密不透风的高粱地""悬空的水车""晦暗的磨房"等。通过这些意象，莫言传递出对劳动艰辛的观察和体验。此外，在色彩意象的运用上，莫言小说呈现绚丽、丰富的意象群：既有古典传统诗歌中常见的粉红色的云彩边儿、浅黄色的槐树叶儿、乌黑的树木等温和、旖旎的色彩组合，也有现代诗歌中出现的血红的夕阳、蓝汪汪的星星、青绿的月亮等浓烈、绚丽的色彩，并将温和的色彩与浓烈的色彩糅合在一起，用繁密的意象给劳动蒙上了瑰丽的色彩，表现出诡秘而魔幻的诗化色彩。

"意境"是中国古典诗学的重要范畴，它不仅追求意象的描摹与情感表达的浑然一体，而且强调情感在意境构成中的主导意义。莫言的劳动叙事表现出风格多样的诗化意境。它既呈现出苍凉悲壮的劳动意境，也表现出旷放开朗的劳动意境，还表现哀伤凄冷的劳动意境。在《大风》中，用连续的比喻描绘雾气氤氲的劳动环境，而爷爷悲壮而苍凉的歌子作为画外之音延展劳动画面的表现空间，隐藏在爷爷古老曲调中对人生苦难的豁达心境和坚忍而执着的化解困难的勇气赋予劳动之"象"以情感，莫言以虚实相生的方式、通过"我"由此激发的新奇惶惑的情绪营造出悲壮、神秘而苍凉的劳动意境。莫言有时也通过融情于景的方式创设明快的劳动意境。例如，《司令的女人》《我们的七叔》写到麦收时，莫言把收获的喜悦、劳动的自豪和享受劳动的快乐融入割麦的劳动场景之中，他将按捺不住的兴奋与火热的劳动浑然融合，诗歌的意境在此间生成。而《石磨》和《丰乳肥臀》则用现代诗歌的蒙太奇手法，以意象的叠印与组合的方式体现了诗歌意境生成的反惯性。

中国传统诗歌强调韵律的和谐与句式节奏的灵动，莫言用跳跃的思维、排比的句式表现劳动，呈现出诗化叙事的音乐律动性。在书写劳动时，他以长短句式交替、循环往复的方式体现诗化的韵律感，以"不是……而是……""一……就……"等相同结构关系的复句重复使用，造成韵律上的回环美，带来灵动的节奏感。尤其在每一句末尾相同的韵脚使语言有了规整的声韵，让文本在形式上极具有诗意。例如，在《司令的女人》中写到劳动过程中的放松与自由状态，"我感到我根本不是在割麦而是在大海里游泳，一举手就激起一串浪花；我感到我不是在游泳而是在腾空，一挥臂就割下一片朝霞"[①]，莫言建构了天空、大地、海洋三位一体的宽阔世界，任由"我"的生命感觉在其中驰骋，莫言写出了艰苦的劳动中劳动

---

① 莫言:《司令的女人》，选自《师傅越来越幽默》，作家出版社 2012年版，第 284—285 页。

者沉浸其中的精神享受和灵魂的升华，实现了生理体验和心理感受的转换。莫言在书写劳动时也用整齐的句式、语义上的对用体现诗歌的形式美。

莫言"劳动"叙事的"诗化"不仅体现在叙事方式上，也在叙事对象的选择上独具匠心。一方面，莫言从劳动生活中找到诗意，并以富有诗性和诗情的语言对劳动进行诗化的描写，在动态的劳动过程和高超的劳动技能中发现诗意，其小说呈现超越尘俗而又面向生活的诗意。在其"劳动"叙事中，简单、单调、苍白的劳动过程成为表达诗意的重要载体，莫言从枯燥的割麦、打铁、磨面、修路、浇水、捕虾等劳动活动中发现了诗意的美感。例如，在《爱情故事》中写踩水车的劳动："水车凌空架在池塘上，像一个水上亭阁。小弟和郭三老汉脚踩着颤悠悠的木板，每人抓住一个水车的铁柄，你上我下，吱吱扭扭不停地车着水"[①];《夜渔》中九叔带着"我"在皎洁月光下拿蟹子的过程，"九叔专注地吹着树叶，身体沐在愈发皎洁的月光里，宛若用冰雕成的一尊像"[②]。莫言从客观的劳动活动中挖掘诗意，在客观的劳动状态中寻求诗意的栖居地，是对劳动本身的诗化，从这一点看，其诗化劳动是对现代文学中诗意客观化的继承。另一方面，莫言将诗意范围扩大，特别偏爱在劳动体验中寄托诗意，在带有强烈主观体验的感受中表现诗化特点。具体而言，莫言把劳动看作日常生活的一部分，诗化地表现沉浸式的劳动体验。在《我们的七叔》《麻风的儿子》中写割麦是农村最沉重的活儿，劳动者身体是痛苦的，但对于劳动者而言，麦收像盛大的节日，其沉浸在劳动的愉悦之中，享受劳动带来的超越身体痛苦的劳动体验。莫言曾经说过，"我们本身也没有感到生活有多么痛苦，所以即使我在小说里写痛苦，但里面还是有一种狂欢的热闹的精神"[③]，所以，莫言在写农村的艰苦劳动时，有意识地滤去了

---

① 莫言:《爱情故事》，选自《白狗秋千架》，作家出版社2012年版，第465页。
② 莫言:《夜渔》，选自《与大师约会》，作家出版社2012年版，第31页。
③ 莫言:《碎语文学》，作家出版社2012年版，第40页。

在我们看来在劳动中必然存在的身体的疲惫、艰辛，仍然能够用诗化的方式表现沉浸式的劳动体验。

更可贵的是，莫言不回避和不隐匿农村劳动的苦难，又以诗化的方式表现超越苦难的劳动体验。莫言直面劳动的痛苦，在劳动的苦难中找到诗意，以诗化的方式写劳动中的苦难并超越劳动的痛苦，他把对人生的深入思考和对生命意义的超越同时结合了起来。《大风》中隐忍乐观的硬汉爷爷本已"交权"，但因"我"父亲的病故，而重新挑起了家庭的重担，率领母亲和"我"度过艰难的岁月。作为村里数一数二的庄稼人，爷爷推车打担、使锄耍镰都是好手。风烛残年的爷爷迎着狂风拉车前行，"爷爷双手攥着车把，脊背绷得像一张弓。他的双腿像钉子一样钉在堤上，腿上的肌肉像树根一样条条棱棱地凸起来。风把车子半干不湿的茅草揪出来，扬起来，小车在哆嗦"①。通过连续三个鲜活的比喻，莫言把动态的拉车劳动转化为静态的画面，用凝固的画面把内心壮丽奋勇的硬汉爷爷形象呈现出来。而对风卷茅草、小车随风颤抖的动态描写，莫言更是赋予了风、小车以灵性，让原本黯淡平常的物理现象具有了生命的活力，跳跃而灵动。整个画面体现了诗歌意境的动静结合之美，显示出苍凉悲壮之美，莫言也正是通过这种超越苦难的诗化叙事升华了对爷爷这样普通劳动者的赞美。在《生死疲劳》中，莫言以清幽的月夜、孤独的蓝脸、青色的石磨和重复的机械劳动动作营造了诗化的冷峻意境，在诗意的月色里以单调的劳动写出了劳动者压抑已久的情感和无处言说的苦闷。莫言以诗化的方式表现蓝脸在压抑的生存环境中超越苦难的个体劳动，以劳动稀释个体的孤独感，烘托式地呈现了蓝脸对自由精神的孜孜追求精神。

莫言的诗化劳动叙事继承了把现实生活诗意化的文化传统，在叙事方式上通过意象选择、意境结构方式、韵律表现方式等体现诗化特点。莫言不仅从客观的劳动过程和劳动技巧中发现诗意，而且

① 莫言:《大风》，选自《白狗秋千架》，作家出版社2012年版，第170—171页。

莫言与当代中国文学创新经验研究

在主观的劳动感受中表现诗意的劳动美，以诗化的方式表现沉浸式的劳动体验和超越苦难的劳动体验，从看不见的美中找到诗意的美感。莫言的诗化劳动叙事大大丰富和发展了小说诗化叙事的表现形态和表现领域。同时，莫言诗化的劳动叙事使其成为农村叙事中有意义、生动的元素，是对农村小说的发展，也是对诗化小说的发展。

莫言以传奇化和诗化的叙事方式开展"劳动"叙事，体现了他对传奇化和诗化叙事传统的传承。其在传奇化和诗化的叙事过程中，引入现代主义的创作方式表现劳动的传奇性、现代诗歌的创新意象和意境生成方式表现诗意，又是他对传奇化和诗化叙事方式的新探索。面对在文学作品中多次以"苦难""艰辛"为主色调呈现的"劳动"，莫言却能写出它的传奇性和诗意，表达了他体验苦难而又超越苦难的生命意识，歌颂了强大的生命意义。

（作者：周文慧）

第九章　莫言与山东神秘文化
——兼论当代山东作家与神秘文化

第一节　山东文化的另一面

　　山东是儒家文化的发祥地。儒家文化的一大特点是务实、重理性。《论语》中记载"子不语怪力乱神"，就是证明。然而，这并不意味着鬼神信仰、奇迹传说等神秘文化现象销声匿迹。山东既是孔孟的故乡，也是阴阳家（代表人物为齐人邹衍）的发源地。而鬼神信仰作为原始文化的重要组成部分，在民间的影响深远，显然比儒家文化更加源远流长。再看《水浒传》讲梁山好汉故事，开篇"张天师祈禳瘟疫　洪太尉误走妖魔"就颇有"鬼气"；《聊斋志异》俗名《鬼狐传》，主要内容是谈狐说鬼，以状世情，"风行逾百年，摹仿赞颂者众"[1]，也都体现出山东古典文学中神秘文化思潮的根深蒂固、源远流长。到了当代，莫言不止一次谈到《聊斋志异》对他的深刻影响，为谱写山东神秘文化的新篇章推波助澜：

　　　　我的故乡离蒲松龄的故乡三百里，我们那儿妖魔鬼怪的故事也特别发达。许多故事与《聊斋》中的故事大同小异。我不知道是人们先看了《聊斋》后讲故事，还是先有了这些故事而后有《聊斋》。我宁愿先有了鬼怪妖狐而后有《聊斋》。我想当年蒲留仙在他的家门口大树下摆着茶水请过往行人讲故事时，我的某一位老乡亲曾饮过他的茶

① 鲁迅：《中国小说史略》，人民文学出版社 1973 年版，第 183 页。

水，并为他提供了故事素材。

　　我的小说中直写鬼怪的不多，《草鞋窨子》里写了一些，《生蹼的祖先》中写了一些。但我必须承认少时听过的鬼怪故事对我产生的深刻影响，它培养了我对大自然的敬畏，它影响了我感受世界的方式。童年的我是被恐怖感紧紧攫住的。我独自一人站在一片高粱地边上时，听到风把高粱叶子吹得飒飒作响，往往周身发冷，头皮发参，那些挥舞着叶片的高粱，宛若一群张牙舞爪的生灵，对着我扑过来，于是我便怪叫着逃跑了。一条河流，一棵老树，一座坟墓，都能使我感到恐惧，至于究竟怕什么，我自己也解释不清楚。但我惧怕的只是故乡的自然景物，别的地方的自然景观无论多么雄伟壮大，也引不起我的敬畏。①

　　这里，莫言谈到了故乡神秘文化给自己的多重影响。其中既有《聊斋志异》那样的文学影响，还有乡村风物带来的神秘感。而这些影响的共同结果是：培育了作家的恐怖感与敬畏感。莫言说过："《聊斋志异》是我的经典。……魏晋传奇也非常喜欢，也是我重要的艺术源头。"②他还写过一篇《学习蒲松龄》的随笔，谈及《聊斋志异》中与高密有关的一则故事："《聊斋》中那篇母耗子精阿纤的故事就是我这位祖先提供的素材。这也是《聊斋》四百多个故事中唯一发生在我的故乡高密的故事。阿纤在蒲老前辈的笔下很是可爱，她不但眉清目秀、性格温柔，而且善于囤积粮食，当大荒年里百姓绝食时，她就把藏在地洞里的粮食挖出来高价粜出，娶她为妻的那个穷小子也因此发了大财……唯一不足的是，阿纤睡觉时喜欢磨牙，

①　莫言:《超越故乡》，《小说的气味》，当代世界出版社 2003 年版，第 375 页。
②　华超超:《莫言 43 天完成 49 万字〈生死疲劳〉》，《新民周刊》，2012 年 10 月 18 日。

但这也是天性使然，没有办法的事。"①看得出来，莫言是有意为发掘本乡本土的神秘文化而鼓吹、呐喊的。莫言曾经深受拉美魔幻现实主义的影响，然而，他其实是在拉美魔幻现实主义的启迪下回归了本乡本土的志怪、传奇文学传统。这样，他才为文学的解放、为还原本乡本土文化的浪漫品格、神奇风采做出了不可忽略的贡献。

第二节　莫言的故乡灵异记忆

　　莫言在随笔《故乡往事》中写过一则关于"成精的老树"的童年记忆：在"大跃进"的疯狂岁月里，家里的大柳树也在劫难逃，成为大炼钢铁的燃料。神奇的是，十几个人伐了一天也徒劳。于是乡亲们纷纷议论，"说这棵大柳树有几百年的寿命，早就成了精了，不是随便好杀的。说有一年谁谁谁从树上钩下一根枯枝，回家就生了一场大病，何况要杀他！"这样的议论使杀树的人躲到了一边，没想到大队长不信邪，逼着众人硬是拉倒了大树，可同时也砸死了五个人。②

　　在这样的故事中，有着十分古老的神秘信念："因果报应"。所谓"善有善报，恶有恶报"。尽管这样的信念并不总是应验，人们却依然怀着这样的信念，以此激励自己行善，并远离邪念。

　　无独有偶。同样的故事也出现在湖南作家韩少功的《马桥词典》里。其中，"枫鬼"的故事可谓如出一辙："马桥的中心就是两棵枫树"，它们为人们遮风挡雨。因为曾经逃过山火的劫难而使人们产生了敬畏之情，并有了"枫鬼"的名号。其"叶子和枝杆都在蓄聚着危险，将在预定的时刻轰隆爆发，判决了某一个人或某一些人的命运"。"文革"中，公社下令砍树，以破除迷信。人们不愿意砍，最后是两个困难户为了可以由此免除债务才砍。没想到此后，瘙痒症开始流行，连吃药也不见效。人们相信，这都是"枫鬼"闹的，

---

①　莫言：《学习蒲松龄》,《与大师约会》，上海文艺出版社 2012 年版，第 295—296 页。

②　莫言：《什么气味最美好》，南海出版公司 2002 年版，第 125—129 页。

它们要"报复砍伐它的凶手"。

山东那棵"成精的老树"与湖南的"枫鬼",都昭示了人与树、人与自然关系的神奇,昭示了报应的灵验、屡试不爽。这样的信仰在民间广为流传、根深蒂固。说到因果报应,人们常常会与"封建迷信"联系在一起。其实,因果报应很可能与"道"一样,是"惟恍惟惚""玄之又玄",时而好像灵验,时而又并不立竿见影的神秘之事。而所谓"社会发展必然规律"不也常常并不那么屡试不爽、颠扑不破吗?另外,当人们因为相信因果报应才敬畏神灵、敬畏自然、行善避恶时,不是充分体现出了因果报应的信念对于维系社会道德所具有的积极意义吗?倒是在政治狂热盛行的年代里,人们被"人定胜天""彻底的唯物主义者是无所畏惧的"之类豪情所驱使,阴差阳错犯下了多少后悔莫及的历史错误。个中玄机,发人深思。

除了树的神秘,还有猫的传奇。

莫言发表于 1987 年的短篇小说《猫事荟萃》中就记录了祖母讲的"猫能成精",与好吃懒做的主人斗法的故事,与美国动画片《猫和老鼠》的故事颇有神似之处;还有老鼠成精的故事,则具有讽刺贪官的意味。其中还写了一只猫作恶多端,却无人打杀的原因:"乡村中有一种动物崇拜,如狐狸、黄鼠狼、刺猬,都被乡民敬作神明,除了极个别的只管当世不管来世的醉鬼闲汉,敢打杀这些动物食肉卖皮。"这种动物崇拜虽然也是"迷信",却与敬畏生命、敬畏自然的环保意识正好相通。后来,姜戎写了《狼图腾》,在赞美蒙古族的"狼图腾"的同时,反思历史的教训:"一旦华夏民族在农耕环境中软弱下去,严厉又慈爱的腾格里天父,就会派狼性的游牧民族冲进中原,给羊性化的农耕民族输血,一次一次地灌输强悍进取的狼性血液,让华夏族一次一次地重新振奋起来。"《狼图腾》因此对"改造国民性"的世纪主题提出了新的思考。再后来,叶舒宪写了《熊图腾》,揭示出在中华民族的"龙图腾"之前曾经有过以熊为图腾的漫长岁月的历史一页,探讨了"龙的传人"曾经坚定地信仰过自己是"熊的子孙"的历史奥秘。此书与《狼图腾》一起,将当代人的"寻根"思考引向了新的深度——原始思维。

莫言和新时期文学的中外视野

此外，还有河的神秘。在《超越故乡》一文中，莫言谈到了故乡的河——

　　那条河是耀眼的，河水是滚烫的，许多赤裸着身体的黑大汉在河里洗澡、抓鱼。……童年留给我的印象最深刻的事就是洪水和饥饿。那条河里每年夏、秋总是洪水滔滔，浪涛澎湃，水声喧哗，从河中升起。坐在我家炕头上，就能看到河中的高过屋脊的洪水。大人们都在河堤上守护着，老太婆烧香磕头祈祷着，传说中的鳖精在河中兴风作浪。每到夜晚，到处都是响亮的蛙鸣，那时的高密东北乡确实是水族们的乐园，青蛙能使一个巨大的池塘改变颜色。满街都是蠢蠢爬动的癞蛤蟆，有的蛤蟆大如马蹄，令人望之生畏。①

发表于1987年的短篇小说《罪过》中也有对鳖精的大段描写——

　　我和小福子从大人们嘴里知道，漩涡是老鳖制造出来的，主宰着这条河道命运的，也是成精的老鳖。鳖太可怕了，尤其是五爪子鳖更可怕，一个碗口大的五爪子鳖吃袋烟的工夫就能使河堤决口！我至今也弄不明白那么个小小的东西是凭着什么法术使河堤决口的，也弄不明白鳖——这丑陋腌臜的水族，如何竟赢得了故乡人那么多的敬畏。
　　……我想起一大串有关鳖精的故事了。……我那时方知地球上不止一个文明世界，鱼鳖虾蟹、飞禽走兽，都有自己的王国，人其实比鱼鳖虾蟹高明不了多少，低级人不如高级鳖。那时候我着魔般地探索鳖精们的秘密……鳖们

---

① 莫言：《超越故乡》，《小说的气味》，当代世界出版社2003年版，第369页。

不得了。鳖精们的文化很发达。三爷说，袁家胡同北头鳖湾里的老鳖精经常去北京，它们的子孙们出将入相。

　　还有，发表于 1986 年的短篇小说《草鞋窨子》，也记录了故乡人"说鬼说怪"的奇闻：从鬼火、蜘蛛精到"阴宅"、女鬼、血精，将那些村民在谈鬼说怪中寻求刺激的可怜心态刻画得十分真切。其中显然不乏"即兴创作"——而这常常就是民间传说的丰厚土壤。

　　从"成精的老树"到乡村的动物崇拜再到河流的传奇、鬼怪的传说，都体现出作家故乡记忆的神秘、魔幻。其实，类似的传说在中国的乡村非常普遍。从"田螺姑娘"的神话到《白蛇传》的传说成为经典，从《西游记》中的猴精孙悟空神通广大、猪精猪八戒顽皮可爱到《封神榜》中的九尾狐狸精、玉石琵琶精、九头雉鸡精兴风作浪，再到《聊斋志异》中那些神仙狐鬼精魅故事，都是民间家喻户晓的传说，也都体现出"泛神论"思维与信仰在民间的广为流传。而这样的"泛神论"思维与信仰其实就是原始宗教——萨满教。"它没有像某一神教那样只有绝对至高无上的崇拜对象。它以万物有灵的观念，膜拜所有人们认为的大小神灵，求助的对象是众神，而不是一神或众神之父。"①萨满神话中就有天地之初，天神命大龟背负大地的传说，并认为每当大龟感到累时，就晃动身体，地震因此产生。这一传说，与莫言笔下的山东农村关于鳖精的传说何其相似！

　　到了 1989 年，莫言发表了短篇小说《奇遇》，则讲述了一个相当诡异的遇鬼故事。主人公回高密东北乡探亲，在夜行途中感觉到"有无数只眼睛在监视着我，并且感觉到背后有什么东西尾随着我"，因此想到许多鬼故事。没想到快到家了，遇邻居赵三大爷，聊了家常话。更没想到回到家后谈起此事，才得知赵三大爷三天前就已经去世！如此说来，主人公遇到的是鬼。这个故事的主题到最后才水落石出："原来鬼并不如传说中那般可怕，他和蔼可亲，他死不赖账，鬼并不害人，真正害人的还是人，人比鬼厉害得多

①　乌丙安:《神秘的萨满世界》，三联书店上海分店 1989 年版，第 6 页。

啦！"写鬼，寓意却在批判现实，可谓"图穷匕首见"。

而据阿城回忆，莫言曾在 1986 年讲过另一段遇鬼的轶事：

> 莫言也是山东人，说和写鬼怪，当代中国一绝，在他的家乡高密，鬼怪就是当地世俗构成……我听莫言讲鬼怪，格调情怀是唐以前的，语言却是现在的，心里喜欢，明白他是大才。
>
> 八六年夏天我和莫言在辽宁大连，他讲起有一次回家乡山东高密，晚上近到村子，村前有个芦苇荡，于是卷起裤腿涉水过去。不料人一搅动，水中立起无数小红孩儿，连说吵死了吵死了，莫言只好退回岸上，水里复归平静。但这水总是要过的，否则如何回家？家又就近在眼前，于是再蹚到水里，小红孩儿们则又从水中立起，连说吵死了吵死了。反复了几次之后，莫言只好在岸上蹲了一夜，天亮才涉水回家。
>
> 这是我自小以来听到的最好的一个鬼故事，因此高兴了很久，好像将童年的恐怖洗净，重为天真。①

还有短篇小说《夜渔》也充满诡异色彩：在一次夜晚捉蟹的过程中，月光下九叔怎么忽然变得那么陌生了？恍惚之间，"这个吹树叶的冰凉男人也许早已不是九叔了，而是一个鳖精鱼怪什么的"。而结尾的事实是：九叔其实找了"我"整整一夜！接下来，一个面若银盆、"跟传说中的神仙一模一样"的年轻女人也忽然降临，不仅施展了捕蟹的绝活，还与"我"约定二十五年后，在东南方向的一个海岛上重逢。后来的事实居然真的应验了！——一切都如梦如幻，扑朔迷离。

在莫言津津乐道的这些鬼故事中，有多少来自当年的幻觉？或是来自作家的臆想？可能莫言本人也说不清楚吧！信则有，莫言显

---

① 莫言：《阿城》，《小说的气味》，当代世界出版社 2003 年版，第 263 页。

然是信鬼神的。有了这样的信仰，他的鬼故事才有了惊悚（如《奇遇》《夜渔》）或瑰丽的异彩（如阿城讲的那个故事）。

再看长篇小说《丰乳肥臀》中关于"起尸鬼"的一段描写：在棺材铺里，"许多关于死人起尸或野鬼的传说"都浮现出来："这些鬼，无一例外的都是年轻的女鬼……她们多半都有不太幸福的婚恋背景，并因此而死。死后一定走了尸，总是撇下一幢无人敢居住的空屋"，待投宿的人入住后，这女鬼就在半夜里高声叫骂，然后，披头散发、张牙舞爪闯进来。如果投宿者有足够的正气与之对峙，会逼使女鬼屈服。到鸡鸣时分，女鬼就成了死尸。在这样的鬼故事里，弥漫着恐怖的氛围，也有多少不幸女子死不瞑目的影子。而正气足以战胜鬼气的结局又明显不同于许多类似故事中人被鬼吓死的恐怖结果，显示了民间在崇尚鬼神的同时有时也相信正气的心态。

在散文《会唱歌的墙》中，莫言还谈到故乡曾经有过"谈鬼的书场"，还有那位孤零零的长寿老乡门老头儿遇鬼的故事："我最亲近他捉鬼的故事。说他赶集回来，遇到一个鬼，是个女鬼，要他背着走。他就背着她走。到了村头时鬼要下来，他不理睬，一直将那个鬼背到了家中。他将那个女鬼背到家中，放下一看，原来是个……"①这个故事与《草鞋窨子》中光棍门圣武不怕女鬼的故事显然是同一个，都道出了光棍汉的性幻想，可谓五味俱全。

中国民间从来就多有鬼故事。成语"牛鬼蛇神""牛头马面""魑魅魍魉""妖魔鬼怪""鬼使神差""鬼鬼祟祟""孤魂野鬼"，俗语"有钱能使鬼推磨""惊天地泣鬼神"，以及"钟馗打鬼"的传说，还有"鬼城"丰都，均体现出民间对鬼的信仰。尽管在革命时代，唯物主义的"无神论"曾经流行一时，但时过境迁，到了思想解放的年代，那些在民间根深蒂固的鬼神信仰还是悄然回归了。对于民间文化有浓厚兴趣的作家当然也会从鬼神故事中获得创作的灵感，写出当代志怪与传奇来。在这方面，陕西作家贾平凹就较早做出了成功的尝试。他的中篇小说《龙卷风》写赵阴阳料事如神，写"鬼

---

① 莫言:《小说的气味》，当代世界出版社 2003 年版，第 213 页。

市"的传说，还有村民不吃鱼的传统、不捕鱼的规矩，以及这传统到了承包年代被打破，在记录乡间传说的同时，点化出世事如龙卷风般诡异的感悟。还有中篇小说《瘪家沟》写牛十一之父料事如神，居然能预见自己死后有人盗墓的准确时间，以及牛十一死后在阴间的奇遇，也颇为诡异。而短篇小说《烟》则通过一个灵魂不灭、三世轮回的故事，道出了作家对佛家思想的认同。到了长篇小说《怀念狼》，作家更是写出了人与狼之间彼此依存、互相砥砺的人生感悟。其中关于人异化为狼的魔幻描写就显然得自志怪传统。贾平凹曾经自道："我老家商洛山区秦楚交界处，巫术、魔法民间多的是，小时候就听、看过那些东西，来到西安后，到处碰到这样的奇人奇闻异事特多，而且我自己也爱这些，佛、道、禅、气功、周易、算卦、相面，我也有一套呢。"①

莫言的长篇小说《生死疲劳》也是借助佛家灵魂转世的启迪，写出了对于合作化那一页历史的新思考：通过一个勤劳致富、乐善好施的地主西门闹蒙冤被处决后，亡灵下地狱，在阎王殿喊冤，然后转世为驴、为牛、为猪、为狗、为猴的生命历程，目睹乡村在巨变中的叹息与抗争，寄寓了作家对人妖颠倒、是非混淆年代的悲凉之思。莫言曾经不止一次回忆自己的孤独童年：

> 我很小的时候已经辍学，所以当别人家的孩子在学校里读书时，我就在田野里与牛为伴。我对牛的了解甚至胜过了我对人的了解。我知道牛的喜怒哀乐，懂得牛的表情，知道它们心里想什么。在那样一片在一个孩子眼里几乎是无边无际的原野里，只有我和几头牛在一起。牛安详地吃草，根本不理我……②

---

① 贾平凹、张英：《地域文化与创作：继承和创新》，《作家》，1996 年第 7 期。

② 莫言：《饥饿和孤独是我创作的财富》，《小说的气味》，当代世界出版社 2003 年版，第 169 页。

在很长一段时间里，我跟牛羊接触的时间比跟人接触的时间要长。这时候对动物的了解、跟动物的沟通，就是很正常的一件事，我觉得我能够很好理解动物的心理，也会很好感受动物的心理变化。这在当时来讲，自己没有觉得是多么重要，现在过了几十年，再来写小说，再来用动物视角表现人生社会的时候，这些记忆就异常宝贵……儿童和动物之间，天然具有一种沟通力。①

这样的体验道出了人与动物的神秘心灵契合，也揭示了神话、志怪、传奇产生的生活根源，还足以使人想起英国作家尼古拉斯·埃文斯的小说《马语者》，想起王星泉的小说《白马》，想起世上那些义犬的动人故事，进而感悟人与动物之间难以理喻的神秘玄机，而这不也是造物的神秘吗？

有这样的故乡记忆，莫言的想象力奇特就不足为奇了。在一篇谈睡眠的随笔中，他写出了自己的性幻想："雨夜与小狐狸同床共枕"②。在发表于1989年的中篇小说《你的行为使我们感到恐惧》中，他写了如狼的老师、似熊的校长、像狐狸的教导主任，还有豪猪一样的校长老婆，从而写出了中学生"在众多野兽的严格管教下学政治学文化。我们是驯兽团团员"的奇特体验。在日本，他讲述了自己在伊豆的奇遇，并且相信是"川端康成先生在显灵"；当他在东京街头看见那些染着五颜六色的头发的日本姑娘时，他会联想到狐狸；而那些穿着黑衣在大街上游戏的青年则使他想到了乌鸦："他们与乌鸦是那样地相似。不但嘴里发出的声音像，连神态打扮都像。"③可见故乡的神秘氛围、精灵传说是如何深刻地影响了作家

① 张清华：《存在之境与智慧之灯 中国当代小说叙事及美学研究》，福建教育出版社2010年版，第305页。
② 莫言：《杂感十二题》，《什么气味最美好》，南海出版公司2002年版，第143页。
③ 莫言：《神秘的日本与我的文学历程》，《什么气味最美好》，南海出版公司2002年版，第194页。

的阅世目光与奇异想象。事实上，在日常生活中，人们不是也常常习惯用一些动物去比喻人吗？例如中国传统文化中神秘的"十二生肖"，还有"孺子牛""老黄牛""小绵羊""馋猫""病猫""疯狗""走狗""懒猪""笨猪""笨熊""猴急""狡猾的狐狸""狼狈为奸""獐头鼠目""虎头虎脑""如狼似虎""水蛇腰"等日常生活中随处可闻的口头语，还有形容民风的那些众所周知的比喻——从"湖南骡子""广西猴子"到"徽骆驼""九头鸟"，可谓无比生动传神，同时也传达出非常玄妙的造物奇思。

第三节　莫言写梦

中国文学素有写梦的传统：从"庄生梦蝶"到李白的名诗《梦游天姥吟留别》、唐传奇《枕中记》中的"黄粱美梦"，再到宋代辛弃疾的名句"醉里挑灯看剑，梦回吹角连营"、陆游的《异梦》中"山中有异梦，重铠奋雕戈"的情怀，还有明代汤显祖的"临川四梦"、清代曹雪芹的《红楼梦》，可谓洋洋大观，琳琅满目。梦，在中国的文化词典中，时而意味着美好的"梦想"，时而也象征"魂牵梦绕"的痴迷情感，还常常有"幻灭"的含义。

而莫言，也在写梦方面有过多角度的探讨。

他的中篇小说《梦境与杂种》写梦的灵验与神奇。一个乡村孩子柳树根就像"一个通晓巫术的小妖精一样"，在五岁时梦见水缸破，水缸果然就破了。"所有的景象与我梦中的景象相同。"可见梦的不可思议。而他因此受到祖父祖母的指责、父母的怒打，则写出了那梦的悲剧结果。后来，这个孩子用梦为母亲洗刷委屈，又写出了梦的奇迹。只是接着相继梦见老师、神父死亡，也一一果然应验！这样的恐怖使孩子十分烦恼，可他仍然还是做了一个个不祥的梦：母亲在饥荒年代里因为偷粮食被抓，最后是妹妹死于非命。作家因此写出了苦难的记忆："好事梦不见，尽梦见坏事，又不能改变"。因此，才有这样的想法："我想让我的做梦的本领消失掉。"

整篇小说写贫困年代里噩梦连连，在控诉那个黑暗的年代的众多作品中显得独具一格。

莫言的长篇小说《食草家族》由六个梦组成。第一梦《红蝗》讲述了"家族丑闻"："淫风炽烈，扒灰盗嫂，父子聚麀、兄弟阋墙、妇姑勃谿——表面上却是仁义道德、亲爱友善、严明方正、无欲无念。"这样的丑闻却是在五光十色、如梦如幻的氛围中展开的："赤红的天""孳生色欲的红色沼泽""万亩高粱'红成汪洋的血海'""红色蝗虫"遮天蔽日，这些，与四老爷、九老爷兄弟的淫欲形成了强烈的激荡，连那个与四老爷、九老爷兄弟发生了性关系的小媳妇也"喜欢穿红色上衣"，而她淫荡的原因也与"女人在春天多半犯的是血热血郁的毛病"有关。小说中关于"食草家族"喜欢咀嚼茅草的描写与蝗虫、毛驴喜欢吃草的描写也写出了"食草家族"的邪恶与兽性："人，其实都跟畜生差不多，最坏的畜生也坏不过人。""被欲望尤其是被性欲毁掉的男女有千千万万，什么样的道德劝诫，什么样的酷刑峻法，都无法阻止人类跳进欲望的红色沼泽被红色淤泥灌死，犹如飞蛾扑火。这是人类本身的缺陷。"那些富有魔幻色彩的故事浸透了作家对于人性与兽性（包括虫性）、欲望与代价、仇恨与悲悯的深刻理解。第二梦《玫瑰玫瑰香气扑鼻》以扑朔迷离的风格讲述了一个复仇的故事：马夫黄胡子在梦幻般的氛围中邂逅一位美丽如玫瑰的少妇，她竟然也有"暗红色的皮肤"，没想到在晦暗不明的阴差阳错中，她怀上了支队长的孩子。因此，在支队长与高司令争夺玫瑰的赛马中，黄胡子在自己精心照料的红马身上做了手脚，使支队长落败，也使少妇玫瑰被高司令夺去，最后，是饱受屈辱的黄胡子与怒不可遏的支队长之间爆发了一次殊死搏斗。一切，仍然是围绕着淫欲与仇恨展开。第三梦《生蹼的祖先们》仍然是充满魔幻色彩的一幕幕往事："红树林""红色的小线虫"，还有祖先手指之间那层"粉红色的、半透明的蹼膜"，都十分诡异。而前辈关于"活人万万不可进"红树林的告诫和通往红树林的旅程是一次"错误的旅程"的点染也给红树林涂上一层危险色彩。那里"放出各种各样的气味，使探险者的精神很快就处于一种虚幻状态中，于是所有雄心勃勃的地理学考察都变化为走火入魔的、毫无意义的精神漫游"。少年青狗儿的天性残暴、红树林中女考察队员的妖艳、"我"的色欲与见异思迁都充满神秘意味。还有皮团长下达阉割所有生蹼者的命令与四百名被阉割过的男孩成人以后向皮团长复仇、结果却不堪一击的情节也耐人寻味。小说的结尾点明主题："人与兽之间藕断丝连。生与死之间藕断丝连。爱与恨之间藕断丝连。人在无数的对立两极之间犹豫徘徊"，体现出作家对人性的悲悯。第四梦《复仇记》讲述了一个复仇的故事：做父亲的对阮书记奴颜婢膝，因此换来养猪的肥缺；恶贯满盈的阮书记却还是强奸了他的妻子。他因此仇恨阮，也恨自己的妻子和两个儿子，因为儿子竟然也是阮书记的种！他虐待儿子，还命儿子为阮书记舔脚，以此发泄被扭曲的仇恨情绪。他临终遗言，要两个儿子为他复仇。儿子们复仇受挫。阮书记则因为作恶多端丢了官职。人们这才实现了复仇的愿望。小说写出了强势恶人与弱势恶人的较量，写出了恶人变态兽欲的难以理喻。同时，小说中"我们做了许多梦。许多丢人的梦"的叹息，关于"我"的亡灵"眷恋着地上的风景，想看看被灵魂抛弃的我的肉体是什么样子"的魔幻笔法，关于阮书记倒台后自己砍断两条腿给复仇的儿子的梦幻情景，还有那头"会说人话、能直立行走的小母猪"，都如噩梦般匪夷所思。第五梦《二姑随后就到》也是一个复仇的故事，"一个充满刺激和恐怖、最大限度地发挥着人类恶的幻想能力"的故事。二姑因为生下来双手长蹼，气死了奶奶，因此被遗弃。却大难不死，被陌生人救下。她"是个吃狗奶长大的孩子"，"从小就会咬人，牙齿锋利，像荒草丛中的小狼"。十岁时枪杀了父亲，然后逃之夭夭。二十年后，她的两个儿子回来复仇，用各种酷刑折磨亲戚们，从剜眼、剁手到沸水浇头、剪刀剪皮肉、油炸十指、赤脚走二十面烧红的鏊子等惨绝人寰的"四十八种刑法"，如地狱一般触目惊心。此梦写出了人性恶的难以理喻，也写出了历史上、生活中并不少见的亲人反目成仇、"窝里斗"、手足相残的人间惨剧。此梦与后来的《檀香刑》一起，写出了中国酷刑的残忍，也写出了恶人"吃人"的变态心理。第六梦《马驹横穿沼泽》仍然是以如梦如幻的风格讲述了代代相传的故事：在"沼泽深处的红色灌木丛"里，有苍狼的怪叫声，它是一只神鸟，象征着幸福与长寿；一个小男孩身陷暗红色淤泥中，红马驹将他救出来，一起走向有着金黄色龙香木的村庄；小红马驹变作一个有金红色长发的姑娘，与小男孩结为夫妇……这是"食草家族"代代相传的梦想。然而，一个美好的传说突然转变为一场悲剧：他们的孩子之间发生了乱伦，男人怒而开枪射击妻子，妻子变成红马，用仇恨的目光射向他，使他一天之内就变成了活死尸。从此人口不昌、手脚生蹼、人驴同房——至此，《红高粱》中已经凸显的"人种退化"的主题再次响起。

六个梦中，有五个的主题是复仇。而那复仇，又都与人性的邪恶、淫荡、算计、兽性、变态密切相关。"食草家族"，这个说法本来就暗示着"兽性"。显然，一部《食草家族》道出了作家对于故乡的深长叹息、对故乡人性缺陷的思考反思。而这一主题显然与《红高粱》对故乡的礼赞形成了鲜明的对照。虽然，在此之前，作家已经在《枯河》《筑路》《草鞋窨子》等篇中暴露了故乡的黑暗、故乡人的心理缺陷，但《食草家族》梦幻般的风格仍然写出了新的气象：那些充满荒诞意味的场景、扑朔迷离的情节，以及影影绰绰的人与事，光怪陆离的景与物，都写出了"人生如梦"、而且多噩梦的残酷意味。

关于梦，虽然弗洛伊德的《释梦》问世以来，为人类打开了窥探自身的"潜意识"的一扇大门，但梦的千奇百怪、梦的匪夷所思，常常仍在云遮雾罩之中。中国自古以来也多有解梦之书。《周公解梦》在民间一直流传。其中虽不乏迷信说法，但能长期流传，就表明有相当的可信度。《庄子·齐物论》中曾言："梦饮酒者旦而哭泣，梦哭泣者旦而田猎。"说的是梦境往往与现实相反的情况：梦里饮酒作乐的人，白天醒来可能哭泣；而梦中哭泣的人，醒来后又可能在快乐地打猎。这便是所谓"反梦"。这样的释梦与"日有所思，夜有所梦"的释梦截然不同，却都非常流行，昭示着梦境的诡异与玄机。正所谓"天意从来高难问"啊！钱锺书《管锥编》引《列子》

中"将阴梦火，将疾梦食，饮酒者忧，歌舞者哭"等语，也可见"反梦"一说源远流长。[①]而王符《潜夫论·梦列》论及"十梦"时有"感梦""时梦""病梦"之说，指出了梦有生理病理的原因，还有"精梦""想梦""性梦"之论，又指出了梦有精神心理之因，更远早于弗洛伊德的《释梦》。此外更有"人梦"，认为做梦与梦者的地位、智能、性别、年龄有关。[②]如此说来，"释梦"须因人而异，而难有一概之论了。难怪王充在《论衡·论死篇》中断言："梦者之义疑。"说的是做梦的道理是说不清楚的，梦常常难以理喻。有意思的是，"在中国古代梦书中，绝大多数的占辞条目均为吉梦，凶梦的比例较少。介于吉凶之间的占辞，占梦家也先断之为吉，以迎合占梦者的心理"[③]。由此可见国人的求吉心理。只是，现实生活中，"黄粱美梦"破灭的悲剧却并不因为求吉心理的普遍而减少。

从这个角度看莫言的《梦境与杂种》《食草家族》，就会发现，他笔下的梦多为噩梦。即使有美梦（如《马驹横穿沼泽》中的传说），结尾也是急转直下的悲剧。这一现象令人产生了这样的猜想：也许，童年时代的苦难在莫言心中打下了太深的烙印，以至于他的梦境也常常充满了惊恐与绝望？而这样的噩梦不也正好是中国的底层社会、乡土天地多灾多难的文学写照吗？

第四节　其他山东作家的神秘故事

神话的回归，是当代文坛的一股浪潮。[④]卡夫卡的《变形记》与古罗马诗篇《变形记》的如出一辙，乔伊斯的《尤利西斯》与荷马史诗《奥德赛》的神奇对应，福克纳的《押沙龙！押沙龙！》与《圣经》的深刻联系，艾特玛托夫的《风雪小站》与"曼库特"传

---

① 钱锺书：《管锥编》（第二册），中华书局 1979 年版，第 494 页。
② 参见姚伟钧：《神秘的占梦》，广西人民出版社 2003 年版，第 55 页。
③ 姚伟钧：《神秘的占梦》，广西人民出版社 2003 年版，第 36 页。
④ 马小朝：《神话的复活》，《文艺研究》，1987 年第 5 期。

说的深刻关联，都显示了神话主题在揭示人生的相似性、宿命性方面的永恒力量。而莫言小说也显示了他与神话的丰富联系，就如同季红真曾经指出过的那样："莫言的艺术世界，无疑是经验世界与神话世界水乳交融的内在统一……颇合于中国古代'神话的历史化和历史的传奇化（人格神话）'（谢选骏语）的规律。"①

当代山东作家中，矫健、王润滋、张炜也都曾在作品中表达过对神秘现象的敬畏。矫健的长篇小说《河魂》写一种古老精神的常在："我感到自己身上确实流淌着祖先的血液，那种动荡、自由的天性时时发生着作用……人类竟这般地奇妙，一代一代的人被一种看不见的东西联系起来，无论时代如何变化，文化教养如何差异，它总是潜伏在你的心灵里，暗中规定着你的行为。家族就是这样组成的，民族也是这样组成的……""这个古老的灵魂，从我们的祖先传下来，由历史的精气凝结而成，在南河畔、在山岭间、在村子里来回游荡……它总是那样沉重，总是那样痛苦；当现代文明的潮流向它袭来时，它开始脱颖，但过程依然是那样沉重、那样痛苦……"由此想到"精气神""民族魂""国魂""军魂""民气""士气"这样一些词，它们好像看不见摸不着，却又像空气一样弥漫在历史的记忆、现实的氛围中，像元素一样跃动在人们的心里、血液里。

到了讲述一个当代"官逼民反"的故事的中篇小说《天良》中，矫健也不断强化着悲剧的神秘意味：开篇写主人公天良祖祖辈辈头上有"反骨"的宿命，写"人会记仇。仇带在血里，一代一代往下传……庄稼人的血里都带着仇"，而乡村中那些狐狸精、黄鼠狼精的故事使"他们相信这是不祥之兆，将来必有大凶大灾"，这一切都给主人公以深刻的影响，使他一旦遭遇不公，就铤而走险，与命运决斗。小说是根据一件真实事件写成的。在当代许多写"官逼民反"的故事中，此篇凸显了悲剧的命定性，并因此令人喟叹。与此同时，他也在一系列短篇小说中一再点化着"世上的事情讲到最

① 季红真:《现代人的民族民间神话——莫言散论之二》,《当代作家评论》, 1988 年第 1 期。

莫言和新时期文学的中外视野

后，谁也猜不透！"的奥秘:《死谜》中的乔干为什么"醉了想死，醒了想活？……要么，他醉了是醒，醒了是醉？"《海猿》写"我的预感是准确的……我身上有些古怪的东西，与地下的秘密丝丝缕缕地牵连着"，那是"祖先的灵魂在地下呼唤我！"由此有了这样的顿悟:"有些秘密人是不能知道的。所以有迷信产生，总是人感到了超出他智力范围的学问。"由此也发现科学知识"太实际，全没有想象与神秘"。《预兆》写"人死前，会有预兆"，那似乎是早就深埋在意识底层的恐惧？而渔民对水的恐惧是否与"远古时代，当一切生物还在海中进化的时候，不知道有没有某种遗传机制存留下来"有关？"海是博大的、神秘的。人也与海一样博大，一样神秘。"《紫花褂》则写预兆的神奇应验:"有时候，生活会显示某种预兆，就像流星划破夜空，倏地一亮又消失。你信不是，不信又不是，冥冥中总有什么东西使你惶惑。"一司机梦见出车祸，轧死穿紫花褂女子，后果然。"有些事真没法解释。""当许多倘若凑在一起，我们又将怎么生活。"还有《圆环》，写一怪人对世界的感悟:"世界是一个圆环。……一物治一物，一物解一物，正好一个圈。土生草，羊吃草，人杀羊，人肥土……转过来转过去，都脱不了一个圆环！……人生在世，跟着圆环转就是了。不老实，就生邪。"也就是顺其自然的古老训诫，却别出心裁。

王润滋的《小说三题》也颇有神秘意味:《三个渔人》写渔民发财以后的苦闷，出事后猜想，"这是报应。咱不该钓那么多鱼，挣那么多钱！""报应"，又是那个似有若无、说无又有的词，在人们心中根深蒂固;《海祭》也写渔民发财以后的奇事——先是有了灾难的兆头，后是招人嫉恨的阮老七大船沉没，而且奇怪的是，整个船队，独独他的大船出了事！"那么好的天气，怎么就会来了一场大风暴？那么多船在海上，小舢板都闯过了，怎么就翻了阮老七的大机帆船？……老人们说得对，这是报应！世间没有报应怎么行？那不好人管多会都要倒霉、坏人管多会得势？"这是"报应说"根深蒂固的心理需要:"恶有恶报，善有善报"，是世人行善抑恶的信念所系，也显然寄托了作家劝善的淳朴信念。

莫言与当代中国文学创新经验研究

张炜的长篇小说《古船》则是一部深刻揭示了大搞"阶级斗争"的年代里人性恶猖獗的力作。赵家对隋家的嫉妒、残忍引出了这样的思考："人要好好寻思人……他的凶狠、残忍、惨绝人寰，都是哪个地方，哪个部位出了毛病？"这样的思考将对于历史悲剧的反思引导到人性恶的深处，从而不同于"反思文学"对于历史悲剧的政治根源的寻觅与反思。而小说中老中医郭运有关"世事玄妙莫测，也真是一言难尽。我一辈子信'吃亏是福'，信'能忍自安'，现在看也不尽然。恶人一得再得，已成自然"的感慨，又足以质疑"恶有恶报，善有善报"的传统信念。隋家的一忍再忍与赵家的为非作歹最后终于了结，是因为时代发生了天翻地覆的变化。如此说来，"人间正道是沧桑"。而"人间正道"在冥冥中的存在不是也可以作为"恶有恶报，善有善报"的另一种证明吗？

莫言、矫健、王润滋、张炜都是胶东人。那里因为近海，因此产生了富于幻想色彩的"滨海文化"，"不仅巫风仙气浓郁，而且妖异故事也广为流传"①。在上述山东作家的作品中，都弥漫着神秘的氛围，令人想起山东悠久的神秘文化。也许，那是比儒家文化更古老、更深厚、更具有民间性的文化。

（作者：樊星）

莫言和新时期文学的中外视野

---

① 徐北文:《齐地文学与民俗》,《文史知识》,1989 年第 3 期。

第十章　论莫言小说中的河流叙事

如果说，高粱地是莫言小说的第一大地貌意象的话，那么，河流就是莫言小说中第二大地貌意象。这位胶河边长大的高密汉子一遍遍将他的河流写进了小说，并深深地嵌入了他的文学世界。诚如莫言所言，他为他的"高密东北乡"设计了高粱地、沙漠、高山、沼泽、平原和河流等各种地貌，使高密东北乡成为一个百貌俱全的文学王国。这个"高密东北乡"最引人瞩目的无疑是因《红高粱》而闻名的高粱地，然而最常出场的却是河。"讲故事的人"莫言所讲的故事中许多重要事件都发生在河的周围，许多时候河流不仅见证了人物的悲欢，而且参与了故事的演进，河流是莫言小说中不可忽略的存在。

当然，这些河流名字不尽相同，比如《大风》《战友重逢》《蛙》中是胶河，在《拇指铐》《冰雪美人》和《檀香刑》中是马桑河，在《筑路》中叫八隆河，在《生死疲劳》中是蛟龙河，在《天堂蒜薹之歌》中又是顺溪，有的时候甚至没有名字，比如在《透明的红萝卜》和《梦境与杂种》中的河就没有名字，在《白狗秋千架》中就叫故乡小河，在《秋水》中变身为大洼，当然更多时候是叫墨水河，比如在《红高粱家族》《丰乳肥臀》《红耳朵》等。这些或者叫河，或者是洼，或者称湖的河流，总是蜿蜒在莫言小说中的广阔土地上，盈着一团团水雾，哺育着高密东北乡的乡土民众，氤氲出一个个别致的故事，也演绎着一个个人生传奇。

在莫言的小说里，河流首先是作为故事发生的场景存在。纵览莫言的小说，我们会发现，莫言往往把标志性的、带有转折意义的、具有塑造人物性格功能的重要情节安排在以河流为主体的场景里，有的故事发生在河边，如《红高粱家族》中余占鳌设计在墨水河边打死了土匪头子花脖子，之后高密东北乡进入余占鳌当土匪头子的统治历史。有的故事发生在河里，如《蛙》里农妇耿秀莲和王胆为了躲避姑姑的追查试图从河里逃走，最终又都惨烈地死在河里，姑姑作为计生干部的严厉、冷酷和近乎疯狂的责任心表现得淋漓尽致。有的故事发生在河上的石桥，比如《白狗秋千架》中返乡的"我"遇见曾被"我"误伤眼睛的幼时伙伴暖，于是有了"我"与暖之间的感情纠葛。《生死疲劳》中大地主西门闹在河上的石桥上被处死，由此开启了西门闹数次投胎的生死轮回。还有的故事甚至是出现在无水的河道，如《枯河》中被家人毒打的小男孩最终死在已经干涸了的河道里。此外，还有不少或惨烈悲壮、或神秘诡异、或奇特精彩的情节发生在河流场景里，《檀香刑》中德国鬼子打死了孙丙的妻子和孩子是在河边，他们的遭遇和死相惨烈之极；《怀抱鲜花的女人》里王四为了甩掉怀抱鲜花的女人在河里长时间潜泳却依然甩不掉这个沉默女人的跟随，河中白雾升腾的异景和始终不言不语的女人充满了神秘诡异之气；《生死疲劳》中西门驴与小花驴齐心协力一起踢死两只野狼、随后交欢的情节也是在河里，决斗场面的精彩令人拍案叫绝。可见，河流是莫言非常钟爱的叙事场景，河流对于莫言小说的意义绝不亚于那片火红的高粱地。

如果以为莫言对于河流场景的安排是偶然的归置与无意中使然，那就大错特错了。莫言曾在《生死疲劳》中以戏谑的方式假借西门猪的嘴巴对写手"莫言"说了这样一段话："你是莫言的密友，请告诉他这个小说秘诀：每逢重大情节，对所描写人物缺少准确的把握和有力的表现手段时，就让他把所有的人物摁到水里去写。这是个无声胜有声的世界，这是个无色胜有色的环境，是的，就权当一切都是在水底发生的。"[1]考察莫言的小说，我们会发现，西门猪的这个小说秘诀正是莫言自己经常用到的一个方法。《红高粱家族》中余占鳌带领村里的男人与日本鬼子血战一场之后收拾战场，虽然

莫言和新时期文学的中外视野

①　莫言:《生死疲劳》，作家出版社 2012 年版，第 387 页。

大获全胜，可是村民们也付出了惨重代价，"我奶奶"被鬼子打死了，余占鳌的队伍也几乎全军覆没，打胜仗之后余占鳌没有胜利的喜悦，却是满腔的茫然感："回家，回家？回家！回家……"①此时该如何叙述下去？只见莫言宕开一笔，开始写墨水河："八月初九的大半个新月亮已经挂上了天，冰冷的月光照着爷爷和父亲的背，照着沉重如伟大笨拙的汉文化的墨水河。被血水撩拨得精神亢奋的白鳝鱼在合力飞腾打旋，一道道银色的弧光在河面上跃来跃去。河里泛上来的蓝蓝的凉气和高粱地里弥散开来的红红的暖气在河堤上交锋汇合，化合成轻清透明的薄雾。"②真如西门猪所言，此时"无声胜有声""无色胜有色"，河景填补了叙事的空白，更丰富了叙事的内涵，真可谓是绘景胜于叙事，写河胜于写人。其实，这种以河景代替叙事的写法在莫言的其他小说中还有很多，充分说明莫言深谙此道，他善于将河景描写作为一种叙事补充和表现手段，善于利用河景描写来掩饰叙事的短板并控制叙事的节奏，表现出一位叙事高手的高妙技巧。

然而，莫言小说中河流的出现并不仅限于提供补白叙事的作用，对于莫言来说，河流更重要的意义在于因其种种独特性而拥有的象征意义和隐喻意义。莫言很早就开始运用河流的象征意义来暗示未曾言明的意思，表现出高度的艺术自觉。早在 1983 年创作的《流水》里，河流就已经是莫言小说中重要的叙事场景。小说写改革开放以后八隆河边马桑镇发生着的各种变化，其中一件颇具转折意味的事情，就是糖厂的青年男女们穿着游泳衣到八隆河里游泳，老顽固牛阔成的女儿牛玉珍勇敢地穿上泳衣跳入八隆河游泳，成为镇上第一个着泳衣游泳的年轻人，"经过八隆河的'洗礼'"③，她反抗父亲的"勇气增添了不少"④。这一标志性事件之后，马桑镇发生着的变化在继续扩大，"在八隆河里，工人和农民的差别进一

① 莫言：《红高粱家族》，作家出版社 2012 年版，第 88 页。
② 莫言：《红高粱家族》，作家出版社 2012 年版，第 88 页。
③ 莫言：《流水》，《欢乐》，作家出版社 2012 年版，第 351 页。
④ 莫言：《流水》，《欢乐》，作家出版社 2012 年版，第 351 页。

步缩小，镇上农家子女的'土气'已经被八隆河的水洗得差不多了"①。在这段话里，小说中八隆河的象征意味已经呼之欲出。作家莫言对此心知肚明，所以小说最后才会出现下面这段意味深长的河景描写："如果你感到这一切都无多大意思，那么你到八隆河堤上去看流水吧。如果时令是五月初，河堤上槐花凋谢，水面上仿佛落了一层雪，使你看不出河水在流动哩。"②这里河水的流动不就是象征着国家、社会的变革正在悄悄地进行着吗？无须过多的解释，流动的河水的象征意味已经从字里行间流淌出来了。以河水的流动不居来象征社会生活的变革，正是围绕河水的特点来营构语句的象征意义，写景达意，颇有中国山水写意画的神韵。《流水》中河水象征意义的传达，说明莫言对于河流丰富的叙事意义的洞晓与把握很早就已经萌发，如此看来，莫言小说里很多奇特的、重大的、意义深远的故事情节都被放置在河流场景里展开，这样的叙事场景安排就绝非巧合了。纵览莫言小说，其在河流场景中展开叙事的情节主要有三类。

第一节　死与生

生命的消殒是令人心悸的书写，而在莫言的小说中这些情节大多出现在河流场景里。《秋水》中"我爷爷""我奶奶"以及后来的几个人都被洪水围困在大洼中，能涨洪水的大洼自然是与河流相连的，所以大洼实际上是河流的变体，也就是在这个涨着洪水的大洼里，紫衣女人杀掉了黑衣人。《枯河》里小男孩最后死在枯河里，尽管河里没水，竟也能成为死亡的场所。《红高粱家族》里余占鳌在墨水河边杀掉了花脖子，也是墨水河边，余占鳌带着村民堵截日军，上演了一场惨烈的死亡悲剧，"我奶奶"死在了河堤之上，

---

① 莫言：《流水》，《欢乐》，作家出版社 2012 年版，第 352 页。
② 莫言：《流水》，《欢乐》，作家出版社 2012 年版，第 361 页。

诸多村民战死在河滩上。《战友重逢》中回乡探亲的军官赵金、复员军人郭金库都死在家乡发洪水的河里；《梦境与杂种》中树根的妹妹树叶最后在河里溺水身亡；《檀香刑》里德国兵在胶河边杀掉了孙丙的妻儿小桃红和孩子；《生死疲劳》中西门闹就死在小桥下面的河道里，投胎为驴的西门闹和小花驴合力干掉追杀它们的两匹狼也是在河里，还有野猪们被围剿是在河中的沙洲上，西门猪成功地将四位猎人掀入水中溺死，河水无一例外地飞溅起"青蓝的玻璃碎屑"，在一片无声的世界里死亡的颜色肆意蔓延，而后来西门猪为救落入冰河里的孩子也溺亡在结冰的河里。《丰乳肥臀》中八姐玉女为了让母亲从养育子女的重负中解脱出来，而走到河边自尽。《蛙》中姑姑追逐张拳的老婆耿秀莲是在河里，后耿秀莲死在水里；姑姑追逐王胆致王胆死亡的情节也是发生在胶河……无论这些故事中的人物生命消殒的原因多么不同，但地点却都是在河流场景里——莫言笔下的河流啊，承载了多少生命逝去的悲剧，河水带走了多少生命的叹息！一番梳理下来，莫言笔下的河流与死亡竟有着如此密切的联系，这着实令人始料不及！鸟瞰中国文学史，恐怕还没有哪一位作家像莫言这样如此频繁地将死亡与河流联系在一起的。也许在莫言的潜意识里，河水与生命有着某种紧密且极其神秘的联系，因为，在叙述水边的死亡故事之外，莫言还写了不少河水边的关于"生"的故事。

莫言小说中多次写到河流场景里生命的孕育和诞生。《秋水》中"我父亲"就降生在秋水的围困之中。《丰乳肥臀》中上官鲁氏为了给丈夫上官寿喜生儿子而在大苇塘里与赊鸭子男人野合，后来生下了上官领弟，后来又在蛟龙河北岸被败兵奸污而生下上官求弟。《蛙》不仅写了王胆在河中诞下女儿陈眉，而且两次关于姑姑接生的情形也与胶河相关，姑姑第一次接生孩子就是"从那座狭窄的小石桥上飞驰而过"[1]越过胶河赶往艾莲家接生了陈鼻，接生第二个孩子万足的时候，小说再次专门叙述了姑姑越过胶河的情景：

---

① 莫言：《蛙》，作家出版社 2012 年版，第 17 页。

"我姑姑从对面河堤上飞车而下,自行车轮溅起的浪花有一米多高。"①两次接生都要写姑姑如何越过胶河,这实难说是作家的无意之为。《生死疲劳》中作为驴的西门闹与小母驴合力击杀两狼、倾心相爱交配的故事被作者写得惊心动魄、满纸生花,而这精彩绝伦的一幕就发生在小河边。甚至另一种形式的"生"也离不开河——《生死疲劳》中大闹阎罗殿的西门闹在两个小鬼的押解下重返人世,他的重生之路是沿河展开的:"我们沿着河边的道路,越过了十几个村庄,在路上与许多人擦肩而过。"②莫言笔下的河流果然是见证了许多生命的孕育与诞生,对他来说,河流与生命诞生之间确实有着非一般的神秘联系。

生与死是生命的重要命题,在河边发生的无论是死的惨烈还是生的喜悦,这些故事都说明莫言小说中那浩浩汤汤永不停歇的河水承载着厚重的生命主题,也折射出莫言浓重的生命意识。"水是人类的生命之源,上古的人类总是择水而居,因此古老的四大文明都围绕着江河湖海发生。"③的确,水是生命延续的必需品,人的生命离不开水,人类的生命观念必然与水息息相关,河水的奔流不息与生命的生生不息(其中包括个体生命的自然延伸、种族生命的代际相传)之间具有某种对应关系,这奠定了人类将生命与河流联系在一起的深层心理基础,生成河流隐喻生命的文化命题。这种文化隐喻往往会以隐晦的形式出现在民间传说与文学作品中,即民间传说与文学作品中人类的生命故事总与河流有着相互交织的密切关系,其中常见的隐喻表述就是生与死的故事总是发生在河流场景。比如中国的民间传说中有很多"江流儿"的故事,故事中的孩子都是从水上漂来而被发现的,"孩子被弃,等于割绝了他生存的一切基本条件,他其实已面对死亡。江流之水,滋润了他,洗涤了他此前的一切,他终于重新面对生机,展开新生,弃之江流,重获生机,这

① 莫言:《蛙》,作家出版社2012年版,第22页。
② 莫言:《生死疲劳》,作家出版社2012年版,第7页。
③ 傅道彬:《晚唐钟声:中国文学的原型批评》,北京大学出版社2007年版,第267页。

一过程，便已是一个死亡与再生的缩影"①。"江流儿"的民间传说还进入文学作品，古典文学中譬如《西游记》，婴儿时期的唐三藏被母亲放置在水中的木盆里顺流而下，结果被和尚打捞起来养育成人；当代文学中有苏童的《河岸》，"父亲"是在水中的木盆漂流而来；莫言的《秋水》里于秋水的围困之中，黑衣人推着漂在水上的釉彩大瓮前行来到的"我爷爷"的窝棚，这大瓮里坐着一位白衣姑娘；后来这样的情节在《丰乳肥臀》再次出现，司马库的祖父司马大牙救下了坐在釉彩大瓮里从上游漂流而下的白衣盲女，这个白衣盲女也就是后来司马库兄弟俩的祖母。这样的古今回响耐人寻味。

　　生命有始就有终，有生就有死，所以民间传说与文学作品中还有不少发生在河流场景中的死亡故事。远古传说中精卫填海的故事，叙述的是伏羲之女精卫因为在海上溺水身亡而立志以石填海，尧的两个女儿娥皇、女英为寻找舜帝而葬身湘江。此后的文学作品中不乏此类关于河流中生命消逝的书写：古典文学有《孔雀东南飞》中刘兰芝"举身赴清流"，冯梦龙《警世通言》中杜十娘怒沉百宝箱之后投江自尽；现当代文学中此类书写更不少，《四世同堂》中祁天佑老爷子受到日本宪兵侮辱后，出狱后直奔西直门外，投护城河而死，巴金小说《家》中鸣凤为反抗被嫁给七十岁的冯老太爷做妾的命运而投水自尽，沈从文《边城》中老大天保在茨滩溺水身亡，萧红《桥》中小良子掉入桥下的水里淹死……水滋养的生命又交付于水，文学中生命与河流竟以如此令人心悸的方式交融一体！而在这样悠久而宏阔的文学历史背景下，再来审视莫言小说里河流场景中的生死故事，生命在河流终结，生命亦从河流开始，小说中回荡的故事无论是死的惨烈，还是生的喜悦，皆蕴藉着河流与生命的深刻隐喻。所以我们常常会在莫言小说中看到这样的叙事——河流中的生死故事往往会在同一部作品中极为复杂地交织在一起。比如《蛙》中叙述姑姑两次救命般的接生都是她骑着自行车飞越胶河成

　　① 胡万川：《中国的江流儿故事》，《二十世纪中国民俗学经典·传说故事卷》，社会科学文献出版社 2002 年版，第 240 页。

功施救，吊诡的是，小说中两桩超生妇女因姑姑的不懈追查而丧命的悲惨事件同样发生在河里，滔滔胶河之水记忆了姑姑挽救生命、迎接生命的壮举，也记忆了她间接扼杀生命的冷酷。最典型、也是最令人感慨万千的一段情节是《生死疲劳》中西门猪冰河为救落水的孩子们而溺亡的那一段，生与死在河里交接，西门猪毅然决然以自己的死去换取孩子们的生，冰河成为孩子们再生的起点，也成为西门猪本次轮回的终点，这条冰河里凝结着关于生与死的深厚绵长的意味。生与死的故事因为河流场景的生命隐喻意义而获得更加丰厚的内涵，流淌在莫言小说中的这些河流，也因承载着如此多的生死故事而更加沉厚。它们不是无趣的化学成分，不是简单的自然存在，它们养育着两岸的人们，也养育着这些人们的文化、文明，承载着他们的离合忧欢，亦收藏着他们的悲悲喜喜。

第二节　相遇

相遇是很多小说里常有的情节，但在莫言小说中，相遇多是发生在河流场景中。《战友重逢》返乡的军官赵金在河边与同学、战友钱英豪相遇，后来战友郭金库、张思国也都是在此重逢。《丰乳肥臀》上官来弟与沙月亮的相遇、上官招弟与司马库的相遇、上官鲁氏与领弟的父亲——那个赊鸭子男人的相遇都是发生在墨水河边；《白狗秋千架》中"我"与暖的相遇是在故乡小河上的石桥上。《蛙》中姑姑与丈夫郝大手的相遇就是在河上的桥上。《酒国》中金元宝带着自己的儿子准备去出卖，在盐水河边等船时遇到一个身上长着鱼鳞状白皮的小孩儿，在船上又遇到络腮胡子男人抱着一个红衣男孩，这个红衣男孩就是后来那个带着孩子们大闹烹饪学院的小妖精。

为什么莫言小说里的相遇多是发生在河流场景中呢？这些与河相关的相遇情节不禁令人想起现代小说中那些著名的相遇情节。鲁迅的《祝福》中"我"与祥林嫂在河边相遇，祥林嫂对"我"发出了关于"人到底有没有魂灵"的诘问；沈从文《边城》中翠翠与傩送在河边相遇，两人心底情愫萌生，一段布满忧伤、没有结局的爱情故事从这里展开。与莫言小说一样，这些相遇都发生在河流场景中。可见，多位作家笔下的"河流／相遇"情节应该不是简单的巧合，说明在河流与相遇之间存在着一种密切的内在关联。

就叙事而言，河流场景显然具有其他叙事场景所不具有的特殊性。河流是流动的、延伸的，而且有河就必有岸，河岸无论是以河滩的形式还是以河堤的形式出现，都意味着河流旁边有一大片可供人物活动的空间，这个空间既可依持着河流横向扩展，亦可顺着河流纵向伸展，河流场景因此成为一个极为开阔的空间。由于任何人都可以来过桥、搭船、游水、河边踱步、河岸静坐等，因而河流场景又是一个面向所有人开放的场景。河水是长流不息的，且会因季节的变迁、天气的变化而呈现多种面貌，如汛期会有洪水，冬季水面会结冰，枯水期可能会露出河床、河道，河边、桥上、船中则有行人来来往往，种种因素决定了小说中的河流场景成为动态的场景。一个开阔的、开放的、动态的场景，在为小说中人物提供活动空间的同时，亦为人物的相遇创造了相宜的条件。从另一个角度来看，对人类而言，河流虽然造成一种行动的阻碍，但人类可通过河上架桥、河中驾船、河边筑堤的方式驾驭河流、征服河流，无论是架桥、驾船还是修堤，河流恰恰以其阻碍性为人类制造了"桥""船""码头""岸边""河堤"等人人皆得以进入的公共区域，人们过桥、行舟、候船等行动将广阔的河流场景自动分割出一个个无栅栏的公共空间，身处其间的人们由此获得可以面对面对话、交谈的机会，交流遂成为可能。而且在相对狭小的空间里，人与人之间的语言形式会变得丰富起来，可以是一连串的语词，也可以是一个手势、一个眼神，乃至嘴角一抹难以察觉的笑意，甚至还可以是人们投向河水的深深一瞥，这些形式多样的"语言"都构成人与人之间的交流。从这个意义上来看，正是滔滔不绝的江河之流为人们创设了一个独特的交流空间，也创造了一种交流的可能，一个个传奇浪漫、影响久远的河边相遇故事因而得以滋蔓。可见，"河流—

公共空间—交流"是河流被纳入人类社会体系之后而生成的内在逻辑，它赋予河流以"交流""沟通"等内在含义，使河流这一自然存在物具有了"交流"的隐喻意义，当然也必将为河流带来精彩纷呈的故事，民间传说和文学作品中诸多发生在河边的相遇情节正是河流的"交流"隐喻意义折射在话语世界中的一个结果。这大概也是"河边爱情"发生的重要原因吧。中国四大民间传说中的两个传说与河相关，牛郎与七仙女的相遇是在河边，许仙与白娘子的相遇则是在断桥，他们之间的爱恋都是因水而生。文学作品中亦不乏描写此类河边相遇/爱恋的篇章，最早的当数《诗经》，其开宗明义的第一首诗《关雎》"关关雎鸠，在河之洲。窈窕淑女，君子好逑"①描写的就是河边的爱情，另外一首著名的爱情诗《汉广》"南有乔木，不可休思。汉有游女，不可求思。汉之广矣，不可泳思。江之永矣，不可方思"②吟咏的就是汉水流域流传的郑交甫遇汉水神女而生情的故事。《诗经》中还有诸如《静女》《蒹葭》《郑风·溱洧》等动人诗章描写浪漫的河边爱情，所以有论者指出"'河边爱情'在《诗经》中成了一种惯例甚至成了一种模式"③。前文提到的《边城》所描写的爱情也是从河水开始，翠翠和傩送的初次相遇便是在河边，似乎再一次佐证了河流与相遇的内在关联。河边的爱情总始于河边的相遇，大概就是因为河流为人类创设出桥、船、堤、岸、码头等一个个相对狭小、公共的空间，相遇成为可能，交流成为可能，爱情才得以萌生。莫言小说中也写过"河边爱情"。《丰乳肥臀》中上官来弟带着妹妹们到墨水河捉虾子，沙月亮带着游击队员们在河滩上伏击日军，两人因而在河边相遇，并开启他们此后的情缘；上官来弟跟着沙月亮走后，上官招弟带着妹妹们到结冰的河上觅食，司马库带着他的队伍经过河面，司马库命令下属帮助上官家姐妹开冰捕鱼，这一次冰河上的相遇，亦为他们后来的情缘埋下了伏笔。《蛙》中王肝单恋小狮子，他在河堤半腰的柳树上，

①　周振甫译注：《诗经译注》，中华书局 2013 年版，第 1 页。
②　周振甫译注：《诗经译注》，中华书局 2013 年版，第 12 页。
③　李书磊：《重读古典》，中国广播电视出版社 1997 年版，第 3 页。

当着"我"的面深情背诵写给小狮子的情书，恰好在河堤遇到追随在姑姑身旁的小狮子，王肝因救落水的秦河而得以上船，在船上还获得与小狮子近距离接触的机会，航船行进在悠悠的河水中，王肝沉浸在自己的爱情里。这段河边的遭逢因姑姑追赶超生孕妇而气氛紧张、高潮迭起，却又因王肝的深情单恋而格外动人。这些都是写河边的爱情，莫言妙用了河的隐喻意义展开叙事，河的隐喻意义深埋于故事之中，使叙事的意义更沉厚。

　　"河流／相遇"情节所衍生出来的未必全是爱情，有的情节因深含河流的"交流"的隐喻意义而显得更加意义深厚。《祝福》中祥林嫂向"我"发出诘问："一个人死了之后，究竟有没有魂灵的？"虽然"我"在祥林嫂的追问下吞吞吐吐，不能给出一个真切的答案，但却给了总是被众人打断话语的祥林嫂一个说话的机会，"在叙事上，是河边'我'与祥林嫂的相遇使祥林嫂有了开口的机会，没有这次相遇，就没有这么一个精彩的对话和深刻展示祥林嫂灵魂的故事情节"[1]。莫言小说中也出现过类似的河边相遇。《白狗秋千架》中返乡探亲的"我"与暖相遇在家乡小河上的石桥，这一地点安排暗示"我"与暖的"交流"开始，随后两人的对话、"我"去暖家拜访，都是在延续"交流"的故事，小说最后在河边高粱地里暖向"我"请求要一个会说话的孩子，实际上是暖在以一种特殊的方式向"我"倾诉她内心的苦痛与悲愁。这部小说以河流场景为叙事起点空间，小说主题蕴含河流场景的隐喻意义，从河边的邂逅，到家中的探访，再到河边的倾诉，随着叙事空间的有序转移变换，暖与"我"的交流从刻薄讥诮，逐渐转变为袒露内心，暖与"我"的交流愈坦诚，裸露出来的事实就愈残酷，我内心的愧疚也愈浓烈，当"交流"完全实现的时候，暖的生活状态才得以由外而内地逐层暴露出来，小说主题因之变得更加丰富沉厚，令人回味。"我"返乡时桥上遇见暖的情节以及"我"离开时桥边小狗带我见暖的情节前

①　余新明：《〈呐喊〉、〈彷徨〉的空间叙事》（博士论文），华中师范大学，2008年。

后呼应，前者河边相见"我"与暖是两个世界的人，"我"幼年时的误伤造成暖如今的困境，而"我"对此却全然不知，家人欲语还休，后者河边相见"我"终于明白自己的罪过，亦读懂了暖的内心痛苦与向往。在这样的叙事结构中"河流／相遇"的隐喻意义令愧悔主题更加浑厚，忧伤的艺术效果更加浓郁。《蛙》中姑姑与郝大手的桥上相遇，也是内涵丰富的情节。姑姑深知自己因强制推行计生政策逼迫超生妇女堕胎太多而罪孽深重，而郝大手呕心沥血捏成的娃娃就像是给那些被流产的婴儿安魂，他们的相遇促成了他们的婚姻，郝大手的泥娃娃事业为姑姑赎罪，安抚了姑姑被罪孽折磨着的不安心灵，姑姑嫁给郝大手之后最终在郝大手的泥娃娃事业中获得了内心的安宁，在河流的"交流"隐喻意义的映现下，这段"河流／相遇"情节含蕴格外深厚——桥将姑姑引领到郝大手身边，姑姑在郝大手的泥塑事业中获得心灵的安宁，姑姑在这河流场景里种下罪孽，又最终在河流场景的影响下完成救赎，其中的意味的确是深厚悠长。

第三节　逃离

　　莫言小说中另一种值得关注的发生在河流场景的故事就是关于逃离的故事。《天堂蒜薹之歌》中，高马与金菊相爱，他带着金菊跨过一条叫顺溪的河流，从河北的天堂县跑到了河南的苍马县，完成了他们的私奔。《怀抱鲜花的女人》中王四想要摆脱怀抱鲜花的女人的跟随（逃离的另一种形式），于是在河里潜泳了很长一段距离。《丰乳肥臀》中鲁立人抓住了司马库并交接给了押解人，然而在上官鲁氏和司马粮等人的暗中帮助下，司马库在蛟龙河里顺利地从押解中脱逃。《生死疲劳》中西门猪带着小花逃离猪圈，也是走水路，经沟渠进入运粮大河。《蛙》中超生的耿秀莲、王胆想要逃离姑姑的追赶，都是走河道；姑姑遭到青蛙的包围，则是拼命冲到河上小桥遇到郝大手才算逃离青蛙的围堵，此后姑姑就嫁给了郝大手。莫言小说中几次著名的逃离都是发生在河边，而且主人公都是选择以游水的方式涉河逃离，有的成功脱逃，比如高马、司马库、西门猪，有的最终放弃逃离，比如《怀抱鲜花的女人》中的王四，而其中最惨烈的逃离当数《蛙》中的两位孕妇，耿秀莲和王胆在逃离的过程中遭到姑姑的追赶，最终在生产中死亡。在莫言创设的"高密东北乡"这个文学王国里，各种地形地貌都有，逃离情节也可以安置在平原、沼泽、沙漠里来写，为何莫言却经常选择河流来作为逃离的叙事地点呢？这恐怕与河流的特点有深切的关系。

关于河水，我们大概也都同意下面这样的说法："水在养育了人类的同时，又以其不同的姿态与面目为害于脆弱的先民，阻隔便是其中虽不惨烈但又最痛苦无奈的一种。"[1]阻隔的确给人们生活带来了诸多不便，但也因此给人类带来深远影响。譬如影响之一就是阻隔导致爱情的萌生："正是水这种现实隔绝的深层沉淀，使得中国古代文学之中的爱情与水结下了不解之缘，爱情发生在水边，成了古代诗人们潜意识中的审美选择。"[2]研究者认为因为阻隔，水边才会出现那么多的爱情故事。因阻隔而产生的不仅是爱情，还有逃离故事。河流的阻隔是有针对性的，对于会水的人而言，河流并不形成阻隔；可对于不会水的人来说，河流就构成阻隔。于是，河水的阻隔、流动性，加诸河水的舟楫之利，对于会水者而言，河流就成为一条生命的通道，"是从其他的世界、也就是异界通往自己生存的地方的通路"[3]。而在某些特殊情况下会水者可以借此达到逃离某种不利情境的目的，这时河流就意味着自由，意味着人能掌握主宰自己命运的权力。"小说里空间不是作家的偶然选择，而是他的精心选择和必然安排"[4]，在河边长大的莫言对河流与自由之

① 赵树功：《水与中国文学漫谈——水的审美与水边的爱情》，《宁波大学学报（人文科学版）》，2009年第2期。
② 赵树功：《水与中国文学漫谈——水的审美与水边的爱情》，《宁波大学学报（人文科学版）》，2009年第2期。
③ 莫言：《大江健三郎与莫言在中国》，《碎语文学》，作家出版社2012年版，第36页。
④ 余新明：《〈呐喊〉、〈彷徨〉的空间叙事》（博士论文），华中师范大学，2008年。

莫言与当代中国文学创新经验研究

间的这层深度关联不可能没有知觉，其小说中的逃离故事大多具有"河流—逃离—自由"的叙事模式，虽然逃离故事的最终结局未必都是成功，但却都是通过河流展开逃离的行动，且目的指向自由。《天堂蒜薹之歌》中私奔一节，高马背着金菊越过两县交界的顺溪到了苍马县："爬上河堤，进入了苍马县境，这是一片巨大的洼地，全部种植着粗大的黄麻，黄麻晚熟，此时还是苍翠郁青，生机勃勃，好像一片望不到边际的浩渺大水。"①涉河逃到苍马县意味着私奔的第一步是成功的，而随后这句"高马背着金菊冲进了黄麻地，就好像鱼儿游进了大海"②，不就是对斩获自由的表达吗？《怀抱鲜花的女人》中王四选择以河中潜水来逃避怀抱鲜花的女人的跟随，王四"屏住呼吸，施展水底功夫，箭一般向下游蹿去"③，"逃脱追踪的强烈愿望鼓舞着他尽可能在往远里游，尽可能长地在水下潜行"④。因为他看到了河流背后隐现的自由。《蛙》中两位超生妇女耿秀莲和王胆都不约而同地选择走水路逃离姑姑的追查，也许对她们而言，只要成功逃避了姑姑的追查就等于获得了生育的自由，虽然水路危机四伏，特别是耿秀莲怀着五个月的身孕还跳下墨水河游泳逃离，如此危险她们仍铤而走险选择走水路，是不是在她们的意识里水路离自由更近？或者说在作家莫言的潜意识里，河流就意味着自由，走水路不仅比陆路便捷，而且更具有追求自由的特殊含义？然而，河流没有给两位超生妇女带来她们所期待的自由，这个特殊的叙事空间不仅为两人追求生育自由的故事"提供了一个舞台，还以自己本身的特点（或曰规定性）参与、影响小说叙事的建构"⑤。河中游泳导致耿秀莲流产而死，水上分娩导致王胆得不到

① 莫言:《天堂蒜薹之歌》，作家出版社 2012 年版，第 80 页。
② 莫言:《天堂蒜薹之歌》，作家出版社 2012 年版，第 80 页。
③ 莫言:《怀抱鲜花的女人》，《怀抱鲜花的女人》，作家出版社 2012 年版，第 119 页。
④ 莫言:《怀抱鲜花的女人》，《怀抱鲜花的女人》，作家出版社 2012 年版，第 119 页。
⑤ 余新明:《〈呐喊〉、〈彷徨〉的空间叙事》（博士论文），华中师范大学，2008 年，第 4 页。

及时救治难产而死，河流以自己的方式参与到叙事中来，两位超生的妇女最终都在水路的逃离路上丢掉了性命，获得了另一种"终极的自由"，小说似乎至此也完成了"河流—逃离—自由"的叙事模式，但其中却充满了浓郁的悲剧意味。设想一下，设若将这两个故事放在其他的叙事空间里，比如山林、平原，那么其中的悲剧意味或许就要淡了许多了。

　　莫言小说中其他一些发生在河流场景中的事情，虽然不是字面上的逃离故事，却也具有"逃离/自由"的深意。《红高粱家族》余占鳌杀掉花脖子后在墨水河边当起了土匪头子，对藏身于河边青纱帐的土匪们而言，青纱帐所提供的不仅是藏身之处，更是提供了一种我行我素、为所欲为的自由生活。余占鳌与县长曹梦九交换人质是在墨水河木桥上，两方的人质获得了自由。《檀香刑》孙丙在马桑河边拉起岳家军大旗对抗德国兵，这是复仇，更是在追求民族的自由。《生死疲劳》西门猪在河边与野猪们大战一场后，在河中沙洲上拉大旗当起了野猪王，西门猪终于过上了无所约束、自由自在的生活；后来的人猪大战不啻是一场野猪们不甘人类奴役、追求自由的大战，这场惨烈悲壮的战争自然也发生在河里，西门猪击杀了四位猎人之后"猛然潜入水底，像一个伟大小说家那样，把所有的声音都扔到了上面和后面"[1]。此次水中逃离如此轻松，似乎这不过是一头猪伟岸、潇洒、自如的撤离，此时河流已然是自由的代名词。

　　可见，河流在莫言的小说叙事中扮演着重要的角色，河流不仅为莫言笔下的故事提供叙事空间，为人物活动提供特定场景，还以其独特的物态形象和丰富的文化内涵深刻地参与到莫言小说的叙事中，形成独具特色的河流叙事，这在其他小说家的创作中是鲜见的。当代文学中不少作家以河流为叙事场景，张承志写《北方的河》以北方的大河来渲染豪迈雄壮、锐意探索、不屈不挠的叙事氛围；迟子建在《额尔古纳河右岸》中以清丽唯美的额尔古纳河来铺垫哀婉、怅然的挽歌底色；矫健在《河魂》中则是通过反复描写"河魂"

① 莫言：《生死疲劳》，作家出版社 2012 年版，第 389 页。

来呼唤蓬勃的生命力；李凖《黄河东流去》则以时而奔腾咆哮、时而急湍险峻、时而幽深舒缓的黄河风情来铺展黄河流域壮丽画卷，从而"摄下了一个民族生活的照影"①……然而像莫言这样将各种特别的情节安置在河流场景中而形成河流叙事、让故事饱蘸着河流的水汽灵气与精神气的作品却并不多见。即使是与同样擅长写河边人与事的现代作家沈从文相比，莫言也独具特色。沈从文喜欢写河与人，他的小说也是水汽淋漓，波浪翻滚，不过沈从文更多的是将水的特质与个性融入人物的个性风貌和命运中，比如《边城》中爷爷的善良、闲澹与随和的性格，翠翠的柔美、朴野以及弥漫着感伤气息的命运，似乎都植入了水的特性、水的符码，而显示出如水般的质地。在沈从文的小说中，水与人互为映照，交相辉映。而莫言则更多的是将水的特质及隐喻意义与他讲述的故事交汇融合，比如对河边的生与死的描述、"河流／相遇"情节的叙述，"河流—逃离—自由"叙事模式的架构，都是在河与事的互文映现中强化并深化故事所涵纳的意义。更可贵的是，这些河流叙事总是呼应着人的生命主题，在悲喜交加的叙事丛林中彰显作家浓郁的生命意识。

如此独特的河流叙事源自河流的馈赠。莫言小时候，他家屋后有一条胶河，童年时代关于河流的记忆大都来自这条经常发洪水的胶河。

这样一个时常洪泛、水族兴旺的河流免不了生出各种奇妙故事，小说《罪过》《草鞋窨子》《蛙》等作品对这些水汽盈盈的神奇故事都有反映，可见早在童年莫言的记忆起点，河流就是有故事、充满神秘感的，它们作为神奇故事承载体而被深深地嵌入莫言的意识中，待莫言成为作家，它们便携着齐文化的神奇曼妙，在莫言"高密东北乡"这个文学世界中逐渐漫漶出一片浩渺、奇幻的水域。所以莫言如是说："河水不单为我们提供了食物，而且后来也给我提供了文学灵感。有河的地方肯定是应该产生文明的地方，也

莫言和新时期文学的中外视野

---

① 孙荪、余菲：《黄河流域的大幅风俗画卷——论〈黄河东流去〉的一个特色，兼谈风俗画在文学创作中的作用》，《中州学刊》，1983年第5期。

应该是产生文学的地方。"①是的，河水为莫言提供了充沛的文学灵感，河流叙事不就是河流赋予的文学灵感所结出的硕果吗？"逝者如斯夫，不舍昼夜"，那一江春水滚滚而来，滔滔而去，汇入无垠的大海，却为我们留下了一片丰润、神奇的文学世界。

中国现当代作家受益于河流丰厚馈赠的不止莫言，感怀于河流的哺育与滋养，这些受河流馈赠的作家围绕河流布局叙事而铺展的小说，宛如为河流吟咏着一曲曲或悠远、或高阔、或雄壮、或悲怆的史诗，譬如沈从文的《长河》、萧红的《呼兰河传》、张承志的《北方的河》、迟子建的《额尔古纳河右岸》，渐渐地在文学史上形成了一种谱写"河的史诗"的文学传统。莫言，这位童年记忆里灌满了河水的作家，在他的印象里河水经常"仿佛从天边沿着河道滚滚而来"②、又"像一匹扬着鬃毛的烈马一样"③奔腾而去，河水带给他不竭的文思、不羁的文气——"我一下子打开了通往小说宝库的大门，我童年的记忆被激活了。"④是的，正如莫言所言："闸门一开，河流滚滚而来。"⑤他的创作带着洪水般的气势和水汽淋漓的神奇故事，也如"一匹扬着鬃毛的烈马一样"汇入了"河的史诗"这一文学传统，成为其中重要的一支、独特的一支。与其他作家所不同的是，胶河岸边长大、深受齐文化影响的莫言更加凸显河流的神秘意味、河流与生命之间的内在关联，所以他更多地去描写围绕河流而生成的各种神奇、幻化的民间故事，也会更多地去凸显与河流相联的关于命运抗争、自由追寻以及欲望追求等各类生命故事，莫言笔下的河流书写流溢而出的是与其他作家完全不同的旋律，他奏响的

---

① 莫言：《大江健三郎与莫言在中国》，《碎语文学》，作家出版社 2012 年版，第 36 页。

② 莫言：《大江健三郎与莫言在中国》，《碎语文学》，作家出版社 2012 年版，第 36 页。

③ 莫言：《大江健三郎与莫言在中国》，《碎语文学》，作家出版社 2012 年版，第 36 页。

④ 莫言：《大江健三郎与莫言在中国》，《碎语文学》，作家出版社 2012 年版，第 38 页。

⑤ 莫言：《大江健三郎与莫言在中国》，《碎语文学》，作家出版社 2012 年版，第 38 页。

是一曲瑰丽、奇幻、独特的河的史诗。有意思的是，1973年的莫言为了实现"一天三顿吃饺子"的愿望，曾"模仿当时流行的题材和创作方法"①而最早想动笔写的一部长篇小说就取名为《胶莱河畔》，这或可算是莫言书写的"河的史诗"的最初开端吧。虽然这部小说没有最终完成，然而莫言与河流的文学之缘却由此开始，并在以后的作品中不断深化、拓展，为胶莱平原上奔流不息的河流谱写着一曲神奇瑰丽、滔滔不绝的史诗。

（作者：陈晓燕）

---

① 莫言:《与王尧长谈》,《碎语文学》,作家出版社2012年版,第99页。

第十一章　莫言的文学批评

莫言自认缺乏文学批评的理论修养，对于各种流行的批评（小说）理论也持敬而远之的态度。但这样的姿态，并不妨碍他在诸多创作谈、访问、演讲、随笔中，阐明自己的文学观念，评价古今中外的其他作家作品，并对某些文学现象、文学思潮发声。从这些文字中可以发现，莫言的文学批评，主要通过体验而非先验的方式、寓言化而非学理化的风格，呈现沟通批评者和作者心灵世界的特质，进而展现对复杂人性的深刻剖析，表现对故事和人物、结构和语言、想象力和个性化写作等的重视和追求，在回归中国古代文学批评传统的同时，也凸显了属于自己鲜明的主体创造性，造就了"大师的批评"的气度。

第一节　"知音"的"文心"共鸣——以体验式批评为视角

专业批评家的文学批评，在法国批评家阿尔贝·蒂博代看来，是一种注重"准则和体裁"的"职业的批评"[1]。这种批评习惯从某些先验的理论视野、理论框架、理论术语出发，对文学作品和文学现象进行解读，倾向或优点是系统性、规律性、学理性色彩浓厚。但有时不免削足适履甚至生吞活剥，可能让意旨复杂、风格多样、

---

① （法）阿尔贝·蒂博代:《六说文学批评》，赵坚译，生活·读书·新知三联书店 2002 年版，第 76 页。

个性独特的文本，以及丰富错杂的文学现象、歧路交织的文学潮流，或变成批评家笔下抽象概念及晦涩名词的图解，或变成批评家为自己堆砌教条宫殿的梁柱砖瓦。特别是蒂博代指出，职业的批评有"历史感"但缺乏"审美观"，如果文学是"生活的玫瑰"，职业的批评"自然而然地要碾碎和弄乱这朵纤弱的现实之花，它鉴赏、分类、解释，但很少是在品味"[①]。许多职业的批评，读来干枯乏味、故作艰深，让普通读者生畏，推着读者远离作家、作品，也让被评说的作家生厌，带来批评与创作的抵牾。莫言也有类似的看法，他不无讥诮地提到，一些新潮的理论操作是"把简单的变成复杂的、把明白的变成晦涩的、在没有象征的地方搞出象征、在没有魔幻的地方弄出魔幻，把一个原本平庸的小说家抬举到高深莫测的程度"。他自己则倾向朴素的小说理论操作方式："把貌似复杂实则简单的还原成简单的，把故意晦涩的剥离成明白的，剔除人为的象征，揭开魔术师的盒子。"[②]综观莫言的文学批评，其以对作家、作品的真切体验为主要视角，在"朴素""简单""明白"的阐述中，中国传统文学批评的影子若隐若现。

譬如"知音"说。刘勰的《文心雕龙》专列《知音》一篇，其中论道："夫缀文者情动而辞发，观文者披文以入情，沿波讨源，虽幽必显。世远莫见其面，觇文辄见其心……故心之照理，譬目之照形，目瞭则形无不分，心敏则理无不达。"[③]从批评的角度，可以如此理解这段话：作者的思想感情和隐秘心理透过文字，激发批评者强烈的感受或体验，进而"以意逆志"，对作者的"文心"或意旨进行细致入微的追溯、深入贴切的体察，双方虽远隔时空，但不用谋面即可心心相印；就如明亮的眼睛可以准确分辨形貌一般，主客之间"文心"的敏锐体验和共鸣，能让批评者发掘出作品的真正奥

---

① （法）阿尔贝·蒂博代：《六说文学批评》，赵坚译，生活·读书·新知三联书店 2002 年版，第 90—91 页。

② 莫言：《超越故乡》，《聆听宇宙的歌唱》，中国文史出版社 2012 年版，第 4 页。

③ 李建中主编：《中国古代文论》，华中师范大学出版社 2007 年版，第 166 页。

秘。莫言也曾提到，作家之间"最好的交流是阅读彼此的著作"①，他的文学批评，更多源自作家立场，常从自己独特的人生体验、创作体验、心灵体验出发，透过对其他作家作品的阅读，进入类似"披文入情""沿波讨源""觇文见心"的状态中，在与批评对象的人生经历、创作动机、心路历程的相互激发中，取得精神的对话与情感的共鸣，为寻找到文学上的"知音"而欣然。

　　某种意义上，莫言是把鲁迅引为"知音"的。在《读鲁迅杂感》中，莫言借对《狂人日记》的阅读印象，唤醒了自己童年人生的饥饿记忆，讲述了故乡一个"手上生着骈指，面貌既蠢且凶"的哑巴将人肉掺在狗肉里卖，有人在狗肉中吃到人指甲的传闻。他跳开对鲁迅小说"吃人"象征的常规性历史批判、文化批判的评述路数，而是煞有介事地分析了狗肉中出现人肉的原因：饿殍遍野的时代，家里连人的嚼谷都没有，狗多半离家出走，以吃死人尸体为主食，吃狗就相当于间接吃人；狗吃红了眼后野性复苏成为疯狗，"哑巴依靠着原始的棍棒、绳索和弓箭要猎到一条疯狗也并不容易，但他要从路边的横倒和荒野的饿殍身上剔一些精肉则要比较简便许多"②。虽然后来莫言自己澄清传闻并不属实，但这里对"吃人"从象征意味到真实生活见闻的还原，也是"饥饿"——这一莫言最为深刻的人生体验的还原，读来感觉有些惊心动魄，使人既对鲁迅小说所批判的残酷历史循环，也对莫言在《狗道》中描绘的群狗与人对垒的故事、《丰乳肥臀》中的饥饿惨剧的印象更为深刻。在此文中，莫言还抑制不住心中的愤懑，借鲁迅的《聪明人和傻子和奴才》回击了自己在创作道路上遭遇的污蔑构陷，对于自己被深文罗织的"文化汉奸""民族败类""流氓""蛀虫"等罪名，莫言也隐晦地表现出类似鲁迅《这样的战士》中一般击破"无物之阵"的战斗姿态。无怪从少年阅读的震撼，到几十年后深入阅读的体验，让

①　莫言：《读书就是读自己》，《用耳朵阅读》，作家出版社2012年版，第331页。
②　莫言：《读鲁迅杂感》，《会唱歌的墙》，作家出版社2012年版，第117页。

莫言将《铸剑》誉为中国最好的小说。他引述黑衣人的话"我的魂灵上是有这么多的，人我所加的伤，我已经憎恶了我自己"，称道黑衣人所象征的鲁迅不妥协的战斗精神，以及眉间尺敢于自斩头颅以求复仇的决绝姿态。可见莫言的鲁迅评论，某种程度结合了自己遭受不公正的人生体验，并借鲁迅"冷得发烫、热得像冰的精神"来自我激励，宣示一种不妥协的姿态。

　　三岛由纪夫则是莫言的另一类"知音"。在《三岛由纪夫猜想》中，莫言连用八个"我猜想"，细致剖析了三岛由纪夫的内心世界和敏感、软弱的性格，尤其是通过对《金阁寺》象征意味的解读，猜测了三岛由纪夫青少年时代对成熟女性近乎病态的痴迷。莫言自己的青少年时期，对年长于自己的美丽女性，也有着朦胧的向往和迷恋。他读到《三家巷》中区桃死去时伤心莫名、怅然若失，以致在语文课本的空白处写满区桃的名字；也是出于这样隐秘萌发的性爱意识，《钢铁是怎样炼成的》中保尔和冬妮娅的初恋故事让少年莫言魂牵梦萦，即便过了多年，"但一切都在眼前，连一个细节都没忘记"①。对这类普遍的人生体验及中外文学作品对其的描画，莫言并未用"精神分析"或"镜像"等理论和学术性语言加以分析，而是用大量感觉性、心理性的语言，进行了还原式的解读，几乎可以看作对三岛由纪夫的创作心理、莫言自己的人生经验及阅读心理的再现。由此不难理解，为什么从《透明的红萝卜》中的菊子姑娘到《白狗秋千架》中的暖，以及《白棉花》中的方碧玉，莫言笔下也总有类似的女性形象。大概是因为自幼长相丑陋又贪吃，似乎青少年时期的莫言更多遭到的是美丽女性的白眼或耳光，所以成年之后的莫言将自己当年性爱的憧憬、苦闷诉诸笔下，化为文学形象的书写。

　　莫言也视蒲松龄为"知音"，热爱并着力借鉴蒲松龄的《聊斋志异》，他对《聊斋志异》的分析评论，体现了他对蒲松龄的创作动机的真切体验及自我反观。他从蒲氏那儿领会到的创作经验是：

　　①　莫言:《童年读书》,《聆听宇宙的歌唱》,中国文史出版社 2012 年版,第 150 页。

"作家创作的时候应该从人物出发、从感觉出发，应该写自己最熟悉最亲切的生活，应该写引起自己心里最大感触的生活。也就是说你要打动别人，你想让你的作品打动别人，你首先自己要被打动，你要想你的读者能够流出眼泪来，你成为作家在写作和构思的过程中首先要让自己流下眼泪。"蒲松龄说鬼谈狐的动机，是科场失意带来的抑郁苦闷，让其一生耿耿于怀，抱恨、抱憾、抱屈。蒲松龄的伟大之处，在于对这种凡人的感情进行了升华，对个人生活进行了普遍性的拓展，把讽刺和批判化到了栩栩如生的人物形象塑造和神奇怪诞的狐鬼故事中。莫言师承蒲松龄的痕迹明显，他的《生死疲劳》中西门闹向阎王上诉告状、不断轮回的故事，既是从"六道轮回"的佛家思想得到启示，也是学习了《席方平》的写法，体现了他在创作体验上和蒲松龄的关联。莫言还以《黄英》等篇为例，分析蒲松龄在塑造狐、鬼、妖的形象时，常选取生活中的常识性和经验性的细节描写，让这些虚构的故事富有了人间生活气息，这种写法连接了莫言自己的写作经验，让他的小说也呈现了细节上的功力。莫言学习蒲松龄的同时，也有了自己的超越，他主张"从生活出发，从个人感触出发，但是要把个人生活融入到广大的社会生活当中去，把个人的感受升华成能够被广大人民群众所接受的普遍的感情"[1]。这就是莫言反复提及的"同化生活"的能力，他的"高密东北乡"记忆和传奇，就是融入了故乡之外更广阔的世界、更复杂的经历、更丰富的感情，因而获得海内外的广泛认同。

　　如果阅读、批评与作家的创作之间能达致"文心"相通的境界，那就会成为真正的"知音"，这种心灵体验水乳交融的境界，在文学批评中殊为难得。莫言认为："一个作家读另一个作家的书，实际上是一次对话，甚至是一次恋爱，如果谈得成功，很可能成为终身伴侣。"[2]他对福克纳的评价，表现出在创作体验、心灵体验上

---

①　莫言：《我的文学经验》，《用耳朵阅读》，作家出版社 2012 年版，第 245 页。

②　莫言：《福克纳大叔，你好吗？》，《用耳朵阅读》，作家出版社 2012 年版，第 23 页。

与福克纳的"知音"关系。在《说说福克纳老头》一文中，他说自己当年只是读了《喧哗与骚动》的译者李文俊的前言，就激发了创作的冲动，待读到第四页最末两行"我已经一点也不觉得铁门冷了，不过我还能闻到耀眼的冷的气味"的句子后就合上了书，他欣赏福克纳"那种讲述故事的语气和态度，他旁若无人，只顾讲自己的，就像当年我在故乡的草地上放牛时一个人对着牛和天上的鸟自言自语一样"[①]，仿佛看到福克纳在与自己对话，由此激发了自己对"高密东北乡"的创造，还有感觉新异的语言使用。奇妙的是，莫言自述他开始"与这个美国老头建立了一种相当亲密的私人关系"，虽然"至今我也没把他老人家的哪一本书从头到尾读完过"，但看他的书时，"就像跟我们村子里的一个老大爷聊天一样，东一句西一句，天南地北，漫无边际。但我总是能从与他的交流中得到教益"。[②]他还虚拟了在自己遭遇创作困境时与福克纳的生动对话，透过文字不无顽皮地发现了福克纳的小毛病和普通人的可爱之处，如他自己所说："感到自己与福克纳息息相通。"这些评说福克纳的文字，直指自己的本心，也对福克纳的性情和作品有着深刻切近的体验，读来趣味盎然，让人解颐。

莫言觉得："一个作家对另一个作家的影响，是一个作家作品里的某种独特气质对另一个作家内心深处某种潜在气质的激活，或者说唤醒。"[③]他对马尔克斯《百年孤独》的评论，更多感受到的是强烈心灵体验的激染。他提到自己当年读到《百年孤独》时，"那些颠倒时空秩序、交叉生命世界、极度渲染夸张的艺术手法"让自己震惊，还激活了自己内心深处某种潜在气质，"把我内心深处那片朦胧地带照亮了"，让他意识到"原来小说可以这样写"。莫言还

① 莫言：《福克纳大叔，你好吗？》，《用耳朵阅读》，作家出版社 2012 年版，第 25—26 页。
② 莫言：《说说福克纳老头》，《会唱歌的墙》，作家出版社 2016 年版，第 192—194 页。
③ 莫言：《中国小说传统——从我的三部长篇小说谈起》，《用耳朵阅读》，作家出版社 2012 年版，第 152 页。

谈到马尔克斯的哲学思想带给了自己借鉴，即"独特的认识世界、认识人类的方式"，认为马尔克斯"用一颗悲怆的心灵，去寻找拉美迷失的温暖的精神的家园。他认为世界是一个轮回，在广阔无垠的宇宙中，人的位置十分的渺小"[①]。可以看出，莫言对马尔克斯的认知，经历了一个从学习技巧表象到领会深层意蕴的过程，他对马尔克斯"悲悯"情怀和"轮回"思想的认识更为准确。这种认识，也许不是来自教科书或讲堂上批评理论的训练，而是作家与作家之间创作体验、心灵体验的交融。这表明在中国，莫言也许是在精神和气质上，最能与福克纳、马尔克斯形成对话，并与这二者成为"知音"的作家。以此为基础，莫言才能够从模仿福克纳、马尔克斯等，到逃离二者并走向独创之路。

第二节 "知人论世"与"说话"——从故乡记忆 和讲故事传统切入

影响莫言批评视角建构的，还有"知人论世"的中国古代批评传统。《孟子·万章下》所载："颂其诗，读其书，不知其人，可乎？是以论其世也。是尚友也。"即在批评中看重身世经历、生活环境、时代背景对作家创作的影响，这也与传统的"社会—历史"批评有明显的关联。莫言习惯在自己和批评对象之间，做生活经历的类比、人生体验的对照，但莫言没有对把二者做简单的生平比附、庸俗的社会分析，他往往在自己和批评对象的童年经历、故乡记忆中发现相似之处，进而引起心理认同和情感亲近，评论的兴味和视角也常常由此切入。莫言自承受福克纳的"约克纳帕塔法县"和马尔克斯的"马孔多镇"的影响，唤醒了自己童年的生活经验、故乡记忆，创建了"高密东北乡"这一自己为王的文学共和国。他还借用

---

① 莫言：《故乡的传说》，邱华栋编《我与加西亚·马尔克斯——中国作家的私密文本》，华文出版社 2014 年版，第 4—6 页。

美国作家托马斯·沃尔夫的话"一切严肃的作品说到底必然都是自传性质的，而且一个人如果想要创造出任何一件具有真实价值的东西，他便必须使用他自己生活中的素材和经历"，鲜明地指出"故乡就是经历"[①]。在大江健三郎造访高密时二人的对话中，莫言感受到双方"人生的起点和文学的起点有很多相似之处——你说你的人生始于日本四国被森林包围的小村庄，我也非常有同感，我的起点就是你们今天所看到的又矮又旧的房屋、后面的河流，前面一望无际的田野"[②]。以故乡为蓝本创造自己的文学共和国，既描画出各自不同的文学地理景观，又表现了风采各异的地域文化、民族文化韵味，是古今中外有独特风格的作家所深谙并取得杰出成就的奥秘之一，除上述作家外，莫言还提到鲁迅的"鲁镇"和沈从文的"边城"。当然，"还有许许多多的作家，虽然没把他们的作品限定在一个特定的文学地理名称内，但里边的许多描写，依然是以他们的故乡和故乡生活为蓝本的。戴·赫·劳伦斯的几乎所有小说里都弥漫着诺丁汉郡伊斯特伍德煤矿区的煤粉和水汽；肖洛霍夫的《静静的顿河》里的顿河就是那条哺育了哥萨克的草原也哺育了他的顿河，所以他才能吟唱出'哎呀，静静的顿河，你是我们的父亲'那样悲怆苍凉的歌谣"[③]。故乡、童年的人生体验，成为莫言创作的灵感启发和不竭源泉，也是其观照其他作家及文学世界的一个视角。正是基于与故乡血肉相连、无法割裂的人生体验，莫言赋予了故乡"血地"的称谓，并借此质疑了某些知青作家描写农村生活景象时的情感隔膜。在继承"知人论世"批评传统的基础上，莫言进一步以跨时代、跨文化的视野，对照自己对童年生活、故乡记忆的真切体验和深刻反思，融汇作家感同身受的敏锐体验，展开对其他作家、作

---

① 莫言：《超越故乡》，《聆听宇宙的歌唱》，中国文史出版社2012年版，第11页。

② 莫言：《大江健三郎与莫言在中国》，《碎语文学》，作家出版社2012年版，第35页。

③ 莫言：《超越故乡》，《聆听宇宙的歌唱》，中国文史出版社2012年版，第6页。

品的分析评价，这使得他对其他作家创作的原初动机、深层意旨的把握更为贴近，对其他文学作品、文学世界的借鉴和化用也更为自如。

中国古代文化、文学发展的"说话"传统，也深刻影响了莫言的创作和批评。鲁迅早年在《中国小说的历史的变迁》和《中国小说史略》中都专列篇章，通过钩沉古籍，论述宋人"说话"、宋之"话本"在中国古代小说发展史中的重要影响。他发现从唐末至两宋，在市井瓦肆之地，"说话"者或讲"小说"，"如烟粉灵怪传奇公案朴刀杆棒发迹变态之事……谈论古今"；或"讲史书"，"谓讲说《通鉴》、汉唐历代书史文传，兴废战争之事"①。说书人在口头自由发挥和以作凭依的底本之间，逐渐丰富发展了各种市井故事和历史传奇，成为《三国演义》《水浒传》等小说的源泉。除诺贝尔文学奖颁奖礼上以《讲故事的人》为题的演讲外，莫言在其他的评论和演说中，不断强调了自己从"听故事"到"讲故事"的创作体验。他既直指民间文化资源对作家的深远影响，更突出了"说书人"传统对文学传承、文学发展的重要价值，这在当代作家的创作谈及文学批评中，是态度鲜明、重视非常的。莫言自己，又何尝不是中国当代深植民族传统、深谙民间"说话"技法最精彩的说书人呢？民间那些妖魔鬼怪的传说和奇人奇事，在很多作家的故乡代代相传、耳濡目染，"对于作家来说，这是一笔巨大的财富，是故乡最丰厚的馈赠。故乡的传说和故事，应该属于文化的范畴，这种非典籍文化，正是民族的独特气质和禀赋的摇篮，也是作家个性形成的重要因素"②。在莫言看来，自己在《草鞋窨子》《生蹼的祖先们》等中讲述奇闻异事，和蒲松龄在《聊斋志异》中讲述鬼怪妖狐故事类似，传承了一种久远、普遍的创作传统，而马尔克斯如果不是从外祖母嘴里听了那么多的传说，也绝对写不出他的惊世之作《百年孤独》。莫言曾与台湾作家张大春、朱天文等座谈，这些作家家学较好，童年有广泛的阅读经历，莫言不能相比。但莫言讲述童年从

① 鲁迅：《中国小说史略》，上海古籍出版社 2000 年版，第 73 页。
② 莫言：《超越故乡》，《聆听宇宙的歌唱》，中国文史出版社 2012 年版，第 8 页。

莫言与当代中国文学创新经验研究

216

大爷爷、从祖母、从集市说书人那儿"用耳朵阅读"听到的鬼怪故事，让听者瞠目，促成了《神嫖》等一组短篇小说的问世。不妨想象一下，如果打破时空界限让蒲松龄、马尔克斯、莫言三人聚首交谈，相似而不尽相同的创作体验，又能催生多少奇异怪诞的故事和精彩篇章。

第三节　寓言化批评风格——来自庄子的影响

虽然从话语方式看，莫言的文学批评也有对"怪诞现实主义""复调""误读""叙事迷宫""众声喧哗""结构主义"等专业术语的运用，如对帕慕克的《我的名字叫红》《雪》等的分析，但他没有亦步亦趋用这些术语对作品进行概念化解读。从总体看，莫言的体验式批评话语大多和学院式批评保持距离，有意淡化理论色彩，笔锋自由自在、随意为文、不落窠臼，有些词句直白至近乎浅陋，但胜在鲜活生动、通俗易懂。特别是莫言一些谈文论艺的文字，更像是寓言化的散文而不似文学批评：或征引古籍旧典、回想轶闻琐忆，或虚拟戏剧化场景讲述寓言化故事，此中意味含蕴深远，似乎可在庄子散文的寓言化书写中发现传承脉络。

庄子散文善用天马行空、纵横恣肆、瑰丽奇谲的浪漫想象，虚构似真如幻的寓言故事，在神异的场景、生动的对话、奇崛的对照、恰切的类比中，蕴含对自然造化、人的精神深邃阔大的哲理探寻，也表达对仁义虚饰、社会现实犀利尖锐的反思批判。莫言自己说创作《马蹄》就是受庄子《马蹄》篇启发，来表达自己的散文观，其寓意和庄子如出一辙[1]。庄子以"伯乐善治马""陶者善治埴""匠人善治木"作比，寓意从政者为治理天下制定的一切法度规矩、进行的各种礼仪道德教化，都是对事物自然本性的残害。莫言的《马蹄》以"文论"为题解，首先传达了自己的文体观。他把各种文体比作铁笼，作家或诗人在笼子里飞翔，"比着看谁飞得花哨，偶有

① 莫言:《马的眼镜》,《文汇报》, 2017 年 3 月 15 日, 第 12 版。

不慎冲撞了笼子的，还要遭到笑骂呢。有一天，一只九头鸟用力撞了一下笼子，把笼内的空间扩大了，大家就在扩大了的笼子里飞。又有一天，一群九头鸟把笼子冲破了，但它们依然无法飞入蓝天，不过是飞进了一个更大的笼子而已。……新的文体形成，非朝夕之功，一旦形成，总要稳定很长的时期，总要有它的规范——笼子。九头鸟们不断地冲撞着它扩展着它，但在未冲破笼子之前，总要在笼子里飞"。但进入正文后，莫言跳开文学评论的常规，记述了自己赴湖南的一次旅游经历，以此类比创作体验，讽刺"同行中有善比喻者，指东指西，命此山为苍狗，命彼山为美人，我凝视之，觉得都似是而非。其实山就是山，命名多半只有符号的意义，硬要按名循实，并且要敷衍出几个大同小异的故事，几同对大自然的亵渎"。莫言进而由沿途看到的一支马队引发对"白马非马"诡辩论的思考，并复述庄子《马蹄》篇中伯乐等"善治马"者对马之天性所做的规训及扼杀，最后以自己当兵时所见被铁轨夹断后蹄的一只枣红马留下的深刻印象结尾。通过游记式所见、所感的书写，莫言在形象化、感觉性、隐喻性的漫谈笔墨中，批评了文体规训的僵化、文体命名的虚妄，强调了作家敢于自我立论，打破文体和逻辑的束缚，追求自由、个性化创作的价值，通篇可被视作关于文学创作的寓言，读来别开生面。

《文学与牛》的寓言色彩也很浓。在这篇小文中，莫言用"牛"作为文学的寓意对象，异想天开地写道："几十年来，牛的遭遇与文学的遭遇很是相似，农民的养牛史，活像一部当代文学史。"[1]曾经，文学被抬举到不切实际的重要位置却又饱受管制，就像当年作为重要生产资料的神圣不许屠宰的牛；八十年代农民获得自由后，牛的数量空前增多，好似新时期文学的黄金时代；九十年代以来，随着机械化的推广和农民失去种地热情，养牛更多是为养肥了卖肉，文学也褪去神圣和尊严，变成一种商品生产。在将阳春白雪的

---

① 莫言:《文学与牛》,《聆听宇宙的歌唱》, 中国文史出版社 2012 年版, 第 173 页。

文学与下里巴人的牛"远取譬"的类比中，蕴含着接近真相的当代文学史反思，又表现为带着苦笑的农民式幽默。这样对半个多世纪中国当代文学史的寓言式评价，是莫言独一份的体验和思考，也不能忽略莫言对中国古代散文一种久远讽喻传统的继承。

在《蓝色城堡》中，莫言让《荷马史诗》中的古希腊英雄奥德修斯穿越到现代北京，在游人如织的广场、车辆川流的道路上历险，奔逃入蓝色城堡似的国家大剧院，遇到了大剧院的设计者保罗·安德鲁和"莫言"自己，此时大剧院的舞台上正在演出莫言编剧、奥德修斯为主角的歌剧。通过对奥德修斯心理、行动的刻画，并编造出三者相遇时的对话，莫言表达了对《荷马史诗》作为一切艺术之源的崇敬、对古典文艺高扬英雄主义精神的赞美。但在喧嚣的现代都市街头、堂皇的现代建筑、窘迫的人物处境，及装模作样的对话映衬下，古典艺术的神圣感、英雄主义的崇高感，变成一场徒有形式的虚饰表演。莫言在此篇中的文字，似乎带着不怀好意的暗笑，嘲弄着当下社会的浮华庸碌、感叹着古典美的不合时宜，是隐含反讽的寓言式写法。

莫言还有一些文论，如《神秘的日本与我的文学历程》对自己的一次日本之旅、也是文学之旅娓娓道来，也是思理深邃、情感幽远的散文。他记述了在伊豆半岛探访川端康成创作《伊豆的舞女》时居住的旅馆，追寻梶井基次郎的行迹，参观井上靖故居的旅程，遥想了这些作家的形容和文心。该文通篇灌注了至诚的情感，描绘了敏锐的感受，并在奇特的想象中营造出神秘的氛围，语言舒缓而带有诗意，读之让人悠然神往，毫无理论批评的枯涩，确乎是一篇"美文"。

第四节　造就"大师的批评"——以"六经注我"与"寻美"为旨归

莫言的文学批评，在寻找"知音"的姿态下，通过自我真切的人生体验、创作体验、心灵体验，用不拘一格的寓言化风格，对其他作家的文本和文学现象进行批评的方式，让历史的在场、精神的对话、文心的共鸣成为可能，也许还接续了中国古代"我注六经""六经注我"的传统，即在文学批评的过程中始终凸显批评家和文本的主体地位，在解读文本、探究文意的基础上，让批评对象成为批评家意志、情感、思理的源泉或旁证。即便从"知人论世""以意逆志"的视角，进行社会—历史分析、家世经历梳理、创作动机探究，莫言也很少被评论对象牵着鼻子走，很少亦步亦趋地屈从于通行的文学理论。他的作家论指向古今中外的文学大师，批评立场大多是平等而非仰视的；他的文本解读，批评视角大多是基于人性的、艺术的而非政治的、阶级的。通过自己的文学批评，莫言较为自如地从"我注六经"发展到"六经注我"，并从批评对象中旁稽博采，汲取一切可为自己参照的文学灵感、可为自己超越的文学滋养，在对自身创作大有裨益的同时，呈现出"大师的批评"的气度。

还是蒂博代，他在《六说文学批评》中论述"自发的批评"和"职业的批评"后，又解读了"大师的批评"。他认为"大师的批评"包括十九世纪由夏多布里昂、雨果、拉马丁、波德莱尔等文学大师所组成的批评链条，夏多布里昂将其叫作"寻美的批评"。这种批评"把自己置于作者的地位上，置于研究对象的观点上，用作品的精神来阅读作品"，和作者一起感受生命的冲动、经历创作的激动、体验灵魂的震颤，表达出"对艺术创造力的深切同情"①。与以指摘劝诫为能事的"求疵"的职业批评形成鲜明对比的是，"大师的批评"出于艺术家的好感和深刻，以"寻美"为旨归，注重批评者和批评对象之间"两个意识的遇合"，激发作家创造本能的自然流露，其"是一种美学创造而不是一种批评分析"。蒂博代还指出："熟悉天性，热爱天性，尊重天性，并由此产生一种热情，此乃寻美的

---

① （法）阿尔贝·蒂博代：《六说文学批评》，赵坚译，生活·读书·新知三联书店 2002 年版，第 122 页。

批评之真正的必要性"①，而热情，正是批评的灵魂所在。特别是在面对经典作品时，"大师的批评"往往表现出极高的悟性，迸射出天才的火花，这是职业的批评所不能企及的。当然，"大师的批评"也不免出现偏见甚至失误，但那往往是因为对某种观念的执着和激情，绝非出于同病相怜或党同伐异心理的无原则吹捧，就像雨果对莎士比亚（天才对天才）满怀热情、诗意洋溢而又带有偏见的解释。由此，蒂博代高度赞誉狄德罗的《沙龙》随笔、雨果的《论莎士比亚》和费纳隆对《荷马史诗》的批评改写，视为"大师的批评"的代表。蒂博代还称"批评包含一种比喻的艺术，当比喻不仅仅是一种艺术而且还是技巧的时候，我们就有了形象比喻"。如夏多布里昂赞美荷马、但丁、莎士比亚、拉伯雷的作品是"人类精神的矿藏和母亲"的时候，"这一引起无限联想的形象比喻把荷马、但丁、莎士比亚、拉伯雷作为同类，涉及他们的内心世界和人类的精神本身……也涉及他们的全貌，并且让他们像静物一样呈现在我们面前"②。这表明"大师的批评"在寻美的心路中，自身的批评话语、批评修辞也绽放出创造之美的闪光，与所发掘出的批评对象之美相映生辉。

　　不难看出，莫言的文学批评，与上述所论"大师的批评"多有相似：他"知音"式的批评视角，切入点就是"两个意识的遇合"或"文心"相通，在人生体验、创作体验、心灵体验的共鸣或"同情"中"寻美"，找寻、评价批评对象的创造之美，进而激发自身创造美的冲动。正如他对鲁迅、蒲松龄、福克纳、马尔克斯等的人生际遇和代表作品的批评，不时可见感同身受、意趣相投、心理相通的发见。他对这些古今中外文学大师的论述，那源自内心深处的熟悉、热爱和"激情"（特别是对蒲松龄和福克纳），也常常从笔端满溢而出。他对某些经典作品如《铸剑》《百年孤独》等的解

---

① （法）阿尔贝·蒂博代：《六说文学批评》，赵坚译，生活·读书·新知三联书店 2002 年版，第 28 页。

② （法）阿尔贝·蒂博代：《六说文学批评》，赵坚译，生活·读书·新知三联书店 2002 年版，第 128 页。

读，表现出敏锐细微的"悟性"，屡有不落窠臼的真知灼见；他喜用的寓言化批评文风，如《马蹄》《文学与牛》等在"形象比喻"中引发无限联想，也表现出在批评艺术、批评修辞上独特的审美创造……考察公开披露的现有材料，无法断言莫言受到蒂博代的直接影响，但莫言的文学批评，已然显示出"大师的批评"的气度。

蒂博代也警告，"大师的批评"可能陷入"作坊批评"的困境，即批评者拘泥于一己喜好、限于文学圈子的划分，对异己者进行箭林石雨、偏激无礼的谩骂攻讦，对同好者进行礼尚往来、言过其词的揄扬溢美。如果这样的话，职业的批评"求疵"的倾向、理论的指引反倒显得尤其可贵。[①]莫言的文学批评，在进行作家论、作品论的时候，更多指向中国古代、中国现代文学、外国文学中的大师级作家及其经典作品。对中国当代文学，也许从《红高粱》声名鹊起，到《欢乐》《红蝗》《丰乳肥臀》《檀香刑》等遭遇文坛内外的猛烈攻击，让莫言心有顾虑，不愿因对当代作家、作品的评说，导致自己陷入种种现实的是非纠葛中。所以莫言对中国当代文学的批评，更多是在夫子自道时对文学现象、文学思潮的评述，除"十七年"文学及余华等寥寥几人外，则较少详尽论及同代的作家、作品。莫言也许是想摆脱具体人际关系的束缚，以更为独立、自在的姿态进行批评，以免陷入"作坊批评"的樊笼。但是，莫言对大师级作家及其经典作品的批评，更多是"寻美"较少"求疵"，更多是"和鸣"较少"不同"，更多是"热情"较少"理性"，从而带来"大师的批评"不可避免的偏见和理论缺失。而对中国同代作家在批评上的刻意回避，也让批评的视野稍显狭窄，批评的当下性、锋芒性不够。

其实，没有哪一种批评是完美无瑕的，也不能苛求莫言在"高密东北乡"这一文学共和国后，又建构起一座辉煌的文学批评宫殿。莫言的文学批评最重要的意义，在于与创作几乎同步的"后

---

① （法）阿尔贝·蒂博代：《六说文学批评》，赵坚译，生活·读书·新知三联书店 2002 年版，第 29 页。

退"，即"后退"到中国古代文学批评的传统。尽管这种"后退"是不自觉的，不像他的创作那样有意识，但也造就了"大师的批评"。这表明只要是立足于文学创作、文学接受的本质和规律，即便是古老的批评方式，也会始终保持它的生命力；这些属于本民族传统的批评元素也会和来自异域的批评思维、批评方式形成有意无意的呼应，并对后世的文学批评及创作产生持续影响。

当下中国的文学批评，有的热衷"花花轿子人抬人"，在一团和气中大作不实的吹捧；有的为追求"语不惊人死不休"的效果，打着"酷评"的旗号秽语谩骂、招摇过市；有的"言必称希腊"地卖弄西方理论，在一知半解中以"新潮批评"暴得大名……文学批评的一些乱象，伤害了健康的批评环境、创作环境。莫言曾指责那些突破道德底线、丧失公正品格的文学批评，也对批评家提出"排除个人干扰""用一颗文学的心"及"说理的辩证的态度"来进行批评，不伤害文学"真诚"的希望。① 而莫言，也许还包括余华、格非、残雪、王安忆等的文学批评，如余华的《虚伪的作品》及对法国"新小说"的分析，格非对博尔赫斯的评论，残雪对卡夫卡小说的论述，王安忆在大学课堂上对中外经典的讲解等。这些中国当代一流作家在各种场合、用各种形式所作的创作谈、作家论、作品论等，都是基于自己在文学创作过程中真切而独特的体验，在不尽相同的视角和感受下，评说古今中外的文学杰作，进而深化中国文学在文化内涵、审美思维、哲理思辨、叙事技巧、语言淬炼等方面的思考及实践，都有造就"大师的批评"的可能。对于他们的文学批评，职业的批评家应予重视，并且应以批评为纽带，建立起"职业的批评"与"大师的批评"、文学批评与文学创作之间平等对话、良好互动的平台，来营造中国当代文学批评的健康环境，促进中国当代文学的健康发展。

（作者：彭宏）

---

① 莫言：《福克纳大叔，你好吗？》，《用耳朵阅读》，作家出版社 2012 年版，第 219—220 页。

第十二章　莫言与大众文化

　　本章在大众文化（mass culture）视阈下考察莫言与莫言作品，旨在通过对大众文化语境中的受众群体尤其是青年一代如何接受莫言与莫言作品的深度研究，由点到面地对莫言作品在大众群体的传播状况加以考察。本章试图从一个更现实与更宽广的角度重观莫言与莫言作品。莫言荣获诺贝尔文学奖，是具有里程碑式意义的作家。青少年是中国文化的传承者，文学是滋养灵魂的源泉，在他们的成长期间，文学扮演了怎样的角色至关重要。因此，本文将重点和突破放在传播、营销与接受环节。某种意义上来说，文学的接受比文本本身在当下显得更为重要，文学只有在代代相续的阅读、互动中才葆有最根本的生命力。

　　二十世纪九十年代，我国文化产业开始迅猛发展。大众文化是文化产业的产品，呈现为不同的文本，像电影、畅销小说、电子游戏、服装秀或主题乐园都属于大众文化的文本形式。文化产业是政府部门看好的绿色产业、朝阳产业，得到了政策、经济、宣传、教育的种种扶持。大众文化的大众也许表面上是"乌合"之众，但正是"乌合"里面的宽容、温和与开放态度，给了大众文化中那些富有批判性、生命力的新兴力量成长的可能和空间。大众文化形式丰富多样，涉及范围广泛。文学、音乐、美术等诸多传统精英艺术门类也受其影响呈现出有别以往的特点。

　　大众文化是与现代工业文明相伴生的、以现代大众传播媒介为制作手段、具有明显的商品消费特点的文化。大众文化总体上来看有三个突出特点。第一，大众文化的视觉化。大众文化的视觉化已经渗透到日常生活的方方面面，成为大众文化的一种重要表现形式。第二，大众文化以受众为中心。大众文化作为文化产业的产品，不再以生产者为导向，而是以受众、消费者为中心，围绕着受众的欲望组织生产活动。从法兰克福学派至今，对受众的认识在不断深入发展，总体来看，被动的受众逐渐成长转变为主动的受众。第三，大众文化的媒体性。大众文化的生产、传播、接受都离不开大众传媒。大众传媒绝不仅仅是文化与信息的简单载体或者大众文化的助手，而已经成为大众文化的一种新生产力。大众传媒成了大众文化生长的培养基。

在前述三个特性影响下，处于新世纪中国文学最瞩目位置的诺奖作家莫言是什么样的形象？大众怎样接受莫言作品？阅读莫言作品变成了什么样的情感消费行为？莫言作品在大众文化产业链里出现了怎么样的转化？以及人们怎么接受这些变化？下文将分三小节来深入讨论。

第一节　大众文化的视觉性与莫言作品的影视改编

除了商业性、媒体性之外，大众文化中视觉化的倾向日趋明显，潮水般的视觉传播符号弥漫在我们生活的社会空间。二十世纪九十年代以来，中国视觉文化快速发展，视觉化的大众媒介大规模地侵入了社会生活和日常生活，影视作品、广告、表演、MTV、平面设计、智能手机等诸多领域中，视觉符号被大量制造和复制，商业化与奇观化的影像化交织。图像、信息和节奏也日益改变着人们的感觉方式和思维方式。

美国社会学家丹尼尔·贝尔在其《资本主义文化矛盾》一书中指出了视觉文化出现的历史必然性，他认为"目前占统治地位的是视觉观念、声音和景象，尤其是后者，组织了美学，统率了观众。在一个大众社会里，这几乎是不可避免的"。并进而指出"当代文化正在变成一种视觉文化，而不是一种印刷文化，这是千真万确的事实"[1]。

---

[1]　（美）丹尼尔·贝尔：《资本主义文化矛盾》，赵一凡等译，生活·读书·新知三联书店1989年版，第154、156页。

视觉已成为当代大众文化的核心因素，我们的世界越来越多地充斥着视觉图像，它成了我们表征、制造和传播意义的重要手段。大众文化的广泛视觉化，就是视觉化对非视觉化领域的广泛征服。这种难以抗拒的视觉化趋势，在相当程度上表明了文化逻辑的转变，视觉经验具有越来越重要的作用，看得见的东西才有更大的文化力量。视觉文化时代的重要意义在于，它不仅提供了图像这一传播载体，还带来了传播理念和思维方式的创新。因此，以视觉性的角度审视文学是当下时代的需求。

图像式思维已经成为九〇后、〇〇后年轻一代的主导思维方式，他们以图像去理解世界、理解他人，去表达自我、建构身份。视觉文化对新世纪文学的影响是深远的。在传统的文学研究者看来，视觉文化挤压了新世纪文学的生存空间，比之八十年代文学的风光，新世纪文学的确丧失了显赫地位，但这并不意味着文学与视觉文化的对立。事实上，二者缠绕共生，文学为视觉文化提供了想象力与审美，视觉文化又影响着文学的深层肌理，还帮助人们重读文学。

一、小说与电影之间的距离

早在 1958 年，在《非纯电影辩——为改编辩护》一文中，电影理论家安德烈·巴赞对电影改编问题进行了精辟的阐述，将改编分为三类：第一类是仅从原著中猎取人物和情节，原著的完整性对于改编来说是无足轻重的；第二类是不但表现原著的人物和情节，甚至进一步体现了原著的气氛或诗意，但原著的完整性仍然是次要的；第三类改编和以上都不相同，强调把原著几乎原封不动地转现在银幕上，把原著的完整性放在至高无上的地位，承认原著对它有一种超验的关系①。1975 年，杰·瓦格纳把文学作品改编为影视的方式分为移植式、注释式、近似式②。"移植式"即图解式，对原

---

① （法）安德烈·巴赞：《非纯电影辩——为改编辩护》，陈犀禾选编《电影改编理问题》，中国电影出版社 1988 年版，第 244 页。

② （美）杰·瓦格纳：《改编的三种方式》，《世界电影》，1982 年第 1 期。

著不做任何改动，用镜头图解原著；"注释式"可根据原著的某个人物或某条情节线索，重新结构故事；"近似式"是一种自由式的改编，只采用与原著大体相近的情节框架，对原著中的人物命运可以根据当前现实的需要做大幅度的变动。比如日本导演黑泽明根据莎士比亚戏剧改编的一系列影片，与原著都有相当大的距离。这样的影片是编导对原著的再理解、再构思，纯粹是属于个人阅读式的改编。这种自由式的改编，往往会引起很大的争议。

杰·瓦格纳的三分法对后世的影视改编理论研究影响很大。莫言的小说改编的影视作品基本都属于杰·瓦格纳所分的后两种：注释式、近似式。在这里，笔者以莫言改编为影视剧的作品为入口，以改编的影视作品的上映时间为顺序，观察文学与影视这种最受欢迎的视觉化艺术形式之间的复杂关系。

首先，文学——尤其是优秀的文学作品是影视剧本的一大来源，可以说文学依然是新贵影视之母。

即使在新世纪，众多文学经典依然在不断地被翻拍，并且吸引了不少观众，他们甚至会再度重读经典。敏锐的导演们不断地从知名经典作家的作品中寻找故事的来源。莫言同名小说改编的电影《红高粱》大红大紫，成为第五代导演的代表作，这也让莫言的作品一直都吸引着影视制作者的目光。

1986年，张艺谋向莫言提出要买《红高粱》的电影版权。据说当时已经有一些电影界人士向莫言表达了对《红高粱》的兴趣。莫言在后来多次采访中提到，他一见到张艺谋，看到他"光着一只脚，手上提着在公共汽车上被人踩断鞋带的鞋子"，就觉得他很像自己村里的生产队长，顿时产生出一种信赖感。张艺谋顾忌说他没多少钱，莫言说没事。张又提出他要修改原作，莫言很爽快："改吧，我又不是巴金，又不是茅盾、鲁迅。"交易很快达成，莫言因此得到800元的小说版权费。作为"编剧之一"，他还拿到1200元稿酬。这个段子，在2012年山东卫视对莫言的专访①中，莫言再

---

① http://news.iqilu.com/shandong/yuanchuang/2012/1012/1340824.shtml.

度提及。电影《红高粱》比起原著，情节上进行了不少改动，但是主旨的表达还是符合原著的。电影的观看时间是固定而线性，在90分钟到120分钟内，观众从头到尾观看一遍，不能暂停，不能重放，没有讲解，没有讨论，和阅读小说的方式有很大差异，这决定了电影比起小说情节密度要少，人物要少，台词凝练，而重点是如何把情绪与意蕴运动视觉化，要达到视听的强化，这一点上电影《红高粱》成功了。

其次，随着大众文化的逐步发展，视觉化倾向越来越突出，莫言作品改编的电影呈现了柔化文学原著的倾向，尤其在2000年之后。九十年代中后期，国内电影的票房并不理想，虽然还常有作品在国际电影节获奖，但国内市场反应并不好，加之来自境外的盗版录像的冲击，中国电影面临着严峻的产业困境。因此，电影导演、编剧都努力寻求票房的认可，这种追求在改编环节上呈现出视觉快感与观赏愉悦的重视。

1995年严浩执导的电影《太阳有耳》，莫言参与了编剧，但在宣传上编剧写的是严浩，编剧顾问写了莫言的名字，声称是改编于莫言的小说《姑奶奶披红绸》，《姑奶奶披红绸》在各种莫言作品年表上都找不到，应该是片方杜撰。莫言在一次访谈中对这段编剧生涯的描述是"痛苦"[1]，莫言说："那是一段非常痛苦的过程，成天成月地兜在一块儿，睁着眼瞎编"。对于电影在柏林电影节得奖则说："其实非常一般化，当时他（严浩）要我写，我写了东北一个女土匪的故事，可是严浩不喜欢，就自己拿了个故事来，后来搞得不大愉快。"[2]莫言的作家身份与编剧这种集体合作性更强的职业显然出现了矛盾。《太阳有耳》的故事相当好莱坞：描述了一个无知、传统的二十年代初期，农家妇女油油在饥饿求生存的绝境中，竟被自己的丈夫为了两个馒头拱手"借给"潘好，受尽羞辱。然而在潘

---

① 谢静国:《论莫言小说（1983—1999）的几个母题和叙述意识·附录》，台北秀威资讯科技股份有限公司2006年版，第163页。

② 谢静国:《论莫言小说（1983—1999）的几个母题和叙述意识·附录》，台北秀威资讯科技股份有限公司2006年版，第163页。

好身上，油油却意外地得到了从未在丈夫身上得到过的爱和对一个女人的尊重。被黄埔军校除名的潘好曾是一位有抱负的军人，但当他在拥有自己的军队和大批枪械后却利欲熏心，变为称王称霸、滥杀无辜的土匪头子。尽管油油后来和潘好情感上难以割舍，但为了保护无辜百姓的生命，她还是毅然将潘好杀死。

　　2000 年，莫言的《白棉花》(1991 年出版) 由台湾拍广告出身的导演李幼乔改编为电影《白棉花》，宁静、苏有朋、庹宗华主演，成为他的电影导演处女作。《白棉花》小说本是为张艺谋定制，拍完《大红灯笼高高挂》的张艺谋来找莫言，要求他再写一部电影剧本。张提了两个要求：一是要拍农村题材，二是要拍大场面。最终莫言创作了作品《白棉花》，讲述一对加工棉花的青年男女，在棉花工厂里发生的悲欢离合。张艺谋却并不满意，理由是莫言在创作的时候过多地考虑了电影元素，比如以巩俐为原形塑造女主角，描写场景时太顾及画面展现，后来张艺谋这电影就没拍成。

　　在李幼乔执导的电影《白棉花》中，原著黑色的性启蒙意味在电影中弱化不少。首先在演员的选择上就饶有趣味，男主角马成功由台湾演员苏有朋饰演。在该电影上映的 2000 年，苏有朋正因古装青春偶像剧《还珠格格》中的五阿哥永琪在两岸三地乃至华人世界大受欢迎，炙手可热。另外一位重要角色李志高也是由台湾演员庹宗华出演，尽管两位演员苦练普通话，但是抹不去的台湾口音仍然让观众感觉到内地农村乡土气息的减弱；与之抗衡的女主角方碧玉由宁静出演，一贯饰演此类角色的宁静保留了倔强、大胆的原著人物精神，但无论如何，三个路数迥异的演员搭配出的冲突感无处不在，让这个山东高密东北乡的故事失去了纯粹。另外，导演的广告从业经历让电影最终呈现的影像比之原著要唯美得多，明丽得多，原著黑色血腥的气氛大大弱化。结尾更有重要改动，方碧玉的死亡变成了明确的失踪，原著惨痛的结局在电影中变成了悬置。

　　2000 年底，张艺谋将九十年代末莫言发表的《师傅越来越幽默》，改编为《幸福时光》，但莫言认为电影和他的小说几乎没什么关系。

　　《幸福时光》的故事比之原著改动相当大，原著相对于电影只能算一个楔子或者一个启发。《师傅越来越幽默》讲述了省级劳模丁师傅为工厂卖了一辈子的力气,眼看再过一个月就可以退休,却突然被抛入了下岗的队伍。一点微薄的积蓄又因一场伤病被用掉,丁师傅走投无路的时候,将报废在小树林中的公共汽车壳子改造成"林间休闲小屋",为男男女女提供幽会、野合的场所,从而使自己又富裕起来。小说的精彩之处是结尾。随着天气渐冷,丁师傅想收拾收拾等待来年再做时,不料一对爱得不能自拔的男女似乎在小屋里殉情了。在向公安机关报案后,最后却发现这不过是一场虚惊:汽车壳子里根本就没人!老丁目瞪口呆,而徒弟也略带不满地说"师傅真的是越来越幽默了"。这部作品是莫言少见的城市生活题材,一以贯之的黑色幽默的写作风格,表现出具有象征意义的历史和现实。改编的电影则是一个幽默温情的故事:退休工人老赵相中了一个胖女人,为了娶回家四处去挣五万块钱的彩礼钱。徒弟小傅给老赵出了个主意,让他把厂区后面的一个旧车厢改造成一个恋爱男女幽会的场所。于是装饰一新的旧车厢被命名为"幸福时光小屋"。不太情愿的老赵为了结婚只好硬着头皮干下去。为此,他还对胖女人谎称自己是幸福时光旅馆的总经理。胖女人十分嫌弃前夫留下的盲女孩,一心想甩掉这个包袱。她想把盲女安排到老赵的旅馆里。当老赵带着盲女到小屋"上班"的时候,那个旧车厢已经被吊在半空中。老赵只好又将盲女送回胖女人家,可她家已没有了盲女的容身之地。望着无家可归的盲女,老赵动了恻隐之心,将她带回自己家中。老赵在废弃的厂房里为盲女搭建起空中楼阁似的"按摩室",帮助她恢复生活的信心。老赵、盲女、众工友,一同将这个骗局小心翼翼地继续下去。在改编的电影开拍时,"幸福少女选秀"的新闻引起了广泛关注,但是该片作为贺岁片并没有实现贺岁片的票房效果,观众对于影片所表现出的温情也持不同看法,并认为此片没有表现出张艺谋作品应有的深度,片中善良可爱的人们统统因为温情而变得温情,使影片最终陷入道德伦理"因为善良,所以善良"的自我循环状态。

2003年,莫言的短篇小说《白狗秋千架》(1985年4月发表),由导演霍建起改编为电影《暖》。电影在出品公司的名字之后第一个画面就是一行大字"根据莫言作品《白狗秋千架》改编",说明电影制作方非常看重经典作家莫言这一身份,也对其作品抱有极大的信赖,但是电影剧本与原著小说并非遵循同一路径,读者与观众对二者的评价与接受也往往脱离不了改编这一行为。《暖》的编剧是秋实,主演有郭晓冬、李佳,获得东京国际电影节金麒麟大奖和金鸡奖最佳故事片奖与最佳编剧奖。《暖》采用双时空交叉转换的叙事方式,通过唯美流畅的镜头语言,将现实和回忆的故事交织在一起。霍建起导演一向以艺术性强、面向小众群体为特点,这部《暖》电影与原著相比,出于电影艺术特点的需要,情节更为通俗圆融,场景更为唯美奇观,凸显双线结构,人物更为扁平,主旨媚俗化,内核却更为残忍。

(一)关于环境

从原著中炽热的山东高密东北乡换成了细雨与煦阳的南方水乡,高大刺人的高粱叶子变成了柔情依依的芦苇。原著中是一派能让人烦躁不安的环境。形容日头是"狠毒的","太阳一出来,立刻便感到热,蝉在外面树上聒噪着"[1],关于东北乡夏日的高粱地记忆是"我很清楚暑天里钻进密不透风的高粱地里打叶子的滋味,汗水遍身胸口发闷是不必说了,最苦的还是叶子上的细毛与你汗淋淋的皮肤接触"[2]。面对这些,让主人公觉得"感到恶心、燥热",即使是下了雨,也并无滋润的诗意,而是"早就蒸发掉了,地上是一层灰黄的尘土。路两边塞窄着油亮的高粱叶子,蝗虫在蓬草间飞动,闪烁着粉红的内翅,翅膀剪动空气,发出'喀达喀达'的响声。桥下水声泼刺,白狗蹲在桥头"。这些粗鲁野砺的描写让原著中的环境并不悦人。

而电影中让观众感到的温情与诗意很大程度都来自江西婺源的实拍外景。婺源的景色构成了影片唯美的影像画面。霍建起的乡村题材电影都表露出浓浓的温情,在他的电影中,农村的生活不再

---

① 莫言:《莫言文集·白狗秋千架》,当代世界出版社 2004 年版,第 245 页。

② 莫言:《莫言文集·白狗秋千架》,当代世界出版社 2004 年版,第 245 页。

像《黄土地》那样地贫瘠，画面也不是那么荒凉，而是充满生机与活力。《那人那山那狗》是在大片大片的绿意中讲述故事，而《暖》也是如此，整部影片呈现出唯美的电影诗风格。整部影片给人的感觉便是宁静悠扬，清新淡雅，每个定格画面都是一幅优美且讲究的古典画，每个长镜头都是一行对仗工整的诗。影片节奏舒缓，镜头运用含蓄内敛。镜头之下的江南小乡村的白墙黑瓦、青石路和木板桥都在无声地诉说着它的美丽与包容，大片大片的黄色的芦苇在阳光的照射下，让整个大地呈现出金黄的色调，这种自然的美景仿佛是一个天然的舞台，而故事也在这个舞台上缓缓上演。这种如诗如画的景色，无须言语，它的一草一木、一砖一瓦都蕴含着一种简单质朴的诗意，在镜头的表现下，使得它在整体上体现出一种唯美的诗化风格，营造了寓温馨于平常朴素的情感和意境。

（二）人物的美化与扁平化

《暖》与《白狗秋千架》在整体故事情节上无大变化，无论是小说还是电影，给人第一印象便是人物命运尤其是女主人公暖的命运的悲剧性，两次等待恋人都以失望结局。但是在具体人物角色设置上，电影很大程度美化与扁平化了人物。在小说中，暖本是一个漂亮、能歌善舞，最有希望走出村子的女生，但是由于秋千的年久失修被刺瞎了一只眼，成了"个眼暖"。在爱情上，两次无结果的等待，使得她嫁给了哑巴，一个她讨厌的、整天"捉弄"她的男人，但是悲剧在此并未结束，暖后来又生了三个孩子，全是哑巴，对于暖，一个地道的农村妇人来说，这种人生无疑是残忍的。年轻如同一朵花朵的暖在十年后重逢时已经是"用左眼盯着我看，眼白上布满血丝，看起来很恶"①，言语粗鲁，她不再理会男主人公对故乡的思念这种细腻的情感，回应"有什么好想的，这破地方。想这破桥？高粱地里像他妈 × 的蒸笼一样，快把人蒸熟了"②。暖的行为

---

① 莫言:《莫言文集·白狗秋千架》，当代世界出版社 2004 年版，第 258 页。
② 莫言:《莫言文集·白狗秋千架》，当代世界出版社 2004 年版，第 258 页。

已和原本她不屑的乡村粗人一样，她"沿着漫坡走下桥，站着把那件泛着白碱花的男式蓝制服褂子脱下来，扔在身边石头上，弯下腰去洗脸洗脖子。她上身只穿一件肥大的圆领汗衫，衫上已烂出密密麻麻的小洞。它曾经是白色的，现在是灰色的。汗衫扎进裤腰里，一根打着卷的白绷带束着她的裤子，她再也不看我，撩着水洗脸洗胳膊。最后，她旁若无人地把汗衫下摆从裤腰里拽出来，撩起来，掬水洗胸膛。汗衫很快就湿了，紧贴在肥大下垂的乳房上"[1]。

　　电影《暖》在改编过程中缓和了这种残酷性，让暖变成了一个瘸子，走路的一瘸一拐不影响面容的美丽与动人，甚至还可以引起男性对于弱女子的怜悯感，都是残疾，但是有极大的美化，暖在家里接待井河时的举止依然是礼貌、文雅。也正因此，电影中暖的第一次出场保留着原著中旁若无人的掬水洗胸膛与整体电影显得突兀跳脱，让观众难以理解前后的暖是同一个角色，忠于原著的人物细节在美化的电影角色身上显得生硬而游离。同样，原著中暖生了三胞胎男孩，均是哑巴，他们"站在门口用同样的土黄色小眼珠瞅着我，头一律往右倾，像三只羽毛未丰、性情暴躁的小公鸡。孩子的脸显得很老相，额上都有抬头纹，下颚骨阔大结实，全都微微地颤抖着"[2]。这三个哑巴男孩实在谈不上可爱，更让人痛苦的是三个孩子遗传了父亲的哑，暖命运惨烈。但在电影中三个小哑巴也改成了一个可爱美丽、身体健康的小女孩，女孩非常体贴她的父亲母亲，是暖的贴心小棉袄。这种改编让观众感觉不那么残忍与绝望，这样观众更易接受，因为没有谁愿意看到如此彻底的绝望，电影比之小说的商业性更强，更要满足观众渴望美好结局的愿望。

　　暖的初恋对象身份也有变动。小说中是一个军队里的文艺军官，电影中变成了剧团里的当家"小武生"，他们的爱情就萌动于戏台下的暖被台上的精彩表演打动，在后台的光线温黄的化妆室"小武生"

①　莫言:《莫言文集·白狗秋千架》，当代世界出版社2004年版，第258页。
②　莫言:《莫言文集·白狗秋千架》，当代世界出版社2004年版，第257页。

莫言和新时期文学的中外视野

233

为暖描眉敷粉，用一种古典艺术的氛围来衬托青春与初恋。蕴藉风流的传统京剧小生要比小说中行伍出身的蔡军官温柔细致，让两人的恋情带上了追求艺术之美的寓意。小说中蔡军官出发之后再也没有回来，很难说清是无情负心还是战争带来的无常死亡和流离，暖初恋破灭应该是一种命运的随机，但在电影中因为"小武生"的身份而带上明确的道德评价，戏剧冲突强烈了，悲剧性却欠缺了深度。

同时，哑巴也不再是小说中远隔数十里村庄的陌生人，而是和他们一起长大的伙伴，一直爱慕着暖，在暖身边陪伴支持着她，这使人物关系更复杂，成了个四角恋爱结构，平添了许多故事，也使人物的归宿水到渠成，降低了小说中"下嫁"的痛苦，成为暗合言情故事中的"最好的其实在身边"的叙事桥段。

（三）台词的温情与诗意的表达

尽管在小说和电影中，残酷的故事内核都不曾删去，但我们在观看影片的过程中，并没有强烈地感受到主人公命运的残酷性，反而感到了一份温情与诗意。影片表现诗意的重要一方面就是男主人公井河的十几段独白台词，这些娓娓道来的话语并非叙述而是抒情。比如，"感伤像空气一样包裹着你""我的承诺就是我的忏悔，人都会做错事，但不是每个人都能弥补的，如此说来，我是幸运的"……这些富有诗意的独白的运用，使得影片更添一种哀愁和感伤，折射出主人公井河无奈、愧疚等复杂的心情。唯美的电影镜头与井河的独白结合在一起，营造出了电影中诗一般的气氛。这种诗化的影像语言在很大程度上消解了原著故事本身的残酷。另外，在影片的叙述方式上也趋于散文化，没有一个完整的故事，也没有一个明朗的结局，有的只是一个个让人或感动或感慨的人物形象。以塑造人物为中心的生活片段代替了激烈的冲突和高潮，使影片的节奏似平静的河水流淌。

（四）象征性意象的调整

小说中的重要意象有白狗、秋千，物品有小梳子、糖、折叠伞。在影片中，白狗完全消失了，秋千、折叠伞成为象征性的重要意象，糖依然是重要的叙事元素，小梳子也换成了小镜子。

白狗在小说中是非常重要的意象，还带着奇幻色彩，白狗是高密东北乡特产的一种狗，白狗是男主人公家里养的，一直贯穿于他和暖的相处中，包括从秋千上摔下时，男主人公离开家乡后，白狗就一直跟着暖，小说中关于狗的描写并不可爱，说它难看，狗眼浑浊、细筋细骨，但是温顺宽厚，某种意义上，白狗与暖同病相怜。暖形容自己的生育，是"一胎生了三个，吐噜吐噜，像下狗一样"[1]。在男主人公看到暖下垂的乳房，联想的童谣"没结婚是金奶子，结了婚是银奶子，生了孩子是狗奶子"[2]。暖在多年等待的岁月里也一直盼着白狗能把她的爱人带回来，或许小说中白狗意象的确不够唯美，过于惨厉，在电影中完全被舍弃。

秋千是出现次数最多的，也是最具有象征意义的一个意象。不管是小说还是电影，暖都是在男主人公推送秋千时摔下秋千导致残疾的。开头一句画外音"我和暖之间发生的事情好像都和秋千有关"，便奠定了秋千在片中不可替代的重要作用。秋千在片中或叙事或抒情，让一切事件与情绪在秋千的飘荡中展现得淋漓尽致。影片编剧秋实曾说过，秋千是一种假想的飞翔，它快要离开的时候又会有一种离不开的纠缠。这在暖和井河身上都得以体现。暖在秋千上"看到"了北京和天安门，看到了美好的未来，可以说，是秋千给了暖一颗飞翔的心，让她充满了飞向外界的希望，但却又是秋千让暖发生了意外，让她失去了最后一点走出乡村的机会，把暖所有的希望都覆灭了。因此，秋千是暖梦想的起点，也是她梦想结束的地方。对于井河来说，除却那次意外，秋千是他记忆中最美丽的地方。他们一起在秋千上庆祝丰收；一起畅想未来；他在秋千上看到暖和小武生在谈"恋爱"；他在秋千上送暖红纱巾，并且借助飞扬的秋千鼓起勇气向暖表达爱意，并向她许下承诺；也正是秋千上的意外，让他疯狂地想走向外界。秋千在某种意义上来说，是井河实现理想的催

---

① 莫言:《莫言文集·白狗秋千架》，当代世界出版社 2004 年版，第 257 页。

② 莫言:《莫言文集·白狗秋千架》，当代世界出版社 2004 年版，第 257 页。

化剂。井河考上了大学，留在了城里，看似离开了家乡，离开了暖，但他内心深处无处安放的纠缠，如同晃荡的秋千一样，始终无法彻底地摆脱、真正地飞翔。秋千其实是这十年来井河的一个心结所在。

小说中暖的初恋对象给暖的临别礼物从小梳子变成了镜子，是片中的一个重要道具。镜子比梳子更能代表梦想与现实的关系。暖一生的追求更是镜花水月。镜子，本是对事物的客观再现，但是在影片中，却被赋予了梦幻色彩，成为一把梦之镜。当暖拿着镜子看着被小武生化妆后的自己，她欣喜激动，这样的一个全新的自己，让她感到梦想触手可及，却全然忘了，镜子也会"说谎"，而她看到的，其实只是一个化过妆之后的戏剧脸谱，是一个美丽的梦幻场景。这种梦幻让暖始终坚信小武生会回来接她，直到发生意外后，把镜子扔进了湖里，激起层层涟漪，复而又归于平静，这种平静映射的是暖死寂的心。

糖果在小说与电影中都是重要的叙事元素，电影保留了小说中哑巴将男主人公带来的糖果强迫给暖吃这一情节，这一情节说明了哑巴对暖默默的爱。

自动折叠伞在小说中是男主人公临别送给哑巴的礼物，也并没有说明颜色，在电影中，这把伞被赋予了浓墨重彩的描述。它是红色的自动伞，是整个现在时空中的一抹最艳丽的色彩。在落后老旧的暖的家中，这把伞显得那样地突兀与不自然，与之前暖戴的斗笠相对照，它更清晰地说明了两人之间不可逾越的距离。井河要把它送给暖，暖推辞，再送再推，一直到最后转送给暖的女儿，代表着外面的现代世界的红色自动伞，也代表着井河对暖的歉意，对于暖的女儿来说，伞又象征这一种希望，走出村子的希望。

除过秋千与镜子，还有许多意象都被赋予了特殊的含义。如井河撑伞走过的狭长曲折的雨巷，象征着井河面对暖复杂的心境；糖和糖纸是暖的女儿对外面花花世界的向往与憧憬。电影以其形象化的特征放大了许多视觉意象。

（五）以色彩建制双时空结构

小说中以"我"还乡遇到白狗和暖开始，穿插着几段回忆交代

莫言与当代中国文学创新经验研究

"我"和暖的过去。回忆与现实也并无明显的氛围差别，现实一片残缺，回忆也并不温暖："你坦率地对我说，他在临走前一个晚上，抱着你的头，轻轻地亲了一下。你说他亲完后呻吟着说：'小妹妹，你真纯洁……'为此我心中有过无名的恼怒。你说：'当了兵，我就嫁给他。'我说：'别做美梦了！倒贴上 200 斤猪肉，蔡队长也不会要你。''他不要我，我再嫁给你。''我不要！'我大声叫着。你白我一眼，说：'烧得你不轻！'"①即使是在描写"我"和暖夜里偷偷溜去共打秋千时，氛围也很诡异阴森："秋千架竖在场院边上，两根立木，一根横木，两个铁吊环，两根粗绳，一个木踏板。秋千架，默立在月光下，阴森森，像个鬼门关。架后不远是场院沟，沟里生着绵亘不断的刺槐树丛，尖尖又坚硬的刺针上，挑着青灰色的月亮。"

在电影中，由于增加了许多情节，容量变大，编剧设置了一个清晰的双时空结构，将故事放置在过去、现在两个时空中来讲述，过去时空基本是暖色调，代表着过去美好的回忆，现在时空是冷色调，以青蓝色为主打色调，再加上淅淅沥沥的雨，使得影片呈现出一种冷静与沉重的气氛。在电影中，前面所述的两处重要情节所处的时空色调异常温暖美好，以区别于现实这个阴雨连绵不断的灰色时空。"歌德在《色彩理论》中认为，黄色和蓝色是两种基本色质，构成色轴上的两个极点。蓝色是一种能量，它处于负轴，最纯粹的蓝色有一种夺人的虚无。它是蛊惑与宁静这对矛盾的综合体。也许是因为优雅、忧伤、深邃、荡漾、纯净和内敛的'代言人'，蓝色深得众多大导演的喜爱。"②《暖》的现实时空中主要以蓝、青、灰、黑、白五种色彩构成。灰蒙蒙的天，蓝黑的雨巷，灰暗的阁楼，蓝灰的砖瓦等，而人物的服装以白色等浅色调为主，暖的女儿穿的红色也偏暗，是不引人注意的红，在屋里也看不到一丝亮意。这种场景的设计除了展示暖的现实生活之外，还让人觉得无比地沉闷与压

莫言和新时期文学的中外视野

① 莫言：《莫言文集·白狗秋千架》，当代世界出版社 2004 年版，第 257 页。

② （德）歌德：《色彩学·前言》，莫光华译，《中国书画》，2004 年第 6 期。

抑，一如井河此时的心情。然而在井河的回忆片段里，温馨的暖色调一扫之前的阴霾，天空是晴朗无比的，温暖的阳光、金黄的大地、高高的稻草堆，一派祥和明朗的景象，在记忆里，暖有着很多种颜色，这么多颜色中都透着幸福与期盼。化妆过的脸谱是暖颜色最多的时候，也是暖最美好的回忆。暖色的灯光在化妆镜的反射下让整个屋子都蒙上一层梦幻色彩，透过镜头观众看到了暖那张美丽的脸庞，这张脸谱是暖人生中最华丽的一幕。

（六）结尾的重大变化

小说中暖等候在"我"经过的高粱地，要求"我"留给她一个能说话的正常孩子。暖对"我"倾诉了婚姻中的猜疑和痛苦，最后说："我正在期上……我要个会说话的孩子……你答应了就是救了我了，你不答应就是害死我了。有一千条理由，有一万个借口，你都不要对我说。"①对乡土的追寻和回味是霍建起在本片中深入阐述的内涵。导演霍建起在影片中修改了结尾，修改为哑巴要求井河带暖和女儿到外边的城市，暖流着眼泪和哑巴回家了，井河对暖的女儿许诺将来带她到城里读书。这样的修改使得矛盾没有发展到极致，这正是他所欣赏的隐而不发的状态。"修改后，主要讲三个人的关系，井河与暖的心理活动。原著更加惨烈些，作为小说可以，但更多观众希望生活更美好。如果像小说那样极致，文学作品是恰当的，但作为电影反而失真了，会削弱力量。"②但这样的修改似乎与莫言的风格相去甚远，关于这次改编，莫言依然坚持着他十多年前《红高粱》改编时的原则："我认为小说一旦改编成影视剧就跟原著没多大关系了，电影是导演、演员们集体劳动的结晶，现在几乎有名的电影都有小说的基础，但小说只是给导演提供了思维的材料，也许小说中的某个情节、语言激发了导演的创作灵感。"③在《暖》之后，莫言作品的改编力度确实越来越大。

① 莫言：《莫言文集·白狗秋千架》，当代世界出版社 2004 年版，第262 页。
② http：//www.library.sh.cn/dzyd/spxc/list.asp？ spid=1941.
③ http：//book.sina.com.cn/news/c/2012-10-10/0714343963.shtml.

莫言与当代中国文学创新经验研究

文学与影视能够相互转化与影响。文学与影视的结合是文学、影视和文化产业的商业化运作机制的结果，其在市场中的生命强度最大。文学影视化不是小说的萎缩，而是文学在当代传媒语境中新的存在方式。

二、小说与电影的双重改编：电视剧《红高粱》作为 IP 之作

2014 年，山东卫视制作的电视剧《红高粱》播出首周收视率就冲高，总收视率超越了 2014 年度所有的电视剧。该剧片头上方郑重加注一行字：根据诺贝尔文学奖作家莫言先生《红高粱家族》改编，莫言题写了片名。一部莫言的《红高粱》，它的再度改编，印证了近二十年间中国影视与中国文学间若即若离的暧昧联姻。《红高粱》电视剧是一部 IP 之作，具有多种 IP 开发价值，同名小说作者为中国首位诺贝尔文学奖得主莫言，同名电影为第五代导演代表作，主演电影的演员也已早被明星化。IP 开发的用户思维导向导致电视剧《红高粱》拼凑了多种受欢迎的电视剧元素如宫斗剧、偶像剧、抗日神剧等，成为一个拼盘式 IP 电视剧。

IP 就是 Intellectual Property，即著作权、版权，它可以是一首歌，一部网络小说、话剧，或是某个人物形象，甚至只是一个名字、短语，由它们改编成的电影作品，就可以称作 IP 电影。IP 一词近来成为影视领域的热点，甚至有人声称"影视制作"的说法已经过时，代之以"IP 开发"才是正道。IP 电影并不新鲜，说白了就是改编某一具有知识产权的素材，只不过以前只是改编经典名著、话剧戏曲等，现在的 IP 电影则从小说到流行歌曲、玩具、手游、综艺、漫画、视频、工具书、经典形象无所不包。像 IP 电影《同桌的你》《栀子花开》《爱的初体验》等就是从同名歌曲改编而来，由几句歌词演绎出九十分钟左右的院线电影，歌曲的知名度在先，上映票房也算成功。

IP 热也在电视剧领域兴起。由同名网络小说开发的 IP 电视剧《盗墓笔记》播出后，其狗血的改编令原著粉丝批评不已，但收视

率却节节增长，通过各个渠道发布的成绩显示上线十分钟点击量2608 万、一小时点击量 3045 万，上线 22 小时点击量破亿，瞬间成为现象级网剧。IP 热在影视圈持续升温，几乎每天都有所谓 IP 作品开拍或上映。连《新华字典》和"俄罗斯方块"电子游戏都被某些互联网公司注册，将被改编为影视剧。IP 价值之所以被看重，除了代表着更保本的票房收入，它还在吸收和依赖 IP 所积累的读者群、粉丝群构成的基本市场。在这个基本市场上进行推广有事半功倍的作用。它既是故事也带有一定的营销价值，既有文学价值也有商业价值——更重要的是在新时代里，IP 的拥有者可以以小博大，拥有了 IP 意味着所有者掌握了更多话语权可以去和市场博弈。IP 容易拉投资、谈合作，甚至还能简化宣传发行途径，越来越多的投资涌入了电影这个产业，争抢 IP 成为他们进入行业最快捷的方法。

2014 年获得了不少奖项的电视剧《红高粱》就是一部 IP 剧，这部紧抓着莫言诺奖热余温的 60 集电视连续剧，由郑晓龙导演执导，赵冬苓编剧，周迅领衔主演。该剧在推出后形成观视热潮时却也面临批评之声，更有声称莫言把自己的孩子卖了的极端之语。《红高粱》作为 IP 电视剧，是一次成功的文化产业运作；作为艺术作品，则是一个面目模糊、中规中矩的拼盘，"新语境为 IP 演绎提供了想象和内容形态不断扩充与多种转换的可能，叙事、人物处理有了新解与会通之处，这种转化与改编，在产业化的环境可以说是进入了一个互文指涉和变异的漩涡，一个文本不断激发另一个文本的生产"[1]。该剧集合了当下最受欢迎的几种类型电视剧的程式，谦恭地端在观众面前，试图讨观众的欢心，观众更是毫不客气，嬉戏盗猎，成为一种文本的再加工，电视剧《红高粱》是一种文化产业时代的典型 IP 现象。

（一）《红高粱》的核心 IP 价值分析

无论什么故事，若要进行 IP 开发，在荧屏或大银幕上呈现，

① 丁亚平：《论互联网语境下电影 IP 转化的现状、问题与对策》，《当代电影》，2015 年第 9 期。

莫言与当代中国文学创新经验研究

它必须"可拍摄"（能转化为影视视觉语言），"可融资"（有人愿意砸钱投拍），"可营销"（具有足够的卖点说服投资人砸钱），"可观赏"（影院愿意排片，观众愿意买票，电视台愿意购买，广告商愿意投放）。这几个要素相辅相成，互为因果，缺一不可。

《红高粱》作为影视 IP 来说，自带多种高核心商业价值。"投资者投资电影的动机，自然是获得丰厚的回报，希望电影能够带来令人满意的票房、足够的传播效果以及品牌的增值。"①《红高粱》的 IP 价值是票房的坚实保障。其一，2012 年 10 月 11 日晚揭晓的 2012 年度诺贝尔文学奖，由莫言获得，他也成为首个获得诺贝尔文学奖的中国籍作家。消息传来，种种祝贺会议召开，媒体亦连篇累牍报道，手稿飙升百万元价值，出版业加急追印莫言作品。《红高粱》是莫言的代表作品，也是最为知名的一部，在国人的诺奖情结中，小说《红高粱》所携带的品牌价值远远高于其他网络小说、畅销歌曲之类，领域跨越互联网与线下实体，针对人群的年龄段也更为广泛，在政府的大力支持下，又与官方文化合拍，使得《红高粱》无须推广就占据了最大的市场，先天资本雄厚。

其二，1987 年，《红高粱》小说已被改编为电影，张艺谋导演，巩俐、姜文主演，片长 91 分钟，该部电影在次年的柏林国际电影节上获得了金熊奖。在备受压抑的时代刚结束后，电影《红高粱》对原始生命力的歌颂有着石破天惊的效应，获得了广泛的好评与喜爱，之后获得金鸡、百花奖及柏林、悉尼、马拉什、布鲁塞尔、蒙彼利埃、津巴布韦等十几个国际电影节大奖。据莫言后来回忆说："但当 1988 年春节过后，我回北京，深夜走在马路上还能听到很多人在高唱'妹妹你大胆地往前走'，电影确实是了不得。遇到张艺谋这样的导演我很幸运。"②张艺谋凭借着《红高粱》成为第五代导演的执牛耳者，在接下来数十年中大红大紫，《红高粱》作为第

① 王臻真：《IP 电影热——中国大众消费时代进行时》，《当代电影》，2015 年第 9 期。
② 周裕妩：《莫言：遇到张艺谋我很幸运》，《广州日报》，2008 年 8 月 16 日。

五代导演（也是最受人关注的、获取资源最多的一代）的代表作品被反复强化，成为经典艺术作品之一，也成为难以逾越的高峰之一，电影的声誉进一步强化了作品的知名度。

其三，饰演《红高粱》主角我爷爷、我奶奶的姜文、巩俐从初出茅庐的年轻演员分别成长为知名导演与国际巨星。姜文先后主演了《芙蓉镇》《本命年》《北京人在纽约》《有话好好说》《鬼子来了》《让子弹飞》等高关注度的影视作品，导演了《阳光灿烂的日子》《鬼子来了》《太阳照常升起》《让子弹飞》《一步之遥》这些高争议度同时高艺术质量的电影，其中《让子弹飞》更是兼顾了票房与艺术，在上映年度，"让子弹飞"已成为一句流行语，"让XX飞"的句式常见于媒体和人们口头，可见其影响力。巩俐在1987年后开始了与张艺谋的十几年合作关系，作品有《菊豆》《秋菊打官司》《大红灯笼高高挂》《活着》《满城尽带黄金甲》《归来》《摇啊摇，摇到外婆桥》；与其他知名导演如陈凯歌、黄蜀芹、王家卫、周星驰、罗伯·马歇尔、皮特·韦伯合作了《霸王别姬》《风月》《2046》《艺伎回忆录》《少年汉尼拔》《画魂》《荆轲刺秦王》等。不仅如此，巩俐先后担任过柏林、威尼斯等国际电影节的评委会主席，也担任过戛纳等电影节的评委工作，还曾参与过第一届、第五届、第十届和第十三届上海国际电影节，可谓中国电影界中享有国际声誉的电影专业人士。并且，在姜文和巩俐的众多作品中，两人演绎最多最好的角色都和《红高粱》中"我爷爷""我奶奶"的特点接近，皆为生命力勃发、豪爽大气、顽强执拗的类型。演员与角色一体化，使得电影《红高粱》借明星演员的光环效应长久保持着魅力。

综上所述，"红高粱"一词借由首位中国诺奖作家莫言、第五代导演张艺谋和姜文、巩俐明星演员与类型角色三个维度完成了IP价值的圣三位一体凝聚。《红高粱》的故事，还未开拍就高度占有了观众市场，无须花费一分钱的广告费就完成了全面营销。

（二）用户导向决定了《红高粱》电视剧的拼盘式特质

高IP价值，只是走了产业链开发的第一步，意味着资本与主流文化的支持。"在以往的电影制作模式中，电影与受众的联系非常弱，电影更多的是体现导演的艺术思想，传播的单向性十分明显。但是在 IP 电影中，电影从剧本的创作再到影片的拍摄，整个创作模式都打破了传统的单向过程。无论是互联网＋的思维方式还是粉丝经济的营销手法，抑或是大数据的受众定位，IP 电影的制作都深深体现了粉丝群体与大数据思维的反向影响。"[①]在具体 IP 影视产品的制作上，IP 思维以用户为中心的特点决定了最终产品的性质——拼盘式。这意味着把所有用户喜欢的纳入进来，把用户不喜欢的坚决排除，无论是导演、编剧、演员的选择，还是视觉呈现与后期处理，都遵循了这一原则。总之，与传统影视生产模式不同，从传统的以生产者（导演）为中心变成了以用户（核心观众）为中心。在资本的推进下，时间和经验反而成了最容易被忽略的因素。资本追逐 IP，背后的驱动力是希望 IP 快速兑现利益，留给创作的时间少之又少。电影变得与其他没有太多文化属性的产品一样，重要的不是艺术标准，而是怎么卖，以及能够在哪几种渠道卖。这种思维方式导致影视作品越来越"去艺术化"，沦为快速消费品，越来越去精英化，成为大众消费品。于是，在竭力讨好用户的思维导向下，高 IP 价值的《红高粱》最终成为一个光怪陆离的拼盘式作品，每一种拼盘元素都在力图吸引一群细分的目标用户，资本的盲目追求导致局部之间的关系生硬疏离，有突出醒目的细节，但一闪而过淹没在通篇急功近利的讨好之中，虽然说以用户为导向相对来说是一种民主化倾向，但是不能以全面丧失艺术作品的控制权为代价，通过用户反馈也可以看到，僵化的顺从用户并没有真正在消费阶段获得成功。

《红高粱》的拼盘之一：青春偶像剧的演员。

IP 影视是从青春偶像剧起家的。《栀子花开》《何以笙箫默》《一生有你》等 IP 电影都属于青春偶像剧，也获得极大成功，观看电影的核心人群年龄偏低，基本在 15—29 岁，观看电视剧的核心人群除了上述年龄段外还包括年龄稍大的女性群体，二者是青春偶像

① 罗威：《电影网生代 IP 热的冷思考》，《戏剧之家》，2015 年第 16 期。

剧的最忠实观众。为了讨好核心观众，《红高粱》选了周迅饰演女主人公九儿。周迅自出道以来以饰演青春可爱型少女见长，曾塑造过的成功影视角色有《射雕英雄传》中的黄蓉、《像雾像雨又像风》中的杜心雨、《大明宫词》中的少年太平公主、《橘子红了》中的秀禾、《人间四月天》中的林徽因、《恋爱中的宝贝》中的宝贝、《红处方》中的女儿沈佩、《巴尔扎克与小裁缝》中的小裁缝、《那时花开》中的新生欢子、《如果·爱》中的孙纳，这些角色基本都不超过二十岁，可爱、青春、聪明、纯洁是这一类型的特点。周迅的形象特质也与此类角色吻合，青春偶像剧的一个发展趋势是演员道具化，指偶像剧演员只需要扮演自身，强调演员与角色一体化，第二个趋势是演员的外表动漫化，脸与身体的审美特征都在迎合夸张的动漫人物，主要指大眼睛、尖削的下巴和极端苗条的身体，这一点也体现了流行文化的强势审美标准。周迅不符合电影与原著《红高粱家族》中的"九儿"形象，原著中明确说"我奶奶身高一米六零，体重六十公斤"，"丰满秀丽""丰腴娇艳"，电影中的巩俐脸形饱满端正，眼睛亦为丹凤眼形，绝非周迅的单薄瘦弱与尖削下巴的动漫化形象。可以说，周迅版的"九儿"是一个典型的青春偶像剧女主角形象，加之自身的明星感召力，以达到对迷恋周迅和偶像剧的年幼观众和女性观众的吸引，至于演员是否与角色符合，有观众评论："九儿很灵动，只是与原著设定不符，并进而导致画面与剧情违和。""让我想起小太平和杜心雨""绵软精致"。九儿与学生张俊杰的纯美初恋情节更是增加了言情戏份。粗粝野蛮的风格无法讨好消费社会成长的青少年，用户偏好决定了《红高粱》的演员选择偏向了动漫风格的偶像剧。

《红高粱》的拼盘之二：宫斗剧模式。

宫斗剧是近两年崛起的新类型，由《金枝欲孽》《宫锁珠帘》等开始，至《甄嬛传》到达一个高峰，关于《甄嬛传》的争议，《光明日报》出过整版讨论，《求是》也发文亮明态度。

我们的民族文化有深厚的权谋文化的一面，宫斗剧无疑迎合了这一需求。《甄嬛传》之后，宫斗剧作为一个类型有了较为稳定的形态，同时也博得了资本的认可，《红高粱》电视剧吸取了这一 IP 元素，起用了《甄嬛传》的导演郑晓龙。郑晓龙在电视剧界的地位和张艺谋在电影界相似，曾执导过《四世同堂》《编辑部的故事》《渴望》《北京人在纽约》《金婚》《贫嘴张大民的幸福生活》《无悔追踪》。其中《甄嬛传》尤为受欢迎，该剧于 2012 年 3 月在安徽卫视、东方卫视上星首播并连续一个月获得收视前两名，引发"甄嬛体"热潮，播映版权销售至美国、日本、韩国、中国香港、中国台湾等，并补拍剪辑了美版《甄嬛传》，郑晓龙也因此获得第 2 届亚洲彩虹奖最佳导演奖等。剧中主演孙俪凭借"甄嬛"一角入围美国电视剧最高奖艾美奖最佳女主角，这也是国内电视剧首次入围艾美奖。

郑晓龙的声誉除为电视剧《红高粱》的 IP 再度镀金外，也让里面的宫斗元素演绎起来更为纯熟，山东高密东北乡的农家宅院里上演了阴柔气息的宫斗计谋好戏。为此，电视剧《红高粱》增加了两个重要人物——女二号单家大少奶奶和女三号丫鬟恋儿。原著中根本没有大少奶奶这个人，恋儿出现过，但是寥寥几笔，和九儿的对手戏也很少。到了电视剧中，单家大院的空间里，大少奶奶淑贤、二少奶奶九儿、管家罗汉、丫鬟恋儿、单家二叔三叔、单家长工玉郎围绕着单家治家权、单家产业（烧锅和酿酒秘方）、单家继承人（豆官、琪官）进行争夺，架构了一个小型宫廷。二女一男的三角结构围绕着生育、治家、男人生发了无数唇枪舌剑、谋略争斗。大少奶奶、二少奶奶的单家之争和《甄嬛传》中宠妃与皇后争夺协理六宫权何等相似！都是母凭子贵上位，通过栽赃、陷害对方节节操打败对方，难以想象敢爱敢恨的九儿在电视剧中会腹黑温柔地说着"甄嬛体"的台词："嫂子，九儿以后跟你好好过日子，我的孩子就是你的孩子。"然后转脸安排小白脸玉郎勾引大少奶奶，再带伙计借寻找失物的理由当场抓奸。九儿、恋儿和余占鳌之间更是与《甄嬛传》中甄嬛、浣碧和果郡王的情节如出一辙，女一收留女二情同姐妹，女二嫉妒女一的优越身世，试图争夺女一男人，最终身败名裂，在死前流露最后的善良。

《红高粱》的拼盘之三：抗日神剧的恶搞结尾。

《红高粱》的大结局，也是全剧的高潮所在，抛弃了偶像剧也抛弃了宫斗剧，转而寻求抗日神剧的帮助。抗日神剧的收视率并不高，但是作为吐槽话题，一直占据着媒体议论的中心，譬如《抗日奇侠》中的盖世神功、手撕鬼子、隔空打人和刀枪不入；《利剑行动》中毫发无损地穿越枪林弹雨；《箭在弦上》中射箭队女运动员被鬼子轮奸后，几十秒间把二三十个日伪兵全部射死；《铁血使命》中石头炸飞机；《打狗棍》中赵云大战东洋兵……荒诞不经的情节早已演化成笑料段子，被网友煞有介事地重新分类讨论，形成一种抗日神剧的恶搞文化。抗日神剧过于离奇的情节虽没获得正面评价，但吸引的眼球足够多，观赏时形成的奇观效应也能如愿震撼观众，形成惊奇之感，对于较为低阶的用户也不失为一种成功的营销手段。

在《红高粱》的第六十集，一场与日寇的恶战之后，九儿、张俊杰带着一群伤兵和重伤的余占鳌转移到了高粱地，冢本带日军也摸进了高粱地企图消灭他们。危难之时，九儿托付完豆官，一个人悄悄走向高粱地里单家存放高粱酒的小草棚，一边走一边唱了一首嘹亮优美的民歌《高粱红了》，把日寇引到自己的方向，帮助余占鳌脱身，最终壮烈牺牲。九儿之死是全片的高潮性结尾，但采取的情节安排颇有抗日神剧特征。日军司令官冢本出场后一直被刻画得精明狡猾，老谋深算，而且了解九儿的能干泼辣，怎么在这么紧张的时候听到九儿唱歌就盲目埋头跟随？在跟着九儿摸到存了几十坛子酒的草棚后，情节更加离奇，几十坛子酒如同炸药包一般飞向空中爆炸，一队日军被炸得支离粉碎、尸横四野。在壮观的爆炸特效中，响起了豆官送娘的歌谣："娘，娘，上西南，宽宽的大路，长长的宝船。"如此乡土味十足的歌谣和高科技的爆炸场面形成的混搭让人有一种啼笑皆非的时空错乱感。

时至今日，影视主流观众已经变成了平均年龄为 21.4 岁的"网生代"观众，市场需要 IP 类型，年轻观众也需要 IP。"IP 电影热的出现，一定程度上改变了电影导演主导的现状，大众完全可以参与其中。这种创作模式的改变无疑是一种创新，但这种创新如果被逐利的投机资本所绑架，则有可能更加伤害本已脆弱的'原创创新'。"①《红高粱》一剧本来拥有优秀的 IP 价值，在用户为导向的 IP 思维指导下，机械拼凑了当下种种已被市场验证过的受欢迎元素，最终形成了一个拼盘式电视剧，获得的最终体验并不令人满意。

当主创者被 IP 资本剥夺了过多艺术控制，只是一味迎合用户时，终会被用户抛弃。正如学者尹鸿所说："电视业如果不仅把自己定位为一种媒介运行者，而且还定位为内容创造者的话，电视的危机就不会真正出现。"电视不仅是一个媒介，而且更应该是创意内容 IP 的创造者……电视不仅是渠道，而且也是内容供应者，更重要的它是有价值的 IP 创造者。②IP 不是万能的翅膀，IP 是中国影视业的一个机遇，中国影视飞翔的高度最终取决于自身的生命力。文化高峰的产生没有捷径可走。电影投资方和从业人员应对优质文学 IP 持有循环性的、系列性的开发态度。

第二节　从受众出发：粉丝读者怎样接受莫言作品

"粉丝"是英语"fans"一词的音译，意为"迷，明星忠实而狂热的支持者、崇拜者"。据学者考证，"fan"是"fanatic"（狂热，盲信，狂热者）一词的缩写。"fan"这个缩写形式最早出现于十九世纪晚期的新闻报道，用于描述职业球队（特别是棒球队）的追随者，随后马上用来指称任何体育或商业娱乐的忠实"devotee"（热爱者、献身者）。所以粉丝的称谓从来就带有宗教和政治的狂热、着魔、过度、疯狂的含义。粉丝研究，顾名思义就是关于、针对粉丝群体的研究。它是一个九十年代初才在英美学界正式确立的学术领域。

1992 年可说是粉丝研究的奠基年。这一年美国学者詹金斯（Henry Jenkins）出版了粉丝研究的经典著作:《文本盗猎者：电视迷和参与性文化》。民俗学家贝肯－史密斯（Camille Bacon-Smith）出版了《进取的女人们：电视粉丝群和通俗神话的创造》。同年，美国影视制作人刘易斯（Lisa A. Lewis）还编辑出版了论文集《崇拜的受众：粉丝文化与大众媒介》，收录了费斯克、格罗斯伯格（Lawrence Grossberg）和詹金斯等人的文章。这些理论文本从新颖多样的角度揭示了粉丝活动的丰富性、复杂性及其深刻含义。

经过十多年的迅猛发展，粉丝研究现已成为一个涉及媒介研究、受众研究和消费研究的跨学科、跨国界的研究领域，吸引了众多的研究者。粉丝研究的兴起与英美学界的研究范式转型关系密切。自八十年代初开始，大众文化的研究重心逐渐从文本转移到受众，从文本生产（编码）转移到文本消费（解码）。研究者不再主要分析文本并假设文本对受众有着可预见的影响，而是关注受众解读文本并生产意义的能力。对受众来说，文本是非常开放和多义的。与此同时，分析的重心也从相对不确定的文本转移到了受众。费斯克认为，因为受众是多元的，其对媒介文本的阐释也必将是多样的。晚期资本主义社会是异质的，并包含了一系列广泛的亚文化和群体。其结果是："任何一个观众，都可以随着构成他或她的社会决定因素的变化，以及在不同的观看时刻所调动的不同联盟，而在不同的时间成为不同的观看主体。"①费斯克宣扬的"没有文本，没有受众，只有观看过程"的极端观点也就不足为奇了。

因此，在此处通过粉丝消费角度对新世纪以来的明星作家进行研究时，我们关注的并不是作家所创作的作品的文本本身，而是他们的读者是什么样的粉丝群体，如何"消费"这些作品和作家，如何获得情感与意义的再生产。

莫言虽是严肃文学的创作者，但因为首位中国诺奖作家头衔的

① （美）约翰·费斯克:《理解大众文化》，王晓珏、宋伟杰译，中央编译出版社 2001 版，第 57 页。

莫言与当代中国文学创新经验研究

加持，莫言已成为一位明星化作家，读者在其身上倾注了更多关注、想象和认同。以大型门户类新媒体数据为基础做一个比较分析，选取了当代几位经典作家如贾平凹、严歌苓、王安忆、刘震云等作为对比，以论争不断的郭敬明、小资奉为祖师的传奇化作家张爱玲两个粉丝群体众多的明星作家为参考，会看出莫言比之传统经典作家出现了明显的偶像化、明星化的倾向，拥有大量积极活跃的粉丝关注。

百度贴吧数据表

贴吧名称	关注者	帖子总数	贴吧简介
莫言吧	19386	149541	如果你简单，这个世界就对你简单。——莫言
贾平凹吧	5119	21750	中国文坛独行侠，文学鬼才
严歌苓吧	4005	16127	作家、编剧严歌苓书迷、影迷齐聚于此！
王蒙吧	576	2711	王蒙粉丝的网络聚集地
王安忆吧	1356	6604	王安忆文学爱好者的集结地
阎连科吧	651	2007	我们都是玉蜀黍
张爱玲吧	87454	634702	生命是一袭华美的袍，爬满了蚤子。
郭敬明吧	266062	9419582	百度郭敬明吧

豆瓣数据表

作家	被收藏数	作品	评分	评价人数	短书评数	长书评数
莫言	872	《蛙》	7.9	14675	5222	647
		《檀香刑》	8.2	13868	4561	386
		《丰乳肥臀》	8.2	14981	5437	913
贾平凹	578	《废都》	7.1	13811	3687	409
严歌苓	2826	《芳华》	8.1	20021	8879	583
		《陆犯焉识》	8.8	24514	9397	991
王安忆	528	《长恨歌》	8.2	31653	8275	1015
阎连科	338	《炸裂志》	7.0	1787	791	49
张爱玲	2974	《红玫瑰与白玫瑰》	8.4	44614	6699	448
郭敬明	209	《悲伤逆流成河》	6.2	89502	17560	1109

莫言和新时期文学的中外视野

新浪微博数据表

作家	粉丝数	话题	话题讨论数	话题阅读数
莫言	4200000	＃莫言＃	27000	162510000
贾平凹	260000	＃贾平凹＃	6113	759000
严歌苓	410000	＃严歌苓＃	8245	11660000
刘震云	180000	＃刘震云首回崔永元＃	17	71000
王安忆	未开通微博	＃王安忆＃	549	578000
阎连科	25200000	＃阎连科＃	323	103000
张爱玲	未开通微博	＃张爱玲＃	74000	26341000
郭敬明	40000000	＃郭敬明＃	843000	810000000

天涯社区数据表

作家	主帖数	最高回复数
莫言	4731	9136
贾平凹	713	1569
严歌苓	136	2735
刘震云	153	172
王安忆	199	2167
陈忠实	183	1129
张爱玲	1271	2921
郭敬明	4315	5002

知乎数据表

作家话题	关注人数	问题数	精华内容数
莫言	8547	633	223
贾平凹	2153	223	72
严歌苓	6000	308	130
刘震云	1654	112	74
王安忆	602	99	42
陈忠实	581	809	296
张爱玲	23027	855	421
郭敬明	6566	2799	999

微信公众号数据表

作家	公众号数	认证公众号数
莫言	20	3
贾平凹	10	3
严歌苓	1	1
刘震云	0	0
王安忆	0	0
陈忠实	1	0
张爱玲	3	0
郭敬明	1	1

凯迪社区数据表

作家	主帖数	单帖最高阅读数
莫言	2891	90000
贾平凹	341	40091
严歌苓	75	33494
刘震云	118	40182
王安忆	79	20532
陈忠实	126	52537
张爱玲	603	16768
郭敬明	697	17148

（以上各种数据的具体搜集时间是 2018 年 10 月 7 日 12：00。）

　　由以上数据分析可见，莫言的粉丝受众关注度远远超过其他当代严肃作家，甚至在部分门户网站的热度超越了张爱玲和郭敬明这两个一直是影视改编多、花边新闻多的明星作家。

　　在研究莫言的粉丝（包括正负两个维度的）行为时，主要选取了新媒体平台作为观察途径。这是因为当下粉丝读者的交流表达渠道首要就是网络电脑端（百度贴吧、天涯、凯迪、豆瓣、知乎）和手机社交软件端（新浪微博、微信）。新媒体没有发表门槛和传统媒体的编辑审查机制，想说就能发表，发表就能及时被其他用户看见并回应。对于所有的粉丝社团来说，及时性和互动性最强的新媒体是其交流互动的首选渠道。在近几年的各类粉丝研究中，研究者们亦把新媒体介质作为重点研究对象。本节即以莫言的粉丝群体的活动为对象，从消费性和生产性两方面入手，对莫言受众的情感消费行为做研究。

在几大粉丝聚集地的新媒体中，选取百度贴吧、豆瓣和新浪微博作为研究重点。

百度贴吧是最早出现的粉丝集合平台，本身就以打造粉丝团体为首要功能，并且借助同一集团占垄断地位的百度搜索引擎引入了高浏览量和曝光度，这意味着百度贴吧是可以带来高阅读量的平台，因此，各类粉丝团体都十分注重对所属贴吧的管理。百度贴吧中莫言吧的关注用户有19386，帖子总数为149541。对莫言吧的帖子进行归纳可发现，绝大多数帖子都是对莫言持正面或中性态度，即使有少数从负面角度发帖，但在跟帖讨论中会出现不少莫言资深粉丝读者去争论，促使争论朝着正面发展。这是因为百度贴吧作为粉丝聚集地，各吧的吧务管理都会明确指定积极忠诚的用户担任管理职务，还给吧员设置了等级，随着每日签到、发表有一定质量的主帖和回帖会逐步累进自己的会员等级。莫言吧的会员等级初级头衔是"食草家族"、三级头衔"红蝗"、十四级头衔"四十一炮"。对于管理员的选任，莫言吧吧务管理明确指出这样的要求："1. 热爱文学，了解莫言，能以公正的态度去看待作品，也要有自己独特的见解。2. 有管理能力，尽力化解吧友之间的矛盾，保持吧内融洽的文学氛围。有管理经验者优先。3. 每天电脑在线时间不少于一小时。"这就意味着那些恶意攻击、造谣生事的帖子会在二十四小时内被删除，长期留下的基本都是正面或中性的文章和回复。

豆瓣是主要针对图书、电影的评论网站，在业内具有较大影响力。豆瓣因月活跃用户高，评分制度较合理，被广大网友认可为评价较为公正，有较高参考价值。于是，也有图书作者、电影导演起诉豆瓣误导读者、观众，给自己带来利益损害，如《逐梦演艺圈》的电影导演就曾起诉豆瓣，声称豆瓣评分严重影响了票房，"被豆瓣一天毁了！"[①]；还有作者吕为民要求豆瓣删除相关评论，并赔偿合理开支及精神抚慰金共计 41000 元[②]。这也从侧面证明了豆瓣的影响是较为广泛的。在豆瓣的莫言页面，评分普遍较高，参与评分人数极多，在短书评一栏，稍逊于影视改编更广的严歌苓和郭敬明，但在特别能够体现忠诚度和热爱度的长书评（单篇字数千字以上）表现出色，莫言作品的长书评要超过严歌苓和郭敬明。而且考虑到莫言作品版本数目多，豆瓣实行的是不同版本的分开处理评论，并且严歌苓长书评多的作品都是书评、影评混为一谈，而郭敬明作品的评论又因为抄袭的历史问题造成其负面评论异乎寻常地多，这也是当代作家的网评中罕见的特例：评价人数高、评价分数低。

新浪微博不容忽视的则是作家直接对话粉丝的架构机制，用户极多，传播广泛。如莫言在微博的粉丝数是 420 万，郭敬明的话题阅读量可以达到 8 个亿。微博具有方便的分享功能，网友可以方便地将其他网址如百度、天涯、知乎等转贴过来，形成二次传播。因此，百度贴吧、豆瓣、微博可以较为合理全面地成为观察莫言粉丝活动的样本区，同时参考其他大型新媒体如天涯、知乎、凯迪等。

莫言比其他明星作家更为特别一些，大众、读者、粉丝在莫言身上投注了更富有公共意识的情感与想象。莫言作为诺贝尔文学奖第一位中国籍获得者的"权威而经典的文化身份"，成为粉丝大众情感投射的对象。莫言凝结并适应了这个时代转型中的集体想象和读者大众心理的需要，成为这个时代被选择的共同体。他被赋予了个人之外的多重意义。他是多向度的集合，足够宏大，也足够广泛和细微。宏大涉及国家，细微则涉及每一个中国人的文化心理。詹明信指出："第三世界的知识分子执著地希望回归到自己的民族环境中。"[③]莫言的书写本身就带有某种民族视角和地域特色。高密东

①　http://www.sohu.com/a/219111225_485557.
②　https://www.douban.com/group/topic/6146487.
③　（美）詹明信著，张旭东编：《晚期资本主义的文化逻辑》，陈清侨、严锋等译，生活·读书·新知三联书店 2013 年版，第 423 页。

莫言和新时期文学的中外视野

北乡是他的写作起点，也是他的文学帝国。莫言作为被选择的共同体，饱含了民族想象和国家认同、文学期待和文化自信、大众狂欢和传媒逻辑，是民族性、地方性和全球化、普遍化等所有话题重合之处，也是有着民族主义情感的所有中国人的情绪出口，对他的消费就成了进入共同体的一种方式和昭示。当文化创新中包含了正确的意识形态，而这一意识形态又通过正确的神话故事得以戏剧化地呈现，并用正确的文化和密码进行表述时，文化创新就获得了突破。[①]大众、读者、粉丝对莫言意义的再生产，已超越名家本人，形成一个"共同空间"。

对符号进行编码和解码，也是文化产业化开发的一个前提。任何一件文化产品都需对各种文化资源进行符号化提炼，也就是对符号进行编码。消费社会的全部秘密，就是符号的编码和解码。从生产到消费的过程，是生产者对符号进行编码，并将符号的内涵、价值输入有形的物质载体中，经过营销和传播，被消费者解码从而获得商品符号意义的过程。符号以物质产品为载体，但粉丝消费的却是无形的、符号化的、精神性的内涵。符号的意义是在社会环境因素影响下，人为给定的。符号价值与商品本身的属性关系非常弱，甚至专有性符号价值可能与商品本身的属性没有任何关系，纯粹是符号工作者和传媒共同操纵符号而产生的。对莫言的符号运用和编码，正是上述理论的体现。

对符号的运用是为了实现符号消费。符号消费指粉丝消费者在消费过程中，通过对符号的解码，获得符号所带来的意义和满足。符号消费是通过占有商家、传媒、文化给定的符号意义显现粉丝消费者这一购买行为内在的对自我经济能力、社会地位、文化品位的展示和说明。班建武说："符号消费最大的特征就在于其表征性和象征性，即通过对商品的消费来表现个性、品位、社会地位和社会

---

①　（美）道格拉斯·霍尔特、道格拉斯·卡梅隆：《文化战略：以创新的意识形态构建独特的文化品牌》，汪凯译，商务印书馆2013年版，第179页。

认同。"[①]"中国第一个获得诺贝尔文学奖的作家"这一头衔和身份，使莫言变成了一个具有特殊流通意义和消费价值的符号系统。他不只是单一的符号，而是具有可赋予无限意义的内容性个体。他多产的作品更拓展了符号的指称范围。资本情感和意义的流动都围绕着莫言的符号系统展开。只有从情感、意义、想象的生产才能理解粉丝读者特殊的消费行为。

当莫言获诺奖消息传来，莫言的作品销售火爆，不管是多年前的版本还是新出的精装全集，莫言的作品在网上可以非常方便地免费浏览，为何读者们还要一买再买？在各种各样的消费者中，粉丝的确是一个很特别的群体。粉丝的消费行为也是一种特殊的消费方式。

首先，粉丝消费者往往是过度的消费者。过度就是与普通读者相比，粉丝在小说、影视剧等文化产品中投入了更多的物质、情感、时间和精力，他们与所观看的影视剧建立的关系也更加紧密、亲密。像家里有莫言书籍的人还会再去买不同版本这样的消费活动，看起来一点也不合乎正常消费者的经济理性，但是，对于粉丝消费者——过度消费者来说，他们从所迷恋的特定作品的观看消费中，得到的心理满足比普通消费者更多，体验到的情感强度也更大，对粉丝消费者来说，这样的交易是自愿公平而且值得的。

其次，粉丝消费者还是完美的消费者。意思是，粉丝消费者的消费习惯非常固定，是可预测的，而且可预测程度很高。当莫言成名乃至获茅盾奖、诺贝尔文学奖后，可以说莫言的任何作品销量都不会差，他的任何体裁、写法、质量的作品都可以在粉丝消费者那里有一个数额保证，这也是为什么影视剧的拍摄喜欢找受欢迎的大牌明星，因为他们的粉丝会为每一部该演员主演的作品买单。这也是为何获奖后，莫言作品的版税暴涨，直接促使莫言进入 2013 年作家收入排行榜。粉丝为自己的热情买单，完美的粉丝消费者还经常实行馆藏式消费。馆藏式消费的意思是，粉丝消费者好像在建造

---

① 班建武:《符号消费与青少年身份认同》，教育科学出版社 2010 年版，第 23 页。

一个自己的博物馆那样去购买、然后收藏他们所喜爱作者的所有书籍和所有相关周边物品。这就可以理解为何定价不菲的《莫言全集》精装版、精装礼盒版也畅销无碍。粉丝消费者经常实践着这种"馆藏式消费"行为。有学者将馆藏式消费定义为"个体将社会和心理价值投入到人工制品的过程，以及决定和保存这些价值的行为"。这种消费活动更像图书馆或者博物馆的活动，而不是文化产品的普通使用和支配方式。这种消费方式使娱乐文化本身那种转瞬即逝的性质改变发展成一种更加持久的、让消费者更有成就感的文化行为。馆藏式消费活动的动机则和影视剧内在的独特品质关联度并不大，而是来自收藏者和影视剧产品的互动所产生的心理价值。这种消费方式可以被看作一种抵抗的策略，让粉丝消费者在转瞬即逝的世界里找到了属于个人的意义、情感愉悦和满足。

最后，粉丝消费者还具有强大的生产性。生产性是指粉丝把文化产品——小说、影视剧的消费使用和推销、生产融为一体。普及性的互联网和新媒体的数码通信技术使粉丝的深度参与具备了技术条件，为粉丝产消者的大面积出现提供了技术装备。粉丝的身份从单纯的消费者成为产消者（pro-sumer，由 producer 和 consumer 两个单词缩合而成）。产消者概念的意思是指，粉丝消费者能够将小说、影视剧再度加工、生产出新的其他种类的文化产品。最典型的产消者现象是粉丝小说，一般指的是某部作品的爱好者根据原作中的人物和背景重新创作的故事，也被称为同人文。粉丝消费者创作作品并不追求能否被正式出版或者能否带来商业回报，他们往往追求的是在粉丝社团内获得其他粉丝的认可，带来自身在粉丝团体内等级的进阶、意见领袖身份的稳固，也就是在粉丝社团内成为核心，这是粉丝读者生产行为和其他业余文学写作者的很大不同。

莫言的粉丝读者的写作能力相当不错，这体现了粉丝的最高积极行为。对比同类作家贾平凹、严歌苓、王蒙，浏览这几位作家的贴吧，欣赏、赞美评论的粉丝话语常见，但生产性的粉丝文本就几近于无了。但是郭敬明、张爱玲的贴吧内有大量的粉丝文本。这一区别与前述表格表明的粉丝热度与积极度区别是一致的。

我们可以看一个莫言的粉丝"堵河浪子9"（会员头衔三级"红蝗"）所写的文章《跟踪》，该篇文章回复评价为49篇，比莫言吧的平均回复数15高出了3倍，在莫言吧的后台访问数据看到点击率为6000余次。作者不追求发表实体刊物，他的需求是将模仿莫言文笔的再创作作品张贴在网络"莫言吧"以表达自己对莫言作品的喜爱之情。这就是粉丝消费者的心理需求，"咏歌不足，故手舞之，足蹈之，动其容，象其事，而谓之为乐"。我们喜欢一个东西，会歌唱它，为之起舞，那么这些歌唱、舞蹈就是粉丝消费者的生产创造，可能艺术性、独立性不是很强，但它的确是消费者的原创生产。

> 看了很多莫言先生的作品，来写个模仿之作。叫《跟踪》。
>
> 种种迹象表明，我正在被人跟踪。
>
> 在竹西镇救死扶伤而又见死不救、医德高尚而又黑心烂肝的医院门口，一只黑色的猫正端坐在门口那尊口含明珠的石狮头顶。当我经过时，两三个身着白蓝相间病服的病人，正从门口进出，目光呆滞，形容枯槁，像一个个僵尸。周围一个人都没有，阵阵热风吹起掉落在地上的瓜子壳、塑料袋、小纸片等等，形成一个个漩涡。黑猫看见了我，后腿马上撑起，前腿劈下，喵呜一下，像是要向我发起正式攻击，在它黑色如墨的眼睛里，我看到了红色的T恤，红色融化在黑色里，形成一种新的颜色。我并不害怕这只猫，我与它正面对视。它用冷峻的眼光盯视着我，丝毫不眨一下，我预感到它要说话，它要幻化成人形，用暗器刺伤我，它张开了嘴，露出两颗锋利而且对称的牙齿，这两颗牙齿比其他的牙齿要长，像两片月牙，阳光在它湿润的牙齿上滑动，显示它光泽如许的神采。
>
> ——堵河浪子9[1]

莫言和新时期文学的中外视野

---

[1]　https://tieba.baidu.com/p/2943033750.

这篇作品的文笔的确很"莫言"。还有网友"殇吽无罅隙"（会员头衔十四级"四十一炮"）的文章《鬼星球》①，回帖 49，浏览率 5000 余次。

粉丝读者具有强大消费力，那么粉丝从这些不太理性的消费行为中到底得到了什么？这个动力来源是粉丝消费的模式的核心——认同。认同，是包含区分的认同。"认同"这个复合词在现代汉语中主要有两个含义：一是承认、认可、赞同；二是认为跟自己有共同之处而感到亲切。粉丝的认同也可以分为两个层次，第一个层次是对于粉丝们来说，消费对象会给粉丝以极度愉悦的情感满足。如：

> 刚看完莫言的《透明的红萝卜》，其肆意挥洒的文字，天马行空的想象，貌似世间万物在他笔下都有了灵性，令人折服！——追风少年 UF②

> 爱我所爱唐唐：莫言老师，我很喜欢你的作品，拍成电视剧的《红高粱》更是经典，看了第二遍了。真希望你的每部作品都能拍成电视剧 @ 莫言。

> 彼岸残春：看过莫言老师很多作品了，很多话都难以言表，最后都变为三个字：很喜欢 [心]

欣赏莫言的作品，从中欣赏到了美，毫无疑问，粉丝从莫言构建的小说世界中得到了愉悦和心理满足。如果用粉丝的专业术语来说，这个阶段属于初级粉。更进一步的粉丝是不满足这些文本带来的愉悦感的，他们还会试图与愉悦的来源对象建立认同。这类粉丝

---

① https：//tieba.baidu.com/p/4923359443.

② https：//tieba.baidu.com/p/5013424857.

读者的感受是数目最多、频次最高的，在莫言吧有"每日一吹"[①]活动，就是粉丝每天发一个帖子赞美莫言作品，用词虽是调侃的"吹"，但内容是真诚的赞赏。在知乎网站（网友问、网友答的内容模式），有一个大热问题"为什么诺贝尔文学奖选择了莫言，而不是其他中国文学家？"[②]，得票最高的答案是由莫言的粉丝读者"怡红公子"回答的，获得了 4500 个用户的赞同、418 条评论，还有另外的粉丝读者"荔枝"的回答，洋洋洒洒几千字图文并茂地描述自己对莫言作品的赞赏，得到了 3800 个用户赞同，251 条评论。

上文所说的愉悦的认同更多的是第一层次的认可、赞同的认同，而在下一部分则更多地强调"认"字中的"辨认"和"建立关系"的含义。粉丝认同可以定义为粉丝主动对所喜爱的对象进行识别、分辨，确认所喜爱的对象与自我的相似或一致，并与所喜爱的对象建立亲密关系的动态过程。莫言的粉丝在迷恋莫言的作品、文笔、人物之后，还挖掘了莫言深层的人格魅力，并对之进行辨析认同，如：

> 双子 JYJ_：我的崇敬偶像　中国人民的骄傲
>
> 莫言伯伯，您真的是很谦虚的一个人，我从来都不听别人的批评，因为觉得自己做得足够完美，我自己从来都不在乎别人的眼光，我想干什么干什么，我觉得很自由，但仔细想来，不听批评，又怎能改变？没有劝诫，又怎能提高？像您这样伟大的作家都能感谢别人的批评，作为一个渺小而又不知谦虚的我甚是羞愧，我要努力克服自己，像莫言大大一样——2016GkWgl[③]

---

① http：//tieba.baidu.com/home/main？ un=%E6%AF%8F%E6%97%A5%E4%B8%80%E5%90%B9&from=tieba.

② https：//www.zhihu.com/question/20567831/answer/262919137.

③ http：//weibo.com/1672272373/z06x5xbtQ？ type=comment#_rnd1490907215979.

莫言和新时期文学的中外视野

259

这条微博回复获赞 153 次，事实上在莫言的每条微博下，倾诉粉丝的喜爱和认同的微博都是成百上千。尽管莫言的微博下不可避免地有批评贬低的回复，由于微博的投诉机制会过滤掉人身攻击的留言，加之粉丝的赞会把赞赏性的评论置顶，让后来浏览的读者先看到点赞次数较多的赞赏留言。尽管微博的评论数量多又众口不一，但微博的留言管理机制和粉丝点赞行为在事实上起到了筛选作用。莫言的粉丝在这里认出了莫言美好一面的个性特征，并认为自己也要拥有这种特点，在这种联系中，体会到了一种情感的温暖和价值感。粉丝在与所迷恋的明星或者作品进行认同后，还会建构意义，生产心理价值，从消费活动中获得心理提升和心灵净化，某种与现实活动（心理的、外界的都有）互动得到的认可，认为是个人生活的一部分，构建了个人价值。从这段自述中可以看出，粉丝将自己的经历、性格与偶像对比，同时，又从偶像身上汲取信心和勇气。粉丝以偶像为中介来应对外部世界的困难和压力，并将偶像的成功当作自己争取成功的动力。偶像既是粉丝的理想自我和角色榜样，又是粉丝的"精神空间"和心灵寄托。

粉丝群体消费者的出现代表了一种富有参与性的文化消费模式正在我国逐渐成形。这种消费模式以认同为核心，以新媒体技术的生产和消费为主要活动，以粉丝文化制成品为标志。它打破了生产、消费的传统二元对立状态，使粉丝作为消费者在文化产业链中处于关键地位。就像一些出版公司（如上海最世、磨铁）和编辑意识到，粉丝已经成为明星作家的重要个人资产，至少和作家本人的才华同样重要。出版公司一旦签下了一个在网络拥有众多追文忠实粉丝的网络写手，那么也就预先获得了一个牢固的消费群体，可以有效抵消实体书出版的行业风险。

粉丝除了打破生产与销售的二元对立，在产业链中的位置越来越重要之外，还体现了一种生活方式，粉丝文化消费不再只是消费者对于文化商品的购买和使用（如看报、上电影院、听音乐会等），而是一种在新媒介环境下，融合了消费者的态度、价值、情感的生活方式。也许，在过去，粉丝更多的与辛克利、杨丽娟这样负面的新闻联系在一起。进入九十年代以后，粉丝的地位在东西方主流社会发生了巨大的变化，已经进入官方视野。就像"好好学习"这句话，是"学习团"这个粉丝群体的口号，学习团员是新一届国家领导人习近平的粉丝名称，这个粉丝微博并非政府所开，而是西安的一大学生所开设，短短时间就号召了一百多万粉丝，可以看出粉丝的生产力要比官方、公司更为敏锐积极。粉丝早已摆脱了负面形象，成为一种确认个体身份、表明立场的方法。一些试图与消费者和选民沟通的名流、政治家们还会公开表明自己的粉丝身份。英国前首相布莱尔就曾在 2005 年 11 月政府陷入深重危机之后，出人意料地作为嘉宾出现在一个足球聊天节目，用其足球迷的身份来获取英国民众的认同。简而言之，粉丝身份成了我们与世界沟通、向他人揭示我们是谁的一种重要方式。

莫言的粉丝读者从阅读莫言作品的过程中获得情感满足、审美愉悦，并且进一步地与莫言的人格魅力进行一体化认同，体会到价值感和自尊的提升。在莫言粉丝的生产性、建构性行为（如模仿莫言文风写作）中，体会到的成就感和体现的能动积极性都是粉丝读者的特点。

第三节　大众文化的媒体性与莫言

文化产业的首要特点是以媒体性质呈现的产业性，即以多种大众媒体传播工具推销文化产品在市场占取最大份额，实现最大数量的消费者关注、购买，获取最大的商业利润。出版机构——文化产业的生产者越来越注重文学书籍的市场营销，费尽心思花样百出，为了更好的效果和更低的成本，从直接的广告转向策划性质更强的事件营销。事件营销就是通过把握新闻的规律，制造具有新闻价值的事件，让这一新闻事件得以传播，从而达到广告的效果，并且几乎无传播成本。事件营销是国内外都很重视的一种传播与市场推广手段，互联网的飞速发展给事件营销带来了巨大契机。通过无孔不入的新媒体，一个事件或者话题可以轻松地进行传播和引起关注。

2010 年后最成功的一次文化传媒营销莫过于莫言获诺奖的事件营销。莫言获得诺贝尔文学奖的消息新闻价值极高，媒体注意力极强，高传播频次与高注意力度使得莫言作品由小众化的精英作品变成畅销书，进而不光是莫言本人的作品，甚至带动了其他中国文学作品的销售额度上扬。

文化产品、传播和终端受众之间的关系是复杂的。在传媒营销过程中存在着误传、误信和误读，在误读中还存在着有趣的反抗式解码——对上游的编码进行反拨。

在莫言作品的营销传播中，出版商和大众传媒的合谋下炮制的刺激性营销话语使莫言作品遭受了庸俗化误读。在莫言获诺奖后，大型门户网站、新闻频道、报纸等媒体为了争取收视率、点击率，纷纷强调了莫言作品中几个具有天然刺激性的点。在传媒无孔不入的时代，非专业文学的普通大众没有能力去对媒体进行鉴别，而且相当一部分读者是因为媒体的传播才初次接触莫言和他的作品，"先入为主"和"第一印象"的心理效应更是加强了庸俗化的误读。并且，这种误读还被新媒体二次传播，形成一种恶性循环。

这个过程可以按照斯图亚特·霍尔的"编码解码"理论[1]来更深入地解读阐释。霍尔批判了大众传播研究根据信息流通将传播过程概念化为"发送者、信息、接收者的线性特征"，将电视话语的生产流通划分为三个阶段。第一阶段是电视话语"意义"的生产，即电视专业工作者对原材料的加工。这也是所谓的"编码"阶段。这一阶段占主导地位的是加工者对世界的看法，如世界观、意识形态等。第二阶段是"成品"阶段。霍尔认为，电视作品一旦完成，"意义"被注入电视话语后，占主导地位的便是赋予电视作品意义的语言和话语规则。此时的电视作品变成一个开放的、多义的话语

① （英）斯图亚特·霍尔：《表征：文化表象与意指实践》，徐亮、陆兴华译，商务印书馆 2003 年版。

系统。第三阶段也是最重要的阶段，是观众的"解码"阶段。霍尔的理论虽然是针对电视节目提出的，但是对于大众传媒中的莫言形象也同样适用。

先来分析"编码"过程，莫言和他的作品在传媒话语中如何被加工成带有媒体工作者色调的"成品"。即使是杰出如诺贝尔文学奖的加持，作家莫言的一些涉及性爱描写、暴力的作品也未能逃过传播的失真。在2012年莫言获得诺贝尔文学奖的消息爆炸式传开来后，关于莫言的传媒报道层层发酵，距离莫言作品的真实已经越来越远，传媒话语中的莫言与其作品形象更像是对时代集体心理的一次折射。传媒话语对莫言的误读与误播的实际状况是一种复杂的动态过程。

2012年10月14日的《辽沈晚报》发表了作者是陈妍妮的文章《莫言作品充满暴力和性适合改编　影视版权仅是余华1/10》，文中说："莫言的小说中充满暴力和性的元素，比如说，他的改编成电影的几部小说，无一例外都具有'野合'的元素。其中《檀香刑》的暴力让莫言获得了'嗜血王'的称号，《生死疲劳》中的主线则是'轮回转世'。在目前的审查制度下，这些内容改编搬上银幕会受到影响。"2012年10月16日，山东广播电视台公共频道《今日报道》，做了一篇题目为《莫言作品入选教材被指太功利　暴力色情描写争议多》的报道。这篇报道被齐鲁网、地方热线新闻网、资讯信息网、中国兰州网等多家网络媒体转载。2012年12月11日的《京华时报》刊登《瑞典演员谈莫言作品:〈生死疲劳〉像暴力诗歌》，瑞典演员约翰·拉贝尤斯说："我对《生死疲劳》印象深刻。对于西门闹的转世投胎，莫言告诉过我，他让这个人转了四五次甚至更多。在这个基础上，他创作了一个寓言般的故事，让这个人经历了许多个时代。我非常喜欢这个故事，因为它描绘的图像太迷人了，像诗歌一样，当然是一首很暴力的诗歌，但是很震撼。"

搜狐文化做了一期专题，在专题头条赫然是这样的版式设计，极具吸引力的黑色与红色的标题如下图:

性与暴力的美学

刑罚的历史 现实的寓言

莫言小说呈现出中国特色的暴力美学

　　导语是："莫言的小说写作充满了激情，对性的描写也是关注生命的重要表现。他的小说也具有暴力美学的特征，对酷刑的极致描写，对现实的夸张隐喻，既和莫言自己的人生经历密切相关，也是时代发展进程的某种折射。他写过很多争议性的小说，如《丰乳肥臀》和《檀香刑》，他曾说过，'丰乳'和'肥臀'是能够表现女性生理曲线的重要组成部分，是两件常被人们赞美的事物，但绝不是指轻浮和放荡。而《檀香刑》则是一部暴力与美联袂出演的经典小说，读完全书需要勇气与胆量。不得不说，莫言的小说呈现了中国特色的暴力美学。"①在这个导语中强调的都是暴力的"酷刑"、性的"丰乳"和"肥臀"，还暗示需要"胆量"才能读莫言的作品。而后分了三个小标题，第一个"绝对暴力　极致美学"，但正文内容是讲莫言作品的暴力美学是现实的寓言；第二个"性描写色胆包天"，实际内容是说莫言的性描写其实很有美感；第三个"同时代作家如何写性"，看似是性描写的大集锦，但是实际在分析性描写是洞察人性的通道。也就是说学术化的内容有着通俗、庸俗刺激的标题和导语。

　　海外中文网站壹读网 2015 年 1 月 31 日发布《为何九成读者不支持莫言作品进教材？》，就以上问题，一些媒体曾联合进行在线调查，结果显示：高达 89.7% 的读者认为莫言作品"不适合"入选中小学语文教材，原因是"莫言作品充满魔幻色彩、大胆的性描写、暴力美学等，不适合未成年人阅读"。此前百度百科关于"莫言"词条的解释则是起了一个专门的小标题"暴力美学"，用相当大的

① http：//cul.sohu.com/s2012/baoli/index.shtml.

篇幅描述"莫言作品具有强悍的暴力主义，发表于 1986 年的《红高粱》是一个初级文本，仿佛是一种原始的语典，收录了通奸（野合）、纵酒、砍头、剥皮等等基本暴力语汇。它们是一种证词，以验证'民族的原始生命力'的存在。之后莫言成为了坚定的酷语书写者，如《酒国》里的红烧婴儿，《筑路》中的剥狗皮，《食草家族》里的剥猫皮，《灵药》中的对死人开膛取胆，《白棉花》里的清花机搅碎人等等"，这些描述集中了莫言作品中那些耸人听闻的情节。

当莫言和他的作品被刺激性"编码"之后，成为一则则新闻报道专题和一期期电视节目。如凤凰卫视 2012 年 10 月 24 日的读书栏目《开卷八分钟》就是以《丰乳肥臀》为题。面对类似这样的电视栏目，接收者是如何进行解码，并获得了什么样的"莫言"呢？笔者选了一些知名门户网站、社交软件上面点赞数、转发数、评论数较高的评论发言进行分析。如点击次数高达 14000 多的一篇评论：

> 冷静地谈一谈莫言的文品与人品
>
> 时间：2012-10-29　作者：云海寻峰　点击：14908 次
>
> 直言之，《红高粱》的大部分情节已经记忆模糊，唯独活剥人皮的场景历历在目。那位长工的皮被剥下时痛得蹿出一股一股的黄尿，那两片割下来的耳朵在铜锣上蹦跳作响，这些已经被莫言渲染得毛骨悚然，而《檀香刑》的描写那简直是残暴到极致。①

在获诺奖后，2012 年 10 月 12 日莫言在腾讯发表了致谢的微博："感谢朋友们对我的肯定，也感谢朋友们对我的批评。在这个过程中，我看到了人心，也看到了我自己。"这篇微博下网友 must 评论："莫言有强奸情结。高粱地里的一幕，为强奸筑起神坛。其作品渲染暴力和色情，暴力色情 = 强奸。西方人最喜欢看形象丑陋肮脏、

---

① http : //blog.sina.com.cn/s/blog_658652500102e0gm.html.

暴力色情、猥琐不堪的中国人，就是红高粱里的中国人。"①

这些都属于依从媒体编码的解码，将莫言和作品解读为庸俗、刺激、低俗的形象。但是在众声喧哗的新媒体，解码过程也有发展性、能动性、抵抗性、异质性。如以下评论：

> 谈谈你对莫言的小说《丰乳肥臀》的看法？
>
> 第一次看的时候年纪不大是冲着书名看的（确实猥琐），跳着看，不过看着看着感觉不对劲。几年之后再看，几乎每看几页都会停下来，想要大哭一场。人间的苦难，是要有一定社会阅历，静下心来才能慢慢体会，慢慢咀嚼。②

这位读者的解码过程是有明显的发展过程的。
还有有趣的抵抗性的解码：

> 楼主：pengyuu917　时间：2012-10-17　13：09：00　点击：4734　回复：65
>
> 莫言作品充满变态黑暗丑陋血腥和反人类，毒害青年，封杀莫言，刻不容缓。尤其不能容忍的是，全部描写的中国民众，几乎都是如此。他的每部小说几乎都是由偷情、诱奸、强奸、欺骗、屠杀来串联故事情节。

> 作者：玛雅预言1992　时间：2012-10-20　11：56：50
> 本来哥不屑莫言的，经楼主一说，哥崇拜莫言了

> 作者：莫不明　时间：2012-10-20　12：12：06
> 你是来做宣传的吧。本来不想看的，也想看了。

---

① http：//news.creaders.net/china/2012/10/12/1196508.html.
② https：//www.zhihu.com/question/35409256.

作者：一日湿到夜　时间：2012-10-20　12：33：08

从这可以看出莫言是个有良心的作家，敢于披露社会的黑暗面，不为强权所折服不为当权者唱赞歌，看了楼主的这些又让我对莫言增添了几分敬意

作者：老鼠替猫长肉　时间：2012-10-20　13：28：36

哈哈哈哈，楼主真高手，广告奇才，本来不了解莫言，就算获奖也不打算看，你这一说，一个伟大的悲天悯人的作家，跃然纸上。一定要看，看来诺贝尔毕竟是诺贝尔。

在这篇评论中，在"楼主"依从媒体的编码式解码的发言下，有数位网友以一种反抗编码的方式来反驳"楼主"，大众媒体的编码解码过程并非可以一种声音贯彻到底的，在传播过程中会有种种变化。受众并非只是被动消极地接受，是有自己的能动性的。下面的评论是网友"笑菲1668471479"针对一篇题目是"[杂文评论]莫言就是写黄色小说的！！"的文章的：

> 我想给大家解释一下吧。
> 每一个作家，都有一段从迷茫到探索的创作过程。莫言是个乡土派的作家，他的创作特色的艺术风格，带有一定关于色情描写的场景。如果这里有从农村出来的，在乡下，自然听说过很多超级低俗超级色情的笑话。莫言在创作中，如果刳除这些乡土特色，恐怕诺贝尔奖就跟他无缘了。
> 至于给莫言定性为黄色小说作家，我想，什么人眼里出什么人吧。
> 你以色情的眼光去看，他就是个写黄书的。
> 你以文学的眼光去看，他就是个文学大家。①

---

① http：//www.huarenjie.com/thread-3927232-1-1.html.

大众文化的视觉化也影响了莫言的作品。第一个表现是，莫言作品大量地使用影视手法，例如特写镜头、通感手法、蒙太奇尤其是心理蒙太奇。第二个表现是小说与影视的互相改编。在小说改编成影视的方面，一般分移植式、注释式、近似式三种，莫言的小说改编的影视作品多属后两种。针对目前多数评论为"影视改编的艺术价值弱于原著"的观点，提出另一种观点：电影本质不同于文学，把不同的艺术门类强行一分高下是僵硬的"精英化"腔调，文学与电影、电视剧之间的关系并非一边倒的通俗化，而是一种复杂暧昧的多义关系。最后，从莫言的《红高粱》改编的同名电视剧来看，近年来盛行的文学 IP 开发一边促进了经典的重新阅读接受，一边也出现了过度开发、营销压过艺术的不足。

大众文化以受众为中心，接受环节变得越来越重要。尤其在粉丝读者对作家作品的接受行为更多是一种情感消费满足的情况下，有些积极的读者活动带有生产性和建构性。大众文化的媒体性对莫言和莫言作品的传播接受影响很大。出版发行销售机构对越出常规的文学事件的关注制造注意力奇观、间接促进作品销售，但传媒编制的营销话语同时也使一些作品遭受庸俗化误读，尤其是莫言的一些涉及性爱、暴力的作品，莫言获得诺贝尔文学奖的事件就是被新的传播与出版方式制造出的媒体传播奇观。

（作者：常凌）

第十三章　莫言与后期印象派绘画

　　莫言是一位具有开阔视野和包容心态的作家。在小说创作中，他有意识地探寻文学与其他艺术门类的相通性，试图在小说创作中融合美术、戏曲等多样的艺术元素。莫言对西方绘画的接受突出地表现为对印象派尤其后期印象派绘画艺术产生的强烈共鸣，并将对他们绘画的认识与思考转化为重要的创作资源，丰富小说艺术的表现力，延展小说文本的艺术张力。

　　印象派画家的创作具有反官方学院传统和追求艺术家真实的个性表达的特点，善于描绘自然，偏爱表现光线变化条件下物体的变化，这一流派创作形成与古典学院派追求室内静态、精确描摹完全不同的创作风格。"从历史上看，印象派画家指的是1865—1890年左右在法国的一些交往密切、并一起作画的画家。"[①]代表画家有莫奈、塞尚、凡·高、高更等，后期印象派以凡·高、高更、塞尚为代表。在二十世纪初，中国已有学者引介印象派绘画艺术，在八十年代，随着思想解放，它再次成为人们关注的热点。莫言于1984年进入解放军艺术学院学习，恰逢西方文艺思潮的广泛引入，有条件接触到西方印象派绘画。莫言多次谈到西方绘画尤其印象派绘画对其小说创作产生了深刻的影响。在军艺求学的时候，中央美院的孙景波教授开设的《美术史简论》课程打开了他对美术尤其西方美术的认知视野，"实际上孙教授那一堂课对我后来其他作品的影响也很大，他也给我们讲到当年欧洲的印象派和后期印象派，像

---

① （英）贝纳·顿斯坦：《印象派的绘画技法》，平野、陈友任译，天津人民美术出版社1982年版，第43页。

① （英）贝纳·顿斯坦：《印象派的绘画技法》，平野、陈友任译，天津人民美术出版社1982年版，第43页。

莫言和新时期文学的中外视野

269

凡·高、莫奈、高更这些画家的作品，我们听了这个课以后也没有到此为止，而是跑到图书馆去把那些画册都借出来"①。

第一节 精神的相通

莫言在访谈录中谈到作品氛围的个性化问题时，提出"可以尝试着写一种跟凡·高的绘画精神相通的小说"②。莫言所言的"精神相通"可能指的是与凡·高等后期印象派画家共同关涉的精神内核以及共同表达的人类普世情感。我们看到，莫言和印象派画家都有对现实环境强烈的反抗意识，都存在个体隐忍与张扬的矛盾情绪，也都有对个人压抑情感宣泄的表达欲望。莫言与后期印象派之间"最主要的并不是莫言小说与凡·高绘画的景状的相似，而是他们各自传达出来的内在意识的惊人共通性"③。

一、探寻自然之美

印象派因为融入自然、关注自然而成为绘画史上区别于古典学院派的、并被普通民众接受的重要流派。他们描绘自然界的阳光、雾霭、麦田、飞鸟、鲜花、草垛，等等。画家室外作画的绘画方式更是拉近了与自然的距离，凡·高曾经说过"走进大自然是通向艺术殿堂的必经之路"④，他认为画家只有热爱自然才能理解自然，进而发现自然的美。高更深爱着塔希提带有原始的、荒蛮色彩的芳香土地，他宁愿辞去高薪工作，远离城市生活，投入塔希提的怀

① 徐怀中、莫言、朱向前：《不忘初心，期许可待——三十年后重回军艺文学系座谈实录》，《人民文学》，2017 年第 8 期。
② 莫言：《文学个性化刍议》，选自《莫言演讲新篇》（第 3 版），文化艺术出版社 2012 年版，第 292 页。
③ 李洁非、张陵：《莫言的意义》，《读书》，1986 年第 6 期。
④ （荷兰）文森特·凡·高：《凡·高论艺术》，李华编译，四川美术出版社 2003 年版，第 108 页。

抱，享受它的滋养。对自然的心驰神往是成就凡·高、高更艺术成就的前提，他们在画作中大量地描绘自然，表现与自然的亲近感。凡·高的"向日葵"系列、"麦田"系列、"星空"系列无不表现自然的万千姿态，在大自然的光线下，凡·高解放了色彩，表达出对自然生活的向往与赞美，同时，也流露出对工业化、城市化生活的疏离感。高更在塔希提岛上创作的《甘泉》《美妙的大地》《大树》《艾亚·哈埃勒·伊亚·奥埃》等画作，都表现了优美的自然风光、人与自然的和谐共处。

　　莫言的小说也充分表现了他对自然的亲近感。莫言曾谈及童年，因为过早地辍学，作为半劳力参与了生产队的劳动，接受了放牛任务的他每天与牛相伴、与自然相伴。[①]在他的小说中，他善于写农村的自然风貌，一望无际的红高粱、麦浪翻滚的麦田、满地金黄的葵花地、艳阳下盛开的白棉花是莫言笔下经常展现的景物；天空中自由飞翔的鸟儿、草地上低头吃草的牛羊、草丛里窸窸窣窣鸣叫的昆虫，甚至连没头没脑乱撞的苍蝇都是莫言仔细观察的对象；天空中金黄的太阳、斑驳的云朵、绚丽的彩虹、耀眼的闪电、血红的月亮、绿色的星辰，水中泛着金波的河水、闪着银光的鱼儿、跳跃的青蛙等都是莫言描绘的自然。莫言用生命拥抱大地、太阳、麦田、原野，正是他与自然的亲近才产生物我两忘的感觉，才有了对自然丰富的感觉，在小说中自如地调用视觉、听觉、嗅觉、触觉来表现自然的神奇与美妙，才能反映出农村自然生活的千姿百态，也才能成就他独具个性的创作品格。

二、歌唱勃发的生命力量

　　后期印象派画家热爱自然与生命，凡·高早期绘画展现了劳动者生命的坚韧、顽强，描绘出了生命存在的重量与意义，看似简陋

---

① 莫言:《饥饿和孤独是我创作的财富——2000 年 3 月在斯坦福大学的讲演》，选自《莫言演讲新篇》(第 3 版)，文化艺术出版社 2012 年版，第 136 页。

的生活工作环境并不能浇灭劳动者生存的勇气与抗争的力量。他的"向日葵"系列作品用明亮的黄色象征着他与高更的友谊、他对生活充满的热情以及对生命的礼赞，表现出强烈的生命力。他的"星空"系列用别样的绘画形式诠释了对"痛苦"的理解，以扭曲的柏丝树的形态表达了生命的挣扎与抗争，以色块的强烈对比反映生命的力量。高更也是一位生命的歌者，他在芳香的塔希提岛土地上创作的《跳舞的布列塔尼女孩》《美妙的大地》《拿斧头的男人》《有孔雀的风景》《塔希提风景》以及著名画作《我们从哪里来？我们是谁？我们往哪里去？》，表现原始的塔希提岛居民与自然的和谐、动人的生命节奏和对生命终极的思考与叩问。

莫言基于生命体验和生命感悟的小说创作正鲜明地印证了他对生命力量的敬畏与颂扬。"生命感觉和生命意识，是我们理解莫言艺术个性的关键所在"[1]。莫言在《弃婴》《秋水》《蛙》中对新生命的呵护与敬畏体现了他崇尚生命的信仰；在《民间音乐》《红高粱家族》《爱情故事》《四十一炮》《丰乳肥臀》《檀香刑》中对超脱世俗的爱情的歌唱、对"他们不屑于世俗与规范，追求生命的愉悦感和自由的生存状态"[2]的讴歌足以体现对生命自由力量的呼唤；在《大风》里写年迈而坚毅的爷爷，通过拉车时他弯曲的脊背、绷直的肌肉和对困顿的淡然表情表达了对顽强生命力量的赞美；在小说《生死疲劳》《我们的七叔》《枣木凳子摩托车》中对蓝脸、七叔、"我"父亲等人物张扬个性的包容、特立独行行为方式的接纳，也正是对他们生命本体的尊重和不同人生选择的赞同；莫言在《司令的女人》《月光斩》《牛》《姑妈的宝刀》《木匠和狗》中，传奇化和诗化的"劳动"叙事是对高超的劳动技能的赞美，极致化、神秘化的"劳动"叙事也是对人类能力极限的书写，对人的生命力量的高度赞美。此外，《红高粱家族》《丰乳肥臀》《檀香刑》《天堂蒜薹之歌》中对浴血奋战的"我爷爷""我奶奶"的勾勒、对母亲伟大而

---

① 张志忠：《莫言论》，北京联合出版公司 2012 年版，第 48 页。
② 周文慧：《"十七年文学"对莫言小说创作的影响》，《齐鲁学刊》，2017 年第 5 期。

坚强意志的展示、对民众反抗压迫精神的再现表达了人对来自外界压迫的抗争以及对自我生命权利的捍卫，莫言在此还凸显了抗争的生命力量。

三、抒发无法言说的孤独感

印象派崭露头角时，是以对古典学院派的反叛者形象出现的，并不能得到正统的、上流的绘画艺术的包容和认可，所以印象派画家将艺术认知方面的孤立感觉投入绘画作品中，整体上体现孤独感。印象派的孤独感是艺术家有意疏远现代化的浪漫孤独，具体到画家的创作，因个人的艺术选择及人生经历的差异，表现不一。比如，凡·高的孤独感来自两个方面，一方面是与高更友谊的破裂带来的寻找精神同路人而不得的孤独感，《割耳自画像》是典型代表作品；另一方面是宏大的宇宙意识让凡·高感受到个人的渺小而产生的孤独感，《星空》《乌鸦群飞的麦田》《奥威尔的麦田》等作品充分体现了他用自己的痛苦去表现人间壮丽的气度和面对宇宙的孤独感。高更的孤独感来自初到塔希提岛后的不适感以及故乡人对他行为的不理解而产生的疏离感，所以说"高更的画作有着原始的情调，本质却是孤寂的"[1]，《永远不再》《戴花的女子》等表现了他对生存状态的沉思，流露出内心的孤寂，而他的《我们从哪里来？我们是谁？我们往哪里去？》则是高更将深藏于心的深邃的孤独以人类发展走向为主题的长卷形式全面呈现。他们作品中表现的孤独感是在工业化、城市化社会中对人性的深度反思，体现了鲜明的现代性。

我们看到，莫言小说表现的孤独感则有特定年代的苦闷体验：乡村的破败、家庭出身的压抑、早早开始体力劳动的苦闷，等等。小说表现的孤独感既有社会性失落而带来的孤独，也有由个体的渺

① （法）保罗·高更：《生命的热情何在》，吴婷译，江苏凤凰文艺出版社 2016 年版，第 19 页。

茫存在感而带来的天然的孤独。在小说《民间音乐》《三匹马》《白狗秋千架》《罪过》《麻风的儿子》《普通话》《生死疲劳》等作品中表现了个体社会性失落而产生的孤独感，例如《民间音乐》中沉浸在自己民间艺术世界里的小瞎子孤独地离开了马桑镇，正是因为大家无法真正理解他对音乐的追求；《三匹马》中刘起固执而实干的做事方式却带来妻离子散、人仰马翻的结局，无不反映出他不被家人理解的孤独；《白狗秋千架》中暖因为无法得到丈夫与孩子在精神的相通与灵魂的皈依而产生孤独感；《罪过》中大福子在失去弟弟小福子之后感到的孤独也正是无法找到可以倾诉的对象而产生的孤独感；《麻风的儿子》中的张大力因为母亲是麻风病患者，即使自己是割麦劳动的好手，也被社员孤立与隔离，从而产生了孤独感；《普通话》中乡村知识分子解小扁返乡承受着村民无法理解而被孤立的孤独感；《生死疲劳》中蓝脸坚持"单干"而没有一个人理解与支持他而产生的孤独感。而《透明的红萝卜》《丰乳肥臀》《爱情故事》《你的行为使我们恐惧》《司令的女人》等作品则侧重表现对个体存在渺茫性的认识而带来的孤独感。例如《透明的红萝卜》中的黑孩是时代的失语者，也是生活的失语者，与其说因为缺乏母爱与爱情而产生孤独，不如说是他对个体微小，难以寻找到自己的归宿而产生的孤独感。而《丰乳肥臀》中的上官玉女的投湖自尽，与其说是残酷的饥饿的生活使然，不如说是她对自己存在的多余与存在的渺茫而产生的孤独感使然。还有莫言小说《三十年前的一次长跑比赛》《丰乳肥臀》《爱情故事》《你的行为使我们恐惧》《司令的女人》中的"右派"和知青形象，他们的孤独感既包含远离故乡、没有伴侣的漂泊感，还有更深层次的缺乏个人归属感与对世界的茫然态度。

四、依循感觉的创作理念

后期印象派绘画的精神内核都是遵循感觉的引导，并在绘画中强化感觉带来的绘画色彩、技法、结构的变形。在后期印象派中，凡·高在他的作品尤其后期作品中，对笔触的大胆运用和对色彩的夸张表现正是他依循感觉表现压抑、苦闷心情的写照。他用粗笔触表现心灵的压抑，用强烈的对比色表现内心的狂躁与矛盾，用饱和度极高的色彩表现挣脱束缚的狂野。

孙郁曾对莫言说："在《红高粱家族》里出现了完全像凡·高、高更的绘画那样的色彩。我觉得你找到了一种中国人表达乡土世界的底色。"[①]而莫言自己也认为，印象派绘画带给他更多的是感觉的启蒙，他充分认识到"这种对画家、对美术的学习对我的小说风格也产生了很大的影响"[②]。莫言小说对色彩的强烈表现是以感觉为先导的生命意识的体现，也是他对印象派绘画色彩的借鉴与模仿。莫言本有奇特的感受与想象力，在特定的环境中与大自然相处，才有了非常特别的色彩感。可以说，印象派唤起了他的诗情画意，他又以中国作家的才华写出了贫困年代一个乡村少年对生活的特别感觉。

莫言在对印象派绘画的接受过程中，画面感带来的视觉及心理体验的共鸣超越了对作品文本意义的认知，而这些正是通过潜意识层面表现出来。在小说中，莫言创设了一个广义的感觉场，在非线性的、三维空间中调动读者的感官体验。例如，《枯河》中对小虎子被打后视觉、嗅觉、触觉、听觉等不同感觉的细腻描写，《欢乐》中对齐文梁烦闷、压抑、痛苦、仇恨、嫉妒等复杂心情的全面展现等。同时，莫言又以线性的、意识流的形式表现感觉之流，这种感觉的表现是不受逻辑思维和客观规律的影响，体现了随意性和流动性，与印象派绘画的感觉改变现实的创作手法有异曲同工之妙。比如，《爆炸》《球状闪电》《草鞋窨子》《猫事荟萃》《梦境与现实》等小说在现实与梦境随意切换、现实与传说直接对接。在色彩的选择上，莫言也是依据个人即时感觉和情感的好恶赋予事物以特殊的色彩，比如《金发婴儿》中的"黄金般的眼睛"，《红高粱家族》中

① 莫言、王尧:《说不尽的鲁迅——2006年12月与孙郁对话》,《莫言对话新录》(第3版),文化艺术出版社2012年版,第208页。
② 莫言、王尧:《先锋·民间·底层——2007年1月与杨庆祥对话》,《莫言对话新录》(第3版),文化艺术出版社2012年版,第393页。

战斗中"我父亲"和"我"的半红半绿的脸,《拇指铐》中"她"的橙色的泪水等。我们看到,莫言在小说创作中对感觉的依赖以及描写的感官化成为他小说创作的突出特点,也为他怪诞、魔幻化艺术风格、陌生化艺术效果的形成起到至关重要的作用。

第二节　艺术手法的借鉴与超越

莫言与后期印象派画家精神的相通性带来了艺术表现方式的接近,具体体现在色彩、光线及笔触等艺术手法选择上的相似性,并促使莫言小说逐步形成独特的艺术特点:带有强烈视觉冲击力的色彩画面感,充盈着立体感觉的描写及陌生化、魔幻化的表现手法。在谈到后期印象派对创作的具体影响时,莫言直言不讳地说"我当年在军艺学习的时候,在写作《红高粱》的过程当中,就深受印象派画家的启发"①。当然,莫言并未简单地模仿后期印象派的艺术技法,而是在吸收他们创作营养的基础上,融合独特的个人写作经验与中国绘画技巧,体现出复杂的、具有莫言个性的写作风格,也表现出对后期印象派技法的超越。

一、色彩的选择与创新

后期印象派画家不仅善于运用红色、金黄色等暖色来表达强烈的感情,而且经常用不落窠臼的、强烈的颜色对比凸显视觉的冲击力。凡·高的《夜间咖啡馆》《播种的人》用夸张的红色表现强烈的生命感知,"向日葵"系列、《圣保罗医院后的麦田和收割者》、《收割的人》等作品中金黄的太阳、金黄的麦田、闪烁着金黄的麦浪带给读者镕金般的、夺目的视觉冲击,燃烧着纯粹的、热烈的,

---

① 莫言:《我写〈红高粱〉时深受印象派画家的启发》,《中国文化报》,2017 年 2 月 26 日。

甚至彪悍的生命力量。高更的《塔希提的年轻姑娘》《两位塔希提妇女》《你何时嫁人》等作品也是通过大块黄色的渲染、闪耀的金黄色光彩传递出他对塔希提岛独特的异域风情的歌唱、对原始的野性生命力的讴歌。在后期印象派绘画中，凡·高的《隆河星光》《黄色房屋》中用蓝色与黄色搭配，《夜间咖啡馆》中用深蓝、暗绿与明黄搭配，书写了他内心的寂寞与孤独，表达了持久的焦虑与对温暖的渴望，《星空》中湛蓝的天空与金色的、迷离的星斗形成呼应；《割耳自画像》中目光凝滞的凡·高身着的暗绿的上衣与红色的背景形成反差，《罂粟地》中漫野的绿叶与怒放的鲜红的罂粟花形成对比，等等。凡·高倾向将蓝色与黄色放在同一空间、红色与绿色交织使用，通过冷暖色彩的撞色表现强烈的震撼效果。他曾经谈到"色彩的组合可以达到神奇的效果"①，绿色和红色互为补色，黄色和蓝色也可以达到神奇的效果，并且会使整幅画看起来非常协调。高更也曾说"色彩是梦想的语言，深奥而神秘"，在他的画作中我们也随处可见绚丽的对比色使用，例如《快乐之歌》《塔希提的牧歌》中红色的河流与绿色的原野的呼应，《你好，高更先生》中蓝色的天空与黄绿相间的田野交织，《拿花的女人》中女人蓝色的衬衫与黄色的背景相映衬，《塔希提风景》中湛蓝的天空与金黄的麦田相得益彰。

　　莫言在创作谈中提及，"《红高粱》里面对色彩的大量描写是下意识的，可能就是跟那段时间我非常喜欢美术大有关系"②。我们不难发现，莫言在色彩的选择和使用上是深受后期印象派的影响的，通过丰富的色彩表达个人情感的压抑与宣泄。莫言倾向选择色彩饱和度强、视觉冲击力大的颜色，例如红色、黄色、金色等。从色彩心理学看，色彩是内心的表情，是客观性心理效应。"红色是强有力的色彩，强烈、冲动，富刺激性"，"黄色是灿烂的色彩，常

---

① （荷兰）文森特·凡·高：《凡·高论艺术》，李华编译，四川美术出版社 2003 年版，第 86 页。
② 莫言：《我写〈红高粱〉时深受印象派画家的启发》，《中国文化报》，2017 年 2 月 26 日。

被人称为金黄色，它容易使人联想到金秋和丰收"①。我们看到，莫言在暖色的使用上充分恪守了传统的色彩使用规范，用红色表现勃发的、生生不息的生命力，例如《红高粱家族》中一望无垠的红高粱、《透明的红萝卜》中铁砧上的红萝卜、《天堂蒜薹之歌》中遍地流火的千亩辣椒。大量的金色用于描绘给予人以希望与丰收寄托的美丽田野，《弃婴》《天堂蒜薹之歌》中成片的、温柔的、黄色的葵花地是爱情荡漾的温暖的海洋，《我们的七叔》《丰乳肥臀》《司令的女人》中遍野金黄的麦子像延伸到天边的黄金板块。莫言小说在暖色的使用上与印象派画作形成了良好的互文效果，通过红色、金黄色的选择表现出对暖色的偏爱，以暖色驱走了苦闷与伤感，体现出丰富的生命色彩。莫言小说用明亮、鲜艳的暖色表达出狂热的生命激情、纯粹的生命体验和灿烂的生命过程。

莫言对色彩的运用不仅是纯色的表现，还体现在不同色系的色彩甚至对比色的大胆使用，比如黄色与蓝色、红色与绿色、黄色与绿色、紫色与绿色等，造成强烈的视觉效果，呈现绚丽奇幻的戏剧效果。在《战友重逢》中描写二排长蓝汪汪的圆眼睛、淡黄色的头发，在《天堂蒜薹之歌》中将淡蓝色的天空与金光灿灿的星辰放在同一画面；《弃婴》中金黄的葵花地里有一个红色的孩子包裹，《爆炸》中的乡村田野色彩斑斓，红毛狐狸绿青草，"绿草地、蓝蜻蜓、黄麦茬"②；《怀抱鲜花的女人》中描绘暮色中"满河金黄流水，半截碧绿女人"③，《白棉花》中"碧绿的头颅、蓝棉花、金色的眼睛、粉红的耳朵、紫色的嘴唇"④，等等。莫言对撞色的运用俯拾皆是，这与印象派绘画对他的直接影响显然有关，当然也得益于他天马行空的想象。

莫言高度认同后期印象派绘画的色彩感觉，但他并没有简单地止步于此，而是善于把个人的感官体验与文学想象融入色彩的选择

---

① 王化斌：《色彩平面构成》，人民美术出版社1995年版，第42页。
② 莫言：《爆炸》，选自《欢乐》，作家出版社2012年版，第219页。
③ 莫言：《怀抱鲜花的女人》，作家出版社2012年版，第120页。
④ 莫言：《白棉花》，作家出版社2012年版，第269页。

与使用上。他在继承印象派用暖色、撞色及大面积色块描绘事物外，还从突出色彩表现的视觉冲击发展到利用色彩表现强大的心理冲击，尤为突出的是他用色彩描写难以具象描绘的心理反应，这主要体现在他对冷色尤其是绿色的运用方面。同时，他通过自己主观认定的色彩来定义客观事物的色彩，将个人的情感融入所描绘的事物之中，有时呈现出超现实的、扭曲的艺术效果。莫言在《欢乐》中用绿色描绘恶心、肮脏、无耻等负面的情绪，在小说中，莫言以反常规的思维追求绿色独特的表现效果，给读者造成强烈的心理冲击。同时，《白棉花》中"碧绿的头颅"、《草鞋窨子》里绿得像鬼火的星斗、《丰乳肥臀》中"绿油油的手"、《枯河》中"蓝色的血"、《怀抱鲜花的女人》中女人"浅蓝色的头发"、《月光斩》中蓝色的月光等，莫言通过奇幻的想象赋予了普通日常事物以非现实的色彩，用绿色表达了神秘、魔幻色彩，把蓝色承载的博大与永恒意义泛化为诡异与神秘。

　　莫言在接受后期印象派撞色技法的同时，也在不断强化中国民间传统绘画色彩的撞色方式，集中体现在对红色和绿色两种对比色的使用上。莫言故乡高密的扑灰年画色彩艳丽、对比强烈，其重要分支"红货"则大胆借鉴天津杨柳青年画和潍县年画对色彩的运用，向大红大绿靠拢，使作品显出艳丽红火，对比强烈的特色"①，莫言也坦言："这些民间文化元素就不可避免地进入了我的小说，也影响甚至决定了我的作品的艺术风格。"②我们看到在《红高粱家族》中春色桃红柳绿，奶奶穿着桃红柳绿，在伏击战中"红裤子的颜色染红了翠绿的高粱秸秆"③，《天堂蒜薹之歌》中的胖女人露出鲜红的牙床和绿幽幽的牙齿，《白棉花》中的田野有青翠的绿、鲜艳的红萝卜，这些红色与绿色的强烈对比都体现在对日常普通事物的描写中，和谐统一于画面中，并有大俗即大雅的审美趣味。

---

① 中国传统文化之——扑灰年画：民艺精华，国之瑰宝！[EB/OL]
　　http://www.sohu.com/a/204500177_100005077，2017-11-15.
② 李晓水：《莫言故乡的民俗：扑灰年画中国一绝，茂腔婉转》，《深圳晚报》，2012年10月16日。
③ 莫言：《红高粱家族》，上海文艺出版社2012年版，第255页。

莫言和新时期文学的中外视野

莫言曾说"这些现代派画家的作品带给我的震撼一点也不亚于《百年孤独》。那种用颜色的方式，那种强烈的对比……"[①]，从直观上看，莫言小说在色彩的选择和使用上，与后期印象派画家有共同的偏好与倾向；从更深层次看，在色彩的象征意义上，也有诸多的相通的价值选择，在对生命的歌颂与激情的渲染方面具有一致性，用色彩与生命对话，彰显生生不息的生命意识。同时，我们也应该看到，莫言在色彩的使用上，结合中国民间传统绘画艺术，把后期印象派技法和中国传统的绘画技法结合起来，体现相协调的关系，并赋予了色彩以更丰富的魔幻和神秘意义，打破常规的色彩运用规则，这也是导致陌生化效果的重要原因。

二、对光的表现与突破

印象派绘画较之传统的古典学院派绘画，在技法上的重要突破体现在它对光线的捕捉与表现上。印象派画家把绘画从书斋式的绘画方式转变为与自然融合一体的绘画方式，因而，他们对光线显示了特别强烈的关注，并不断地表现光对绘画的影响，颠覆了传统古典学院派绘画的沉黯色彩风格。凡·高是"光与艺术"的追求者，在他的传记中写道，"凡有太阳的时候，他的画笔未尝停顿"[②]，他尝试着在太阳光的照射下，不停歇地描画，并且他认为"所有杰作者是光与影的完美组合"[③]，提出美的事物应是在光与影的作用下产生的理论。在创作中，他的《阴云下的大地》《麦田农舍》《乌鸦群飞的麦田》《满天星斗下的罗纳河》等作品展现了光线不同亮度下的自然风景。在凡·高的"向日葵"系列画作中，我们感受到了光与影的和谐，体会到宁静的、纯粹的自然之美。在高更的《在古

① 莫言、王尧:《在文学种种现象的背后——2002年12月与王尧长谈》，《莫言对话新录》(第3版)，文化艺术出版社2012年版，第392页。
② 丰子恺:《凡·高生活》，新星出版社2013年版，第89页。
③ (荷兰)文森特·凡·高:《凡·高论艺术》，李华编译，四川美术出版社2003年版，第80页。

老的时光里》《大树》《塔希提的牧歌》中，我们感受到了充满野性与宗教色彩的塔希提岛的神秘之美和原始力量。

　　印象派绘画对光的表现激发了莫言小说创作新的灵感，他在小说中也反复地描绘阳光，用饱和的亮度提升文本的艺术张力。在《金发婴儿》中描绘阳光下婴儿的脸"阳光照着他满是细绒毛的脸，一道道的云影从脸上飘过，他的脸色渐渐变淡，变白"[①]，《透明的红萝卜》中的黑孩儿"把手中那个萝卜举起来，对着阳光察看"[②]，《爆炸》中描绘"梧桐树叶缝隙里筛下金色光辉把她的脸分割成几块"[③]，等等。莫言借鉴印象派绘画的技巧，善于表现阳光、月光、灯光等不同光源条件下事物的特性与变化。在《金发婴儿》中描绘霞光中的塑像婀娜多姿，《红高粱家族》中早晨阳光下的墨水河燃成金红，《天堂蒜薹之歌》中晚霞满天、金黄的光线在人们脸上流动，《罪过》中的河水在光照下金光银光碰撞、更加辉煌，《弃婴》中明亮的阳光下，包裹婴孩的红绸子像一团火，《凌乱战争印象》中太阳初升时，麦苗金黄、马身上涂满了金红色，马腚像镜子一样闪烁光芒。《石磨》写明媚的阳光下，"我"和珠子幸福快乐地劳动生活，《爱情故事》写阳光下小弟与大十岁的美丽知青何丽萍坠入爱河。莫言笔下的阳光多给人以温暖，阳光下娇嫩、可爱的婴孩，鲜红、娇羞的高粱，波光粼粼的河水，闪烁着光芒的人们无不展示了生活的美好与对自然的礼赞。在莫言看来，阳光充满世界，希望就在眼前。他也似乎把对人类的希望与对战胜困难的勇气融入阳光里，让阳光消弭苦难，让阳光给人以力量，让阳光普照到人们内心最脆弱的每个角落。从这一点看，莫言用生命的感觉抒发了向善的情感需求，并留给读者一片美好的想象空间。

　　莫言对光的驾驭灵活、机动，他善于在光线流动的状态下展示事物的变化，也善于借助阳光的变化书写时间的更迭，从而推动小说情节的发展。从这一点看，莫言跳出了印象派绘画擅于表现特定

---

①　莫言:《金发婴儿》,《欢乐》, 作家出版社 2012 年版, 第 192 页。
②　莫言:《透明的红萝卜》,《欢乐》, 作家出版社 2012 年版, 第 50 页。
③　莫言:《爆炸》,《欢乐》, 作家出版社 2012 年版, 第 226 页。

时间和环境下，在光的影响下的瞬间景象及瞬间感受的艺术规则。在莫言的笔下，光线延展了时间的维度，使凝固的画面具有了流动性，使瞬间的画面具有了动态美，从而打破了印象派瞬间描绘手法的束缚。在《金发婴儿》中，莫言注意光线的变化，表现从凌晨日出前、日出时、日出后、夕阳时不同时间节点观察雕像带来的不同的视觉效果；《飞艇》中写在一天内不同的时间段冬日阳光对自然万物的改变；《石磨》中描绘一天阳光下辛苦劳作的四大娘脸上光与影的变化；《秋水》中描写洪水中阳光下人物形象的变化。《老枪》《大风》《拇指铐》等小说整篇以阳光为叙事的时间线索，推进情节发展。《老枪》从太阳即将下落起笔，通过太阳不同阶段光的变化呈现出时间变化，展示不同光线下人物、景物的变化以及人物心理的变化。《枯河》则借月光、日光的交替出现勾勒了三天的时光变化，把调皮的农村男孩如何从好奇到闯祸直至死亡的过程全景展现了出来。

　　莫言小说中的光线体现出丰富的隐喻意义。一方面，笔下的光线在表现审美取向的同时，也表现出审丑的取向。比如，写夕阳下的世界多了些许的伤感、厌恶情绪，夕阳下血淋淋的衰草、充满愤怒的父亲、灼热庸常的城市生活、残缺的天空等。另一方面，莫言的多部小说以阳光结尾，营造内涵丰富的意境。《金发婴儿》写阳光照射下的婴孩闪耀着迷人的光辉，《透明的红萝卜》写明晃晃的秋天阳光照射下的黑孩远去的身影，《天堂蒜薹之歌》写历经磨难的高马迎着太阳狂奔，莫言把印象派对光与影的运用技法和中国传统绘画的写意技法结合起来，他把阳光作为表现人物的宏大背景，用寥寥几笔勾勒人物，不再细致地刻画光对人物的塑造，使小说中的人物看似有形却又无形，达到了幻化的境界，表现出一种辽远与深邃的意境。从这一点看，莫言在文学艺术层面很好地化解了东西方绘画写意与表形的矛盾，用小说语言诠释了两种的有机融合。

三、笔触的运用与发展

　　凡·高善于用笔触的变化与不同组合传递不同的情感体验。早期绘画如《在永恒的门口》等用粗重的、大间隔的笔触勾勒底层人民的生活状态、表现对生活的痛苦情绪；中期作品如《花瓶里十四朵向日葵》《鸢尾花》则用扭曲的甚至卷曲的细腻的笔触表现向日葵、鸢尾花强悍的生命力量以及凡·高与世隔绝的孤独感受；而后期的作品则颠覆以往绘画笔触的用法，《星空》用拉长的笔触表现对深邃的、浩瀚星空的无限遐想，《自画像》（1889年）用漩涡状的笔触和扭曲的线条暗示着处于身体与精神边缘的凡·高内心的矛盾与苦闷，以及面对生死时的痛苦抉择，《乌鸦群飞的麦田》运用大量的短小笔触以堆叠的方式表现延展的麦田、翻滚的乌云、惊恐的乌鸦，带给读者以令人窒息的压抑。凡·高的笔触通过一个个单独的绘画表意个体，以展现画家内心复杂而深刻的情感。

　　莫言小说在笔触的选择、画面的构图等方面体现出两种艺术门类的相通性与兼容性。正如莫言所言："我读凡·高的油画感觉像读文字一样，那种画面的扭曲、色彩的强烈、笔触的大胆，可以让我们感受到画家在创作这个作品时的精神状态，以及通过这样一种艺术手段表现出他内心深处强烈、澎湃，甚至是扭曲的感情。"[1]莫言在写作中，将不同的笔触手法用以表现不同的对象，体现出非凡的艺术效果。在《大风》中用粗重的、简洁的笔触刻画爷爷迎风而上、负重拉车的形象，表达了他与自然和命运抗争的坚强韧性；在《石磨》中用繁密的笔触表现四大娘辛苦拉磨的形象，表达了对农民生活不易的叹息；而莫言也大胆地用扭曲的笔触描绘，比如在《枯河》中写绝望中的孩子化成幽灵般的灰影子在水淋淋的巨大的月亮下、射出金刚石一样光芒的星光下奔跑。我们看到，月亮、星光都被莫言改变了原有的形态特征，他用变形的笔触强化外在环境对无助孩子的压抑。

莫言印象式的笔触广泛存在于小说中，它与后期印象派绘画的笔触绘画也存在表意和构图上的差异性。在后期印象派绘画中，笔触式的描写或是绘画作品的细节表现，或是具有强烈的视觉冲击的意义载体，比如，凡·高在《星月空》中扭曲的笔触、《乌鸦群飞的麦田》中粗短的笔触、《播种的人》中细碎的笔触。这些笔触与整个画面既有和谐统一的美感，也存在着离间的艺术效果。而莫言小说中的笔触式的描写形式多样，他将印象式的笔法与中国文人书画表现手法融合起来，有的带有中国绘画的点染之法，类似中国绘画的意象罗列，在整体的相互关照中表现出超越意象的复杂意境，使作品具有较完整的画面感。

莫言在印象式的描写中，善于运用散点印象式笔触描绘鲜活图景，动静相宜，具有较宽广的视野。简短的笔触点染、勾勒多样的事物，从而丰富描写的内容。比如，《爆炸》中描绘农村的原野"原野一览无余：绿草地，收割后的麦田，黑色公路，玉米林。飞行训练继续进行，飞机的银影子在原野上滑来滑去"①，将地面、天空、近景、远景点染式地浓缩在一张图画中，给人以整体的乡村旷野印象。《罪过》中描写"湛蓝的天空，破絮般的残云，水银般的光线。黄色的土地，翻转的房屋，倾斜的人群"②，将天、地、人糅合在一起，以中国绘画意象的形式用简短的笔触排列，构成了恐惧的孩子眼中的农村非正常印象。《白棉花》中也用印象式的描写展现春天乡村的美好，"头上是碧绿的天，脚下是黑色的地，鸟儿在天地间痛苦地鸣叫着，刺猬耸立着，蜥蜴在爬行。蛤蟆在水边蹲着叫""外边有青翠的绿，鲜艳的红萝卜，金黄的豆叶子，一行行耸

---

① 莫言：《爆炸》，选自《欢乐》，作家出版社 2012 年版，第 214 页。
② 莫言：《罪过》，选自《白狗秋千架》，作家出版社 2012 年版，第 323 页。

立在渠道边像火炬般的杨树"①，莫言用视觉、听觉、触觉感知自然，试图用印象式的描写涵盖他丰富的生命感觉，穷尽他细腻而广泛的生命体验。

"以诗入画"是中国文化的传统，莫言对后期印象派绘画技法的运用打通了文学与绘画，同时也发展了诗画一体的文化传统。他用文字的形式表现了绘画用色彩、线条、构图反映的情感与生命体验，表现隐忍与张扬、现实与个人的对立，他用绚烂丰富的色彩表达对苍白单调生活的反抗。莫言对印象派的学习不是简单的、停留在表面的、浮光掠影的临摹，而是对他们从形式到内涵多层次的继承与转化，从艺术本体的学习借鉴升华为艺术哲学的多层面相通。

（作者：周文慧）

莫言和新时期文学的中外视野

---

① 莫言:《白棉花》,《怀抱鲜花的女人》,作家出版社 2012 年版,第182、184 页。

第十四章　身体视域与莫言小说的发生学

1955 年出生的莫言自小生活在贫困的农村，在小学五年级时就辍学参加体力劳动，经历了常人难以忍受的饥饿和孤独。然而到 1985 年时，年仅三十岁的莫言就凭借中篇小说《透明的红萝卜》在风起云涌的中国文坛一举成名，显示出势不可当的创作势头。1986 年中篇小说《红高粱》横空出世，更是将莫言写作个性中的"酒神精神"与"生命的强力"发挥得淋漓尽致，莫言"天马行空"、无所顾忌的创作个性得以基本成形。从此，中国文坛再也无法忽视这个从农村走出、看上去"土里土气"，却自学成才、敢于在写作中冲破所有条条框框的小说家莫言了。

从 1981 年发表短篇小说《春夜雨霏霏》，到 2012 年获得诺贝尔文学奖，再到复归文坛的当下，莫言已发表长篇小说十一部①、中篇小说三十七篇和短篇小说八十余篇，其创作成就举世瞩目，获得了国内外文学评论家和普通读者的广泛认可，同时也伴随着不少争议。因此，当我们重新回过头来，挖掘莫言"何以成为莫言"的动态过程，探讨莫言二十世纪八十年代小说创作的发生学，就成为一个极为重要的研究课题。在以往研究中，域外视域（如福克纳与马尔克斯作品的影响）和民间资源（农村生活与志怪传奇）等因素都得到了重视和强调，然而艺术家的创作状态有其独特微妙之处，仅仅依靠探讨其阅读资源和生存背景，我们未必就能解开艺术家创作的奥秘。鉴于莫言小说表现出鲜明的感官特色、鲜活的生命意识，以及

---

　　① 　其中，十一部长篇小说包含由中篇小说集合而成的《红高粱家族》和《食草家族》。

强烈的身体政治色彩，论者认为从身体意识角度来考察莫言二十世纪八十年代的小说，是解开莫言小说创作发生学的独特门径。

何为"身体"？身体不等同于纯粹生理性的"躯体"，也不等同于通常包含下半身的"肉体"，也并非上半身与下半身的机械结合。身体是生命的本体，是人类存在的物质依托，同时也是人与自身、人与自然和社会进行连接的物质中介，是一个社会话语建构的出发点和落脚点。身体的含义在不同时空语境中存在巨大差异，同时身体的感性特质总是与社会机制的理性化趋势相抵牾，这造就了身体问题本身的复杂性。中西方文明发展早期均存在各种以身体为本位的思维方式，然而随着理性主义的兴起和政治权力的影响，人类身体的地位逐渐下降，正如汪民安所言："直到19世纪，身体一直在灵魂和意识为它编织的晦暗地带反复低回，这样，对身体的压制和遗忘是一个漫长的哲学戏剧。"[1]在中国，身体的境遇更加复杂：一方面，在中国古代哲学和艺术中，身体被包含进哲人和诗人思考世界和自我关系的过程中，体现出身心合一、天人合一的身体与世界融合的姿态；另一方面，中国文化中一直都存在一种蔑视身体的传统，而强大的政治权力和道德伦理对身体（尤其是女性身体）造成了严重的压制甚至摧残，身体的本体地位持久地被掩盖和遮蔽。

尼采的身体哲学打破了西方社会中身体一直被压制的历史地位，身体话语逐渐浮出历史地表，并与不同的思想潮流交汇，形成了一股强劲的"身体转向"的历史潮流。尼采旗帜鲜明地提出："肉体乃是比陈旧的'灵魂'更令人惊异的思想。"[2]此后，以马克思为代表的哲学家呼吁在劳动和生产关系中解放人类身体，以弗洛伊德、荣格和拉康为代表的精神分析学家致力于对人类意识和欲望身体间的关系进行重新探讨，以马塞尔、萨特、海德格尔和梅洛－庞蒂为代表的存在主义者提倡对身体的历史境遇进行新的探寻，以福柯、阿甘本和德勒兹为代表的哲学家对身体与政治之间深刻复杂

① 汪民安、陈永国：《身体转向》，《外国文学》，2004年第1期。
② （德）尼采：《权力意志：重估一切价值的尝试》，张念东、凌素心译，中央编译出版社2005年版，第48页。

的关系进行梳理，这些理论倾向都在不同程度地呼应了"身体转向"的历史大潮。这些思想家或哲学家对传统西方哲学中的身心二元论的质疑，使身体在一定程度上恢复了它感性的、富有生命力的一面，使我们对人的探究更趋近于接近本体层面。尽管限于篇幅原因，论者无法将这些"身体"理论之间的不同侧重点予以呈现，然而这些理论呼吁身体的回归和身体的解放，却是无可争辩的趋势和事实。

在艺术创作中，多数人都认为人的创造力来源于人的智性能力，而创作是一种沉思性的精神活动，然而最新的生理学和认知科学却表明，人的创造力并不仅仅源自大脑，身体感觉在创作中甚至占据着更为重要的地位。对艺术创作而言，"诗言志""兴、观、群、怨""文学为政治服务"等观念在某种程度上忽略或抽空了有关生命和身体的真实细节，使艺术创作屈从于政治化或商业化的现实目标，而"身体转向"对身体感觉的重视和回归，使我们能够以崭新的视角重新审视艺术创作活动本身。提倡将知觉和身体摆在认知过程首位的梅洛－庞蒂认为，"被知觉的世界是所有理性、所有价值及所有存在总要预先设定的前提"①。法国哲学家德勒兹认为，"不论事物还是艺术品，自我保存的那个东西是一个感觉的聚块，也就是说，一个感知物和感受的组合体"②。莫言小说中大量"感觉的爆炸"与"肉体的复归"的情节，正显示出莫言小说创作中对身体与感觉的极度重视，这启示我们可以从身体意识角度来考察莫言小说的发生学。

第一节　规训的身体与感性身体的压抑

从二十世纪四十年代到七十年代，一体化政治主导下的文学

① （法）莫里斯·梅洛－庞蒂：《知觉的首要地位及其哲学结论》，王东亮译，生活·读书·新知三联书店 2002 年版，第 5 页。
② （法）吉尔·德勒兹：《什么是哲学？》，张祖建译，湖南文艺出版社 2007 年版，第 434 页。

形象相对凝固和单一，相对缺乏多元的、丰富的、非政治化的身体形象。在宏大的启蒙与革命的政治化框架下，个体身体更多具有从属性与工具性意义，这使得当代文学上占据主流的身体形象多是政治化与意识形态化的身体，而感性的、个体化的身体一旦与政治化身体发生冲突，稍溢出政治化身体的边界，就会受到严厉的惩罚。七十年代末，中国文学在经历了相当长的历史沉寂期后，终于趁着拨乱反正和思想解放的历史潮流得以重新扬帆起航，许多人正是从这时开始走上文学创作的道路，莫言正是其中一位佼佼者。在创作之初，莫言写出了不少较为生硬、艺术成就不高的作品，而这些作品中所体现出个性化身体的缺位，正是革命年代身体高度政治化的具体体现。

1981年，莫言在河北保定刊物《莲池》上发表短篇小说处女作《春夜雨霏霏》，正式开启了他作为小说家的创作道路。紧接着，他在《莲池》上相继发表了《丑兵》《为了孩子》《售棉大路》和《民间音乐》等作品①，还在其他刊物上发表了《岛上的风》《白鸥前导在春船》和《黑沙滩》等小说②。用艺术性标准对莫言早期小说进行审视，我们发现这些小说并不具备较高的艺术价值。在这些小说中，莫言借鉴了"白洋淀派"作家孙犁所擅长的诗化小说创作手法，以写实风格重点呈现人物形象的心灵美和人情美，因此作品也一定程度存在机械反映、主题先行、模式刻板和审美固化等问题。

比如，在《春夜雨霏霏》中，当军嫂兰兰听说咬痛手指远方亲人就能感受到思念后，将手指咬得隐隐作痛，以此期待丈夫能感受得到她的思念。当天空下起夜雨时，兰兰"偷偷地脱了衣服，享受

① 《春夜雨霏霏》发表于《莲池》1981年第5期，此后的《丑兵》《为了孩子》《售棉大路》《民间音乐》分别发表于《莲池》1982年第2期、1982年第5期、1983年第3期和1983年第5期上。

② 《岛上的风》发表于《长城》1984年第2期，《白鸥前导在春船》发表于《小说创作》1984年第3、4期合刊，《黑沙滩》发表于《解放军文艺》1984年第7期。

着这天雨的沐浴，一直冲洗得全身滑腻"后才回到房间。书信体的记叙将兰兰的思念和情欲表现得深情缠绵，然而她最终只能接受自己丈夫戍守海岛的事实，并以丈夫的崇高使命来压制身体的自然欲望。在《售棉大路》中，第一次卖棉花的大姑娘杜秋妹、带着吃奶小儿卖棉花的腊梅、助人为乐的车把式和拖拉机机手之间在艰辛的售棉大道上相互帮扶，人与人之间的善良和体贴经由售棉路上的各种插曲表现得细致入微，最后杜秋妹和车把式之间互生好感擦出了爱情火花，小说人物的心灵美由此体现，然而售棉花过程中潜在的深层次社会矛盾却被掩藏和忽略。在《白鸥前导在春船》中，独生女梨花和独生子大宝在包产到户的劳动中结合在一起，克服了父辈们对男女有别的偏见，突出了新时期新型家庭关系的开明与和善，就一定程度上存在着图解政策的问题。

彼得·布鲁克斯认为，"从最宽泛的意义上说，主导对身体进行刻写和烙印的是一系列欲望：一种欲望是不让身体迷失于意义，要把身体带进符号学和具有重大意义的领域"①。在《春夜雨霏霏》和《售棉大路》中，军嫂兰兰和腊梅的身体欲望均被更为宏大的家国观念所标记，她们的身体欲望及其所遭受的苦难都因神圣的家国使命而被赋予了更为重要的历史意义。由此，温柔体贴、善解人意和顾全大局的军嫂们成为兼具人性美、心灵美和精神美的化身，身体的意义汇入在宏大的政治话语中。同时，《丑兵》中在越战中牺牲的军人王三社、《黑沙滩》中为了村民利益而违背上级政策的左场长、《岛上的风》中与海风正面搏击而牺牲的李丹等男性人物都兼具心灵美与人性美，在牺牲自我的过程中体现了自我价值。总的来说，莫言这一阶段的创作重心在于塑造革命年代典型环境中的典型形象，注重表现人物心灵美和人性美，主题先行的痕迹比较明显。可见，这些努力表现真善美的小说还没有体现出莫言小说创作中身体意识的觉醒。可以理解的是，在思想解放刚刚开始的年代，

---

① （美）彼得·布鲁克斯：《身体活：现代叙述中的欲望对象》，朱生坚译，新星出版社2005年版，第28页。

文学的解放也不可能走得太远。莫言在其小说创作初期致力于向"十七年文学"中的经典现实主义作品学习，然而随着政治历史语境的变迁，这类作品已经很难打动人心，更难以产生更大的影响力。

在与王尧的对谈中，莫言表示"初期的习作，是依靠翻字典、依靠看很多外国作家的书，依样画葫芦地模仿，起码有两部作品是这样的……但自己回头看，知道些这些东西，自己有多么艰难，一个字一个字地往外挤，没有个人生命体验在里面"[①]。联系莫言小说创作的整体动向，以身体视角重新考察莫言早期小说，便可窥探出莫言早期小说中存在革命化身体，而缺乏个性化身体的实际情况。模仿与硬写，缺乏感性化的个性身体，是莫言早期小说创作的主要特点。值得注意的是，对莫言早期小说"身体缺位"的评价，并不是对现实主义文学方向的否定。实际上，莫言大多数的小说均可被归为现实主义小说，而莫言也曾多次表示他自认为是一个现实主义作家。在风起云涌的当代中国，贾平凹、陈忠实、张炜、路遥等众多作家同莫言一道，创作出艺术价值较高、影响力出众的现实主义小说。现实主义文学是一棵长青之树，需要不断地供给其雨水和养分，它才能保持生长、更新和繁茂的姿态，显示出勃勃生机。然而，在特定的历史时期，现实主义文学创作则可能受到政治和历史的影响而变得凝固、保守和单一，莫言在八十年代初期主要模仿的正是这种已经凝固的现实主义文学传统，因而就难以挣脱其束缚以开拓出新的道路来。

南帆认为，"小说家有必要认识到，躯体在故事情节之中占有的位置远比他们想象的重要"[②]。莫言在其 1981 年到 1984 年的早期小说创作中总是将身体的矛盾消解和调和为人性美和人情美，这妨碍了他透过身体去进行更多文化建构的可能性。然而，莫言却通

① 莫言:《与王尧长谈》,《碎语文学》, 百花文艺出版社 2012 年版，第 132 页。
② 南帆:《躯体的牢笼》, 见汪民安编《身体的文化政治学》, 河南大学出版社 2004 年版，第 149 页。

莫言和新时期文学的中外视野

291

过这些练笔之作积累了素材，磨炼了文笔，扩宽了视野。同时，莫言的勤奋和坚持使得《民间音乐》受到老作家孙犁的赏识，同时《售棉大路》被《小说月报》1984年第7期转载，《黑沙滩》荣获《解放军文艺》1984年年度小说奖，这些回报激励了这个在农村出生的部队小子，增强了莫言继续进行文学创作的信心和勇气。1984年夏天，凭借《民间音乐》等作品和孙犁、徐怀中等老作家的赏识，莫言有惊无险地成为解放军艺术学院文学系作家班的学员，而莫言早期小说中所存在的"身体缺位"问题，也将在他1985年前后小说的"爆炸"中得以解决。

第二节　切身性转向：感觉的多维书写

在军艺学习期间，莫言得以接触风起云涌的中外文艺思潮，这极大地扩展了他的创作视野。在此背景下，莫言丰富的农村生活体验被重新激活，使得他对生命的感觉如洪水开闸般发泄出来，成就了莫言小说创作的第一个高潮。1985年，莫言在《中国作家》第2期上发表了中篇小说《透明的红萝卜》。同年，他发表《金发婴儿》《球状闪电》《爆炸》《白狗秋千架》《秋水》和《枯河》等中短篇小说。1986至1987年，莫言发表了《红高粱》《高粱酒》《狗道》《高粱殡》《奇死》《罪过》和《欢乐》等中短篇小说。这些小说代表了莫言小说在八十年代中期的"爆炸"。莫言小说也在这一时期初步形成了具有鲜明身体感官特征的个人风格。

感官化与肉身性，是1985年前后莫言小说突出的标志和特色。感官化和肉身性的写作方式通常从内在视角出发，以经验化的感官表达与微妙的生命体验来呈现叙述者在视觉、听觉、味觉、嗅觉甚至触觉的细微感受。这种书写方式不把外在世界看成纯然与作者无关的独立实体，而是在写作时选择性地将外在世界与叙述者的生命感受融为一体。在写作技艺层面，这种写法继承了现代主义的基本表现手法，同传统现实主义手法在认知方式和表现形态上存在巨大差异。莫言小说在 1985 年前后如"流水"般的"爆炸"改变了他前期小说创作中的人物"身体缺位"的问题，使其小说呈现出与早期小说完全不同的现代主义品质。

维柯说："诗性的智慧，这种异教世界的最初的智慧，一开始就要用的玄学就不是现在学者们所用的那种理性的抽象的玄学，而是一种感觉到的想象出的玄学，像这些原始人所用的。"①莫言《透明的红萝卜》等小说的面世体现出莫言所具有的"诗性智慧"，使得莫言小说真正体现出独特个性，"浑身是强旺的感觉力和生动的想象力"②。莫言长期被压抑的身体感觉，在川端康成、马尔克斯和福克纳等现代主义小说家的刺激和"唤醒"下重新活跃起来，生命本初的感觉经验以新的方式得以重新表达。《透明的红萝卜》《枯河》《爆炸》和《金发婴儿》等小说中的主人公尽管"沉默不语"，并没有发出他们的声音，然而他们的感觉系统却异常敏锐，甚至是全息式地打开着，不停歇地呈现着自我与外在世界交融后所感受到的各种画面、色彩、声响、味道，甚至触感。比如莫言在《透明的胡萝卜》中的视觉书写：

> 他看到了一幅奇特美丽的图画：光滑的铁砧子。泛着青幽幽蓝幽幽的光。泛着青蓝幽幽光的铁砧子上，有一个金色的红萝卜。红萝卜的形状和大小都像一个大个阳梨，还拖着一条长尾巴，尾巴上的根根须须像金色的羊毛。红萝卜晶莹透明，玲珑剔透。透明的、金色的外壳里包孕着活泼的银色液体。红萝卜的线条流畅优美，从美丽的弧线上泛出一圈金色的光芒。光芒有长有短，长的如麦芒，短的如睫毛，全是金色。

① （意）维柯：《新科学》（上），朱光潜译，商务印书馆 1989 年版，181 页。
② （意）维柯：《新科学》（上），朱光潜译，商务印书馆 1989 年版，182 页。

在所有感觉系统中，梅洛－庞蒂认为视觉的重要性是第一位的，眼睛也因此被赋予了"心灵的窗口"的美称。然而，并不是通过"观看"我们就能够得到准确无误的信息，我们还对观看者也提出严厉的要求。"世界是我们之所见，然而，我们必须学会看见它"①，梅洛－庞蒂的言下之意是，世界的主体与客体之间存在着"可见而不可信"和"不可见却需要去思考"的悖论，因此我们最终还必须回到"我"自身，通过"我"的身体知觉与外在世界形成互为他者的关系去重新"观看"这个世界。在"观看"之中，"我"同世界相互被"观看"，世界是"我"所见之物，世界对"我"开放，"我"就能够通过"观看"把握住世界。在此，梅洛－庞蒂对于外在世界的把握已回到身体的视觉上来，这就与笛卡尔"我思故我在"的形而上学体系之间存在着本质上的差异。莫言小说中富有特色的视觉描写在八十年代的小说中随处可见。在视觉上，这些小说中的画面是经过主人公浸润的视觉，是王国维所言的"以我观物，故物皆著我之色彩"，而不是自然事物的纯客观呈现。莫言正是通过"观看"来理解世界，解释世界，由此"我"同外在世界相互联系起来。

莫言这一时期的小说作品中充斥着大量的色彩用词，比如充满野性生命力的红色，展现神秘感的蓝色，象征阴暗和粗鄙的绿色，表现纯洁无瑕的白色，等等，都体现了莫言小说在视觉呈现上的特点。这些色彩词对莫言小说营造独特的意象、表现自然环境，或刻画人物形象起到了举足轻重的作用。在众多色彩中，莫言对于红色最为倾心，因为红色象征着热烈、澎湃、激情，红色本身就是生命色彩的象征。《透明的红萝卜》中的红萝卜与红头巾、《球状闪电》中的火红的闪电与茧儿的水红衫子、《金发婴儿》中老太婆对于红色阳光的感觉、《爆炸》中火红的狐狸与医院小姑娘手上红色的苹果、《红高粱》中红色的高粱地和血红的战争厮杀场面，都以其强烈的色彩表达着莫言对于生命的看法。

---

① （法）莫里斯·梅洛－庞蒂：《可见的与不可见的》，罗国祥译，商务印书馆 2008 年版，第 13 页。

耳朵在身体器官中发挥着巨大的作用，而莫言小说对声音和音乐的表现极为重视。莫言笔下的许多人物拥有着敏锐的听觉能力，他们甚至连针掉在地上的声音都能够听到。在《透明的红萝卜》中，黑孩能听到黄麻地里的细微声音。在《爆炸》中，正在医院接受煎熬的军人能听到产妇"肌肉撕裂的声音"。在《金发婴儿》中，瞎子老太婆失明后，她的听觉却更加敏锐起来，她能够听到别人听不到的声音，能够从声音中听出时间，听出季节，听出颜色，"天地万物全在她的耳中"。莫言小说中的这些声音是独特的、神奇的，而这些声音又只能被拥有独特感受能力的人听到。在此，莫言通过耳朵这一听觉器官，显示出其作品本身的身体性和感官性。

莫言小说对触觉和嗅觉的表现也同样有其特色。《透明的红萝卜》中黑孩在同铁锤的碰撞中体验到了生命的通感，这是通向血腥、暴力和死亡的"触摸"；《金发婴儿》中瞎子老太婆触摸缎子被面之时能感受到"龙"和"凤"的嘶鸣之声，同时她能够嗅到"年轻人特有的灼热的气味"，老太婆也就将她的身体与世界的生命联系在一起；《红高粱家族》中，我父亲能够"闻到了比现在强烈无数倍的腥甜气息"。由此，人通过身体感觉与外在世界发生关联，文学作品也通过对身体感觉的叙事体现着对于人性和生命的关注。同时，莫言在后来的创作中更是延续了对嗅觉的敏锐感受。《人与兽》中的"我爷爷"，《丰乳肥臀》中的鸟儿韩，《四十一炮》中的罗小通，《嗅味族》中的男孩，都是在物质条件极度匮乏的情况下嗅觉特别敏锐发达的人物。

一般来说，视觉、听觉等感觉领域的表现相对容易，而味觉、触觉甚至通感的表现显然更难，同时对人的情欲、痛苦或绝望等精神心理状态的传神表现更是难上加难。因此，莫言将身体的各种感觉器官融合在一起，通过综合化、全息化的处理方式来表现微妙复杂的身心状态和生存状态，使得莫言小说与外在世界之间形成了复杂的互动关系，并在作品主旨和文体风格上体现出人的价值与尊严。在这个意义上，莫言小说摆脱了早期小说"身体缺位"的状态，同时也克服了僵化、单调的表现手法，使其小说已开始具备感觉化、生命化的个性特征。正是通过身体感官的书写，莫言使得万事万物都元气充沛，而农村萧索凋敝的动物、植物和人都在这种气息的感召下得以重新焕发勃勃生机，表现出蓬勃的生命意识。

张志忠在《莫言论》中说，"莫言的生命感觉和生命意识，不但表现在生命一体化和个体化的对立统一之中，它还能够将静态的场景转化成动态的叙述，以表现生命的蓬蓬勃勃的活力，它也能赋予那些原先没有生命的物体以灵魂，使其加入到生命一体化的进程之中"[1]。张志忠准确地表现了莫言以生命感觉和生命意识为核心的书写特征。身体感觉的注入，使得莫言小说的事物和人物成为一个灌注生气的整体，使得每一件事物呈现出与众不同的状态。由此，莫言小说得以通过人的视觉、听觉、嗅觉、触觉等感觉的集合，去书写人的绝望和情欲等难以表现的领域，将这些复杂、微妙的生命感觉予以表现。在 2001 年的一次演讲中，莫言谈到了他对"小说的气味"的认识。他说，"作家在写小说时应该调动起自己的全部感觉器官，你的味觉、你的视觉、你的听觉、你的触觉，或者是超出了上述感觉之外的其他神奇感觉。这样，你的小说也许就会具有生命的气息。它不再是一堆没有生命力的文字，而是一个有气味、有声音、有温度、有形状、有感情的生命活体"[2]。莫言在小说中融入了通感的写法，使得小说中的各种身体感觉相互混合，相互缠绕，形成了多重身体感觉的多声部合奏。

第三节 主体的觉醒：叙事视角的变异

1985 年，正是各种新思潮和新方法风云激荡的一年，同时，曾为莫言授课的刘再复先生提出的"文学主体性"与"性格组合论"引起了广泛关注。从某种程度上说，内在复合叙事视角所依靠的，

---

① 张志忠：《莫言论》，北京联合出版公司 2012 年版，第 53 页。
② 莫言：《小说的气味》，春风文艺出版社 2003 年版，第 4 页。

正是叙事者自我主体意识的觉醒，正是叙事者"天马行空"、不拘一格的创作勇气。从开始创作时模仿革命现实主义小说，到1985年前后以独特的自我感觉方式初步找到小说叙事的门径，莫言在碰壁和坎坷中不断自我尝试和更新，逐渐突破了单一叙事视角的限制，形成了以内在复合视角为特色的叙事手法，完成了叙事视角的重要转变，这也是莫言创作个性开始凸显的标志，而这一变化，同样与身体意识的觉醒有着重要的关联。

叙事视角是指叙事者或人物观察事物的角度。叙事学理论关于视角的分类较为庞杂，依据的标准也有所差异，但有关全知视角与限知视角、外在视角与内在视角的分类却大同小异。同时，叙事视角总是与叙事人称紧密相连，比如第三人称叙事常常为全知视角，而第一人称叙事大多为限知视角。对叙事视角的分析有助于探究叙事者在作品中的位置，从而有助于更加深入地考察作品内涵。在莫言1981年至1984年的早期小说中，除了他所熟悉的部队生活题材小说《丑兵》和《黑沙滩》采用第一人称内在叙事视角外，其余小说均使用第三人称叙事视角。总的来说，《放鸭》《丑兵》《为了孩子》《白鸥前导在春船》等早期小说在叙事视角上稍显单调，作者在这些小说中以"硬写"的方式尝试找到小说创作的道路，并没有将他的生命体验充分地融入小说中。罗钢认为，第三人称叙述者的"叙事动机却不是导源于一种内在的生命冲动，更多的是出于一种审美的考虑"，即使叙述者也会有自己的爱憎，但"它们毕竟不能与一种本体存在意义上的冲动同日而语"①。从这个角度来说，叙事视角单调也是莫言早期小说艺术性和影响力有限的重要原因。

当然，这并不是说解决了叙事视角单调的问题或者选择了第一人称叙事，小说便可以获得成功，更不是否定所有以第三人称叙事视角来创作出来的文学作品。小说艺术成就的获得得益于多方面的因素，而人称机制只是多种因素中的一个。在中国古典小说和中西传统现实主义作品中，第三人称叙事是惯用的叙事视角，

---

① 罗钢：《叙事学导论》，云南人民出版社1994年版，170页。

而到了现代时期，作家们开始更加偏爱第一人称限知叙事，以此来呈现更加真切的生活处境。1985年，莫言的《大风》《秋水》《白狗秋千架》和《爆炸》等小说在叙事视角上与早期小说相比呈现出明显的变化：这些小说多以第一人称内在视角为叙事视角，同时又灵活地杂糅了其他叙事视角，形成了一种内在复合性的综合叙事视角。即使《透明的红萝卜》《枯河》《金发婴儿》和《球状闪电》等小说并未采用第一人称叙事视角，但这些小说同样也融入了内在限知视角，莫言由此通过叙事视角的变换和杂糅来实现了小说叙事手法的革新。

在《白狗秋千架》中，莫言以第一人称限知叙事讲述了返回故乡的知识分子"我"与暖往返于过去与现代的经历。小说中，即将转正的教师"我"返回故乡，遇到了小时候相互爱慕、却已嫁与一个哑巴并生养了三个不能说话的孩子的暖，由此展开了"我"对往事的追忆和缅怀，同时，暖凄凉苍白的处境以及试图通过"我"来生养一个能说话的孩子的要求，使得故事呈现出巨大的张力。小说在叙事者"我"的失语中匆忙结束。莫言并没有通过第三人称叙事来组织叙事，而是通过第一人称内聚焦的叙事使读者与"我"一道穿梭于故事的过去与现代之间，小说内部的张力为读者留下了许多并未直接道明的空白。读者只能追随叙事者"我"去"身临其境"地感知时空的脉络，而不能以全知全能的方式来把握故事的整体。

在《爆炸》中，莫言同样通过第一人称限知叙事来推进故事的发展。小说中，已经成为公家干部的"我"因为计划生育限制只生了一个女儿，然而包括"我"的妻子在内的家人都期待"我"能再生养一个儿子，因此当"我"回乡阻止怀孕的妻子玉兰生下孩子时，首先迎接"我"的就是父亲抽打"我"的巴掌。透过"我"的内视角叙事，读者能够同"我"一道去感受父亲那沉重的"犹如气球爆炸"一样的巴掌，去感受产房中正在痛苦号叫的产妇"肌肉撕裂的声音"，去观看医院外二十多个人正在追赶火红狐狸的情景。《爆炸》以敏锐的触角将"我"极其细腻的感觉意识流书写出来，突破了传统写实小说和传统心理小说的顺时序，以颠倒、闪回和预见等逆时序方式反映了"我"极度矛盾复杂的心理活动。《爆炸》对细腻感觉的成功描摹，除了归功于莫言心思细腻和感情丰富的原因之外，还极大地得益于小说第一人称内视角方法的成功运用。

杨义认为，"限知叙事在表现世界感觉的新层面和新深度的同时，也表现了它自身的局限。它在给人们的联想留下有意味的空白的同时，也约束了对更广阔时空进行感知的自由度"，因此，杰出的现代叙事者往往"在限制视角的内部增加一些'副视角'，形成某种附属性的符合视角的功能，以补限知视角之短"①。除了第一人称限知叙事之外，莫言还在《老枪》这个短篇小说中使用了第三人称限知叙事。尽管我们不能从小说中听到持枪少年直接发出的声音，但我们同样可以从叙事之中了解这位少年丰富细腻的内心世界。同时，尽管莫言在《透明的红萝卜》《金发婴儿》和《球状闪电》等小说中使用了全知叙事视角，然而他依然通过内在视角来叙述这些故事，我们从中可以真切地感受到黑孩所想象的"透明的红萝卜"的画面，瞎子老太婆对黄毛与紫金微妙感情变化的猜测，以及蝈蝈在乡间所经历的一切。尤其在《球状闪电》之中，莫言还以动物的内视角来反映蝈蝈与毛艳间的感情变化，叙事视角的不断切换为小说带来了极强的陌生化效果，使得故事更能引起读者的兴趣。在《红高粱家族》中，莫言通过对"我爷爷""我奶奶"和"我父亲"的人称的创造性使用，将复合叙事视角发挥到极致，使得"我"甚至连搁在"我奶奶"清白的牙齿上的一粒高粱米都看得清楚，连罗汉大爷的耳朵掉在瓷盘发出的声音也听得明白。实际上，杂糅了各种叙事视角的复合叙事视角使得叙事者融合了第一、第三人称叙事的优势，使得叙事者成为了一个全知全能的第一人称叙事者，这最大限度地扩展了叙事者自由自在的叙事能力。

限知视角"简直被视为对世界感觉精致化和深邃化的一种标志。第一人称视角虽然不是限知视角的全部，但无疑是它的一个重要的侧面"，而正是通过第一人称限知视角的广泛运用，"人们的视角意

---

① 杨义：《中国叙事学》，人民出版社1997年版，第219—220页。

识、包括对限知视角的认识才逐渐觉醒"①。在 1985 年前后，莫言正探索着如何突破传统叙事视角的限制，以获取更大的叙事自由，其结果便是个性化的内在复合叙事视角的运用。无论是《秋水》《枯河》和《白狗秋千架》，还是《爆炸》《球状闪电》和《红高粱》等作品，莫言在这些小说中不是直观地呈现外在现实，而是透过主体的棱镜去呈现经过体验、消化或变形后的"外在世界"。莫言在这一创作爆发期所使用的"内聚焦"复合叙事视角，体现了莫言总是以超常规的感觉来把握世界的创作特色，这几乎在莫言此后所有小说中都得以延续。由此，莫言小说的叙事者得以在新的时空架构中自由穿梭，在虚虚实实的过往、现在和未来之间构筑起一个全新的艺术世界。

第四节　从压抑到反抗：身体形象的变迁

莫言小说中的身体形态并没有仅仅停留在物质和生理层面的描绘，仅仅去表现人类身体中那些千奇百怪而又变化多端的特质。相反，它们时时刻刻都同外界政治紧密联系在一起，形成了异常纠结和复杂的权力关系，表征着身体所经受的深重苦难及其背后的历史根源。福柯认为，规训权力是以作为机器的人为中心的解剖政治，是使人"既具有生产能力又驯服"的"微观物理学"，它通过精确的计算、训练和培育，使得身体更加具有生产力，它广泛存在于监狱、学校、医院和工厂之中，而莫言小说中从事社会化大生产的身体，基本是规训权力背景下的身体。莫言小说中身体要么以沉默的姿态默默承担权力带来的负担，要么以身体之反抗试图逃脱被政治规训的处境，而无论哪一种情形，都深刻地揭示了身体与政治之间的隐秘关联。

莫言 1981 年到 1984 年的小说中，人的身体形象多是理想、圆

① 杨义：《中国叙事学》，人民出版社 1997 年版，第 218—219 页。

满和崇高的形象，比如《春夜雨霏霏》与《售棉大路》中的军嫂富有人情美，以柔弱的女性身体承担起家庭重任，《黑沙滩》与《岛上的风》中的战士勇敢而坚毅，缺乏个性化的身体特征。1985年莫言发表《透明的红萝卜》和《枯河》等作品，默默承受苦难的男孩形象同样显示出规训权力的巨大影响。在《透明的红萝卜》中，黑孩是一个枯瘦的十多岁的小男孩，然而他却经历了成人都难以忍受的苦难，他在砸石子时把手砸破了，在拉风箱时拉得"赤裸的身子变得像优质煤炭一样乌黑发亮"。金色的、透明的红萝卜是黑孩试图逃离痛苦的劳动生产，超越苦难生活的美丽意象，因而它只短暂地出现在虚幻的梦境中。《枯河》通过一个家暴的悲剧写出了权力对于孩童生命的沉重压抑。《枯河》中，权力凝视下的父亲和哥哥选择以暴力来惩罚小虎，然而小虎却以结束自己的生命的方式实现了对亲人的报复。外在世界的单调乏味，同男孩们丰富敏感的感官世界形成鲜明对照，而正是在这一对照中，孩子们的基本需求，以及作为人的基本生存权利被突显出来，因此这两篇小说也体现出委屈的批判指向。

《金发婴儿》和《红高粱家族》等小说使莫言小说中的人物完成了从压抑到狂欢的转换。《金发婴儿》中，长期接受部队训练的指导员孙天球长期禁欲，压抑了他和紫荆身上正常的欲望，这在一定程度上导致了紫荆婚外情的发生，而紫荆也在身体的叛逆性反抗中将自己逼上了绝境。有学者在对比《春夜雨霏霏》和《金发婴儿》中的女性形象时指出，"以现时代的眼光来看，兰兰塑造的是一个'伪男人'形象，因为这个军官从言语、意识、行为都在'装'"，而"紫荆在这里被塑造成一个既在坚实大地上踏踏实实生活的女性，也被塑造成敢于倾听内心深处真实声音的女性。所以说，关于紫荆的叙述是一个'真女人'的叙述"①。这种说法看似偏激，却可从中窥探出女性身体面对压抑时从逆来顺受到被迫反抗的不同选择。

---

① 张永辉：《从伪女人到真女人——浅析〈春夜雨霏霏〉与〈金发婴儿〉中的女性形象》，《长城》，2014年第2X期。

《红高粱》中余占鳌拒绝被任何正规军队收编，对前来收编的冷支队长破口大骂，坚称只要能杀死日本人的都是大英雄。坚忍不拔的意志，视死如归的勇敢，以及斗智斗勇的智慧，是余占鳌作为英雄人物的主要品质，然而这样一个英雄人物的缺陷同样致命，即使我们以匪徒二字来描述余占鳌也毫不为过。为了能同"我奶奶"戴凤莲在一起，余占鳌在夜里杀死了单氏父子。余占鳌同"我奶奶"生活在一起后，又同奶奶的使女恋儿上了床，引起各种纷争。因此，尽管余占鳌身上的缺陷很多，尽管余占鳌杀人越货的行为并不符合现代人道主义思想，但他身上所具备的英雄品质，正是高密东北乡像"我"一样"可怜的、屠弱的、猜忌的、偏执的、被毒酒迷幻了灵魂的孩子"的解毒剂，他身体上所具有的特质也在某种程度上实现了对"驯服的身体"的逃逸。

正是通过对无法驯服的身体欲望的书写，莫言小说中的人物形象变得有血有肉，同时又与权力制度形成了紧张关系。莫言小说中的身体欲望，与尼采和德勒兹对身体的界定十分相似。尼采呼吁一切都要"以身体为准绳"，"这就是人的肉体，一切有机生命发展的最遥远和最切近的过去靠了它又恢复了生机，变得有血有肉"[①]。在尼采的笔下，身体以狂放的姿态回归到动物性方面，就是以"酒神精神"对过于理性的世界的反抗，人的动物属性取代了形而上的理性的位置。德勒兹在尼采所开辟的道路上继续前行，他将身体界定为"力"或者"欲望机器"："界定身体的正是这种支配力和被支配力之间的关系，每一种力的关系都构成一个身体——无论是化学的、生物的、社会的还是政治的身体。任何两种不平衡的力，只要形成关系，就构成一种身体。"[②]在德勒兹这里，欲望并不是像弗洛伊德所言的那样处于被压制的状态，而是持续地生产、创造现实的"欲望机器"，是不断流动的力的组合。莫言正是凭借着他对欲望

---

① （德）尼采:《权力意志:重估一切价值的尝试》，张念东、凌素心译，中央编译出版社 2005 年版，第 48 页。

② （法）吉尔·德勒兹:《尼采与哲学》，周颖、刘玉宇译，社会科学文献出版社 2001 年版，第 59 页。

的独特把握，以欲望之力解构了制度和权力的威严。

在《金发婴儿》和《红高粱》等小说中，性爱是对原始生命力本能的回归，是对人类生命本身的礼赞。在这些稍显惊世骇俗的性爱场面中，一切有关阶级、种族、等级、伦理、性别的限制都消失了，相亲相爱的男女从纷扰的外在世界回到了自身的感觉里，回到了最深的生命体验中。饱受苦难的男女们，只有在性爱的体验里，才能真正成为他们自己。莫言以其民间野性的精神和恣肆狂欢的语言将性爱场景表现得淋漓尽致，这体现了莫言小说中的人物形象从压抑到狂欢的变迁。莫言小说中的性意识既是莫言在长期经受苦难和压抑后的集中爆发和排遣，同时也是与现代文明迥然有别的民间文化浸润的结果，表征着未被现代文明规训的身体的活力。

第五节　欲望与苦闷：莫言小说的创作动机

是什么原因促使莫言开始文学创作？在《我为什么写作》的讲座中，莫言详述了自己进行文学创作的八大动因："为一天三顿吃饺子的幸福生活而写作""为写出跟别人不一样的小说而写作""为证实自己而写作""为农民和技巧实验而写作""为讲故事而写作""为改变革命历史小说的写法而写作""沿着鲁迅开辟的道路向前探索"和"把自己的灵魂亮出来"[1]。在这些动因中，外在动因与内在动因、有意识动因与无意识动因相互缠绕，使莫言经由参军走向了文学创作的道路。解决温饱问题和自我价值实现的愿景，均与人的生理和心理的多层次需求息息相关，更是"发愤著书""不平则鸣"，以及厨川白村所言的"苦闷的象征"的集中显现，而这些因素都与人的身心状态紧密相关。

莫言曾说："我一直淹没在这种生活里，深切地感到了这地方

---

① 莫言：《我为什么写作》，《用耳朵阅读》，百花文艺出版社2012年版，第305—344页。

的丑恶，受到这土地沉重的压抑。"①莫言所说的"这种生活"，就是他的身体在少年时期所经历的苦难生活。二十世纪六十年代初期的大饥荒，使许多农民都在死亡线上挣扎，山东高密县的农民也不例外。莫言回忆起这段历史时期时说，像他这么大的孩子们"像一群饥饿的小狗，在村子里的大街小巷里嗅来嗅去，寻找可以果腹的食物"，"我们吃树上的叶子，树上的叶子吃光后，我们就啃树干"，以至于1961年冬天，村子里小学拉来的一车亮晶晶的煤块，都被我们拿起"咯嘣咯嘣吃起来"②。因此，当小莫言在田间劳动时听到一位下放的大学生所讲述的作家可以每日三餐都吃饺子的故事时，他简直目瞪口呆，并暗下决心，立志长大后成为一名作家。

人本主义心理学家马斯洛将人类的基本需求划分为多种层次，将生理需求作为人生存发展最原始、最基本的需求层次，而诸如安全、尊重和自我实现等更高级别的需求都必须在生理需求被满足之后才有可能被提上议程。因此，马斯洛说，"假如一个人在生活中所有需要都没有得到满足，那么是生理需要而不是其他需要最有可能成为他的主要动机。一个同时缺乏事物、安全、爱和尊重的人，对于食物的渴望可能最为强烈"③。童年和少年时期的莫言正是马斯洛所言的所有需求都没有得到满足的那个人，因此小莫言对于食物急切的渴望就是他的一种直觉和本能。当已成名的莫言不断被问及他创作的原因时，莫言总是将"一天三顿都能吃饺子"的愿望列为他创作最重要的原因，这并非不是实情。同时，莫言持续地在他的小说中书写饥饿，比如《黑沙滩》中刚进部队的新战士每日都盼望吃到热乎乎的大馒头，《透明的红萝卜》中的黑孩因为饥饿而面

---

① 莫言等：《与莫言一席谈》，孔范今、施战军主编《莫言研究资料》，山东文艺出版社2006年版，第17页。
② 莫言：《饥饿和孤独是我创作的财富》，《用耳朵阅读》，百花文艺出版社2012年版，第39页。
③ （美）亚伯拉罕·马斯洛：《动机与人格》，许金声等译，中国人民大学出版社2012年版，第20页。

黄肌瘦,《野骡子》与《四十一炮》中的罗小通为了吃肉敢于出卖自己,《丰乳肥臀》中的七姐因为饥饿甘愿被张麻子诱奸,《铁孩》中的魔法孩子连铁丝都能吃下,而《蛙》的开篇更是又一次重复了孩子们吃亮晶晶的煤炭的故事。如此有关饥饿的情节在莫言的小说中不胜枚举,它们反映出克服身体的饥饿同样可以作为一个作家创作的动力。

少年莫言不仅长期备受饥饿的折磨,同时他的学业和自尊心也长期受到压抑。二十世纪六七十年代,出身和阶级基本决定了每个家庭和个人的经济地位与社会地位。由于莫言爷爷在解放前拥有上百亩土地,莫言的家庭在土地改革时被划为"富裕中农"成分,因此受制于家庭成分的莫言不能像贫下中农的孩子那样正常升学和参军,被村里的人看不起。辍学后的莫言只能成为村里的小社员,同大人一样下地参加劳动。营养不良、身体羸弱的少年莫言在劳动时又受到这沉重的土地的压抑,同时父亲严厉的管教甚至打骂,使得莫言经历了普通人所难以承受的苦难。莫言在其硕士毕业论文《超越故乡》中详细记录了自己年少时偷拔萝卜而被乡村干部抓住,受到严重的羞辱,并在毛主席像前对两百多人检讨认错的经历。莫言回家后受到父亲和哥哥的暴打,自尊心受到了极大的伤害。莫言将偷拔萝卜和被打的经历写进了小说《透明的红萝卜》和《枯河》等小说之中,黑孩和小虎也成了莫言遭受苦难的隐喻。"十年动乱"阻碍了莫言接受基础教育的机会,他只有通过参军才可能走出农村,但他的参军之路因家庭成分原因多次受到阻碍。幸运的是,莫言巧妙地抓住了难得的机会避开了村里人的阻挠,在 1976 年顺利参军入伍。由此,莫言终于走出了农村,逃离了他的血地。

当其他坐在卡车上的新兵含泪向亲人告别时,莫言却希望卡车快点出发,并且开得越快越好,越远越好,他永远都不想再返回这贫瘠而沉重的故乡。多年以后,莫言在他的硕士论文中写道:"十八年前,当我作为一个地地道道的农民在高密东北乡贫瘠的土地上辛勤劳作时,我对那块土地充满了刻骨的仇恨。它耗干了祖先们的血汗,也正在消耗我的生命。我们面朝黄土背朝天,比牛马付出的还要多，得到的却是衣不蔽体、食不果腹的凄凉生活。"①入伍参军，求得衣食温饱，成为莫言逃离农村的第一步。然而，入伍后的莫言只是山东黄县一个普通的后勤兵，每日生活除了站岗之外依旧还是干活，并无多少天资和背景的莫言只能踏实勤奋地干着繁重的农活。大约在 1978 年，莫言在部队开始利用业余时间重新写作，以排遣提干无望的苦闷。在这段时期，莫言创作了并未发表的小说《妈妈的故事》和话剧《离婚》。屡被退稿的莫言并没有放弃写作，终于在河北保定当教官时在《莲池》上发表了第一篇小说《春夜雨霏霏》。

除了身体的饥饿、心灵的孤独以及人生理想不能实现的忧郁之外，莫言在开始进行文学创作时同时还面临着更难以被人察觉、也不足为外人道的另一种压抑——性的压抑。尽管性、性欲和性意识长期以来都是一些中国人难以启齿、谈之色变的话题，但正是人的性一定程度决定了人的身体机能，制造了人世间各种扑朔迷离的性与爱的矛盾。叔本华提出的生殖意志学说，尼采所言的"酒神精神"，以及弗洛伊德推崇的力比多学说，都将性作为推动人类社会发展的不竭动力。弗洛伊德更是直言文艺是性欲的升华，艺术家创作的原动力就是被压抑的性本能，在一定程度上肯定了性欲同文艺创作之间的紧密联系。尽管弗洛伊德学说存在过分夸大性本能的不足，但它对我们研究文学艺术的来源及动力有着重要的启示作用。对莫言来说，他自然不会承认性是他创作的动力之一，但他的小说却能启示我们有关性的压抑和矛盾在小说中的重要作用。莫言小说中，《透明的红萝卜》《白狗秋千架》和《欢乐》对少年男孩懵懂的性意识进行了委曲的表达。同时，正如学者叶开指出，"在莫言的很多小说和散文里，都隐隐约约、断断续续地出现一个女孩子的形象，这个女孩子在他的笔下幻化成了很多的人，但是万变不离其宗，都是他的'初恋情人'"②。随着莫言小说创作视野的打开，莫言逐渐改变了他早期小说中将性压制的做法，而是逐渐对身体的自

①　莫言：《超越故乡》，《名作欣赏》，2013 年第 1 期。
②　叶开：《莫言的文学共和国》，北京大学出版社 2013 年版，第 38 页。

莫言与当代中国文学创新经验研究

然欲求予以肯定。在《金发婴儿》《红高粱》和《红蝗》等小说中，男女主人公身上受到的压抑和禁锢犹如洪水决堤一般喷涌而出，正说明了莫言小说在性意识方面的转变。

综上可见，莫言进行小说创作重要的原因，就是他的生命力受到了压抑，而这种压抑是多重的，它不仅包括身体的饥饿、生活的困顿、心灵的孤独，同时也包括性与欲望的压抑，这些因素都与宽泛意义上的"身体"紧密联系。中国自古以来就有"诗可以怨""发愤著书""诗穷而后工"的诗学传统，这同莫言小说创作的动因大体相符。厨川白村在研究精神分析学的基础上，提出"苦闷的象征"的文艺观，认为"生命力受了压抑而生的苦闷懊恼乃是文艺的根柢"①，则可用以解释莫言小说创作的动因。在厨川白村那里，弗洛伊德的性欲概念被扩展为"求自由求解放而不息的生命力"，是"个性表现的欲望，人类的创造性"，是对"因袭道德，法律底拘束，社会底生活难"等"人间苦的根柢"②进行抵制、突破的动力。身体的饥饿与孤独、生活的压抑等苦难经历，使得莫言在从事文学创作之时多了一份坚韧，使得莫言小说持续不断地拥有创作灵感。尽管莫言不断强调自己是为了一日三餐都吃上饺子而创作，而实际上，身体的压抑与苦闷才是莫言小说创作的内在动机。沿着这条线索，我们能够发现莫言童年经历对他小说的重要影响，这也为我们更加立体地理解莫言提供了契机。

第六节　身体的叙事：莫言小说叙事的内在动力

然而更为重要的问题在于，无论是吃的渴望，性的欲望，还是自我价值实现的欲望，都只是一个作家创作的外在动机，它们并

---

① （日）厨川白村：《苦闷的象征》，鲁迅译，江苏文艺出版社 2008 年版，第 14 页。

② （日）厨川白村：《苦闷的象征》，鲁迅译，江苏文艺出版社 2008 年版，第 17 页。

不为作家提供"怎么写"的密匙。除了排遣压抑和苦闷之外，莫言在创作之时还有更加具体的创作动力，那就是关于"身体的秘密"。正是通过对身体欲望、身体潜能的叙述和挖掘，莫言才真正找到了小说创作的艺术规律，开辟出了具有独特个性的创作道路。因此，莫言童年以来的身体经历和遭遇使得莫言相对他人多了"写什么"的素材，但这些"苦闷"的素材如何通过"象征"的方式呈现出来，这需要莫言在小说艺术形式上进行更多的操练和探索。由于身体具有流动性、立体性和未完成性，因此我们很难用规范、秩序化的分析对之进行概括。在经典叙事学中，叙事常常被作为叙事主体有意识的书写活动，因而叙事学主要是在结构主义叙事学理论指导下对作品结构和形式的静态分析，这使得叙事学本身就存在诸多局限。对此，笔者将结合最新的身体叙事学理论，对莫言早期小说中身体叙事的变化及其背后的机制进行考察。

弗洛伊德认为，艺术的生产同肉身的欲望紧密相连，而作家如何完成这一任务，主要通过两种方式："其一，作家通过改变和伪装他的利己主义的白日梦以软化他们的性质；其二，在他表达他的幻想时，他向我们提供纯形式的——亦即美学的——快乐，以取悦于人。"①弗洛伊德关于无意识和"白日梦"的学说打破了主体意识自足的神话，使得后代学者在著书立说时不得不将身体、欲望的复杂因素考虑进去，推动了文学研究中有关身体叙事学学说的出现。身体叙事学将有欲望的身体纳入叙事分析之中，打破了结构主义叙事学的静态分析模式，通过对身体的符号化和故事的身体化的双向互动来阐明作品的意义。美国学者彼得·布鲁克斯（Peter Brooks）是身体叙事学研究领域的杰出代表。着眼于身体与叙事之间的关系，布鲁克斯将叙事的动力同身体欲望联系在一起，认为叙事的动力就是受到了身体欲望的驱动，正是身体欲望推动了故事的发展。不同于弗洛伊德，布鲁克斯没有仅仅将欲望局限于性欲和性本能

---

① （奥）弗洛伊德：《弗洛伊德论美文选》，张唤民、陈伟奇译，上海知识出版社1987年版，第37页。

层面，而是将性欲扩展为广义的生命欲望层面，认为性（sexuality）并不是单纯的生殖意义上的性，而是有性别的生命观念，"性并不简单属于肉体性的身体，而是属于在很大程度上决定身份的各种想象和象征的复合体"①，这对我们研究莫言小说中身体叙事的动力有重要的启示意义。

莫言说："作家在利用自己的亲身经历时，总是想把自己隐藏起来，总是要将那经历改头换面，但明眼的批评家也总是能揪住狐狸的尾巴。"②莫言的自述像是弗洛伊德关于"白日梦"的翻版，因此我们可以顺着莫言的经历与言论去探究莫言小说创作的线索和踪迹。在莫言1981年至1984年的小说中，饥饿、性的压抑和自我实现的主题尽管有所显露，但它们依然牢固地被意识形态和程式化的艺术法则压制住，不能获得独立自主的生存空间，因此莫言称他这一阶段的小说"负载着很多政治任务，并没有取得独立的品格"，是"一些今天看起来应该烧掉的作品"③。随着创作经验的积累与创作视野的扩展，莫言小说中有关身体、欲望的阀门逐渐被打开，《透明的红萝卜》《枯河》《白狗秋千架》《金发婴儿》和《红高粱》正是莫言正视身体欲望，并对之进行象征化艺术加工的结果。从书写缺乏欲望的他人身体，到将有感觉、有欲望的身体融入小说叙事之中，莫言在1985年前后通过身体之动力真正找到了小说叙事的感觉，成就了他八十年代中期小说创作的"爆炸"。

莫言是如何在小说创作中融入身体叙事的呢？布鲁克斯有关身体叙事学的学说能帮助我们解开这一谜团。布鲁克斯将身体作为叙事学分为两个方面，第一个方面是具有感觉和性欲的身体，第二方面是具有认知欲望和认知癖的身体。从第一个方面来说，一个个体对其他身体的欲望过程，就是给其他身体打上符号的过程，而这一

---

① （美）彼得·布鲁克斯：《身体活：现代叙述中的欲望对象》，朱生坚译，新星出版社2005年版，第3页。
② 莫言：《超越故乡》，《名作欣赏》，2013年第1期。
③ 莫言：《在京都大学的演讲》，《用耳朵阅读》，百花文艺出版社2012年版，第8页。

符号化过程的驱动力就是个体身体所具有的感觉身体和性欲身体。布鲁克斯说:"身体的标记不仅有助于辨认和识别身份,它也指示着身体进入文字领域、进入文学的途径:身体的标记在某种意义上可以说就是一个'字符',一个象形文字,一个最终会在叙述中的恰当时机被阅读的符号。"①布鲁克斯以皮格马利翁和伽拉泰亚的故事为例详尽地分析了欲望身体的产生和被标记的过程,认为正是皮格马利翁对雕塑伽拉泰亚的欲望及其标记推动了整个故事的发展。当身体被打上印记,它就成为了一个情境中有欲望的对象,推动小说叙事的发展。

莫言在小说叙事上同样通过对欲望身体进行标记和赋值实现了对欲望身体的象征意义表达。在《透明的红萝卜》中,缺乏家庭关爱的黑孩只有十多岁,他没有姓名,沉默寡言,衣不蔽体,忍受着饥饿和严寒像大人一样在桥梁工地上干活,然而他却有着强烈的生命欲望,坚韧地承担着人世间的苦难。尽管黑孩一言不发,但是他却拥有灵敏的感觉系统,能听到大人听不见的音响,能体验到他人无法感知的感觉。黑孩生存的欲望、被人理解和认可的欲望、青春期的朦胧欲望纠缠在一起,与混沌的时代与势利的成人世界形成了尖锐的对比。正是通过对黑孩的身体进行标记和赋值,《透明的红萝卜》中自然地推进了小说叙事的节奏。巧合的是,《透明的红萝卜》是莫言根据一个有关"红萝卜"和"一个手持鱼叉的姑娘"的梦而写成②,这或许透露出弗洛伊德有关潜意识论述和莫言小说之间的隐秘关联。在《白狗秋千架》中,"我"对暖年少时的朦胧欲

---

① (美)彼得·布鲁克斯:《身体活:现代叙述中的欲望对象》,朱生坚译,新星出版社 2005 年版,第 28 页。

② 莫言在创作谈中曾说,"有一天凌晨,我梦见一块红萝卜地,阳光灿烂,照着萝卜地里一个弯腰劳动的老头;又来了一个手持鱼叉的姑娘,她又出一个红萝卜,举起来,迎着阳光走去。红萝卜在阳光下闪烁着奇异的光彩。我觉得这个场面特别美,很像一段电影。那种色彩、那种神秘的情调,使我感到很振奋。其他的人物、情节都是由此生酵出来的。当然,这是调动了我的生活积累,不足的部分,可以用想象来补足"。详见莫言、徐怀中等:《有追求才有特色——关于〈透明的红萝卜〉的对话》,《中国作家》,1985 年第 2 期。

望是"我"对暖的身体标记,这是叙事的开始。"我"约暖荡秋千使她破了相,最终暖嫁给了哑巴丈夫是故事的转折点,而"我"却进城读书,并留校任教,这是叙事的发展。时隔多年之后,暖在高粱地里压倒一块地方,希望"我"能帮她生一个会说话的小孩,则是暖对"我"的身体标记,这是情节的高潮。整篇《白狗秋千架》,都以暖和"我"的身体际遇为线索,不断推动小说情节向前发展,体现了充满生命力的欲望身体是莫言小说叙事的动力。

从第二个方面来说,推动故事情节发展的是视觉性的、有认知欲望的身体。弗洛伊德说:"求知欲和性生活之间的关系十分密切……儿童的求知欲出现得极早,且明显受到性问题的强烈吸引,说不定就是由性问题唤醒的。"[1]人类的观看行为,甚至偷窥的欲望便是视觉认知癖的表现,也与性欲本身有着紧密的关联。人类直立行走的姿势,使得视觉在所有感觉功能中处于优先地位,而嗅觉、味觉等感觉功能有所抑制。布鲁克斯摒弃了笛卡尔所推崇的那种完全客观的"观看"方式,认为人的观看行为同人的欲望、感觉联系在一起,这突显出观看行为本身的复杂性。观看的欲望有时候呈现为拥有和占有的欲望,有时候呈现为认知的欲望,布鲁克斯认为这两种方式"在多数时候两者是混合的,有时候甚至是无法区分的"[2]。在此基础上,布鲁克斯认为当身体作为一种视觉形象被注视和观看时,故事本身的意义就会得以确定,视觉中的身体就成为小说叙事的主要驱动力。由于被观看的对象常常为禁忌的对象,因此观看者常常采用迂回或隐蔽的方式对他者的身体进行观看甚至偷窥,由此,布鲁克斯将"观看"同拉康的"镜像阶段"联系在一起,认为个体正是通过观看甚至偷窥的方式进行自我认知和身份确认。布鲁克斯对身体与叙事之间复杂微妙关系的考察有助于我们对莫言小说中的观看行为进行动态的叙事分析。

---

① (奥)弗洛伊德:《性学三论》,徐胤译,浙江文艺出版社 2015 年版,第 73 页。

② (美)彼得·布鲁克斯:《身体活:现代叙述中的欲望对象》,朱生坚译,新星出版社 2005 年版,第 14 页。

对身体进行观看、注视和偷窥，是莫言八十年代中期小说中的男孩认知世界的主要方式。在《透明的红萝卜》中，黑孩一出场所看到的正是领导鼓着腮帮子在大口咀嚼食物，这同黑孩的饥饿体验联系在一起。在小说结尾，黑孩通过偷窥黄麻地里小石匠和菊子姑娘幽会的场景实现了性的认知和启蒙，观看本身就是自我认知的方式之一。在《金发婴儿》中，警备区指导员孙天球和战士们都不由自主地偷看湖边的裸体塑像，他们也都在观看中实现着对女性和世界的认知。起初，孙天球严格恪守部队命令坚决不去观看裸体塑像，但还是没能克制住自己，多次通过望远镜来窥视裸体塑像。最终，孙天球将裸体塑像和自己的新婚妻子紫荆的形象融为一体，他也通过这种方式正确地认识了情欲。在《球状闪电》中，蝈蝈观看茧儿身上的水红衫子激起了他内心的情欲，与茧儿的结婚成为他悲剧生活的开始，正是观看行为促成了故事情节的突变和转折。上述小说更多体现了身体感觉的压抑，然而《红高粱》却更多表现的是生命力的张扬，而视觉窥探在《红高粱》中表现得更为明显，其主要情节便是余占鳌在抬轿过程中对"我奶奶"的小脚的窥探：

> 　　轿夫们中途小憩，花轿落地。奶奶哭得昏昏沉沉，不觉地把一只小脚露到了轿外。轿夫们看着这玲珑的、美丽无比的小脚，一时都忘魂落魄。余占鳌走过来，弯腰，轻轻地，轻轻地握住奶奶那只小脚，像握着一只羽毛未丰的鸟雏，轻轻地送回轿内。奶奶在轿内，被这温柔感动，她非常想撩开轿帘，看看这个生着一只温暖的年轻大手的轿夫是什么样的人。
>
> 　　我想，千里姻缘一线穿，一生的情缘，都是天凑地合，是毫无挑剔的真理。余占鳌就是因为握了一下我奶奶的脚唤醒了他心中伟大的创造新生活的灵感，从此彻底改变了他的一生，也彻底改变了我奶奶的一生。

布鲁克斯在弗洛伊德学说的基础上将身体欲望同叙事的动力结合在一起，认为身体欲望才是叙事真正的动力学。布鲁克斯认为，"视觉领域——更确切地说，位居现实主义叙述之中心的视觉领域中的身体不可避免地联系着窥视癖，在注视中的性欲投入，传统上被界定为男性的，其对象是女性的身体"①。在《红高粱》中，叙事者在回环往复中对"我爷爷""我奶奶""我父亲"的故事进行记述，打乱了叙事人称和时空界限。通过联想和想象，叙述者将"我"的欲望和感觉迁移到"我爷爷""我奶奶"和"我父亲"身上。余占鳌对戴凤莲小脚的观看行为，凸显了男性身体难以克制的欲念，而正是这一观看并触摸小脚的行为，开启了一段历史与爱情的传奇。在莫言这些小说中，正是通过对欲望化的身体的观看、注视，甚至偷窥，男性人物得以实现对自我与世界的认知和启蒙，欲望身体及对欲望身体的观看也由此成了小说叙事的线索和动力。可见，莫言小说中对身体的叙事过程就是对身体进行符号化的过程，故事正是在符号化的过程中被身体化，同时，身体通过符号化通向故事的意义，指向身体的象征领域。由此，莫言小说中的欲望身体通过叙事被带入语言领域，叙事的身体成为符号学、语义学的一部分，身体也就因此体现出其在小说叙事中的重要意义。

第七节　吸收与融会：影响资源中的身体因素

从 1981 年发表短篇小说《春夜雨霏霏》，到 1985 年前后不断推出新篇佳作，莫言赶上了中国文学逐步走出故步自封、走向思想解放的大好时代。乘着文学新潮的西风，莫言的小说创作从模仿革命小说走向遵循感官的逻辑，从采用单一叙事视角逐步走向内在复合视角，从书写承受压抑的人到主动反抗的身体形象，均

---

① 　（美）彼得·布鲁克斯：《身体活：现代叙述中的欲望对象》，朱生坚译，新星出版社 2005 年版，第 148 页。

体现出莫言小说身体叙事的巨大变化。1985 年前后的莫言，正凭借着他坚忍的意志和对文学的无限激情，彻底地摆脱了传统革命现实主义小说对他造成的束缚，以百无禁忌的姿态剑走偏锋，创作出一篇篇带有极端叛逆精神的小说。正如前文所述，莫言正是因为对生命体验的书写和对身体感觉的重视，才能在短短几年内完成了写作模式和语言风格的巨大转型。对此，我们需要考察的是，有哪些因素影响和促成了莫言小说中的身体叙事？在影响莫言小说的因素中，哪些因素占据着主导位置，又有哪些因素占据着次要位置？在尝试解决这些问题时，身体仍然是寻找答案的关键线索。

  1984 年下半年，莫言进入解放军艺术学院文学系学习，而此时中国的思想界和文学界经过八十年代初以来大规模地介绍西方思想文化的浪潮之后，呈现出自由开放、兼容并包的勃勃生气。莫言回忆自己在军艺文学系的生活时说，"这期间，大量的西方现代派小说被翻译成中文，法国的新小说，拉美的魔幻现实主义小说，日本的新感觉派小说，还有卡夫卡的、乔伊斯的、福克纳的、海明威的。这么多的作品，这么多的流派，使我眼界大开，生出相见恨晚之慨，生出'早知可以如此写，我早已成大作家'之感"①。从莫言对川端康成、福克纳和马尔克斯作品的阅读体验中，可见这些作家作品中的身体因素对莫言小说的深刻影响。当莫言在 1984 年读到川端康成《雪国》中"一只黑色的秋田狗蹲在那里的一块踏石上，久久地舔着热水"时，他立马放下《雪国》在草稿上写下了"高密东北乡原产白色温驯的大狗，绵延数代之后，很难再见一只纯种"，《白狗秋千架》就此应运而生②。"正在舔着热水的秋田狗"栩栩如生的画面感，使得莫言在创作中扩大了文学表现范围，激活了莫

① 莫言:《中国小说传统——从我的三部长篇小说谈起》,《用耳朵阅读》, 百花文艺出版社 2012 年版, 第 168 页。

② 莫言:《我的文学历程》,《用耳朵阅读》, 百花文艺出版社 2012 年版, 第 213 页。此外, 莫言还在其他讲演中多次表示, 是有关"秋田犬"激发了《白狗秋千架》的书写。

莫言与当代中国文学创新经验研究

言对生命体验的敏锐感觉，使得莫言从模仿典型人物的道路中回到了活生生的生活中。同样是在 1984 年，当莫言读到了由李文俊先生翻译的福克纳的小说《喧哗与骚动》时，他受到了巨大的鼓舞。莫言回忆说："福克纳让他小说中的人物闻到了'耀眼的冷的味道'，冷不但有了味道而且还耀眼，一种对世界的奇妙感觉方式诞生了。"①福克纳有关感觉的奇异书写，激活了莫言长期被压抑的生命感觉，同时福克纳小说所使用的意识流表现手法，使得莫言不再受传统小说条条框框的束缚，而致力于以天马行空之势展开叙事。当莫言在八十年代中期读到拉美作家马尔克斯的《百年孤独》时，莫言认为《百年孤独》不仅通过"那些颠倒时空秩序、交叉生命世界、极度渲染扩张的艺术手法"震撼到自己，同时"《百年孤独》提供给我的，值得借鉴的、给我的视野以拓展的，是加西亚·马尔克斯的哲学思想，是他独特的认识世界、认识人类的方式"②。

　　无论是川端康成的《雪国》，或是福克纳的《喧哗与骚动》，还是马尔克斯的《百年孤独》，这些小说中感性、细腻、融入身体感觉的文字彻底地改变了莫言小说创作的姿态。莫言受此启发所创作的《透明的红萝卜》《白狗秋千架》《枯河》《球状闪电》《金发婴儿》《爆炸》等小说更加亲近人的生命体验，融入了对生命独特的色彩和感觉。通过阅读川端康成、福克纳和马尔克斯的作品，莫言自童年以来的生命体验被重组和激活，他打开了一个与众不同的生命世界。此时的莫言，再也不会因为找不到写作的素材而发愁，他所担心的是，自己的写作速度跟不上自己的思绪，"现在是我要写的东西纷至沓来。我曾经写文章描绘过那时的创作心态。我说每当我写一篇小说时，许多要写的小说就像狗一样在我身后狂叫：先写吧，先写我的吧。那些小小说"③。

莫言和新时期文学的中外视野

---

①　莫言:《说说福克纳这个老头儿》,《当代作家评论》, 1992 年第 5 期。
②　莫言:《中国小说传统——从我的三部长篇小说谈起》,《用耳朵阅读》, 百花文艺出版社 2012 年版, 第 168 页。
③　莫言:《中国小说传统——从我的三部长篇小说谈起》,《用耳朵阅读》, 百花文艺出版社 2012 年版, 第 168 页。

《雪国》《喧哗与骚动》和《百年孤独》等作品不仅使得莫言的小说更加"切身化"和个性化，同时还帮助莫言确立了"高密东北乡"的文学地理空间，使得"高密东北乡"的人的身体有了切实的依托。正是通过对《雪国》的阅读，莫言在《白狗秋千架》中写道"高密东北乡原产白色温驯的大狗，绵延数代之后，很难再见一只纯种"，而福克纳的"约克纳帕塔法县"和马尔克斯的"马孔多镇"，更是直接地给莫言建立"文学的共和国"的启发。莫言谈到自己阅读《喧哗与骚动》时的感受时说："我立即明白了摆在我面前的工作是：我应该高举起'高密东北乡'这面旗帜，把那里的土地、河流、树木、庄稼、花鸟虫鱼、痴男浪女、地痞流氓、刁民泼妇、英雄好汉……统统写进我的小说，创建一个文学的共和国。"① "高密东北乡"以山东省高密县为依托，但它并不是一个完整意义上的地理空间，而是一个文化地理学意义上的想象空间。逐渐地，莫言那个所不愿意提起的血地——故乡山东高密——在他心中的位置逐渐发生了变化，"回到了故乡我如鱼得水，离开了故乡我举步艰难"②。莫言"高密东北乡"观念的确立，同样是莫言小说创作走向文学自觉的体现。从此以后，莫言开始在文学的王国中找到属于自己的叙事感觉，他丰厚的生活经历持续不断地成为小说创作的素材，并经过艺术加工成为小说。

莫言在八十年代中期小说中变形、夸张的身体形象还受到了后期印象主义绘画的影响。莫言说："我早期的小说里为什么有那么多的色彩描写，那么多感觉的变形，为什么会有那么强烈的语言风格？有人说我是受了魔幻现实主义的影响，其实是跟看了凡·高和其他现代派画家的画有关系。"③他说，"我特别喜欢后印象主义

---

① 莫言：《说说福克纳这个老头儿》，《当代作家评论》，1992 年第 5 期。
② 莫言：《超越故乡》，《名作欣赏》，2013 年第 1 期。
③ 莫言：《细节与真实》，《用耳朵阅读》，百花文艺出版社 2012 年版，第 127—128 页。

凡·高、高更的作品。凡·高的作品极度痛苦极度疯狂"[1]；而正是通过对视觉艺术的敏锐感悟，对色彩和感觉的细心营造，莫言才会在小说叙事中如此重视对色彩的描绘，这使莫言小说与同时期的作家相比有着的明显的区别。在莫言之前，张承志等作家已经在挥洒文学的色彩感，他的小说充满了诗情画意，然而对莫言来说，虽然莫言有的小说充满诗情画意，但更多的却显得相当朴野、怪异、夸张。这体现了莫言小说的独特个性。无论绚丽的红色，或是令人窒息的绿色，还是神秘的蓝色，莫言小说中关于色彩的书写都同人的生命状态联系在一起，承担着复杂的表意功能。色彩，并不是莫言小说中的附属之物，而是莫言小说叙事中不可或缺的基本元素，它同莫言对于生命的认知和体察紧密相连。通过瞬间感觉的以色彩作为小说表达的元素，使得莫言小说充满了画面感，这典型地体现了小说与绘画的联系。《透明的红萝卜》《红高粱》和《爆炸》等作品中强烈的视觉冲击，体现着一种从小说通向绘画的艺术冲动。《爆炸》这篇小说中燃烧的原野，突然跳出的红尾狐狸，以及小说叙述的氛围，都有着凡·高后印象主义画派的气息。《红蝗》中那幅"生着三个乳房的裸体女人怀抱着一个骷髅"的油画，同画家培根的呈现怪诞身体的画作有着画面和精神上的契合。正是通过视觉的感知和天马行空的想象，莫言透过颜色的"交错与交织"将主体世界同外在世界联系在一起，构建了一个五颜六色、绚烂无比的艺术世界。

以上只是莫言在八十年代中期受西方文艺思潮影响的缩影，这使莫言彻底改变了从概念出发的写作毛病，开始从切身的体验出发进行创作。而实际上，影响莫言小说身体叙事的因素并不仅仅局限于以上所提及的西方文艺思潮，莫言自小以来耳濡目染所接受的中国传统文化的因素，以及八十年代风起云涌的各种思潮，尤其是"性文学"的兴起，也在很大程度上影响了莫言小说中的身体叙事。在莫言八十年代中期的小说中，《透明的红萝卜》《白狗秋千架》

---

[1] 莫言、罗强烈：《感觉和创造性想象》，见孔范今、施战军主编《莫言研究资料》，山东文艺出版社 2006 年版，第 20 页。

《枯河》和《球状闪电》等小说融入了莫言童年以来的切身经验，为我们呈现出以亲身经历为底色的"高密东北乡"，然而莫言小说中还存在另一种类型的"高密东北乡"，那就是莫言"用耳朵阅读"的，带有神秘、志怪、传奇特色的"高密东北乡"，《秋水》和《红高粱》便是这一类型的代表作。山东常常被称为齐鲁文化的发源地，然而鲁文化和齐文化却有着巨大的差异。同比较恪守正统的鲁文化相比，齐文化更为刚劲质朴，富有想象力和创造力，同时也带有更多的神秘色彩。莫言家乡地处山东高密县胶东半岛，是齐文化的兴盛之地，同时这里距离蒲松龄的家乡不足三百里。莫言自小就在农村度过，他"有一个会讲故事的老祖母之外，还有一个会讲故事的爷爷，还有一个比我的爷爷更会讲故事的大爷爷——我爷爷的哥哥"[1]，因此他通过"用耳朵阅读"从老人们的口中听说了那些神秘多姿、带有传奇色彩的神话、传说和民间故事，为日后的小说创作积累了丰厚的素材。

少年莫言听闻的神话、传说和民间故事，并不带有正统革命历史故事所附带的阶级观念。莫言说："在他们的历史传奇故事里，甚至没有明确的是非观念，一个人，哪怕是技艺高超的盗贼、胆大包天的土匪、容貌绝伦的娼妓，都可以进入他们的故事，而讲述者在讲述这些坏人的故事时，总是使用着赞赏的语气，脸上总是洋溢着心驰神往的表情"[2]，这使得从小就深受阶级观念影响的莫言对人的认识没有仅仅停留在阶级观上，而是回到了人的生活以及人性的复杂中。因此，莫言在《秋水》中所呈现的紫衣女人、黑衣人和白衣盲女都带有神秘的色彩，这个"爷爷辈的老人所讲起的这里的过去"并没有确切的历史年份和空间定位，"绿蚂蚱""紫蟋蟀"和"红蜻蜓"的儿歌更是增强了小说的民间氛围。在《红高粱》中，爷爷奶奶传奇化的民间故事同官方教科书上的革命历史有着较大的

① 莫言:《用耳朵阅读》,《用耳朵阅读》,百花文艺出版社2012年版,第62页。

② 莫言:《用耳朵阅读》,《用耳朵阅读》,百花文艺出版社2012年版,第63页。

差异，人物的丰富性和独特性并不能简单地以阶级观念对之进行概括。莫言在《秋水》和《红高粱》中所呈现出来的身体形象，正是以民间文化为依托、带有神秘色彩的民间身体。虽然他们并不能完全逃脱革命历史的铭刻和标记，但他们都来自混沌的大地，以更加自然天成的状态为我们呈现出生命本身的多元性和丰富性。

二十世纪八十年代中期以来，正是"性文学"逐渐兴起和高涨的历史时期。在这一历史时期，张贤亮的《绿化树》(1984)和《男人的一半是女人》(1985)虽然依旧受到宏大的现代性叙事的制约，但小说中的身体已经开始有限度地对历史和现实境遇提出质疑；王安忆的"三恋"(《小城之恋》《荒山之恋》和《锦绣谷之恋》)以及后来的《岗上的世纪》发表于八十年代中后期，作者在作品中创造出一个充满压抑、苦闷但又燃烧着生命欲望的世界，展现出女性作家对于生命和性别的姿态；铁凝的《麦秸垛》(1986)和《棉花垛》(1989)同样呈现独特的女性意识，并将女性艰难生存的状态呈现出来。上述带有强烈欲望色彩的文学作品，也在某种程度上使莫言的写作更加大胆。同上述作家相比，出生在农村、并长期受到"藏污纳垢"的底层文化和志怪传统浸染的莫言显然更加具有民间文化的底蕴，其小说就更加接近农民质朴粗野的民间信仰，并充满了怪诞和神秘色彩。

无论是西方的文化思潮，还是中国民间的民间传说与故事，还是八十年代的新文学思潮，他们都为莫言提供了小说创作的资源与契机。如今，当回头来重新审视莫言在八十年代中期可遇而不可求的机遇，我们会发现无论怎样对这些机遇的重要性进行高度评价都不为过。然而，我们并不能够将莫言所取得的成绩都归功于其他思潮、作家的影响。莫言曾说，"我觉得——好像也有许多作家评论家说过——一个作家对另一个作家的影响，是一个作家作品里的某种独特气质对另一个作家内心深处某种潜在气质的激活，或者说是唤醒"①。这些影响和契机激活了什么呢？它们激活了莫言对童年

---

① 莫言:《中国小说传统——从我的三部长篇小说谈起》,《用耳朵阅读》,百花文艺出版社 2012 年版，第 168 页。

以来所遭受苦难的回忆，激活了莫言身体潜藏的欲望（包括性的欲望），激活了莫言通过文学作品创造一个世界的潜能。由此，童年经验和生命体验成为莫言小说创作源源不竭的动力。要将这些机遇和资源打磨成艺术品，只能依靠莫言自己的努力对之进行消化、吸收和创造，机械地照搬和模仿虽然在创作初期不可避免，但却不可能以之创作出艺术成就较高、具有广泛影响力的作品。随着创作阅历和"影响的焦虑"的增加，莫言早在1986年就意识到了福克纳和马尔克斯"两座灼热的高炉"的利弊，宣布要"逃离这两个高炉，去开辟自己的世界"，从而创造了属于自己的文学共和国[①]。这一艰难的过程，正是莫言在外部资源的刺激下回归身体、返回故乡、超越故乡的过程。于是，莫言带着属于他个人独特的倔强、怪异、神秘，为读者开辟了一个独特的艺术世界。

随着小说创作主体性的增强，所有小说创作的条条框框都被莫言打破，这便形成了莫言小说"天马行空"、不受拘束的创作特征。正是在1985年，莫言在题为《天马行空》的创作谈中说"要想搞创作，就要敢于冲破旧框框的束缚，最大限度地进行新的探索，犹如猛虎下山、蛟龙入海，犹如国庆节一下子放出了十万只鸽子，犹如孙悟空在铁扇公主肚子里拳打脚踢、翻筋斗，折腾个天昏地暗、日月无光，手挥五弦、目送惊鸿、穿云裂石、倒海翻江，蝎子窝里捅一棍"[②]，便将莫言这一时期叛逆的创作个性表现得淋漓尽致。三年后的1988年，莫言在题为《我痛恨所有的神灵》的创作谈中虽对《天马行空》中的狂放言论进行了谦虚的检讨和反省，但他仍然认为"压在我们头上的神太多了，有天上的，有人间的，但无一例外不是我们自造的"，强调"打破神像，张扬人性"的重要意义[③]，而这正好与莫言发表《红高粱》《欢乐》《红蝗》等叛逆与狂放之作相呼应。莫言在创作时不断逸出"理性"的轨道，以超越常理

---

① 莫言:《两座灼热的高炉》,《世界文学》, 1986 年第 3 期。
② 莫言:《天马行空》,《解放军文艺》, 1985 年第 2 期。
③ 原载莫言:《我痛恨所有的神灵》,《福建文学》, 1988 年第 2 期, 转引自张志忠:《莫言论》, 北京联合出版公司 2012 年版, 第 274 页。

的身体感觉为灵感，在八十年代中期实现了文学创作的"爆炸"，这无论对莫言还是八十年代中期的中国文坛都具有独特的意义和价值。

身体的理想状态，应为舒斯特曼所言的"一种充满生命和情感、感觉灵敏的身体，而不是一个缺乏生命和感觉的、单纯的物质性肉体"①，然而对莫言小说中的身体而言，正如张灵所指出，"表面地谈论莫言作品的'身体性'、'感官性'、'感觉性'、'感性'是没有多大意义的"，"从虚幻的语言与意识形态的不实的天空沉落在坚实的肉体生命的大地上，呈现出个体的生命主体精神的泉源，这是莫言作品生命力的所在"②。对莫言来说，身体并不仅仅是一种感官自足的存在，更是揭示生命生存困境的一种本然性工具。在1985年前后，莫言通过自觉吸收中外文化影响的同时，在自我调适中真正开始了感觉化、身体化的文学书写，使得他小说的人物形象和生命意象均体现出强烈的身体意识。由于人的身体在历史与现实中的客观境遇，莫言小说中的身体形态不得不在压抑的权力空间中承担苦难，接受变形甚至摧残。正是在历史与现实的艰难处境中，莫言小说又以身体感觉的复苏和身体的强烈反抗来试图恢复身体自在与独立的地位。由此，经由身体的生理性、情境性及其延展性，莫言小说最终回到了人的生命处境本身，来探讨生命在复杂环境中的困境和遭遇，而这正是以身体视角来考察莫言小说的意义和价值所在。

（作者：雷登辉）

---

① （美）理查德·舒斯特曼：《身体意识与身体美学》，程相占译，商务印书馆2011年版，第5页。
② 张灵：《"道成肉身"的艺术证悟——莫言小说中的身体与生命主体精神》，《湛江师范学院学报》，2009年第4期。

后记　关于莫言：未完成的研究

　　我曾经在《潍坊学院学报》2016 年第 1 期上发表过一篇笔谈：《研究莫言的性格》。文章不长，抄录如下——

　　关于莫言研究的成果，可谓汗牛充栋。尽管如此，莫言研究仍然有可以继续发掘的矿藏。

　　例如莫言的性格研究。莫言出身农家，曾经自道从小喜欢说话，尤其是喜欢说真话，给家里带来了很多的麻烦。因此走上作家之路后，使用的笔名叫"莫言"。"就是告诫自己要少说话。事实证明，我一句话也没有少说，而且经常在一些特别庄严的场合，说出实话来。"[①]这就很有意思了。一方面，饱受"祸从口出"之苦；另一方面却就是改不了，正可谓"本性难移"。

　　1985 年，莫言就曾以管谟业的本名在《解放军文艺》第二期上发表了《天马行空》的创作谈，坦言"创作者要有天马行空的霸气和雄风，无论在创作思想上，还是在艺术风格上，都必须带点邪气。"在这段话里，显示了莫言性格中狂放的一面。他后来的好几部作品（例如《丰乳肥臀》《酒国》《檀香刑》《蛙》）都引起过各种非议，给他带来了不小的麻烦。好在"文字狱"的年代已经一去不返。

　　值得研究的问题是：这股狂劲来自何处？

[①] 莫言:《莫言自述笔名由来:"莫言"和喜欢讲真话有关》,《钱江晚报》2012 年 10 月 12 日。

中国的传统诗教讲"温柔敦厚"。可中国历史上仍然产生了屈原、阮籍、李白、苏东坡、龚自珍……好多狂放的诗人，还有《水浒传》《西游记》《金瓶梅》《封神演义》那样风格狂放的小说。甚至在"红色经典"中，那些关于革命、暴动、战争的描写，也是狂气充沛的（换一种说法，就是"革命英雄主义"吧）。莫言成长于革命年代，虽然生活在贫瘠的乡村，欲望与心理都受到极大的压力，却也在重重压力下滋长了天马行空的想象力与叛逆情绪。由此可见，苦难可以窒息生命，也可以砥砺出狂放的风格。另一方面，他在《童年读书》的回忆中也谈道，童年读过《封神演义》《三国演义》《水浒传》那样的古典名著和《青春之歌》《三家巷》《钢铁是怎样炼成的》那样的"红色经典"。那些书对于童年莫言的影响是深远的。他奇特的想象力、敢于说真话的冲动以及对于爱情和另一种生活的向往，他后来的敢想、敢写、敢狂，与那些书显然有着千丝万缕的联系。

　　还有家庭的影响。莫言不止一次谈到过爷爷的狂——"我爷爷是个很保守的人，对人民公社心怀抵触。……爷爷没在人民公社干一天活……他发誓不到社里去干活。干部上门来动员，软硬兼施，他软硬不吃，有点顽固不化的意思。他扬言人民公社是兔子尾巴长不了。"[1]在那个年代里，有这样的眼光、这样的个性的农民也许不多。后来莫言写《生死疲劳》，其中的单干户蓝脸身上，就有莫言爷爷的影子。而莫言在《红高粱》中讴歌的"我爷爷"的英雄传奇，虽然作家自道"我爷爷与土匪司令余占鳌没有任何关系"[2]，读者也依然可以从中看出莫言敬仰爷爷的深

莫言和新时期文学的中外视野

---

① 莫言：《从照相说起》，《什么气味最美好》，南海出版公司2002年版，第37页。

② 莫言：《故乡往事·爷爷的故事》，《什么气味最美好》，南海出版公司2002年版，第129页。

厚情感。

　　还有家乡历史的影响。有学者参加概括"山东性格"，认为其中既有"重礼仪、讲义气、尚豪侠、贵朴质、爱乡土"的特点，"也包括粗疏、剽悍、鲁莽、夸诞以至偏执等往往为贬的评价观点"。①莫言的老家在潍坊地区。那里自古民风豪放，英雄辈出。苏东坡、郑板桥二人都有名士的狂气，也都曾在此为官。苏东坡的名篇《江城子·密州出猎》就产生于此地。现代以来，中共"一大"代表王尽美，革命文艺家王统照、崔嵬、臧克家、王愿坚也都是潍坊地区人。莫言从小就听说过故乡的英雄传奇、土匪故事，并因此深受感动。《红高粱》中的抗日故事就取材于故乡 1938 年的孙家口伏击战。《檀香刑》也取材于 1899 年发生在故乡农民反抗德国人修铁路的暴动故事。还有《天堂蒜薹之歌》，也是取材于 1980 年代山东苍山县蒜薹丰收后，因地方干部不作为，大面积腐烂在田里，导致农民示威游行和骚乱的真实事件。从莫言聚焦于这些抗争题材，就可以看出他对于狂放人生的神往。

　　而他笔下那些女性形象，不也多有狂放之气吗？《民间音乐》中的花茉莉、《白狗秋千架》中的暖、《红高粱》中的戴凤莲、《金发婴儿》中的紫荆、《丰乳肥臀》中的鲁璇儿和她的女儿们、《檀香刑》中的孙眉娘、《酒国》中的女司机、《蛙》中的万心……都有泼辣、叛逆、敢作敢当、常有惊人之举的特色，既显示了山东女性乃至中国的一种类型——"女汉子"，也流露出作家本人对这部分女性的情有独钟。关于这一点，我曾经写过一篇文章：《写出中国普通女性的强悍民风——莫言小说中女性形象的文化意义》，发表在《山东女子学院学报》2015 年第 2 期上，可参看。

① 张富祥:《齐鲁文化综论》,《文史哲》, 1988 年第 4 期。

抄毕此文，编定此书，思绪很自然飞回到六年前，当相识多年的好朋友邀请我加入他的团队，负责由他领衔的国家社会科学基金重大项目"世界性与本土性交汇：莫言文学道路与中国文学的变革研究"（13&ZD122）之子课题《莫言和新时期文学的中外视野》的研究时，心中涌起的感动。几年来，有的课题组成员因为家中突发事件而中止了研究，有的因为公务繁重迟迟不能按时交稿，有的写着写着逸出了原来的设计，也有的不断产生了新的灵感，越写越来劲，成果也发表在了重要的学术期刊上……而对于我来说，感到欣慰的，一是初步完成了老朋友交给的任务，二是让课题组的青年才俊有了彼此交流、共同切磋、不断进步的一个平台。有两位博士研究生的博士论文《文学故乡的多维空间建构——福克纳与莫言的故乡书写比较研究》和《莫言小说身体话语研究》就产生于课题研究的进程中，完成以后，得到了有关专家的好评。还有一批阶段性成果发表于《中国现代文学研究丛刊》《中国比较文学》《齐鲁学刊》《江汉论坛》《当代文坛》《福建论坛》等重要期刊上，产生了一定的影响。

对于莫言作品的研究，自 1985 年他的《透明的红萝卜》发表以后，就层出不穷了。三十多年来，关于莫言的研究可谓硕果累累、蔚为大观。连莫言本人也觉得，关于他的研究已经太多。那么，莫言研究还可以继续深入展开吗？还有新的拓展空间吗？

回答应该是肯定的。"世界性与本土性交汇"是现代以来无数中国作家创作的基本点所在，像鲁迅的"托尼思想，魏晋文章"，郭沫若心仪屈原与歌德、茅盾推崇《水浒传》与左拉、巴金敬仰卢梭与曹雪芹……就连沈从文、孙犁、李凖这些对本土的古典文学更加偏爱的作家，谈起自己受到外国文学的影响来，也各有心中的宝典——从古希腊神话、苏联革命文学到屠格涅夫……在他们谈论自己广泛吸收中外文学养分的心得中，不难发现他们各有所爱。个性不同、经历各异、文学趣味与追求也五光十色，使得不同的作家有不同的文学偶像、文学宝典。另外，作家们在不拘一格的写作实践中常常将自己兼容并包各家宝典的心得与别出心裁的想象力熔于一炉，才能写出有个性色彩的作品。而莫言的个性正在于：在少年时代饱尝生活的艰辛，因而多愁善感、耽于幻想、不惧粗陋；驳杂的读书经历激活了不拘一格的想象力；成人后赶上思想解放的好时光，以天马行空的狂放上下求索，时而浪漫（如《红高粱》），时而写实（如《筑路》），时而追求李商隐式的朦胧与伤感（如《透明的红萝卜》），时而学习蒲松龄的志怪传奇（如《生死疲劳》），而且，字里行间都透出异想天开的冲击力，引来好评如潮也激起非议多多。莫言式的狂放难免混杂了粗暴、瑰丽中也闪烁着神秘的玄机，他因此在文学的道路上披荆斩棘、高歌猛进，直至走向世界。

围绕这一基本点，我们课题组的成员一方面深入研究莫言在广泛接受外国文学影响的同时常常"逃离"其影响、在上下求索中多方"突围"的多变心态；另一方面努力揭示莫言博取本土古典文学、民间文学乃至"十七年文学"的丰富遗产为己所用的开阔胸怀，从中提炼出一系列新的研究课题：从比较文学视野中的个案研究（如关于《红高粱家族》与《熊》的比较研究，关于《酒国》与《胡利娅姨妈与作家》的比较研究），到民间文化视野中的现象研究（如关于莫言与山东神秘文化的研究）；从主题学视野中的新发现（如关于莫言小说中的"劳动"叙事研究、关于莫言小说中的河流叙事研究、关于莫言小说中的身体叙事的研究等），到大众文化视野中莫言作品的影视改编与网络评论（如关于莫言与大众文化的研究），还有关于莫言与文学批评、莫言与后期印象派绘画等新话题的探讨，都体现出莫言研究的丰饶新意。这些成果中相当一部分发表于《中国现代文学研究丛刊》《中国比较文学》《齐鲁学刊》《江汉论坛》《当代文坛》《福建论坛》《西南民族大学学报》等重要期刊上，对于莫言研究的深化与拓新作出了可喜的贡献。

同时，我们也深知，文学研究，总是开始于文本阅读，而最终还应该归结于人学研究：从作家的性格变化、人间阅历、人际交往、经济头脑（从收支状况到围绕收支展开的家庭纠葛，例如研究表明，鲁迅与周作人的反目成仇就与家庭经济问题密切相关）、政治态度等方面去探讨作家与作品、文本与人本之间的种种奥秘。从这个角度看，研究当代文学，存在着短时间里难以穿透的隔墙：作家的日记、书信、访谈录、回忆录，有的尚未发表，有的发表了，却有所遗漏、有所遮蔽；关于作家的家世、情史，与故旧、文学编辑、文坛中人的种种传言，也或者真伪莫辨，或者大相径庭；更有作家因为发表了有争议的作品而引火烧身（例如莫言就因为长篇小说《丰乳肥臀》受到过相当猛烈的批判），在与各种压力的周旋中又对作家的创作心态产生了怎样鲜为人知的影响？诸如此类，都有待于时光的考验、知者的披露，而当事人由于种种瞻前顾后的考虑无意畅所欲言、有心三缄其口，更令人理解之余，唯有感慨。从这个角度看，对于莫言的研究在相当长一段时间里，都不会结束。我们的这个结项成果只是莫言研究的一个阶段性成果。课题组成员在近年的研究中不断产生新的发现、新的思考，指向更加令人期待的未来。

这里，需要特别标明最后参与定稿的课题组成员的工作单位和姓名。他们是：湖北警官学院的副教授彭宏博士、周文慧博士，湖北文理学院的副教授陈晓燕博士，广西大学的讲师常凌博士，中南民族大学的讲师雷登辉博士，潍坊医学院的讲师赵霞博士，还有湖北轻工业大学的副教授喻晓薇硕士，加上本人。大家的齐心协力，才有了这个来之不易的成果。

由于时间紧，我们这个成果还存在不少显而易见的不足。诚恳希望得到各位专家和读者的不吝赐教！

樊星

2019 年 6 月 8 日

参考文献

一、著作

[1] 鲁迅:《中国小说史略》，人民文学出版社，1973 年版。

[2] 莫言:《什么气味最美好》，南海出版公司，2002 年版。

[3] 莫言:《小说的气味》，当代世界出版社，2003 年版。

[4] 莫言:《莫言散文新编》，文化艺术出版社，2009 年版。

[5] 莫言:《莫言演讲新篇》，文化艺术出版社，2010 年版。

[6] 莫言:《用耳朵阅读》，百花文艺出版社，2012 年版。

[7] 莫言等:《我与加西亚·马尔克斯——中国作家的私密文本》，华文出版社，2014 年版。

[8] 莫言、王尧:《莫言王尧对话录》，苏州大学出版社，2002 年版。

[9] 莫言、王尧:《莫言对话新录》(第 3 版)，文化艺术出版社，2012 年版。

[10] 贺立华、杨守森编:《莫言研究资料》，山东大学出版社，1992 年版。

[11] 贺立华、杨守森编:《怪才莫言》，花山文艺出版社，1992 年版。

[12] 孔范今、施战军主编:《莫言研究资料》，山东文艺出版社，2006 年版。

[13] 张旭东、莫言:《我们时代的写作——对话〈酒国〉〈生死疲劳〉》，上海文艺出版社，2013 年版。

[14] 杨扬编:《莫言研究资料》，天津人民出版社，2005 年版。

[15] 叶开:《莫言评传》,河南文艺出版社,2008 年版。

[16] 叶开:《莫言的文学共和国》,北京大学出版社,2013 年版。

[17] 陈晓明主编:《莫言研究（2004—2012）》,华夏出版社,2013 年版。

[18] 付艳霞:《莫言的小说世界》,中国文史出版社,2011 年版。

[19] 管谟贤:《大哥说莫言》,山东人民出版社,2013 年版。

[20] 李斌、程桂婷编:《莫言批判》,北京理工大学出版社,2013 年版。

[21] 刘法民:《莫言文学怪诞的功能价值》,上海人民出版社,2018 年版。

[22] 刘再复:《莫言了不起》,东方出版社,2013 年版。

[23] 莫言编著:《盛典——诺奖之行》,长江文艺出版社,2013 年版。

[24]《南方周末》主编:《说吧,莫言》,二十一世纪出版社,2012 年版。

[25] 王西强:《莫言小说叙事研究:一种基于叙事视角和人称机制的文本细读》,中国社会科学出版社,2017 年版。

[26] 张灵:《叙述的源泉——莫言小说与民间文化中的生命主体精神》,中央编译出版社,2010 年版。

[27] 张志忠:《莫言论》,北京联合出版公司,2012 年版。

[28] 朱宾忠:《跨越时空的对话:福克纳与莫言比较研究》,武汉大学出版社,2006 年版。

[29] 朱向前:《莫言:诺奖的荣幸》,百花洲文艺出版社,2012 年版。

[30]（日）吉田富夫编著:《莫言神髓》,曹人怡等译,上海文艺出版社,2015 年版。

[31] 王德威等:《说莫言》,上海书店出版社,2013 年版。

[32]（哥伦比亚）加西亚·马尔克斯:《活着为了讲述》,李静译,南海出版公司,2015 年版。

[33]（哥伦比亚）加西亚·马尔克斯、P.A. 门多萨:《番石榴

飘香》，林一安译，南海出版公司，2015 年版。

[34]（哥伦比亚）加西亚·马尔克斯:《我不是来演讲的》，李静译，南海出版公司，2012 年版。

[35]（哥伦比亚）加西亚·马尔克斯:《两百年的孤独》，朱景东等译，云南人民出版社，1997 年版。

[36]（美）依兰·斯塔文斯:《他创造了百年孤独——加西亚·马尔克斯的早年生活》，史国强译，现代出版社，2014 年版。

[37] 李文俊编选:《福克纳评论集》，中国社会科学出版社，1980 年版。

[38]（美）雷蒙德·莱斯利·威廉姆斯:《马里奥·巴尔萨斯·略萨: 他的文学人生》，袁枫译，黑龙江教育出版社，2016 年版。

[39] 朱景东:《当代拉美文学研究》，社会科学文献出版社，2012 年版。

[40] 李德恩:《拉美文学流派与文化》，上海外语教育出版社，2010 年版。

[41] 宁明:《海外莫言研究》，山东大学出版社，2013 年版。

[42] 宁明:《莫言创作的自由精神》，山东大学出版社，2014 年版。

[43] 宁明:《微观莫言文学世界》，中国石油大学出版社，2016 年版。

[44]（法）米兰·昆德拉:《小说的艺术》，董强译，上海译文出版社，2004 年版。

[45] 蒋林、金骆彬:《来自东方的视角: 莫言小说研究文集》，中国社会科学出版社，2014 年版。

[46] 钱锺书:《管锥编》（第一至四册），中华书局，1979 年版。

[47] 葛兆光:《中国思想史》第一卷，复旦大学出版社，1998 年版。

[48] 费孝通:《文化的生与死》，上海人民出版社，2009 年版。

[49] 乌丙安:《神秘的萨满世界: 中国原始文化根基》，三联书店上海分店，1989 年版。

[50] 姚伟钧:《神秘的占梦》,广西人民出版社,2004年版。

[51] 高建新:《诗心妙悟自然:中国山水文学研究》,内蒙古大学出版社,2008年版。

[52] 薛富兴:《山水精神:中国美学史文集》,南开大学出版社,2009年版。

[53] 杨义:《文学地图与文化还原——从叙事学、诗学到诸子学》,北京师范大学出版社,2011年版。

[54] 乔清举:《河流的文化生命》,黄河水利出版社,2007年版。

[55] 刘希庆:《顺天而行:先秦秦汉人与自然关系专题研究》,齐鲁书社,2009年版。

[56] 傅道彬:《晚唐钟声:中国文学的原型批评》,北京大学出版社,2007年版。

[57] 黄龙光:《上善若水:中国西南少数民族水文化生态人类学研究》,商务印书馆,2017年版。

[58] 胡万川:《二十世纪中国民俗学经典·传说故事卷》,社会科学文献出版社,2002年版。

[59] 葛剑雄、胡云生:《黄河与河流文明的历史观察》,黄河水利出版社,2007年版。

[60] 叶平:《河流生命论》,黄河水利出版社,2007年版。

[61] 樊星:《当代文学与多维文化》,武汉大学出版社,2005年版。

[62] 蔡靖泉:《长江流域诗词史论》,湖北教育出版社,2005年版。

[63] 陈思和:《中国文学中的世界性因素》,复旦大学出版社,2011年版。

[64] (美)段义孚:《空间与地方——经验的视角》,王志标译,中国人民大学出版社,2017年版。

[65] (日)柄谷行人:《日本现代文学的起源》,赵京华译,中央编译出版社,2017年版。

[66] (美)W.J.T.米切尔:《风景与权力》,杨丽、万信琼译,译

林出版社，2014年版。

[67] 魏建、贾振勇：《齐鲁文化与山东新文学》，湖南教育出版社，1995年版。

[68] 夏志清：《中国古典小说导论》，安徽文艺出版社，1988年版。

[69] 陈文新：《传统小说与小说传统》，武汉大学出版社，2007年版。

[70] 袁世硕、徐仲伟：《蒲松龄评传》，南京大学出版社，2011年版。

[71] 马振方：《聊斋艺术论》，上海文艺出版社，1986年版。

[72] 叶舒宪选编：《神话—原型批评》，陕西师范大学出版社，1987年版。

[73] 蒋敬生：《传奇大书艺术》，新疆人民出版社，1999年版。

[74] 樊星：《当代文学与地域文化》，华中师范大学出版社，1997年版。

[75] 杨义：《中国叙事学》，人民出版社，1997年版。

[76] 徐岱：《小说叙事学》，商务印书馆，2010年版。

[77] 易中天：《中国智慧》，上海文艺出版社，2011年版。

[78] 李书磊：《重读古典》，中国广播电视出版社，1997年版。

[79]（德）尼采：《偶像的黄昏》，李超杰译，商务印书馆，2009年版。

[80]（美）戴卫·赫尔曼：《新叙事学》，马海良译，北京大学出版社，2002年版。

[81]（美）海登·怀特：《形式的内容：叙事话语与历史再现》，董立河译，文津出版社，2005年版。

[82]（英）鲍桑葵：《个体的价值与命运：1912年在爱丁堡大学所做的吉福德讲座》，李超杰、朱锐译，商务印书馆，2012年版。

[83]（美）魏勒：《性崇拜》，史频译，中国文联出版公司，1988年版。

[84]（美）丹尼尔·贝尔：《资本主义文化矛盾》，赵一凡等译，

生活·读书·新知三联书店，1989 年版。

[85]（法）阿尔贝·蒂博代:《六说文学批评》，赵坚译，生活·读书·新知三联书店，2002 年版。

[86]（英）贝纳·顿斯坦:《印象派的绘画技法》，平野、陈友任译，天津人民美术出版社，1982 年版。

[87]（荷兰）文森特·凡·高:《凡·高论艺术》，李华编译，四川美术出版社，2003 年版。

[88]（美）约翰·费斯克:《理解大众文化》，王晓珏、宋伟杰译，中央编译出版社，2001 年版。

[89]（法）莫里斯·梅洛 – 庞蒂:《知觉的首要地位及其哲学结论》，王东亮译，生活·读书·新知三联书店，2002 年版。

[90]（法）莫里斯·梅洛 – 庞蒂:《可见的与不可见的》，罗国祥译，商务印书馆，2008 年版。

[91]（法）吉尔·德勒兹:《什么是哲学？》，张祖建译，湖南文艺出版社，2007 年版。

[92]（法）吉尔·德勒兹:《尼采与哲学》，周颖、刘玉宇译，社会科学文献出版社，2001 年版。

[93]（美）亚伯拉罕·马斯洛:《动机与人格》，许金声等译，中国人民大学出版社，2012 年版。

[94]（奥）弗洛伊德:《弗洛伊德论美文选》，张唤民、陈伟奇译，上海知识出版社，1987 年版。

[95]（奥）弗洛伊德:《性学三论》，徐胤译，浙江文艺出版社，2015 年版。

[96]（美）彼得·布鲁克斯:《身体活: 现代叙述中的欲望对象》，朱生坚译，新星出版社，2005 年版。

[97]（美）理查德·舒斯特曼:《身体意识与身体美学》，程相占译，商务印书馆，2011 年版。

[98]（美）苏珊·桑塔格:《反对阐释》，程巍译，上海译文出版社，2003 年版。

[99]（英）克里斯·希林:《身体与社会理论》，李康译，北京

大学出版社，2010 年版。

[100]（美）詹明信著，张旭东编：《晚期资本主义的文化逻辑》，陈清侨、严锋等译，生活·读书·新知三联书店，2013 年版。

[101]（美）道格拉斯·霍尔特、道格拉斯·卡梅隆：《文化战略：以创新的意识形态构建独特的文化品牌》，汪凯译，商务印书馆，2013 年版。

[102]（英）斯图亚特·霍尔：《表征：文化表象与意指实践》，徐亮、陆兴华译，商务印书馆，2003 年版。

[103] 汪民安编：《身体的文化政治学》，河南大学出版社，2004 年版。

[104] 班建武：《符号消费与青少年身份认同》，教育科学出版社，2010 年版。

[105] 罗钢：《叙事学导论》，云南人民出版社，1994 年版。

[106]（法）保罗·高更：《生命的热情何在》，吴婷译，江苏凤凰文艺出版社，2016 年版。

[107] 邓寒梅：《中国现当代文学中的疾病叙事研究》，江西人民出版社，2012 年版。

[108] 邓晓芒：《灵魂之旅——九十年代文学的生存境界》，湖北人民出版社，1998 年版。

[109] 张再林：《作为身体哲学的中国古代哲学》，中国社会科学出版社，2008 年版。

[110] 葛红兵、宋耕：《身体政治》，上海三联书店，2005 年版。

[111]（法）大卫·勒布雷东：《人类身体史和现代性》，王圆圆译，上海文艺出版社，2010 年版。

[112]（法）罗兰·巴特：《批评与真实》，温晋仪译，上海人民出版社，2016 年版。

[113]（法）西蒙娜·德·波伏娃：《第二性》（全译本），陶铁柱译，中国书籍出版社，1998 年版。

[114]（美）朱迪斯·巴特勒：《消解性别》，郭劼译，上海三联书店，2009 年版。

[115]（美）朱迪斯·巴特勒：《性别麻烦：女性主义与身份的颠覆》，宋素凤译，上海三联书店，2009年版。

[116] 黄东兰主编：《身体·心性·权力》，浙江人民出版社，2005年版。

[117] 刘小枫：《沉重的肉身——现代性伦理的叙事纬语》，华夏出版社，2004年版。

[118] 欧阳灿灿：《当代欧美身体研究批评》，中国社会科学出版社，2015年版。

[119] 彭富春：《哲学美学导论》，人民出版社，2005年版。

[120] 王洪岳：《美学与诗学：融汇与建构》，人民出版社，2016年版。

[121] 朱立元主编：《后现代主义文学理论思潮论稿》（上、下），上海人民出版社，2015年版。

[122] 江怡主编：《理性与启蒙：后现代经典文选》，东方出版社，2004年版。

[123] 李茂增：《现代性与小说形式：以卢卡奇、本雅明和巴赫金为中心》，东方出版中心，2008年版。

[124] 王晓华：《身体美学导论》，中国社会科学出版社，2016年版。

[125] 谢有顺：《身体修辞》，花城出版社，2003年版。

[126] 杨大春：《语言·身体·他者——当代法国哲学的三大主题》，生活·读书·新知三联书店，2007年版。

[127] 叶立文：《解构批评的道与谋：中国现当代文学研究论集》，中国社会科学出版社，2012年版。

[128] 於可训：《中国当代文学概论》（第4版），武汉大学出版社，2016年版。

[129] 於可训主编：《小说家档案》，郑州大学出版社，2005年版。

[130] 张再林、燕连福、程秋君等编著：《身体、两性、家庭及其符号》，西安交通大学出版社，2010年版。

二、期刊论文

[1] 莫言、徐怀中等：《有追求才有特色——关于〈透明的红萝卜〉的对话》，《中国作家》1985 年第 2 期。

[2] 李洁非、张陵：《莫言的意义》，《读书》1986 年第 6 期。

[3] 赵玫：《淹没在水中的红高粱——莫言印象》，《北京文学》1986 年第 8 期。

[4] 莫言：《我的"农民意识"观》，《文学评论家》1989 年第 2 期。

[5] 陈薇、温金海：《与莫言一席谈》，《文艺报》1987 年 1 月 17 日。

[6] 季红真：《忧郁的土地，不屈的精魂——莫言散论之一》，《文学评论》1987 年第 6 期。

[7] 季红真：《现代人的民族民间神话——莫言散论之二》，《当代作家评论》1988 年第 1 期。

[8] 季红真：《历史叙事的血肉标记——莫言小说女性身体的多重表义功能》，《山东女子学院学报》2015 年第 4 期。

[9] 季红真：《故事结构的古老原型——莫言小说中女性形象的多重性表意功能之二》，《妇女／性别研究》，2015 年第 2 辑。

[10] 季红真：《大地诗学中心灵磁场的核心故事——莫言小说的生殖叙事》，《文艺争鸣》2016 年第 6 期。

[11] 季红真：《大生态系统的外部形体——莫言小说女性身体的表意功能之三》，《文艺争鸣》2018 年第 1 期。

[12] 陈思和：《在讲故事背后——莫言〈讲故事的人〉读解》，《学术月刊》2013 年第 1 期。

[13] 陈思和：《民间的浮沉——对抗战到文革文学史的一个尝试性解释》，《上海文学》1994 年第 1 期。

[14] 陈思和：《民间的还原——文革后文学史某种走向的解释》，《文艺争鸣》1994 年第 1 期。

[15] 陈晓明:《"在地性"与越界——莫言小说创作的特质和意义》,《当代作家评论》2013 年第 1 期。

[16] 程德培:《被记忆缠绕的世界——莫言创作中的童年视角》,《上海文学》1986 年第 4 期。

[17] 程光炜:《小说的读法——莫言的〈白狗秋千架〉》,《文艺争鸣》2012 年第 8 期。

[18] 陈莉:《黑孩是莫言双重世界的自画像》,《社会科学论坛》2017 年第 6 期。

[19] 丛新强、孙书文:《莫言研究三十年述评》,《东岳论丛》2013 年第 6 期。

[20] 丛新强:《莫言的"自我解读"现象及其延伸》,《中国图书评论》2016 年第 12 期。

[21] 丛新强:《"女性文化视野下的莫言创作研究"学术研讨会综述》,《中国现代文学研究丛刊》2015 年第 7 期。

[22] 丛新强:《论莫言创作的女性主体意识》,《山东女子学院学报》2015 年第 4 期。

[23] 丁帆:《亵渎的神话:〈红蝗〉的意义》,《文学评论》1989 年第 1 期。

[24] 管笑笑:《发展的悲剧和未完成的救赎——论莫言〈蛙〉》,《南方文坛》2011 年第 1 期。

[25] 管笑笑:《当时间化为肉身——关于〈四十一炮〉的解读》,《小说评论》2015 年第 2 期。

[26] 贺绍俊、潘凯雄:《毫无节制的〈红蝗〉》,《文学自由谈》1988 年第 1 期。

[27] 洪治纲:《刑场背后的历史——论〈檀香刑〉》,《南方文坛》2001 年第 6 期。

[28] 樊星:《论中国当代文学中的野性叙事》,《福建论坛》(人文社会科学版)2019 年第 1 期。

[29] 葛红兵:《身体写作——启蒙叙事、革命叙事之后:"身体"的当下处境》,《当代文坛》2005 年第 3 期。

[30] 侯立兵:《也谈莫言〈檀香刑〉的生命权力叙事——兼与温泉先生商榷》,《文艺争鸣》2017 年第 3 期。

[31] 侯业智:《莫言〈丰乳肥臀〉再解读》,《小说评论》2015 年第 6 期。

[32] 黄发有:《莫言的"变形记"》,《当代作家评论》2006 年第 6 期。

[33] 柯倩婷:《〈丰乳肥臀〉的饥饿主题及其性别政治》,《西南民族大学学报》(人文社科版) 2007 年第 5 期。

[34] 乐钢:《以肉为本,体书"莫言"》,《今天》2000 年第 4 期。

[35] 李桂玲:《莫言文学年谱》(上、中、下),《东吴学术》2014 年第 1—3 期。

[36] 李建军:《直议莫言与诺奖》,《文学自由谈》2013 年第 1 期。

[37] 李建军:《是大象,还是甲虫》,《文学自由谈》2001 年第 6 期。

[38] 李洁非:《回到寓言——论莫言及其近作》,《当代作家评论》1993 年第 2 期。

[39] 李洁非:《莫言小说里的"恶心"》,《当代作家评论》1988 年第 5 期。

[40] 李敬泽:《莫言与中国精神》,《小说评论》2003 年第 1 期。

[41] 李莉:《"酷刑"与审美——论莫言〈檀香刑〉的美学风格》,《山东社会科学》2004 年第 4 期。

[42] 李松睿:《"生命政治"与历史书写——论莫言的小说〈蛙〉》,《东吴学术》2011 年第 1 期。

[43] 刘广远:《论莫言小说的复调叙事模式》,《沈阳师范大学学报》(社会科学版) 2007 年第 3 期。

[44] 刘广远、王敬茹:《莫言研究综述》,《沈阳师范大学学报》(社会科学版) 2013 年第 1 期。

[45] 刘旭:《文学莫言与现实莫言》,《文学评论》2017 年第 1 期。

[46] 栾梅健:《从"启蒙"到"作为老百姓写作"——莫言对鲁迅文学传统的继承与创新》,《南京社会科学》2015 年第 1 期。

[47] 罗慧林:《当代小说的"细节肥大症"反思——以莫言的小说创作为例》,《文艺争鸣》2009 年第 4 期。

[48] 汪树东:《从价值层面重读〈红高粱家族〉》,《西华师范大学学报》(哲学社会科学版) 2007 年第 1 期。

[49] 王春林:《莫言小说创作与中国文学传统》,《山西大学学报》(哲学社会科学版) 2013 年第 1 期。

[50] 王德威:《狂言流言,巫言莫言——〈生死疲劳〉与〈巫言〉所引起的反思》,《江苏大学学报》(社会科学版) 2009 年第 3 期。

[51] 王德威:《千言万语 何若莫言》,《读书》1999 年第 3 期。

[52] 王干:《反文化的失败——莫言近期小说批判》,《读书》1988 年第 10 期。

[53] 王洪岳,杨春蕾:《论插图本〈丰乳肥臀〉"语—图"互文及审美特征》,《文艺理论研究》2016 年第 2 期。

[54] 王洪岳:《文学家莫言对当代中国美学的拓展与启示》,《贵州师范大学学报》(社会科学版) 2015 年第 1 期。

[55] 王美春:《女性主义视野下莫言小说中的女性形象研究》,《山东女子学院学报》2015 年第 3 期。

[56] 温泉:《论莫言〈檀香刑〉中的生命权力叙事》,《小说评论》2016 年第 2 期。

[57] 吴俊:《莫言小说中的性意识——兼评〈红高粱〉》,《当代作家评论》1987 年第 5 期。

[58] 吴义勤:《原罪与救赎——读莫言长篇小说〈蛙〉》,《南方文坛》2010 年第 3 期。

[59] 谢有顺:《感觉的象征世界——〈檀香刑〉之后的莫言小说》,《文学评论》2017 年第 1 期。

[60] 谢有顺:《当死亡比活着更困难——〈檀香刑〉中的人性分析》,《当代作家评论》2001 年第 5 期。

[61] 杨联芬:《莫言小说的价值与缺陷》,《北京师范大学学报》(社会科学版) 1990 年第 1 期。

[62] 叶珣:《浅析莫言小说〈生死疲劳〉中女性形象的局限性》,

后重回军艺文学系座谈实录》,《人民文学》2017 年第 8 期。

[78] 王西强:《复调叙事和叙事解构:〈酒国〉里的虚实》,《南京师范大学文学院学报》, 2011 年第 2 期。

[79] 王西强:《论 1985 年以后莫言中短篇小说的"我向思维"叙事和虚构家族传奇》,《当代文坛》2011 年第 5 期。

[80] 王西强:《论莫言 1985 年后中短篇小说的叙事视角试验》,《中国现代文学研究丛刊》2012 年第 6 期。

[81] 房赋闲:《莫言创作研讨会综述》,《文史哲》1989 年第 1 期。

[82] 陈吉德:《穿越高粱地——莫言研究综述》,《山东师范大学学报》(社会科学版)1997 年第 2 期。

[83] 于红珍:《莫言研究三十年硕士博士论文综论》,《东岳论丛》2013 年第 6 期。

[84] 张闳:《莫言小说的基本主题与文体特征》,《当代作家评论》1999 年第 5 期。

[85] 张志忠:《〈我们的荆轲〉:向〈铸剑〉致敬——莫言与鲁迅的传承关系谈片》,《南方文坛》2017 年第 1 期。

[86](日)大江健三郎、莫言、张艺谋:《超越国界的文学》,《大家》2002 年第 2 期。

[87] 莫言、李敬泽:《向中国古典小说致敬》,《当代作家评论》2006 年第 2 期。

[88] 温儒敏、叶诚生:《"写在历史边上"的故事——莫言小说的现代质》,《东岳论丛》2012 年第 12 期。

[89] 刘洪强:《试论莫言小说中的"婴宁"现象》,《蒲松龄研究》2013 年第 2 期。

[90] 张永辉:《从伪女人到真女人——浅析〈春夜雨霏霏〉与〈金发婴儿〉中的女性形象》,《长城》2014 年第 2X 期。

[91] 宁明:《世界文学视域下莫言创作特色研究》,《甘肃社会科学》2013 年第 6 期。

[92] 宁明:《西方文化视野下莫言作品的美国研究》,《理论学刊》2013 年第 12 期。

[93] 宁明:《简评莫言海外研究之热点》,《首都师范大学学报》（社会科学版）2014 年第 4 期。

[94] 宁明:《莫言作品中的高密民间信仰》,《东岳论丛》2015 年第 5 期。

[95] 宁明:《生命伦理与社会伦理的角力——〈蛙〉中的伦理困境与救赎》,《山东社会科学》2015 年第 8 期。

[96] 南帆:《身体的叙事》,《当代作家评论》2001 年第 1 期。

[97] 南帆:《文学、革命与性》,《文艺争鸣》2000 年第 5 期。

[98] 彭富春:《身体美学的基本问题》,《中州学刊》2005 年第 3 期。

[99] 彭富春:《身体与身体美学》,《哲学研究》2004 年第 4 期。

[100] 陶东风:《"下半身"崇拜与消费主义时代的文化症候》,《理论与创作》2005 年第 1 期。

[101] 陶东风:《身体叙事:前先锋、先锋、后先锋》,《文艺研究》2005 年第 10 期。

[102] 陶东风:《身体意象与文化规训》,《文艺研究》2003 年第 5 期。

[103] 汪民安、陈永国:《身体转向》,《外国文学》2004 年第 1 期。

[104] 程相占:《论身体美学的三个层面》,《文艺理论研究》2011 年第 6 期。

[105] 谢有顺:《文学身体学》,《当代作家评论》2002 年第 1 期。

[106] 徐蕾:《当代西方文学研究中的身体视角:回顾与反思》,《外国文学评论》2012 年第 1 期。

[107] 张志忠:《定位与错位——影视改编与文学研究中的"红色经典"》,《文艺研究》2005 年第 4 期。

[108] 刘梦溪:《中国文化的狂者精神及其消退》（上、中、下）,《读书》2010 年第 3—5 期。

[109] 熊家利:《中西封建社会农民战争之比较》,《湖南师范大学社会科学学报》1996 年第 3 期。

[110] 黄文英:《中外洪水神话的母题及其变异》,《西南民族大

《四川文理学院学报》2016 年第 1 期。

[63] 张闳:《感官的王国——莫言笔下的经验形态及功能》,《当代作家评论》2000 年第 5 期。

[64] 张军:《莫言:反讽艺术家——读〈丰乳肥臀〉》,《文艺争鸣》1996 年第 3 期。

[65] 张灵:《叙述的极限与表现的源头——莫言小说的诗学与精神启示》,《小说评论》2010 年第 4 期。

[66] 张灵:《"道成肉身"的艺术证悟——莫言小说中的身体与生命主体精神》,《湛江师范学院学报》2009 年第 4 期。

[67] 张柠:《文学与民间性——莫言小说里的中国经验》,《南方文坛》2001 年第 6 期。

[68] 张清华:《莫言与新文学的整体观》,《文学评论》2017 年第 1 期。

[69] 张清华:《选择与回归——论莫言小说的传统艺术精神》,《山东师范大学学报》(人文社会科学版）1991 年第 2 期。

[70] 张清华:《莫言与新历史主义文学思潮——以〈红高粱家族〉、〈丰乳肥臀〉、〈檀香刑〉为例》,《海南师范学院学报》(社会科学版）2005 年第 2 期。

[71] 张清华:《细读〈透明的红萝卜〉:"童年的爱情"何以合法》,《小说评论》2015 年第 1 期。

[72] 张清华:《叙述的极限——论莫言》,《当代作家评论》2003 年第 2 期。

[73] 张瑞英:《"感物"与"感悟"——论莫言创作中的感觉与悟性》,《齐鲁学刊》2017 年第 5 期。

[74] 张志忠:《论莫言的艺术感觉》,《文艺研究》1986 年第 4 期。

[75] 张志忠:《如何讲述当代中国的神奇故事——与李建军论莫言与诺奖》,《中国政法大学学报》2017 年第 6 期。

[76] 张志忠:《莫言研究的回顾与展望（1984—2013）》,《海南师范大学学报》(社会科学版）2014 年第 6 期。

[77] 徐怀中、莫言、朱向前:《不忘初心，期许可待——三十年

学学报》（人文社科版）2010 年第 9 期。

[111] 蒋林欣:《新时期四十年文学中的河流危机叙事及意义》，《云南社会科学》2019 年第 3 期。

[112] 孙胜杰:《少数民族文学"河流"书写的空间维度》，《民族文学研究》2018 年第 4 期。

[113] 蒋林欣:《"河流文学"：一个新的论域》，《江西社会科学》2017 年第 2 期。

[114] 彭岚嘉、孙胜杰:《中国当代小说中的"江流儿"及其原型》，《江西社会科学》2014 年第 3 期。

[115] 朱育颖:《与水同行：当代女性小说中的河流意象探析》，《合肥学院学报》（社会科学版）2013 年第 5 期。

[116] 徐新建:《国家地理与族群写作——关于"长江故事"的文学人类学解读》，《民族文学研究》2005 年第 3 期。

[117] 肖玉:《河流的倾诉——论虹影小说中的河流意象》，《名作欣赏》2013 年第 23 期。

[118] 王晓雪、梁海:《河流的秘语——苏童〈河岸〉河流意象探析》，《文艺评论》2014 年第 7 期。

[119] 李菁:《写意：江河记述的别样传统——以唐诗语境下的长江、黄河、湘水为例》，《西部学刊》2014 年第 2 期。

[120] 陈晓明:《乡土中国、现代主义与世界性——对 80 年代以来乡土叙事转向的反思》，《文艺争鸣》2014 年第 7 期。

[121] 罗书华:《分配与合成——明清英雄传奇小说角色论》，《学习与探索》1998 年第 2 期。

[122] 樊庆彦:《明清讲史小说中人物类型设置的传统模式——以古代章回小说的产生渊源为视角》，《明清小说研究》2007 年第 2 期。

[123] 杨守森:《生命存在与文学艺术》，《东岳论丛》2013 年第 11 期。

[124] 陈晓明:《"动刀"：当代小说叙事的暴力美学》，《社会科学》2010 年第 5 期。

[125] 莫言:《我写〈红高粱〉时深受印象派画家的启发》,《中国文化报》2017 年 2 月 26 日。

[126] 赵炎秋:《文字和文学中的具象与思想——艺术视野下的文字与图像关系研究》,《文学评论》2018 年第 3 期。

[127] 罗威:《电影网生代 IP 热的冷思考》,《戏剧之家》2015 年第 16 期。

[128] 尹鸿、袁宏舟:《从渠道到内容　从内容到 IP》,《电视研究》2015 年第 6 期。

图书在版编目（CIP）数据

莫言和新时期文学的中外视野／樊星主编. -- 北京：作家出版社，2021. 11
ISBN 978-7-5212-1580-9

Ⅰ．①莫… Ⅱ．①樊… Ⅲ．①莫言－文学研究 Ⅳ．①
I206.7

中国版本图书馆CIP数据核字（2021）第218912号

莫言和新时期文学的中外视野

主　　编：樊　星
责任编辑：郑建华　李　雯
装帧设计：孙惟静
出版发行：作家出版社有限公司
社　　址：北京农展馆南里10号　　邮　　编：100125
电话传真：86-10-65067186（发行中心及邮购部）
　　　　　86-10-65004079（总编室）
E-mail:zuojia@zuojia.net.cn
http://www.zuojiachubanshe.com
印　　刷：唐山嘉德印刷有限公司
成品尺寸：152×230
字　　数：324千
印　　张：22.5
版　　次：2021年11月第1版
印　　次：2021年11月第1次印刷
ISBN　978-7-5212-1580-9
定　　价：88.00元